Knaur.

Im Knaur Taschenbuch Verlag sind bereits folgende Bücher der Autorin erschienen:
Sternschnuppensommer
Dritte Sonnenblume links

Über die Autorin:
Christine Vogeley, geboren 1953, studierte Kunst und Französisch, war lange Jahre Jazzerin und freie Mitarbeiterin beim WDR und spielte auf vielen rheinischen Bühnen Kabarett. Jetzt lebt sie mit ihrem Mann in Berlin und schreibt nur noch. Bei Knaur erschienen mit großem Erfolg ihre Romane »Sternschnuppensommer« und »Dritte Sonnenblume links«.
Mehr über die Autorin und ihre Bücher können Sie auf ihrer Website erfahren: www.christine-vogeley.de

Christine Vogeley

Melonentango

Roman

Knaur Taschenbuch Verlag

Die Erstausgabe dieses Buches erschien
unter dem Titel »Leni, Susanna und Molly Melone«
im Fischer Taschenbuch Verlag.

Besuchen Sie uns im Internet:
www.knaur.de

Vollständig überarbeitete Neuausgabe Juli 2007

Umschlaggestaltung: ZERO Werbeagentur, München
Umschlagabbildungen: FinePic, München / Jana Bischoff
Satz: Adobe InDesign im Verlag
Druck und Bindung: Clausen & Bosse, Leck
Printed in Germany
ISBN 978-3-426-63596-4

2 4 5 3 1

Liebe Leserin, lieber Leser!

Als mein Verlag sich netterweise dazu entschloss, meinen Roman »Leni, Susanna und Molly Melone« aus dem Jahr 2000 unter dem Titel »Melonentango« neu zu veröffentlichen, dachte ich, das sei doch eigentlich eine gute Gelegenheit, den Roman noch mal richtig zu lesen. Das tat ich dann auch. Dabei fiel mir eine Stelle auf.

An dieser Stelle sagt Dario, Italiener und wichtigster Mann in der Geschichte: »Wir Italiener haben zwar die dreiundfünfzigste Nachkriegsregierung, aber …«

Das konnte man nicht so stehen lassen, das musste aktualisiert werden. Auch deshalb, weil es Regierungen gibt, die Dario und ich erleichtert zur Vergangenheit zählen. Dann habe ich noch hier ein Stückchen rundgefeilt und da ein paar Ornamente begradigt, kurz und gut, aus der kleinen Laubsägearbeit wurde eine größere Baustelle, obwohl man in der Belletristik eigentlich eher selten überarbeitet.

Meine Sprache hat sich im Laufe der letzten Jahre ziemlich geändert. Ich auch übrigens, aber kein Wunder, wir leben ja schließlich zusammen. Die Geschichte an sich ist geblieben. Ich würde sie heute anders erzählen, aber sie ist eine Reise in die eigene Vergangenheit, und ich mag sie so gerne wie vorher.

Geändert habe ich vor allem Stilistisches. Zwischendurch habe ich mich mit den Romanfiguren zusammengesetzt und sie gefragt, ob sie noch etwas zu sagen hätten. Das hatten sie. Sie haben mir eine Menge Dinge erzählt, die ich beim ersten Mal nicht aufgeschrieben habe. Jetzt sind sie drin. Ich wünsche Ihnen viel Freude beim Lesen,

Ihre Christine Vogeley

In Mechenbach und Perugia

Dario zündete sich eine Zigarette an und starrte zum Fenster hinaus. Er gehörte nicht zu den Menschen, die lange über einen Fehler nachdenken, aber das hier – *mamma mia* –, das war einer gewesen.

Zu Hause, in Perugia, blickte er von seiner Dachterrasse auf das mittelalterliche Gewimmel charaktervoller Häuser, auf filigrane Marmorsäulen, auf den heiteren Platz vor dem Palazzo dei Priori und auf den schönsten Brunnen der Welt.

Den Ausblick dieser Dachwohnung in der Via Calderini hatte er gegen die Ansicht des Bahnhofsvorplatzes von Mechenbach getauscht. Und nicht nur das. Wenn hier jemand hupte, meinte er es ernst. Alles war breiter, die Kaffeetassen, die Menschen, die Schuhe. Das Wetter und die Mädchen waren kühler. Niemand flanierte abends zur »Passeggiata« in seinen besten Kleidern über den Mechenbacher Marktplatz. Niemand umkreiste ihn lachend und kreischend auf seiner Vespa: »Ehi, Dario, come stai?« Und die holländischen Tomaten, die er hier in Mechenbach mit Basilikum und Mozzarella servierte, schmeckten vermutlich wie feuchtrosa Schwammtuch. Er rührte sie nicht an.

Unter seinen Kunden liebte er besonders einige deutsche Frohnaturen, die sich welterfahren und weitgereist gaben: »He, Sinjore, die Tackliatelle al dente un avanti, klar?«

Aber wie überall, es gab auch andere. Seine Nachbarin Frau Siegel, zum Beispiel. Und deren rechte Hand Leni Schmitz. Darios Onkel bestand auf frischen Blumen für sein Lokal, und deshalb hatte Dario die Aufgabe, alle paar Tage Tulpen, Chrysanthemen oder sonstige Saisonblüten in Frau Siegels Blumenladen abzuholen.

Dario lächelte sein spezielles Lächeln, mit dem sogar im verregneten Mechenbach unmittelbar die Sonne aufging. Er erkundigte sich nach dem Namen jeder einzelnen Schnittblume, lobte Adelheid Siegels Haarfarbe, befühlte mit Kennermiene Lenis indianische Türkisohrringe, von denen sie etwa siebzig Modelle besaß, und hatte bereits nach dem ersten Besuch Freundinnen fürs Leben gewonnen. Dario war jetzt seit acht Wochen hier, hatte einige ländliche Herzen gebrochen, seinen halben Lohn nach Italien vertelefoniert und konnte sich kaum verzeihen, dass er zu faul gewesen war nachzuschauen, wo Mechenbach eigentlich lag.

»Na gut, wenn du unbedingt ins Ausland willst … dann gehst du eben nach Köln zu Enzo und Gianna, mein Junge«, hatte der Vater gesagt. »Einmal ist das gut der Sprache wegen – ja, ich weiß, du sprichst gut deutsch, aber dann kannst du später noch besser mit den vielen germanischen Touristen umgehen – außerdem sollte ein junger Mann, der in der Hotelbranche arbeitet, unbedingt Auslandserfahrungen haben.« Er machte eine große Geste. »Du bist hier in ein paar Jahren der Chef, vergiss das nicht.«

»Das hast du mir vor ein paar Jahren auch schon gesagt, Papa. Wahrscheinlich wirst du es mir in ein paar Jahren wieder sagen.«

Ettore Mazzini hob beide Hände und sagte mit gespieltem

Bedauern: »Mit neunundzwanzig Jahren kann man noch kein Hotel leiten. Das ist zu jung. Viel zu jung. Geh mal nach Deutschland und lerne noch etwas. Wenn du wieder hier bist, sehen wir weiter.«

»Hier«, das war sein Traditionshotel *Stella di Perugia*, etwas abseits des Touristenstromes am Hang gelegen, mit Blick auf die umbrische Weinlandschaft.

Das Hotel war für Darios Begriffe renovierungsbedürftig. Die Bausubstanz war solide und würde es auch noch weitere hundert Jahre sein, aber die Tapeten waren verblasst und die Wasserhähne vom vielen Polieren stumpf geworden. Die Kacheln in den Bädern gehörten zu der Sorte, die mit dem Alter nicht gewinnen, aber Küche und Atmosphäre konnten ihresgleichen immer noch suchen.

Es gab einige Engländer, die das Haus seit dreißig Jahren frequentierten. Sie liebten es, abends unter der Fächerpalme im Innenhof einen Limonenlikör zu trinken und sich an den asthmatischen Putten des Springbrunnens zu erfreuen, die sein Wasser unregelmäßig ausspuckten. So wie man in England sagt: »Eine Spinne ist ein Zeichen für ein trockenes Haus«, konnte man im *Stella* behaupten, dass die alten Engländer ein Zeichen für ein gemütliches Hotel waren.

Dario liebte das Hotel. Er hatte mit seinem Vater viele Konflikte ausgestanden, Mädchen, Alkohol, Haarschnitt und Politik, das ganze Repertoire also. Aber niemals zweifelte Dario daran, dass er das Hotel übernehmen würde. Es war für ihn ein lebendiger Organismus, zu dem er einfach gehörte.

Als er klein war, spielte er mit seinen Freunden im modrigen Weinkeller oder in der verwirrend organisierten Küche, klaute Süßigkeiten oder goldverpackte Hotelseife, um sie in der Schule gegen andere Schätze einzutauschen. Er kannte jeden

Kellner, war mit der Lebensgeschichte der legendären Küchenchefin Bruna vertraut und ließ sich von den zwei hauptamtlichen Zimmermädchen Graziella und Alessia bemuttern. Die rundlichen Damen versuchten, dem kleinen Dario die Mutter zu ersetzen. Die seltsam unbekannte Mutter, über die der Vater nie sprach, nach der man nie fragen durfte. Ihr Bild war sehr blass. Dario konnte sich eigentlich nur an helle Haare erinnern, an einen schwachen Duft. Auch Geschichten von Prinzen, Drachen, dem Teufel und der schönen Biancaneve, dem italienischen Schneewittchen, waren undeutlich mit ihrem Bild verwoben.

»Mit einem französischen Professor, ich bitte dich!« Die Zimmermädchen wechselten die Bettwäsche in der Suite, und der kleine Dario versteckte sich hinter einem Vorhang.
»Ach, Alessia, was willst du? Du hast sie doch auch gekannt. Sie war schön, weißt du, blond, aus Mailand.«
»Ha! Mailand! Die hab ich sowieso gefressen! Typisch ihr aus dem Norden.«
Alles, was oberhalb von Messina lag, war für Alessia »der Norden«. Alessia stammte aus Palermo. Sie schlug mit der Handkante wütend einen exakten Knick in die beiden steifen Kissen, die nun wie spitze Kirchtürme aus dem frisch bezogenen Ehebett ragten. »Keine Sizilianerin würde ihr Kind im Stich lassen, auch noch wegen einem Mann!«
»Also ich …«, Graziellas Stimme wurde leiser, »… ich möchte nicht mit dem Chef verheiratet sein. Dieser Diktator … ich kann sie verstehen, ein bisschen jedenfalls.«
Alessia schnaubte verächtlich, schloss mit einem Knall die Balkontür, zog die Vorhänge zu, entdeckte Dario, schimpfte ihn laut aus und stopfte ihm den Mund mit Schokolade voll.

Als er älter wurde, ließ er sich von den jüngeren Zimmermädchen anschwärmen. Sie lasen in ihren spärlichen Pausen hochromantische Fotoromane, in denen arme Mädchen immer reiche junge Männer heirateten, die auf charakterliche Qualitäten größten Wert legten. Leider legte Dario größten Wert auf lange Wimpern und lange Beine. Mit achtzehn waren charakterliche Vorzüge viel mühsamer zu entdecken als ein Reißverschluss. Trotzdem schaffte er es, dass ihm keine der hoteleigenen Verehrerinnen böse war. Er konnte, seine neueste Eroberung am Arm, an dem fetthaarigen Küchenmädchen vorbeiziehen und ihr eine Kusshand zuwerfen: »Ciao, Pina! Was für schöne Augen!« Und Pina schmolz dahin.

Nebenbei durchlief Dario eine harte Ausbildung. Er musste nach dem Willen des Vaters alles können: Kalkulation, Buchhaltung, Schuhe putzen und alles über Wein wissen. Armaturen schrubben, mit den Lieferanten um Prozente feilschen, mit dem Fremdenverkehrsverein zanken, aufgelöste Reisebegleiter beruhigen, dem Personal geschickt auf die Finger sehen, auf Englisch, Deutsch und Französisch telefonieren, perfekte Gnocchi zubereiten und einfach ständig und überall präsent sein. Nach einiger Zeit lernte Dario, sein berühmtes Lächeln hinter der Rezeption wie eine Tischlampe an- und auszuknipsen.

Natürlich war sein Vater ein Diktator. Aber Dario war gerissen. Er hatte seinem Vater in langen Auseinandersetzungen deutlich gemacht, dass er die Nachfolge nur antreten würde, wenn er eine eigene Wohnung bekäme. Dario wusste genau, dass er die Arbeit im Hotel unter der Fuchtel seines Vaters nur durchstand, wenn er sich in seiner freien Zeit vollkommen zurückziehen konnte. Der Vater war starrsinnig. Dario hatte seinen Dickschädel geerbt, nur war er eben jünger. Signor Mazzini konnte seinen Sohn anbrüllen: »Wenn ich nein sage, sage ich ›nein‹!« – und Dario schwebte eine Viertelstunde später im weißen Kellnerjackett am Büro vorbei, jonglierte ein Silbertablett mit Ramazottigläsern auf den Fingerspitzen und grinste durch den Türspalt. »Also abgemacht, Papa? Nächsten Monat ist sie frei, die Wohnung in der Via Calderini!«

»Raus!« Der bronzene Briefbeschwerer in Form einer Friedenstaube flog an Darios Kopf vorbei und hinterließ eine deutliche Kerbe in der Tür. Dario hielt dieses Spiel lange durch. Erstaunlicherweise gab Ettore Mazzini an irgendeinem kühlen Winterabend auf und kaufte die Wohnung. Wahrscheinlich war er einfach müde.

Dario verbrachte viele Stunden damit, die Wohnung so einzurichten, dass eine Frau beeindruckt war. Natürlich nicht *eine* Frau, sondern alle. Jedenfalls alle, die über die Schwelle traten. Eine Tür mit Drehkreuz und Zählwerk hätte sich hier gelohnt.

Nicht, dass Dario durch übertriebene Schönheit oder Muskulatur beeindruckt hätte. Wenn er jedoch mit seinen Freunden auf dem Corso Vanucci vor seinem Lieblingscafé saß, den Kopf mit den halblangen Haaren zurückwarf und lachte, war er vergleichsweise unwiderstehlich. Auf unerklärliche Art gab Dario jedem das Gefühl, der interessanteste Mensch unter Gottes Sonne zu sein. Derart aufgewertet, war ihm fast jeder freundlich gesonnen. Auf ältere Hotelgäste, namentlich Damen, wirkte er wie Fliegenleim.

»Was sagen Sie, die Glühbirne über dem Waschbecken ist kaputt? Madonna, unmöglich. Ich komme sofort. Es werde Licht«, sagte Dario, und schon konnte die Signora ihr Blondhaar wieder im Spiegel sehen. »Wieso haben Sie eigentlich eine so zarte Haut? Liegt das am englischen Regen?«

Und die hohlwangige Lady, die von ihrem Mann vor fünfzehn Jahren das letzte Kompliment gehört hatte, schwebte mit glänzenden Augen zum Fahrstuhl und betrachtete ihr Gesicht seit langer Zeit wieder freundlich im Spiegel.

Die Sache mit Mechenbach hatte sich Dario selbst eingebrockt, das musste er im Rückblick widerstrebend zugeben. Nach seiner offiziellen Lehrzeit hatte er jahrelang den inoffiziellen Rang eines Geschäftsführers, durfte aber nicht dessen Kompetenzen ausüben. Sein Vater wollte das Heft einfach nicht aus der Hand geben. Er ahnte wohl, dass Dario ihn sonst in kürzester Zeit niederwalzen, seine Renovierungspläne und die Küchenmodernisierung realisieren und die Rezeption mit einer Staffel rotlackierter Starlets besetzen würde. Aber so weit war Mazzini senior noch nicht. Er beobachtete seinen Sohn, fand ihn oberflächlich, flatterhaft, leichtsinnig – es gab tausend Gründe, weshalb er Dario die Hotelleitung noch nicht überlassen wollte. Einen wichtigen Grund verschwieg er ihm allerdings. Er wusste, dass er auf taube Ohren gestoßen wäre. Dario, ständig ausgebremst, begann sich trotz der vielen Arbeit zu langweilen, war frustriert, unzufrieden und dachte zum ersten Mal in seinem Leben über die Tragik alternder Kronprinzen nach.
Hinter der Rezeption fühlte er sich noch am wohlsten, von dort aus konnte man wunderbar Menschen beobachten. Außerdem war der blankpolierte Mahagonitresen mit seinen venezianischen Spiegeln die ideale Kulisse für das Ein-Mann-Stück »Charming Dario«. Dario liebte Theater, als Zuschauer oder Akteur.
Irgendwann einmal hatte ihn eine Blondine über die Theke angelächelt. Sie war Reiseleiterin, großzügig und fröhlich und

kam aus Colonia in Germania. Glücklicherweise hatten sie beide gleichzeitig einen ganzen Tag frei. Den verbrachten sie in seiner Dachwohnung, großzügig und fröhlich. Und leidenschaftlich. Als sie abends auf der Dachterrasse lagen und Weißwein tranken, sinnierte sie: »Wenn alle Männer in Perugia so sind wie du, will ich nicht mehr fort.«
Er drehte sich um, strich mit seiner Hand über ihren nackten Rücken und sagte: »Wenn alle Mädchen in Köln so sind wie du, will ich sofort dahin.«

Gesagt, getan. Ein Jahr Ausland konnte den Horizont nur erweitern. Wobei Dario und sein Vater dabei an sehr verschiedene Dinge dachten.
»Ich habe mit Enzo telefoniert, er freut sich.« Darios Vater klappte sein großes Telefonregister zusammen.
»Wohne ich bei ihm, oder muss ich mir eine Wohnung in Köln suchen?«
»Natürlich wohnst du bei ihm. Enzo und Gianna haben ein großes Haus und viel Platz. Es liegt nicht direkt im Zentrum, weißt du, eher so in der Nähe von Köln.«
Das war die Untertreibung des Jahrhunderts. Mit dem Auto fuhr man eine Stunde bis zum südwestlichen Kölner Zubringer, mit Bus und Bahn konnte man eigentlich nur fahren, wenn man viel Zeit sowie Schlafsack und Thermoskanne mitbrachte. Dafür war das Hotel-Ristorante *Bellavista* in Mechenbach konkurrenzlos. Enzo und Gianna hatten sich mit der heiligen Schnitzeldreifaltigkeit Wiener-Jäger-Zigeuner auf die ländlichen Wünsche eingestellt und buken eine sehr anständige Pizza, auf Wunsch auch zum Mitnehmen. Als Gäste des Hotels begrüßten sie vorwiegend Vertreter für Landmaschinen und Kunstdünger oder holländische Wochenendurlauber, die

auf den Zimmern belegte Brote aßen und in der Mechenbacher Umgebung das nachholten, was in Utrecht oder Breda nicht möglich war, nämlich steile Waldhügel hinauf- und wieder herunterzulaufen.

Darios Tante Gianna hatte es als Doppelmutter auf dem Lande einfacher als ein fremder junger Mann, dessen Schuhwerk sich auf dem Mechenbacher Pflaster ausnahm wie ein elegantes Petit Four zwischen Schmalzbroten.

Die beiden Cousins, vierjährige Zwillinge, gingen in den Kindergarten und durchlebten ihre Analphase bereits in fließendem Deutsch mit Eifeler Akzent: »Kacke, Pisse, Hühnerklo, Dario hat 'nen Pickelpo.«

Das stimmte zwar nicht, aber die beiden Zwerge warfen sich vor Vergnügen auf den Teppich vor den stets laufenden Fernseher und lachten sich halb tot, wenn Dario sie fressen wollte. Er liebte Kinder, er respektierte seinen Onkel und fand seine Tante ganz erträglich.

Aber hier in Mechenbach kam er sich vor wie ein Silberbecher, den man aus Versehen auf eine Müllkippe geworfen hatte. Die männliche Kleinstadtjugend beachtete ihn nicht, denn er war in keinem Verein, teilte nicht ihre schlichten Freuden zwischen freiwilliger Feuerwehr und Fanfarencorps und machte sich nichts daraus, Bier aus einem Zweiliterstiefel zu trinken. In Mechenbach war er eben der Kellner aus dem *Bellavista* und nicht der zukünftige Chef des schönen alten *Stella* und eines Weingutes am Lago Trasimeno.

Und diese miefige, trübe Kleinstadt! Jetzt war noch Sommer. Was sollte werden, wenn im Winter die Tage kaum hell wurden, das Glatteis die Verbindungsstraßen zur Autobahn in gefährliche Eisschneisen verwandelte und die einzigen Farben von den bunten Glühbirnen des Friseurs gegenüber stammten? Dario hatte keine Vorstellung davon, wie eine Eifeler Kleinstadt im Winter aussah, aber Tante Gianna hatte es ihm in einem ihrer heftigen Anfälle von Heimweh nach ihrer Heimatinsel Elba erzählt.

Die großzügige Kölner Reiseleiterin war nie zu erreichen. Irgendwann hatte er eine Postkarte von ihr bekommen, mit einem Herzchen darauf und der Information, dass sie oft an ihn dächte, Gruß aus Santorini, unbekannterweise auch von Giorgios.

Eine stämmige Frau schob gerade einen Kinderwagen am Fenster des Ristorante vorbei. Eine andere junge Mutter kam ihr entgegen, beide blieben stehen, begrüßten sich, wischten ihren Bälgern die Laufnasen und begannen, Einkaufstüten auszupacken, um wechselseitig ihre Schnäppchen zu bewundern. Herrenunterhosen mit Eingriff, Damenslips mit ulkigem Aufdruck und ein Hochglanzkochbuch: »Schlemm dich schlank«. Und das sollte jetzt noch mindestens ein Jahr lang so weitergehen.

Ob Vater gewusst hatte, wohin er ihn schickte? War es Absicht gewesen? Schliff und Weltgewandtheit, wichtige Eigenschaften zur Führung eines Hotels, bekam man hier nicht. Das stand fest. Allerdings waren das nicht unbedingt die Eigenschaften, die Dario an sich vermisste.

Aber vielleicht hatte Vater anderes im Sinn gehabt, als er ihn zu Enzo schickte? Enzo war Vaters viel jüngerer Bruder. Er baute sich mit seinem Erbteil und mit ungeheurem Fleiß ein Pizzaimperium auf. In Mechenbach gab es das Hotel-Ristorante *Bellavista*, in einem zwanzig Kilometer entfernten Dorf ein Eiscafé *Bellavista*, und jetzt bastelte Enzo jede verfügbare Minute an einer Baracke im Industriegebiet herum, dem zukünftigen Pizzataxiservice für Mechenbach und Umgebung. Vielleicht sollte Enzos Bienenfleiß auf ihn übergehen wie ein Virus?

Dario war nicht faul, nicht dumm. Aber sein Verschleiß an jungen Damen zog doch beträchtliche Energien von ihm ab, das war dem Erblasser des Hotels *Stella di Perugia* nicht entgangen. Es kam nicht selten vor, dass Dario eilig eine schluchzende junge Dame aus der Hotelhalle zog, um ihr im Hof zwischen den Gemüsekisten, belauscht von den Küchenmädchen, zu erklären, dass sie viel zu gut für ihn sei und er natürlich das größte Schwein auf Erden. Und deshalb sei es doch eigentlich ganz günstig, dass er jetzt leider, leider eine neue Freundin habe.

Dario stand ehrlich betrübt, aber auch verständnislos vor all den Tränenfluten, die er auslösen konnte. War ihr denn nicht bewusst, dass das alles nur eine wunderbare Kurzweil gewesen war? Wer konnte denn ernsthaft den Schwur »Ich werde dir immer treu sein« auf die nächste Woche ausdehnen? Immer treu, das hieß, immer gerade jetzt! Waren denn die schönen Tage und Nächte nicht wie eine halbe Ewigkeit gewesen? Was wollte sie denn mehr?

An die gebrochenen Herzen, die Darios Weg wie leere Bonbonhüllen säumten, verlor Vater Ettore Mazzini keinen Gedanken, welche Frage. Schließlich hatte eine Frau es gewagt, ihn zu verlassen. Einen schlagenderen Beweis für die Dummheit des Weibes an sich konnte es nicht mehr geben. Nein, es war das Geld – Dario war zu großzügig –, vor allem aber der Zeitaufwand. Und der Zeitpunkt. Ettore Mazzini wollte keinen flatterhaften Junggesellen als Hotelchef. Er sehnte sich nach Enkeln. Einer musste Ettore heißen, und die anderen kleinen Jungen würden ihm hoffentlich ähnlich sehen. Dass ab und an, durch eine üble Laune der Natur, auch kleine Mäd-

chen zur Welt kamen, verdrängte er. Jedenfalls, vervielfältigt und familiengeschichtlich abgesichert, konnte sich Mazzini senior in Ruhe auf sein Weingut konzentrieren.
Dario sollte irgendeine nette, reiche Dame aus Perugia oder Umgebung heiraten und ihr ein paar Kinder machen. Das und die Arbeit im Hotel würden ihn zur Genüge absorbieren. Wenn er dann immer noch zu viel Energien hatte, konnte er sich ja eine Geliebte nehmen, das war schließlich das Übliche. Aber *dieser* Kraftaufwand, den er da trieb, der sollte lieber in die Familie fließen.
Dario sah durch die Küchenanrichte, wie Tante Giannas fleckige Schürze hektisch hin und her lief. Giannas Kopf und ihre Beine konnte man nicht sehen. Rot geschrubbte Hände stellten Salatteller auf die Anrichtefläche aus Edelstahl. Ein Klingelzeichen forderte ihn zum Servieren auf.
Plötzlich verstand Dario, warum sein Vater ihn widerstandslos nach Deutschland hatte gehen lassen. Er, Dario, sollte Enzos Familienleben als Muster verinnerlichen.
Ich danke, dachte Dario. Giannas Haare standen spätabends vom Küchendunst ab wie ein Plastikhandfeger, die Kinder lagen vor dem Fernseher, der in Endlosschleife grüne Drachen oder blaue Elefanten abspulte, und Enzo fing an zu schnarchen, kaum dass sein Hinterteil mit einem Stuhl oder Sessel in Berührung gekommen war. Immerhin perfektionierte Dario sein Deutsch. Und er gewann die Erkenntnis, dass er genau so niemals leben wollte.

Zu Hause

Und du, Jeannette Schmitz, wirst dick sein, wirre Haare haben und eine Kartoffelnase. Vielleicht wirst du eine Freundin finden, niemals aber einen Mann. Dafür wirst du gesegnet sein mit immerwährendem Hunger. Auf Dosenleberwurst und Liebe.« Die Fee nahm ihren Zauberstab und wandte sich dem anderen Kinderbett zu. »Du aber, Susanna Schmitz, wirst schön sein wie der junge Morgen, vom Schicksal bevorzugt, aber geschlagen mit einem Scheißcharakter. Und ihr werdet euch hassen und bekämpfen, und ihr werdet erst im Alter von achtzehn und zweiundzwanzig Jahren voneinander erlöst werden.«

Die Fee lachte noch einmal böse, dann schürzte sie ihr nachtblaues Gewand und flog zum Fenster hinaus. Im Kinderbett, unter dem gerahmten Druck der zum Gebet gefalteten Dürerhände, lag Susanna. Löckchen umringelten das zarte Kindergesicht, sie lächelte im Traum und ahnte nicht, dass aus ihr einmal so ein Kotzbrocken werden sollte.

»Nettchen! Jeannette! Komm essään!«

Jeannette überflog den Text noch einmal, speicherte ihn und fuhr den altersschwachen Computer herunter. Sie schnupperte wie ein Kaninchen. Es roch nach gebratenen Koteletts und frischem Blumenkohl. Sie erhob sich, stieß mit ihrem breiten Hinterteil beinahe die Vase mit den Teerosen vom Beistelltisch und blickte auf die grünen Hügel vor ihrem Fenster.

Oben am Himmel kreisten zwei Raubvögel. Das Fenster war offen, sie konnte die scharfen, klaren Laute der Tiere hören.

Heute Nacht hatte sie wieder geträumt, sie könne fliegen. Sie brauchte nur heftig mit den Armen auf und nieder zu rudern, dann erhob sie sich in die Luft. Zuerst ging es etwas schwerfällig, dann aber immer leichter. Sie war durch eine gotische Kathedrale ohne Dach geflogen. Nur die Fensterbögen und die Rippen des Gewölbes hatten dagestanden. Nach Sigmund Freud sollte Fliegen unter anderem angeblich auch sexuelle Bedeutung haben, aber das konnte sie sich nicht vorstellen. Quatsch. Enormen Hunger hatte sie im Traum bekommen, auf dunkel gebackenen Mandelkuchen. Sie stellte das Radio, das die ganze Zeit im Hintergrund gedudelt hatte, lauter. Da lief einer der Oldies, bei dem sie jedes Mal eine Gänsehaut bekam: »Thank you for the Music« von Abba.
Noch verhalten sang die Frauenstimme die einleitenden Verse:

… but I have a talent
a wonderful thing
cause everyone listens
when I start to sing …

Dann kam die Lieblingsstelle. Immer wenn die Sängerin langsam ausholend auf nur einem Ton *So – I – saaaaay* sang und sich dann wie eine Wellenreiterin vom Refrain … *thank you for the music* hochtragen ließ, überrieselte es Jeannette. Für die wilde Freude, die sie manchmal beim Singen verspürte, hatte hier jemand Töne gefunden. Sie sang laut mit:

… the songs I'm singing
thanks for all the joy they're bringing
who can live without it?
I ask in all honesty

what would life be
without a song or a dance
what are we?
So I say thank you for the music …

»Jeannette! Alles wird kalt!«

… for giving it to meeeee! Dann atmete sie noch einmal tief durch, lauschte dem Nachklang ihrer eigenen Stimme und sprang die Treppe herunter, zwei Stufen auf einmal nehmend. Jesus, roch das gut!

Der Tisch war sonntäglich gedeckt. Mama hatte das geerbte Geschirr mit dem Goldrand hervorgeholt und die Servietten mit Großmutters Monogramm steif gebügelt und zu einer Bischofsmütze gefaltet. Um den mexikanischen Kerzenleuchter war eine Efeuranke gewunden, und in einer Schale duftete ein wunderliches Arrangement aus Gräsern und Lavendel. Jeannette musste lächeln. Jedes Wochenende war der Tisch gedeckt, als käme der Bundespräsident zu Besuch.

Sie ging in die Küche. Mama stand da, hatte die Hosenbeine etwas hochgekrempelt, trug ein T-Shirt mit einem arg gerupften Paillettentiger darauf und hatte die roten Haare mit einem Tuch zurückgebunden. Eine Eichelhäherfeder, deren Kiel in einer Silberperle steckte, schmückte Mamas rechtes Ohr. Ihre Füße steckten in Wollsocken. Sie streute gerade Petersilie auf die Suppe, hielt inne und betrachtete Jeannette.

»Kind, sollen wir dir nicht einmal eine bunte Hose und einen roten Pulli kaufen? Immer diese Tarnfarben!«

»Hör auf, Mama. Den Deckel einer Mülltonne poliert man nicht.«

Leni wollte widersprechen, aber Jeannette ließ sie nicht zu Wort kommen: »Aber wenn du ein paar Euro zu viel hast, könnte ich mir die Billie Holiday Gesamtausgabe kaufen, die gibt es in Köln jetzt gerade für nur …«

»Nein!« Leni warf das Küchenmesser energisch in das Spülbecken. »Entweder Kleidung oder gar nichts. Susannas Teller kannst du abräumen, sie kommt nicht. Sie hat eben angerufen, sie wird wohl mit Arnold und seiner Mutter essen.«

Das war eine gute Nachricht. Jeannette atmete auf. Susanna pflegte ihre jüngere Schwester nämlich spöttisch zu beäugen und zu fragen: »Na, wann kriegst du denn deinen Doktortitel? Gibt es eigentlich keinen Friseur in Köln, oder wieso läufst du so herum?«

Dabei wusste sie ganz genau, dass kein Friseur der Welt aus dieser rotbraunen Drahtbürste etwas herausholen konnte. Waren die Haare länger als drei Zentimeter, begab sich Jeannette sofort unter die Schere des mäßig begabten Coiffeurs neben den Mechenbacher Bahnhofstoiletten. Ihrer Ansicht nach passten zu einem dicken Gesicht nun mal keine dichten Locken, die unweigerlich wachsen würden, wenn sie ihren Haaren Kringelfreiheit gewährte. Und dass man im zweiten Semester Geographie und Anglistik keinen Doktortitel bekam, musste sogar bis zur Kreissparkasse Mechenbach durchgesickert sein. Dort saß Susanna tüchtig und dekorativ am Schreibtisch und beriet Kunden mit zu viel oder zu wenig Geld.

Letzten Sonntag, am Mittagstisch, hatte Susanna ihren Freund Arnold gefragt: »Möchtest du noch etwas Schweinefilet mit Champignons? Dann beeil dich, sonst schaufelt meine kleine Schwester das alles weg. Sie frisst, die Gute.« Dann erklärte sie ihrer Mutter: »Ich nehme heute Nachmittag das Auto. Arnolds Mercedes ist in der Werkstatt.«

Und Jeannette durfte mit der schweren Segeltuchtasche voller Wäsche und Dosenleberwurst die zwei Kilometer zur Bushal-

testelle laufen, in der Kreisstadt noch einmal zehn Minuten zum Bahnhof keuchen, um dann den Bummelzug nach Bonn zu nehmen, wo sie endlich Anschluss nach Köln bekam. Sonst wurde sie von Mama nach Bonn gefahren. Zwar besaßen Mama und Susanna das Auto gemeinsam, aber irgendwie hatte Susanna immer Vorfahrt. Wenigstens die Ekelschwester und ihr madenbleicher Freund Arnold blieben ihr heute erspart.
»Schmeckt ganz, ganz lecker, Mama.«
Frau Schmitz blickte auf ihre alte Herrenarmbanduhr und rechnete aus, dass ihr noch drei Stunden mit Jeannette blieben. Sie betrachtete zwei helle Würfel mit Petersilientupfern auf ihrem Esslöffel, blickte dann Jeannette fest an und fragte: »Nettchen, weißt du eigentlich, wie man Eierstich macht?«
Jeannette zuckte zusammen. Das musste sie jetzt durchstehen. Jetzt kam die allwöchentliche Haushaltsstunde. Mutter würde ihr gleich alle Eierstichrezepte der letzten vierzehn Generationen vorbeten, um anschließend zu bemerken, wie wunderbar Susanna kochen konnte. Mama tendierte nicht dazu, die beiden Schwestern gegeneinander auszuspielen, aber manchmal tat sie es eben doch.
Seit über zehn Jahren versuchte Mutter, aus Jeannette eine gute Köchin zu machen. »Ich habe euch kein Tafelsilber zu vererben, keine Bildung und kein Vermögen. Aber meine Kochkunst!«, predigte sie ihren Töchtern.
Bei Jeannette stieß sie auf taube Ohren. Susanna dagegen ließ sich weniger von der sinnlichen Seite des guten Kochens fesseln als vielmehr vom sachlichen Kalkül. Als Ehefrau eines reichen Geschäftsmannes, der repräsentieren und einladen musste, konnte sie solche Kenntnisse gut brauchen. Susanna, in Jeannettes Augen so steril wie eine adelige, bügelfreie Rotkreuzschwester, würde in spätestens einem Jahr ihren bleichen

Arnold heiraten, mit ihm eines seiner Grundstücke bebauen und hinter modischen Gardinen zwei vermutlich blonde Kinder zeugen. Arnolds Mutter besaß ein Betten- und Gardinengeschäft in der Kreisstadt, dazu Filialen in zwei weiteren Kleinstädten und drei Sechsfamilienhäuser mit pünktlich zahlenden Mietern. Sohn Arnold war bereits Prinzregent mit Befehlsgewalt über die Matratzenhalle in Mechenbach. Jeannette fand Arnold so spannend wie einen wurmstichigen Beichtstuhl.
Ein einziges Mal hatte Jeannette bei Arnolds Mutter Kaffee getrunken, nämlich vor etwa einem Jahr auf Susannas Verlobung. Jeannette hatte ein Likörglas umgestoßen und sich von der ersten bis zur letzten Sekunde unwohl gefühlt, unwohl in diesem teuer, aber nicht geschmackvoll eingerichteten Landhaus. Da war noch die Stimme von Arnolds Mutter in ihrem Ohr, die Betonung, die sie bei der Frage »Du bist also Susannas Schwester?« auf das Wort »Du« gelegt hatte. Unglücklich, dick und verlegen hatte Jeannette auf dem Sofa gesessen, die Kaffeetasse in den Händen hin- und hergedreht und schließlich, zu ihrem eigenen Entsetzen, laut gerülpst.

»... aber zu viel Muskat schmeckt auch nicht. Und wenn du die Tasse vorher nicht ausbutterst, klebt alles fest. Nettchen, hörst du mir zu?«
Jeannette schrak hoch. »Doch ja, Mama. Tasse ausbuttern!«
Die Mutter nickte befriedigt und stellte die Suppenteller zusammen. Jeannette erhob sich, trug die Terrine hinaus und wollte beim Auftragen des Essens helfen. Aber die Mutter winkte ab. Jeannette war in der Küche langsam und ungeschickt, und ihre Lektion hatte sie für heute ja gelernt. Diese kulinarischen Trockenübungen würde Mama wohl nie aufgeben, dachte Jeannette halb belustigt, halb genervt. Aber alles,

was mit Mehlschwitzen, legierten Suppen oder Backhefe zusammenhing, interessierte Jeannette so brennend wie die genaue Stückzahl der Federkernmatratzen, über die Susanna einmal herrschen würde.

Jeannette wanderte durch das kleine Wohnzimmer. Der Blick durch das Fenster ging auf den Garten, bis zur Ligusterhecke. Dahinter sah man die sich bläulich überlagernden Eifelberge. Das Haus lag am Hang.

Leni, mit ihrem Geschick für alles Grüne, hatte im Laufe der Jahre einen überbordend wuchernden Garten angelegt. Altenglische Rosensorten blühten zwischen violettem Rittersporn. Stockrosen, Lavendel und Sonnenblumen leuchteten neben dunkel glänzendem Kirschlorbeer und Terrakottakübeln mit Oleander. Riesengräser wippten über blausilbernem Salbei und dunkelgrünen Funkien mit ihren herzförmigen Blättern, dazwischen blühten weiße Schleifenblumen und himmelblaue Campanula. Im Herbst erfreuten Cosmeen und Astern mit wundersamen Farbklängen, im Winter turnten alle Arten von Meisen über die Schneehäubchen, die auf den abgeblühten Margeriten lagen.

Die Gärten der anderen Dorffrauen waren Leni Schmitz ein Gräuel: Dort standen die Stiefmütterchen stramm Spalier, der Rasen sah aus wie waschbarer Kunststoff, und in alten Schubkarren blühten quietschrote Disneylandgeranien. Blumenbeete wurden stets an den Rand der Grundstücke gedrängt, um einen charakterlosen Zierrasen zu umrahmen, auf dem niemals jemand lag. Den größten Teil solcher Gärten konnte man zwar von der Terrasse aus betrachten, aber nicht nutzen.

Bei Mama konnte man das. Es gab einfach keinen Rasen, nur lauschige Winkel zwischen Stauden und Sträuchern, die gerade einen blau gestrichenen Gartenstuhl verbargen. Verstreute kleine Inseln aus einfachen Quadersteinen oder zurechtgesägten Eisenbahnschwellen boten für Tische und Stühle halbwegs ebene Standflächen.

Umgeben von wisperndem Bambus konnte Jeannette im Sommer auf einem Korbsessel sitzen und verborgen vor Susannas spöttischem Blick eine Tüte Krokantbonbons in sich hineingoscheln. Dieser Platz war der beliebteste im Garten und nannte sich »Wisperinsel«. Ein paar Meter weiter las Mama vielleicht in einem Buch über indianische Keramik. Niemand konnte sie sehen. Sie hatte, als sie den Garten anlegte, ein paar Hopfenstangen wie ein indianisches Tipi aufgestellt, oben mit Draht zusammengebunden und von Knöterich umranken lassen. Zwischendurch war schon einmal eine Stange morsch geworden und musste ersetzt werden, aber der Knöterich wuchs im Laufe der Zeit zu einer dichten und stabilen Hütte zusammen, die sorgfältig gepflegt wurde. In diese summende Laube verzog sich Mama immer, wenn sie allein sein wollte.

Jeannette betrachtete die Familienfotos, die wie auf einem Hausaltar rings um ein Arrangement aus trockenen Rosenblüten aufgebaut waren. Die Eltern, lachend auf einem Motorroller. Mama wirkte auf dem Sitz hinter Papa wie ein kleines Mädchen. Papa, mit Motorradhelm, war breit und groß, aber kaum zu erkennen. Im Hintergrund die Baustelle, ihr bescheidenes Haus auf Opas ehemaliger Obstwiese. Die Wände standen nur zur Hälfte auf dem Foto. Jetzt war es ihr Zuhause. Ein gutes Zuhause.

Der Vater, Großfoto im Silberrahmen. Er hatte ein breites Gesicht und lachte wie ein Faun. Kein schöner Mensch, aber voller Leben. Groß war er gewesen, hatte geräuschvoll Freude

um sich verbreitet, viel gegessen und getrunken, schien unschlagbar zu sein. Trotzdem war ein winziges Blutgerinnsel die Ursache für seinen schnellen Tod gewesen.
Oh Papa. Der schwarze Tag vor sechs Jahren.
Bei dem Gedanken an die braune Holzkiste, die man aus dem Haus getragen hatte, weiteten sich Jeannettes Augen immer noch. Sie rief sich oft ihre Kindheitserinnerungen ins Gedächtnis. Sie hatte ihr eigenes Gekreisch noch im Ohr, wenn sie an die schwindelerregenden Ritte auf seinen Schultern dachte oder an die Freiflüge. Er hatte sie in die Luft geworfen, immer noch einmal und noch einmal, und wieder sicher aufgefangen.
Sie saß auf seinen Knien, und er sang: *Muss i denn, muss i denn zuhum Städtele hinaus …*, er klopfte den Rhythmus mit dem rechten Fuß, so dass Jeannette auf ihrem Sitz im Takt wackelte und in angstvoller Freude darauf wartete herunterzufallen, was aber nie geschah.
Später brachte er ihr das Notenlesen bei, lange bevor sie es in der Schule lernen sollte. Jeannette und der Vater trällerten zusammen Volkslieder, pfiffen Operettenmelodien im Duett, lauschten von Schlagern die erste und zweite Stimme ab und sangen, wann immer er zu Hause war. Papa machte keinen Unterschied zwischen guter oder schlechter Musik. Was ihnen beiden gefiel, war gut.
Als das gebrauchte Klavier ins Haus kam, klimperte Jeannette stundenlang kleine Kompositionen zusammen und brachte es im Laufe der Zeit zu beachtlichen Leistungen. Für richtigen Klavierunterricht war kein Geld da. Manchmal legte Vater ein Stück von Mozart oder Mendelssohn Bartholdy auf und zog Jeannette und Susanna neben sich auf das Sofa. Dann saßen sie da, lehnten sich an Papas breiten Rücken und lauschten dieser

fröhlichen oder ernsten Musik. Jeannette beobachtete die Hände des Vaters, die den Violinen oder Flöten ihren Einsatz gaben, und fühlte sich eins mit der Welt. Jeannette begriff nicht, dass Susanna bei dieser Musik entweder kribbelig wurde oder einschlief. Aber Vater lachte.

Anfangs hatte sie nicht verstanden, dass er auf einmal nicht mehr da war. Der Schmerz war so wütend gewesen.

Niemand sagte mehr: »Du hast eine Stimme wie eine Nachtigall, Jeannette!« Niemand schaute sie stolz und liebevoll an, wenn sie bei den Schulveranstaltungen ein Solo singen durfte. Doch, Mama schaute natürlich auch stolz und liebevoll, aber Papa schaute anders. Papa war eben Papa. Er hatte ihr das Gefühl gegeben, etwas Besonderes, etwas unverwechselbar Wundervolles zu sein.

Damals, mit dreizehn, kurz nach dem schwarzen Tag, hatte sie angefangen zu essen. Das, was ihr fehlte, fand sie zumindest vorübergehend zwischen knisterndem Stanniolpapier. Nach der Schokoladensucht kam die Dosenleberwurst vom Bauernhof nebenan, die sie vorzugsweise nachts um drei mit einer Tüte Zwieback in sich hineinfraß. Sie aß oft heimlich. Weil sie wegen Mamas knappem Budget keinen Kahlschlag im Kühlschrank anrichten konnte, erfand sie eine bizarre Nährlösung. Sie rührte Mehl, Zucker und Büchsenmilch an und schlotzte diesen süßen Klebstoff heimlich vom Zeigefinger, bis alle Bücher, die sie besaß, an den Umblätter-Ecken Spuren dieser Trostpampen aufwiesen.

Aus dem zarten kleinen Mädchen wurde im Laufe der Jahre ein dickes, trotziges Mädchen. Nicht gerade unförmig, aber innerlich und äußerlich sperrig. Nur die Liebe zur Musik hatte sich nicht verflüchtigt.

Jeannette stand vor Lenis großem Bücherregal und suchte mit schiefgelegtem Kopf nach neuen Büchern. Leni war eine Leseratte. Jeannette lächelte beim Anblick zweier schiefnasiger Männlein aus Ton, die sich im Regal beäugten. Sie hatte sie im Alter von fünf oder sechs Jahren geknetet und ihren Eltern zu Weihnachten geschenkt. Leni hob alles auf.
Das ganze Haus war voller Spuren aus der Kindheit. Andere Familien aus dem Dorf trugen ihre unmodernen Möbel im Laufe der Jahre auf den Sperrmüll. Alle besaßen jetzt bunte Polsterelemente oder dunkle Ledersessel. Jedes Wohnzimmer hatte eine große, repräsentative Schrankwand, meist mit aufklappbarem Barfach, vorzugsweise innen beleuchtet. Die Sitzgruppen waren wie eine Arena um die Unterhaltungsquelle aufgebaut, nur dass statt des Gladiators der Tagesschausprecher Abendbrot und Spiele einläutete.
Leni und Josef Schmitz dagegen trugen das, was andere auf den Sperrmüll warfen, wieder hinein, schmirgelten es ab und lackierten es bunt. Fast sämtliches Mobiliar stammte vom Bürgersteig, und was die Fernseharena anbelangte: Es gab keine. Andere Frauen standen andächtig und mit gefalteten Händen vor dem lange ersehnten Perserteppich und erteilten haarenden Hunden und schlammverkrusteten Kleinkindern allerstrengstes Wohnverbot. Leni Schmitz schnitt unverdrossen alte Wäsche in Streifen und häkelte daraus runde Teppiche, die sie nach Belieben färbte und in den Waschbottich warf, wenn ein Kind sein Brot mit Rübensirup darauf fallen gelassen hatte.
Leni sehnte sich nie nach modernen Möbeln und teuren Teppichen. Es wäre sowieso kein Geld dafür da gewesen. Josef arbeitete als angestellter Steinmetz, das Grundstück hatte Leni geerbt, und Josef hatte das Haus Stein für Stein allein gebaut. Trotzdem verschlang das Baumaterial, gemessen an Josefs Ge-

sellenlohn, Riesensummen. Und als die Kinder kamen, wollte Leni nicht mehr aushilfsweise im Büro arbeiten. Leni hätte gerne irgendetwas mit Kunst zu tun gehabt und Josef mit Musik. Aber Leni hatte im entscheidenden Alter das Durchhaltevermögen gefehlt, und Josefs Freude an der Musik war viel größer als sein Talent. Jedoch hatte er die glückliche Einsicht, beides nicht miteinander zu verwechseln.

So versuchten sie, in ihren Töchtern die Lust an hörbaren oder sichtbaren Tönen zu wecken: Leni malte und Josef musizierte mit ihnen. Außerdem bevölkerten sich durch Lenis Erzählkünste die Köpfe ihrer Kinder mit Dutzenden von Zwergen, Elfen und Prinzessinnen, Seeräubern und Amazonaskrokodilen. Susanna und Jeannette trugen die abenteuerlichsten Kleider, die ein Kind haben konnte: Wer besaß schon Knöpfe aus abgesägten Birkenscheibchen oder eine handgestrickte Ringelstrumpfhose, deren Beine aus zwei alten roten Pulloverärmeln bestanden?

Die kleinen Mädchen wussten, wie man in ein paar Minuten aus einem Stück Papier Schachteln faltete, oder einen Frosch, der hüpfen konnte. Leni brachte ihnen bei, dass Regen sich anders anhörte als das Wasser aus dem Gartenschlauch, dass Baumstämme kühl und rissig oder warm und glatt waren. Sie konnten Wiesenstorchenschnabel und Hirtentäschel erkennen und wussten einen Dompfaff von einem Rotschwänzchen zu unterscheiden.

Aber es gab auch Dinge, die Leni ihnen nicht vermittelte. Josef und Leni wollten keinen Fernseher. Nachrichten konnte man auch im Radio hören oder in der Zeitung lesen. »Fernsehen macht mich so leer«, sagte Leni, wenn man sie nach Gründen fragte. Natürlich galten Leni und Josef auch deshalb als Exoten. Man hatte einfach einen Fernseher zu haben. Zwar gab es

kaum einen Vater, der so viel mit seinen Töchtern sang und spielte, kaum eine Mutter, die so intensiv die Phantasie ihrer Kinder anregte, aber Jeannette und Susanna konnten in der Schule nicht mitreden, wenn es um Serienhelden oder Barbiepuppen ging. Mama fand Barbiepuppen und Barbiekleider bescheuert, und deshalb gab es so etwas nicht.
Für Jeannette war das kein Problem, denn sie rannte lieber mit ihrem Hamster durch die Gegend. Sie machte sich auch nichts daraus, dass auf ihrer Blockflöte nicht so ein kleiner Goldstempel war, sondern nur Kratzer und ein handgemalter Stern, denn Mama hatte die Flöte geschenkt bekommen, mit Sandpapier bearbeitet und desinfiziert.
Aber Susanna litt. Sie erzählte ihren Schulfreundinnen, sie sei eigentlich nur das Pflegekind von Familie Schmitz. Ihre richtigen Eltern lebten dagegen in Amerika, mit Bergen von Barbiepuppen. Die amerikanischen Eltern konnten sie aus ganz geheimen Gründen nicht sofort abholen, aber sie würden bald kommen und sie mitnehmen.
»Meine echte Mutter ist Millionärin«, sagte Susanna, wenn Leni in ausgebeulten Trainingshosen im Vorgarten die Heckenrosen stutzte. »Mein echter Vater hat eine Yacht mit tausend Matrosen«, sagte sie leise zu ihren Schulfreundinnen, wenn Josef ihr über den Zaun des Steinmetzbetriebes zuwinkte, bevor er mit seinem Chef einen polierten Granitstein mit der Inschrift »Ruhe sanft« auf den klapprigen Transporter lud.
Später, auf dem evangelischen Gymnasium, konnte Susanna die rabiatesten Drohungen ausstoßen, und niemand zweifelte daran, dass sie sie wahr machen würde. »Mein echter Vater arbeitet für den Geheimdienst. Das sage ich nur dir. Wenn du ein Wort davon erzählst, passiert dir was ganz Schlimmes.«

Susanna schaffte es, um sich herum eine Aura des Besonderen aufzubauen, die nicht durch spezielle Turnschuhe oder schillernde Etikettchen gestützt werden musste. Aber in ihr hatte sich unausrottbar der Wunsch nach Geld, viel Geld festgesetzt.

Als die Mädchen größer wurden, suchte Leni eine vernünftige Halbtagsarbeit. Die war aber in diesem Eifeldorf schwieriger zu finden als eine wilde Ananas. Also putzte Leni die Grundschule und einige gute Stuben.

Irgendwann, an einem Septembersonntag, spazierte eine ältere Dame aus der Kreisstadt Mechenbach durch die dörfliche Idylle von Untermechenbach und betrachtete die phantasievollen Kränze, die Leni Schmitz an Haus- und Hoftür gehängt hatte, mit Sympathie. Dann riskierte sie einen Blick über den Gartenzaun und freute sich an den bunten Rabatten und Töpfen voller Wildkräuter und Gräser, an den Tomatenstauden und gelben Kürbissen, die versteckt unter ihren dunklen Blättern leuchteten. Schließlich fasste sie sich ein Herz und klingelte. Leni öffnete erstaunt, denn spontanen Besuch bekam sie fast nie. Die unbekannte Frau bat um ein Glas Wasser und fragte, ob solch schöne Kränze denn käuflich seien. Leni bat sie auf die Terrasse und brachte ihr ein Glas Saft.

Die alte Dame erfasste mit einem Blick, dass sie an der richtigen Adresse war. Lenis Hände waren farbverschmiert, sie lackierte gerade einen Korbsessel, den sie zuvor mit Draht und Bast geflickt hatte. Das war etwas, das die alte Frau Siegel liebte. Frau Siegels Schwiegertochter warf sofort alles weg, wenn es nicht mehr modern war, einen Sprung oder ein Loch hatte. Undenkbar für Leni. Dann entdeckte Frau Siegel, dass die Tischdecke mit einem regelrechten Zierstich gestopft war, so wie sie es selbst noch gelernt hatte, und ihr Entschluss stand fest. »Wo arbeiten Sie?«, fragte sie Leni.

»Überall, wo es etwas zu putzen gibt.« Leni zupfte ein paar welke Blüten aus den Begonien.

»Ich habe den Blumenladen in Mechenbach am Bahnhof.« Frau Siegel nippte an ihrem Glas.

»Den mit den bunten Steinchen an der Fassade?«, fragte Leni. »Suchen Sie eine Putzhilfe? Das ist zwar ein bisschen weit mit dem Fahrrad, aber es müsste gehen. Montags und samstags habe ich noch Zeit.«

»Nein, ich suche keine Putzfrau, ich suche eine rechte Hand.« Die alte Dame lächelte. »Meine eigene ist nämlich schon etwas gichtig.«

Danach änderte sich vieles. Aus »Frau Schmitz« wurde sehr schnell »Leni« und aus Frau Siegel »Adelheid«. Für die Kinder »Tante Adelheid«. Zu Weihnachten bekam Susanna von Tante Adelheid die begehrte Plastikpuppe und gekaufte Barbiekleider.

»Ja, mecker du ruhig«, sagte Adelheid zu Leni. »Ich finde diese rosa Schmalpopos auch furchtbar, aber es gibt Sachen, die ein Kind braucht, auch wenn es dir nicht gefällt.«

Selbst der nun regelmäßige Lohn konnte Leni nicht von ihrer Lust an Kinderponchos aus alten Wolldecken oder Sommerhosen aus gestreiften Matratzenbezügen abbringen.

»Kannst du Susanna nicht mal etwas kaufen, was bei den Kindern in Mode ist? Ich glaube, dieses Jahr müssen es Jeans mit so einem roten Zeichen hintendrauf sein.«

»Diesen Markenunsinn mache ich nicht mit!«, erboste sich Leni.

»Ach Leni, du bist auf deine Art genauso orthodox wie die

Kinder, die Susanna hänseln, weil sie niemals etwas bekommt, was man so trägt.«

»Sie soll keine eingebildete Pute werden!«

»Aber sie möchte dazugehören.«

»Wozu? Zu den Menschen, die ihre Phantasie nicht gebrauchen und sich zum Sklaven irgendwelcher Stoffetikettchen machen?«

Adelheid seufzte nur. Sosehr sie Leni schätzte, so sehr bedauerte sie, dass Lenis Lust an Gestaltung und Wiederverwertung in weitem Bogen an den Bedürfnissen ihrer ältesten Tochter vorbeilief.

Leni Schmitz machte in Frau Siegels Blumenladen so etwas wie Karriere. Sie führten zusammen die Bücher, Leni fuhr zum Großmarkt, ab und zu auf eine Floristenmesse und brachte viele Anregungen mit. Ihre kreative Phantasie kam bei den Kunden immer besser an. Was sie aus einem Philodendronblatt, einer Seerose und trockenen Reisern zauberte, sah für Mechenbacher Verhältnisse ungeheuer fortschrittlich aus. Jedenfalls wesentlich origineller als Adelheids ordentlich gemischte Sträuße aus beliebigen Buntblühern und der obligaten Manschette aus gerafftem Seidenpapier.

Die eher traditionell orientierte, aber für alles Neue aufgeschlossene Adelheid hatte einen guten Fang mit Leni gemacht. Leni kam in Mode. Ihre Herbstkranzwochenenden, bei denen sie mit den Mechenbacher Hausfrauen ungewöhnliche Adventskränze flocht, waren stets bis ins übernächste Jahr ausgebucht.

Adelheids Schwiegertochter hätte die museumsreife Innenausstattung des Ladens aus der Wirtschaftswunderzeit, die Blumenständer aus Resopal und Bambus, die Tütenlampen an den Wänden, am liebsten sofort in Brand gesetzt. Leni hielt alles in Ordnung, reparierte und erneuerte Schirmtütchen mit ihren altgewohnt improvisierten Mitteln. Adelheid mochte es, dass Leni Respekt vor den Dingen hatte.

Schon immer hatten Leni und Josef in ihrer freien Zeit viel und wahllos gelesen. Leni erzählte Adelheid, dass sich einige Naturvölker bei den Bäumen und Pflanzen entschuldigten, bevor sie sie umhackten oder ausrissen.

»Ich kann mich doch jetzt nicht bei jeder einzelnen Schnittblume entschuldigen.« Adelheid griff nach der Blumenschere: »Tach, Spargelkraut, tut mir leid, dass ich dich jetzt in den Kranz fürs Kriegerdenkmal wickeln muss!« Sie lachte. Aber irgendwie gefiel ihr das mit den Naturvölkern.

Adelheid wurde Lenis engste Freundin und ihr stärkster Halt in schlimmen Tagen. Umgekehrt fand Adelheid in Leni die junge Frau, die sie gerne als Tochter oder Schwiegertochter gehabt hätte. Die ältere Dame verteilte ihre Sympathien auf die beiden Kinder mit absoluter Gerechtigkeit. Jeannette war der Strahlematz, dem alle Herzen zuflogen, Susanna das ruhige, undurchsichtige Kind, das sich immer entzog. Adelheid bemühte sich ernsthaft um Susanna, trat ihr aber nie zu nahe. Susanna dankte es ihr, indem sie der Tante eines ihrer seltenen Lächeln schenkte. Und die erste Barbiepuppe bewahrte sie wie eine Ikone auf.

Als die Katastrophe über die Familie hereinbrach, ließ Adelheid Leni fast nie allein. Jeden Abend brachte sie ihre Angestellte nach Hause. Dann saßen die beiden Frauen noch lange im Garten oder Wohnzimmer, sprachen halblaut oder schwiegen.

Immer brachte Adelheid den Mädchen etwas mit, mal waren es bunte Zuckertütchen, die sie in einem Café in Köln oder

Bad Neuenahr eingesteckt hatte, mal aber auch etwas Besonderes. Eine Haarklammer mit einer Stoffblüte, zum Beispiel. Jeannette bedankte sich artig, legte den Haarschmuck auf den Küchentisch und schrieb an ihren Hausaufgaben weiter, oder las immer wieder die Geschichte von »Pünktchen und Anton«, am liebsten die Stelle, an der Pünktchens netter Vater sagte: »Und in den großen Ferien fahren wir alle an die Ostsee!«
Susanna stahl sich vor den großen Spiegel in das Elternschlafzimmer, steckte sich die Blüte seitlich über das Ohr in ihre blonden Haare und wickelte sich in ein Feengewand, nämlich in die große Tischdecke mit den vielen Löchern aus Spitze. Sie drehte sich vor dem Spiegel hin und her, ging mit dem Gesicht ganz nah an das kühle Glas, schaute sich tief in die Augen und sagte: »Ich werde dich heiraten. Wir werden von hier fortgehen. Weit weg.« Dann küsste sie ihre Spiegellippen.
Jeannette wollte sich in der Küche noch ein Glas Saft einschenken, als sie Susanna durch die halb offene Tür vor dem Spiegel erblickte. Sie hielt den Atem an. Sie wusste, dass sie dieses Bild ihrer knapp vierzehnjährigen Schwester, die in ihrer Spitzenwolke von hier fortgehen wollte, nie vergessen würde.

Mama hatte Jeannettes alte Blockflöte an die Wand genagelt, neben eine bunte Collage aus Kinderbriefen und Schulfotos. Jeannette betrachtete ein Gruppenbild. Blaue Röckchen, weiße Blusen. Der Mechenbacher Schulchor auf dem Marktplatz bei der Einweihung des neuen Brunnens. Der Bildhauer hatte sich wirklich etwas einfallen lassen, für Mechenbach reichte es jedenfalls.
Jeannette stand ganz am Rand, zwischen einer Klassenkameradin und der schielenden Bronzegans, die sich nun schon seit sieben Jahren unter der Rute der starren Gänseliesel duckte.

Die Aufnahme zeigte ein kleines schmales Mädchen mit Wuschelkopf, Brille und Zahnklammer. Es war Jeannettes letzter Auftritt im Schulchor gewesen. Jeannette würde sich immer daran erinnern.
Nach dem Festakt schraubte der Bürgermeister an einem versteckten Knöpfchen, und die Bronzegänse nahmen mit weit geöffneten Schnäbeln ihren eintönigen Wasserspeidienst auf. Zusätzlich begann es zu regnen, der Chor löste sich auf, und alle durften an diesem wichtigen Feiertag nach Hause fahren.
Im Bus nach Untermechenbach drängten sich die Schulkinder. Die beiden Musiklehrerinnen, die ältere Frau Bodenheb und die junge Frau Körner, saßen auch im Bus, nahe der hinteren Tür.
»Sehr großes Lob, Frau Körner. Der Chor ist so gut geworden, seitdem Sie ihn übernommen haben. Ich bin zu alt dazu.« Frau Bodenheb zupfte resigniert an ihrem weiten Wollrock und räusperte sich. Frau Körner lächelte flüchtig, denn ein Lob von dieser Seite war ihr eigentlich nicht wichtig.
»Diese kleine Schmitz hat eine wundervolle Stimme, nicht? Man sollte so etwas fördern.« Frau Bodenheb schaute Frau Körner von der Seite an. Frau Körner reagierte nicht. Also hakte Frau Bodenheb nach. »Sie wissen doch, wen ich meine? Die beiden Schmitze-Mädchen, die vor einem halben Jahr den Papa verloren haben.«
»Ach, Sie meinen die kleine Unscheinbare, mit der Brille und der Zahnklammer? Die Schwester von der hübschen Blonden?«
»Ich meine … Jeannette heißt sie, glaube ich.«
»Ja, das ist schon eine Schande. Warum kann diese Stimme nicht in dem anderen Körper stecken, was? Das Leben ist ungerecht.«

Frau Körner lachte etwas zu laut, denn sie kannte die Ungerechtigkeit des Lebens. Sie musste sich in der Schule als Musiklehrerin verschleißen, statt im Rampenlicht am Konzertflügel zu sitzen. Sie musste ganz albern Geld für Miete, Brötchen und Leberwurst verdienen, und das auch noch auf einer langweiligen höheren Schule in Mechenbach. Frau Bodenheb gefiel die Wendung des Gespräches nicht. Sie schwieg und betrachtete eine kleine Schülerin vor sich, die sich an der feuchtkalten Metallstange des Busausganges festhielt. Das Kind war nicht zu erkennen, die Kapuze hing ihm tief ins Gesicht. Das Regencape erinnerte an eine Sommertischdecke. In dicken Tropfen perlte das Wasser vom Klatschmohn.
Jeannette klammerte sich an die Metallstange. Sie kroch mit der Nase noch tiefer in ihr Cape, das Mama aus einer bunten Wachstuchdecke genäht hatte. Es roch so gut nach zu Hause. Sie tastete mit der Zunge an den Drähten der Zahnklammer entlang. Die Gläser ihrer Brille waren beschlagen. Aber sie wollte sowieso niemanden ansehen. Sie würde nie mehr im Chor singen.

*

Mama trug die knusprigen Panadekoteletts herein. Jeannette vergaß das Foto des Schulchores sofort. Sie musste schlucken. Sie aß die ganze Woche in der Mensa oder löffelte den Inhalt irgendwelcher Konserven. Das hier grenzte ans Himmelreich, kulinarisch gesehen. »Oh Mama, das habe ich schon lange nicht mehr gegessen!«
Frau Schmitz lächelte und unterdrückte einen Tadel, als sich Jeannette viel zu viel zerlassene Butter über den Blumenkohl goss. Für Susanna zu kochen machte überhaupt keinen Spaß.

Sie aß fast nichts und stocherte auch noch in den paar Bissen herum, die sie zu sich nahm. »Gestern war ich mit Arnold im ›Goldenen Kamin‹. Die machen da ein vorzügliches Lammfilet mit Sherrysauce.« Dabei wendete Susanna dann die restlichen Bissen des Kräuteromeletts hin und her und schob sie schließlich an den Tellerrand: »Omelett hatte ich gestern.«

Jeannette angelte das zweite Kotelett von der Warmhalteplatte, als das Telefon schrillte.
Die Mutter sprang auf und warf fast ihr Weinglas um. Das war ungewöhnlich.
Jeannette blickte ihr verwundert nach und schob sich dabei eine Ladung zerquetschter Salzkartoffeln mit braunen Butterbröseln in den Mund. Sie kaute nachdenklich. Dann, als Mama nicht gleich wiederkam, legte sie das Besteck zu Seite, nahm das Kotelett in die Hand und nagte es gierig und schnell ab. Sie liebte es, mit den Fingern zu essen. Das hatte so etwas Unmittelbares, aber Mutter bekam Zustände, wenn Jeannette ihr Verhältnis zu Nahrungsmitteln derart auslebte. Sie fuhr mit den Fingern auf der fettigen Fleischplatte herum, fischte nach einzelnen Placken würziger Panade und stopfte sie in den Mund. Dann griff sie in die Schüssel mit den Blumenkohlröschen, nahm ein Stück Gemüse heraus und hielt es so herum ans Licht, dass es aussah wie ein Bäumchen mit knollig verzweigter Krone. Sie roch daran, tauchte es in die Sauciere mit der flüssigen Butter und machte dabei einen Fettfleck auf die Richelieustickerei der Sonntagsdecke.
Mutter kam wieder herein, und Jeannette bemühte sich hastig, ihre Fettfinger zu verbergen. Sie schmierte sie an den geräumigen Cargohosen ab, die sie fast immer trug. Mutter hatte gerötete Wangen und schien in Gedanken woanders zu sein.

Ihr Essen war während des Telefonates kalt geworden. Sie schob das halbe Kotelett von sich.
»Soll ich deinen Teller in den Ofen stellen?«, fragte Jeannette eilfertig.
»Nein, Kind, lass mal, ich bin satt. Wenn man kocht, hat man sowieso keinen großen Hunger mehr.«
Jeannette schielte auf das Kotelett. Die Mutter schob ihr den Teller hin. »Eigentlich hast du ja genug, Liebelein.«
Jeannette nahm sich das halbe Kotelett, biss hinein und sprach mit vollem Mund: »Hat dir der Schiefzahn also großzügigerweise das Auto überlassen. Wie außerordentlich nett.«
Der Schiefzahn, das war Susanna. Denn der einzige Makel an Susanna war ein schiefer Vorderzahn, der ihr aber nur noch einen ungeraden Zusatzreiz verlieh, leider.
»Warum redest du so über deine Schwester? Wieso könnt ihr euch nicht vertragen?«
»Susanna ist der Typ Mensch, der dich nach unterschriebenem Friedensvertrag mit der weißen Fahne erdrosselt«, erklärte Jeannette und spielte mit einer halben Kartoffel auf dem Teller herum.
Leni stand auf, stellte die Schüsseln ineinander. »Sei nicht unfair, Jeannette. Falsch ist sie nicht, das kannst du ihr nun absolut nicht nachsagen.«
»Was gibt es denn zum Nachtisch, Mama?«
Leni war mit dem Themenwechsel einverstanden. »Sahnegrießpudding mit Kirschkompott.«
Jeannette lächelte zufrieden. Die Mutter fuhrwerkte in der Küche herum, Jeannette nahm unbeobachtet den Weißwein und trank einen guten Schluck direkt aus der Flasche. Tupfte sich Susanna den Mund mit Leinenservietten ab, wischte sich Jeannette den Mund an der Tischdecke. Sagte Susanna: »Ach,

wie unangenehm!«, brüllte Jeannette: »So ein bescheuerter Flachkack!« Stöckelte Susanna auf geebneten Spazierwegen, trampelte Jeannette in Schnürstiefeln durch Pfützen und Kuhfladen.

Es war fast wie ein Zwang, je mehr eine Schwester in die eine Richtung tendierte, desto stärker trieb es die andere zum Gegenpol. Aber das Gemeine war: Gleichzeitig konnte Susanna ungeheuer schnell und mutig zupacken und war dann überhaupt nicht etepetete. Sie hatte dem benachbarten Bauern geholfen, als seine Prachtkuh an einem Sonntagnachmittag zwei Kälbchen warf und niemand in der Nähe war, der ihm assistieren konnte. Sprang das Auto nicht an, legte sie sich unter den Wagen und fuhrwerkte am Anlasser herum, um anschließend auszusehen, als käme sie frisch aus der Badewanne. Und der Wagen lief wieder.

Nicht lange nach Vaters Tod hatte Susanna das Gymnasium verlassen. »Ich gehe zur Sparkasse. Ich will Geld verdienen, und zwar sofort.« Susanna entwickelte ein fast erotisches Verhältnis zu Geldgeschäften und Verwaltungsangelegenheiten. Sie gab Mama nach Abschluss der Lehre zwar einen erheblichen Teil ihres Gehalts, aber sie kaufte sich cremefarbene Seidenblusen, Perlenclips und ein dunkelgraues Kostüm. Sie entrümpelte ihr Zimmer vollkommen, warf Mamas bunte Häkeldecken und die himmelblau gestrichene Kommode hinaus und kaufte sich spinnenartige Halogenlampen, einen schwarzen Ledersessel und eine Liege auf Stahlrohrbeinen. Mama bekam Schüttelfrost. »Willst du da wohnen oder von dort aus die Frankfurter Börse regieren?«

»Ich teile eben nicht euren Kirmesgeschmack.«

Jeannette riskierte auch einen Blick auf die neue Pracht: »Sieht aus wie ein Eiswürfelfach!«

»Hau ab, du Trampel!«
Susanna blickte sich suchend nach einem Häkelkissen um, das sie ihrer Schwester nachwerfen konnte. Aber sie fand keines. Sie hatte sie alle auf den Speicher getragen.
Sie waren sich fremd, und sie wurden sich immer fremder. Susanna wirkte tatsächlich so, als lebten ihre echten Eltern in Amerika, als sei sie nur zu Besuch und warte auf die nächstgünstige Verbindung nach Übersee, in eine andere Welt.
Eines Tages tauchte der bleiche Arnold mit seinem Mercedes in Untermechenbach auf, Susanna führte ihn ins Esszimmer und sagte: »Das ist Arnold Reppelmann. Wir haben uns kennengelernt, als ich ihn über Investmentfonds beraten habe.«
»Wie romantisch!« Jeannette war sicher, Papa hätte diesen Reppelmann nicht gemocht. Arnold war zwar nicht wirklich unangenehm, aber so langweilig. Doch Papa war tot und konnte nicht mit ihr gemeinsam über Arnold lästern. Papa hatte auch nicht mehr erlebt, dass sie, Jeannette, das zweitbeste Abitur des Jahrgangs gemacht hatte.

Jeannette seufzte tief und blickte zum dritten Mal an diesem Tag das Bild des Vaters an. »Wer hat eigentlich angerufen, als du so eilig aufgesprungen bist?«, rief sie in Richtung Küche.
»Was? Ach, eine Bekannte.«
»Wer denn?« Jeannette kannte alle Bekannten ihrer Mutter.
Kleine Pause.
»Wer, Mama?«
Mutter klapperte mit den Tellern. Dann, nach ein paar Sekunden, erschien sie in der Küchentür und trocknete sich die Hände an einem Küchentuch ab. »Du kennst sie nicht.«
Wieder verschwand sie in der Küche und rief: »Kaffee?«
Jeannette antwortete nicht. Ob Mama einen Freund hatte?

Dieser Gedanke stach plötzlich wie eine vergessene Stecknadel. Mama und das Haus waren eine feste Institution, sie waren immer da und warteten auf sie. Vielleicht würde Mama in Zukunft nicht mehr so viel Zeit haben. Oder sonntagmittags nicht mehr kochen. Oder gar nicht hier sein am Wochenende. Und sie, Jeannette, hockte sonntags einsam in Köln in ihrer Studentenbude und starrte auf den sich vergrößernden Berg leer gefressener Wurstdosen.

Wie sollte sie es aushalten in dieser verhassten Stadt?

Sei nicht so verdammt egoistisch! Sie schimpfte mit sich selbst. Es war Mama zu wünschen. Jeannette wollte nicht zu diesen unreifen, egozentrischen Sprösslingen gehören, die ihrer Mutter keine neue Verbindung gestatteten. Papa würde nie zu ersetzen sein, das war klar, aber Mama war seit sieben Jahren Witwe, Ende vierzig, wirkte anziehend mit ihrem lebhaften Gesicht, war etwas chaotisch, ging in Diavorträge über »Die Kultstätten der Pueblo-Indianer«, trug lange Ohrringe und handgewebte Schals, vertrat alternative Ideen und war trotz alledem im Dorf gern gesehen. Sie war hilfsbereit, beteiligte sich an jedem Pfarrfest und schmückte die Mehrzweckhalle mit ihren schönen Gestecken.

So kam es denn zu dem ein oder anderen Kuppelversuch. Irgendein wohlmeinender Mensch hatte im Nachbardorf oder in der Kreisstadt immer einen verwitweten, geschiedenen oder noch ledigen Freund, Cousin oder Bruder. Der Kandidat wurde bei der nächsten Gelegenheit neben Mama platziert. Mama nickte höflich, lachte verständnisvoll auch über die blödesten Witze, trank nie mehr als ein Glas Wein und blieb stets enttäuschend unverbindlich.

Im Laufe der Zeit gab man die Kuppelversuche auf. »Der Mann für Leni Schmitz muss erst noch gebacken werden«,

behaupteten die spitzeren Zungen und die netteren: »... die hat eben nur einmal geliebt, und nach dem Josef kommt keiner mehr.«
Jeannette starrte auf den Fettfleck und seufzte schon wieder. Vermutlich war es niemand aus dem Dorf. Vielleicht jemand aus der Kreisstadt, den sie im Blumenladen kennengelernt hatte? Vielleicht ein Vertreter für Hydrokulturpflanzen oder italienische Terrakottatöpfchen? Jeannette stellte sich vor, wie ein dezent gekleideter Mittfünfziger etwas schüchtern seinen Blick auf Mamas immer noch rote Naturkrause heftete: »Dürfte ich Sie wohl zu einer Weinschorle überreden?«
Nein, Mama doch nicht. Mama, braver, drogenfreier Althippie mit abgebrochener Schulausbildung, abgebrochener Kaufmannslehre, gebatikten Folklorekleidern und verblasstem Traum von einem Kunststudium. Ein anderer Mann als Josef an ihrer Seite, dieser liebevolle Josef jenseits aller Kategorien, war einfach nicht denkbar.
Leni kam mit Kaffee, Kompott und Grießpudding aus der Küche. »Weißt du übrigens, dass dein alter Erdkundelehrer letzte Woche bei uns im Laden aufgetaucht ist?«
»Ahlebracht?«, fragte Jeannette. »Wie geht's ihm denn? Eigentlich war er mein nettester Lehrer, nur so verwirrt manchmal.«
»Ich fürchte, das hat sich verschlimmert.« Leni rührte nachdenklich ein rot-weißes Marmormuster in ihren Pudding.
»Armer Kerl. Die anderen haben ihn immer so fertiggemacht. Manchmal waren sie richtig grausam. Man weiß gar nicht, was man als Kind anrichten kann.« Jeannette starrte in die Luft. Sie erinnerte sich sehr gut an die wochenlange Ächtung, die sie einmal hatte ertragen müssen, weil sie im Alleingang einen Streik durchbrochen hatte.

Herrn Ahlebrachts Unterricht in der fünften Klasse war unendlich langweilig. Seine monotone Stimme, die einfallslosen Methoden, seine knöchernen Witzchen, die nur er komisch fand – irgendetwas musste geschehen.
Die ganze Klasse hatte ausgeheckt, einfach zu schweigen. Herr Ahlebracht lief mit seinem öden Unterricht vor die Wand. Er schimpfte, drohte, schließlich flehte und bettelte er – nichts. Am Ende seiner Kraft ging er zur Direktorin. In ihrer Gegenwart stritten die Kinder alles ab und beteiligten sich eifrig an der Erdkundestunde. Kaum hatte sie den Raum verlassen, schwiegen sie. Das ging ganze zwei Wochen so. Abends sah Jeannette ihn durch die Felder schleichen. Er wohnte mit seiner Frau im Nachbarhaus. Die mütterliche Frau Ahlebracht empfing ihren Mann an der Gartenpforte, legte den Arm um ihn und führte ihn ins Haus wie ein kleines Kind.
Er weinte.
Jeannette hatte die Szene von ihrem Piratenausguck im Kirschbaum beobachtet. Bislang hatte sie das Schweigeabenteuer genossen. Es war so spannend, einen mächtigen Lehrer zappeln, sich winden zu sehen und endlich einmal die eigene Macht zu spüren. Am nächsten Tag kam ein grünlicher Herr Ahlebracht mit einer Karte in den Unterricht, entrollte sie und stellte die hoffnungslose Frage: »Was seht ihr da?«
Zweiundzwanzig kleine Mädchen nahmen ihr herrliches Spiel wieder auf. Man hörte die Fliegen summen. Er kapitulierte. »Nun, ich werde es euch anschreiben.«
»Das ist ein Vulkan!«, sagte Jeannette laut und vernehmlich. Herr Ahlebracht fuhr herum. »Ganz richtig, Jeannette, ganz richtig. Und wie entsteht so etwas?«
Schweigen, eisiges. Wieder sprach Jeannette als Einzige. Sie versuchte, es zu erklären. Es war falsch. Er verbesserte sie. Jean-

nette spürte die unterdrückte Welle der Aggression, die gleich in der Pause über ihr zusammenschlagen würde. Sie meldete sich mit schwindender Kraft noch einmal, dann schwieg auch sie wieder. Gerhard Ahlebracht füllte den Rest der Stunde mit unsortiertem Tafelanschrieb. Es klingelte. Herr Ahlebracht strich Jeannette flüchtig über das Haar. »Gutes Kind«, murmelte er im Hinausgehen.

»Gutes Kind, gutes Kind! Schleimscheißer, Streikbrecherin, Brillenschlange, blöde!« Sie summten um sie herum wie ein Hornissenschwarm, der sein Opfer gleich mit einundzwanzig Stacheln durchbohren würde. Jeannette war vor Schreck stumm.

An diesem Tag hatte Susanna ihr Zirkelmäppchen vergessen und wollte sich das der kleinen Schwester ausleihen. Sie betrat den Klassenraum, in dem sich die Aggressorinnen sirrend um ihr Opfer verklumpt hatten. Susanna sah Jeannettes kreidebleiches Gesicht, stellte keine einzige Frage, griff sich wahllos zwei, drei der kleinen Mädchen und verteilte Ohrfeigen. Dann riss sie eine kleine Megäre, die sich in Jeannettes Oberarm verkniffen hatte, an ihrem Nackenzopf zurück, so dass das Kind laut aufheulte.

»Es gibt ein Kindergefängnis in Bonn, wisst ihr das? Ich schreibe mir alle eure Namen auf.«

Sie führte Jeannette zu ihrer Bank, drückte sie auf den Sitz, beugte sich über sie und presste für eine Zehntelsekunde ihre Wange an Jeannettes Gesicht.

Dann nahm sie das Zirkelmäppchen, ging zur Tür und drehte sich noch einmal um. »Wenn ihr sie noch mal anpackt, werde ich dafür sorgen, dass ihr nicht mehr heil zu Hause ankommt. Ich habe da ein paar Leute, die euch irgendwann, wenn ihr nicht damit rechnet, überfallen werden. Ich werde euch er-

wischen, jede Einzelne von euch. Und ich warne euch nur einmal. Genau jetzt.«
Die Mädchen schienen beeindruckt. Seltsamerweise hatten einige von ihnen einen fast schwärmerischen Gesichtsausdruck, als sie die schöne, böse Schwester musterten, die da im Türrahmen stand. Susannas Haar glänzte feenhaft in der Morgensonne, sie trug ein selbstgenähtes, kobaltblaues Kleid mit weiten Ärmeln. Hätte sie die kleinen Mädchen in rosa Ferkel verwandelt und wäre mit ausgebreiteten Armen über den Schulhof geflogen – so richtig gewundert hätte es niemand.
Etwas stieg in Jeannettes Kehle hoch, sie unterdrückte einen Schluchzer. Getrieben von dem Bedürfnis nach Trost, Anlehnung und Zugehörigkeit rannte Jeannette in der nächsten großen Pause zu ihrer Schwester, die mit verschränkten Armen bei den größeren Schülerinnen stand. Susanna sah sie von weitem. Jeannette blieb stehen. Susanna konnte mit einem einzigen Blick einen Elektrozaun um sich errichten, Stromschlag garantiert.
Die Vulkangeschichte geriet nach und nach in Vergessenheit. Nicht bei Herrn Ahlebracht. Am Tage seiner Frühpensionierung bedankte er sich bei der Abiturientin Jeannette Schmitz noch einmal. Und Jeannette dachte oft über die seltsame Mischung aus Kühle und Fürsorglichkeit nach, die sie im Laufe der Jahre von Susanna noch häufiger erfahren sollte.

»Hallo, Träumer!« Mama drückte Jeannette einen kalten Kaffeelöffel auf die Nase. Jeannette schrak hoch. Leni nahm einen Marzipankeks und sagte mit vollem Mund: »Herr Ahlebracht hat einen Kranz mit seltsamer Schleife für das Grab seiner Frau bestellt, zu ihrem vierten Todestag.«
»Wieso seltsam?«

»Wir sollten daraufschreiben: ›Sie kommen bald, mein Schatz‹. *Sie*, verstehst du, nicht *ich* komme bald. Wäre ja auch schon makaber genug.«

»Seltsam, in der Tat.« Jeannette rührte nachdenklich in ihrem Sahnegrieß herum. Leni schaute plötzlich auf ihre Uhr.

»Hast du es eilig, Mama?«

»Na ja, ein bisschen. Ich möchte heute noch etwas unternehmen, in Bonn. Ich könnte dich mitnehmen, allerdings muss ich in einer knappen Stunde fahren.«

Also doch. Jeannette sagte nichts, sondern schaute aus dem Fenster. Auf einmal war ihr Hunger auf Sahnegrieß vollkommen verflogen. Das viele Essen lag ihr im Magen. Ihr wurde flau. »Was machst du denn da?«

»Ich gehe auf eine Vernissage. Letzte Woche habe ich eine Malerin kennengelernt, und sie hat mich gerade eben dazu eingeladen. Ich habe so auf ihren Anruf gewartet! Ich bin richtig aufgeregt. Eine echte Malerin!«

»Du bist sicher, dass es eine Maler*in* ist?«

Leni schaute Jeannette groß an, dann fasste sie nach ihrer Hand. »Ach, daher weht der Wind. Und wenn es jetzt ein Maler wäre?«

Jeannette zog ihre Hand fort. »Dann solltest du es mir sagen!«

»Das würde ich auch tun!«

Mama log nicht. Jeannette schob ihre Hand wieder unter Lenis Finger und löffelte den Grießpudding mit der Linken aus.

In Köln

Für eine Studentin wohnte Jeannette nicht übel. Ihre Wohnung war klein, lag aber günstig, bestand aus einem Balkonzimmer, einer winzigen Dusche, einer Kochnische im Flur und befand sich in einem besseren Mietshaus. Natürlich war der Vermieter ein weitläufiger Verwandter von Tante Adelheid, denn sonst wäre die Wohnungssuche in Köln hoffnungslos verlaufen.

Der Hausbesitzer hatte einen gutgehenden Betrieb für Marmor- und Natursteinverarbeitung. Der überraschte Besucher dieses Wohnhauses sah sich im Hausflur mit Riesenamphoren aus Onyx konfrontiert, mit bombastischen Mosaiken aus rotem Marmor, Travertin und Alabaster, mit vielfarbigen Steinverkleidungen der Wände und Treppenstufen. Das ganze, baulich eher schlichte Sechsfamilienhaus wirkte, als habe man einen Stapel simplen Knäckebrotes mit Buttercremeornamenten zur Torte umdekorieren wollen. Man wurde entfernt an kühle, maurische Paläste und Haremsbäder erinnert. Aber eben nur entfernt, denn die vorbeirumpelnde Straßenbahn, die leer getrunkenen Kölschkästen vor den Wohnungstüren und das rustikale Design dieses späten rheinischen Meisters ließen nicht vergessen, wo man sich befand, nämlich im Schatten des Kölner Domes.

Beim Abschluss des Mietvertrages im Wohnzimmer des Meisters hatte Jeannette mit Grusel auf den Elefantenfuß, der eine Glasplatte trug, gestarrt. Eher originell dagegen wirkte die zierliche Vitrine, in der keine Meißener Schäferinnen lächelten, sondern klobige Pokale mit Messingschildern verrieten, dass sie irgendwann einmal »Unserem Jugendmeister Karl-Heinz Rademacher« für eine Disziplin, die mit Muskeln zu tun hatte, überreicht worden waren. Frau Rademacher, deren jugendliche Aufmachung etwas zu bemüht wirkte, hatte Jeannette stolz die vielen Porzellanteller gezeigt, die geschwaderartig die Wohnzimmerwand bedeckten. Vom »Gruß aus Las Palmas« bis zur versehentlich geschmackvollen provenzalischen Fayence war unterschiedslos alles dabei, auch ein Teller mit dem Konterfei des Ehepaares Rademacher, »Las Vegas Winners« unterschrieben.

»Aber dat dat klar is, Schanett, hier is kein Haus für Haschbrüder und laute Partys!« Frau Rademacher hob den Finger.

»Keine Sorge«, antwortete Jeannette, »ich kenne hier sowieso keinen Menschen.«

Frau Rademacher starrte Jeannette im Treppenhaus nach. Bei dieser Mieterin war bestimmt kein übermäßiger Herrenbesuch zu erwarten. Nicht nur, weil sie sehr mopsig war, nein. Es gab ja Männer, die das mochten. Und hässlich war sie eigentlich auch nicht. Aber irgendwie fehlte etwas. Frau Rademacher kam nicht darauf. Ob sie Jeannette einmal mit zur Gymnastikgruppe nehmen sollte? Sport war ja gut für die Seele und gut gegen Speck – aber als Jeannette am nächsten Treppenabsatz verschwunden war, hatte die Vermieterin ihre Idee schon vergessen.

Heute war Jeannette drei Stunden früher zurück als sonst. Sie hatte noch einen langen Sonntagabend vor sich. Mama hatte während der ganzen Fahrt nach Bonn gesummt und öfter diskrete Blicke in den Spiegel geworfen.

»Mama, jetzt sag die Wahrheit! Bist du verliebt?«

Leni lachte und tätschelte Jeannette den Oberschenkel. »Nein, Tochter, aber ich freue mich so auf neue Gesichter.«
Am Bahnhof stieg Jeannette aus. »Dass mir keine Klagen kommen!«, sagte sie streng und zwang sich zu lächeln. Mama brauchte nicht zu wissen, dass sie Angst vor dem langen Abend hatte, vor der Woche, vor dem Zimmer, den Kommilitonen und der Großstadt.

Die Luft in der Wohnung roch abgestanden. Jeannette riss die Balkontür auf. Draußen war es frühsommerlich warm, es roch nach Asphalt und Grillwürstchen. Kreischende Mauersegler stürzten in die Häuserschluchten. Einsamkeitsmusik. Jeannette hasste Sonntagnachmittage. Sie waren öde, die Zeit rann zäh. Aber nur in Köln, nicht in Untermechenbach.
Sie atmete tief durch und versuchte, gegen den immer dichteren Trauernebel anzukämpfen. Sie legte Gershwins »Rhapsodie in Blue« auf. Der langgezogene Klarinettenton, der sie sonst so elektrisierte und begeisterte, durchschnitt diesmal unangenehm scharf die Luft. Jeannette drehte das Gerät leiser. Sie öffnete ihre Segeltuchtasche und fluchte. Sie hatte wegen Mamas eiligem Aufbruch die Dosenwurst vergessen. Im Kühlschrank stand eine angebrochene Flasche mit billigem Rotwein. Jeannette holte sich ein Kissen und setzte sich mit der Flasche auf den Boden des Balkons. Sollte sie sich Pommes frites mit Mayonnaise genehmigen? Im Magen schien schon wieder Platz zu sein dafür. Nach ein paar Schlucken tat der Alkohol seine Wirkung, und sie fühlte sich etwas mutiger. Sollte sie heute Abend vielleicht doch einmal ein Bier trinken gehen?
Jeannette war nur einmal abends in der Südstadt gewesen, um durch die Fenster der Szenekneipen lachende Mädchen und

unerreichbare junge Männer zu beobachten. Jeder schien jeden zu kennen, alle sprachen und lärmten miteinander, alle gehörten auf geheimnisvolle Weise zu jener Riesengruppe, genannt die »Anderen«. Sie hatte sich Mut angetrunken und war auch mit dem einen oder anderen am Tresen ins Gespräch gekommen. Sie war zwar schüchtern, aber nicht auf den Mund gefallen und konnte ihre Unsicherheiten gut verbergen. Dennoch: Wenn ihr ein Mann gefiel, redete sie zu laut, erzählte Blödsinn und wusste nicht, wie man ihn beeindruckte.
Wie machten das die anderen Mädchen? Manchmal beobachtete sie junge Frauen, ihre Blicke, ihre Gesten. Sie fand dieses ganze Repertoire an gezielten Beiläufigkeiten einfach dumm. Sie probierte sie trotzdem aus. Aber wenn sie einen – wie sie dachte – verführerischen Blick aufsetzte, sah sie aus, als stünde sie unter Valium. Zerrte sie versuchsweise den Pulloverausschnitt so weit zur Seite, dass ein Stück freier Schulter hervorschaute, zog ihn garantiert jemand hoch und fragte: »Frierst du nicht?« Und kokett die Haare nach hinten zu werfen war bei diesem Stoppelkopf einfach überflüssig.
Einmal, auf einer Erstsemesterfete in der Uni, hatte sie ein aufgedunsener Jurastudent nicht sehr kunstvoll abschleppen wollen. Als sie sich nicht begeistert zeigte, hatte er mit schiefem Mund gelacht und sie darauf hingewiesen, dass sie ja wohl nicht die ganz große Auswahl habe: »Kauf dir doch mal einen Spiegel, Mädel.«
»Und warum trägst *du* dein Gesicht nicht da, wo es hingehört, nämlich in deiner schlechtsitzenden Hose?« fragte sie ihn böse grinsend, aber tief getroffen. An diesem Abend war sie nach Hause geschlichen, hatte zwei Dosen Leberwurst gegessen und tatsächlich in den Spiegel gestarrt. Mit so einem Aussehen konnte man ein Zweistundenprogramm an Verführungsküns-

ten abhampeln, niemand würde sich je für sie interessieren. Ein Gesicht, breit wie ein Hefekuchen. Ihre großen grauen Augen gefielen ihr, aber sie steckten hinter einer starken Brille, wodurch sie so klein wirkten wie die einer Zauneidechse. Rotbraune Spülbürstenhaare, ein dunkelblauer Häkelpullover, der an ein ausgeleiertes Zwiebelnetz denken ließ. Und die ewigen Jeans hatten Flicken zwischen den Oberschenkeln, weil sie da zuerst durchgescheuert waren.

Nein, nicht in die Kneipe. Aber sie entschloss sich dazu, durch die Straßen zu laufen, denn sie wollte sich auf keinen Fall betrinken und morgen mit apokalyptischen Kopfschmerzen aufwachen. Das war auch schon ein paar Mal vorgekommen, und diese Tiefpunkte am Montagmorgen wollte sie nicht mehr freiwillig herbeiführen.
Sie nahm noch einen Vorratsschluck aus der Flasche. Dann erhob sie sich, zog aus einem Berg Kleider, der mitten im Zimmer lag, ein fleckiges Sweatshirt hervor, band es sich um die Hüften, steckte Geld und Schlüssel ein und ging langsam die vielfarbigen Marmorstufen hinunter. Auf einmal hatte sie eine tröstliche Idee. Gebirge bunter Eiskugeln schoben sich vor ihre Augen, Ströme von Schokoladensauce mäanderten über Sahnekronen, Karamell floss wie Lava aus einem Stracciatellavulkan. Sie nahm die letzten Stufen schneller. Wenn sie ein Eiscafé in der Fußgängerzone anpeilte, würde sie so weit laufen müssen, dass es beim Rückweg Zeit fürs Bett wurde. Eis essen und dann schlafen war besser, als einfach nur allein zu sein.

Draußen auf der Straße war es drückend heiß. An der nächsten Ecke, kurz bevor Jeannette eine Riesenreklametafel erreichte, auf der zwei Bikinimädchen für ein Kleinauto warben, schob sich eine Wolke vor die Sonne, und ein Windstoß fegte über die Straße. Ein Herr in glänzenden Trainingshosen prostete Jeannette mit einem Flachmann zu. Dabei hielt er sich am geöffneten Fenster von »Elkes Trinkhalle« fest. Jeannettes Eiskugeltürmchen gerieten einen Moment ins Wanken, als sie ihm auswich. Jetzt lag die Wärme wie ein feuchter Pelz auf der Haut. Jeannette schwitzte.

Es donnerte. Der Himmel bewölkte sich schnell. Hinter den Domtürmen wurde er schwarzviolett. Über ihr wich das Blau einem giftigen Gelbgrau, es blitzte, dann donnerte es noch einmal, sehr laut und ganz nah. Die Luft roch auf einmal anders.

Jeannette liebte Gewitter. Jetzt müsste man in Untermechenbach sein. Und vom Wohnzimmerfenster aus beobachten, wie die Blitze den Himmel zerschnitten, wie der Regen über die Weizenfelder rauschte, wie die Blätter der Pappeln silbrig im Wind zappelten. Andere Blätter bewegten sich zwar auch, aber Pappelblätter konnten wirklich wild tanzen.

Zappelpappel, Kinderland.

Und man müsste dabei ein Stück belgischer Nussschokolade essen. Ein paar dicke Tropfen fielen auf die Straße. Schlecht. Es war noch weit bis zum Eiscafé. Jeannette lief unbeirrt in Richtung Innenstadt. Zwei Straßen weiter, am Rand der Südstadt, ging nichts mehr. Innerhalb von Sekunden kam ein solcher Platzregen herunter, dass die Menschen kreischend in Hauseingänge flüchteten oder hektisch Fenster zuschlugen. Zögernd ging sie noch ein paar Meter durch den Regen. Sie fror auf einmal erbärmlich, denn sie war bis auf die Haut durchnässt. Über einer großen Fensterscheibe hing an zwei Ketten ein weißlasiertes Baubrett, darauf mit nachlässigen Buchstaben der Name *Kaffeelatte* gemalt. Hinter dem Fenster sah Jeannette

leere Tische und alte Holzstühle. In der Kneipe brannte Licht. Sie öffnete die Tür. Außer der Bedienung und einer einzigen Frau befand sich niemand in dem Lokal.
Jeannette atmete auf. Keine Leute und etwas Warmes, ja, das wäre jetzt gut.

Albertine Käfer saß in der *Kaffeelatte* wie fast immer um diese Zeit und nippte an ihrem Espresso, ohne den Blick von einem Notenblatt zu lösen. Zwischen kleinen Schlucken summte sie unsicher schiefe Töne, hielt das Notenblatt bald weit von sich, bald direkt unter ihre Nase, summte wieder, pfiff, legte schließlich das Blatt auf den Tisch, blickte die Gestalt hinter dem Tresen an und meinte: »Scheiße.«
»Was ist denn?« Die kleine Frau hinter der Theke polierte ein Weinglas. Über ihr hing eine Schiefertafel: »Service heute: Trudi«.
»Ich soll das heute Abend können. Wenn ich schon wieder blaumache, kann ich mir den Chor an den Hut stecken. Und das wäre schade.«
»Stimmt. Euer letzter Auftritt hier, das war schon eine gute Nummer. Mozarts kleine Nachtmusik wie von Insekten gesummt. Wer hat bei euch bloß solche Ideen?«
»Martha natürlich.«
Seufzend nahm sich Albertine das Notenblatt wieder vor.
Jeannette hatte sich auf die Holzbank gesetzt, die an einer Wand über die Länge des ganzen Raumes installiert war, und betrachtete das Lokal. Ganz hinten stand ein Klavier, das so aussah, als hätte man es auf einem Rodeo zugeritten. Überall hingen Jazzplakate herum, manche wiesen auf Veranstaltungen in der *Kaffeelatte* hin, die vor fünf Jahren stattgefunden hatten. Jeannette betrachtete ein Plakat, auf dem eine Sängerin, den

Oberkörper zurückgebogen, den Kopf erhoben, mit geschlossenen Augen in ein Mikrophon sang. Das Glücksgefühl des Singens, das Jeannette so gut kannte, war auf diesem Fotoplakat vollkommen eingefangen.
Eigentlich das einzige Glück, das ich kenne, dachte Jeannette. Und was ist mit deiner Fresserei?, fragte der Einsamkeitszwerg, der auf ihrer Schulter hockte. Ist auch Glück, dachte Jeannette trotzig. Ihre Kehle wurde eng. Sie senkte den Kopf, zog die Nase hoch und zwang sich dann, wieder aufzuschauen.
Ihre Augen trafen genau auf Albertines interessierten Blick. Jeannette wandte sich schnell an Thekentrudi und bestellte einen Kakao. Mit viel Sahne.
Albertine erhob sich und zeigte Trudi eine Stelle auf dem Notenblatt. »Gib mir mal den Klavierschlüssel. Ich steig nicht durch, was ich da singen soll.«
Ein Pärchen betrat die Kneipe, bestellte Kaffee und getoastete Sandwiches. Trudi warf Albertine den Schlüssel zu und hatte plötzlich alle Hände voll zu tun.
Jeannette wärmte ihre klammen Finger an dem Henkelbecher mit dampfendem Kakao. Er war viel zu dünn und schmeckte nicht besonders. Sie löffelte das Sahnehäubchen auf und beobachtete dabei die magere Frau, die wütend einzelne Noten auf dem verstimmten Piano zusammensuchte. Wenn sie eine Note gefunden hatte, hieb sie fest auf die Taste, als wollte sie eine Laus zerknacken. Die Lesebrille saß ganz unten auf ihrer Nasenspitze, die kurzgeschnittenen grauen Haare standen im Nacken hoch. Albertine wippte ungeduldig mit den Füßen, die in ausgefransten roten Stoffschuhen steckten.
»Trudi!«, brüllte sie. »Was ist das noch mal für eine Note, ohne Beinchen, zwischen der zweiten und dritten Linie von unten und mit gekringeltem Notenschlüssel?«

»Keine Ahnung. Fis vielleicht?«
»Danke, raten kann ich selber.«
»Ganze Note, eingestrichenes A«, hörte Jeannette sich sagen. Die Grauhaarige drehte sich um. »Oh gut, du kannst Noten lesen? Kommst du bitte mal?«
Jeannette ließ ihren Wasserkakao stehen. Sie beugte sich über das Klavier und versuchte, die Noten zu entziffern. Es war nicht besonders hell in dieser Ecke des Raumes. Albertine stand bereitwillig auf.
»Nein, lassen Sie, das geht auch ohne Klavier.« Jeannette nahm das Notenblatt in die Hand, summte zwei Takte, lächelte etwas seltsam, dann begann sie mit leiser Stimme das Lied zu singen. Nach vier Takten wurde ihre Stimme lauter und fester. Sie brach ab, räusperte sich und begann erneut, mit volltönender Stimme: *Sieh nur all die Regentropfen, lausche ihrem Silberklang …* Dabei klopfte sie mit ihrem rechten Turnschuh den Takt, legte mitten im Lied den Text beiseite und sang ihn ohne Notenblatt zu Ende. Trudi und Albertine klatschten. »Herrgottnocheins, hast du eine schöne Stimme! Kanntest du das Lied?«
Und ob sie es kannte. Sie hatte es so geliebt. Sie hatte es auf dem Mechenbacher Marktplatz neben dem aufgerissenen Schnabel der Bronzegans gesungen, aus voller Brust, sie hatte das Lied genauso intensiv gesungen, wie sie ihre kühle, begabte Musiklehrerin Frau Körner verehrte.
Nach dem Auftritt, nach der Busfahrt im Klatschmohncape hatte sie jede Probe des Schulchors geschwänzt, bis Mama von Frau Körner angerufen wurde. Jeannette konnte nichts erklären, schüttelte nur immer wieder den Kopf: »Ich will nicht mehr da hin.«
Leni war nicht dumm. Und sie hielt auch nicht, wie viele Mütter, grundsätzlich das Diktum der Lehrer für richtig.

Irgendetwas musste vorgefallen sein, aber Jeannette sprach nicht darüber. Seit Josefs Tod hatte Jeannette sich verkrochen wie eine Schnecke, nur wenn sie sang, kam die alte, drollige, muntere Jeannette wieder zum Vorschein. Und irgendetwas an Frau Körners Tonfall gefiel Leni nicht. »Meine Tochter hat etwas an den Stimmbändern, entschuldigen Sie, ich habe vergessen, Ihnen das zu sagen. Sie sollte vorerst nicht mehr im Chor singen.« Dann legte sie auf und fragte ihre jüngste Tochter: »Warum willst du nicht mehr hin? Du singst doch so gerne. Und du hast eine Stimme wie ein Märchenvogel. Jetzt komm, mein Kind, erzähl es mir.«
Jeannette erinnerte sich an Frau Körners letzten Satz, im Bus, blickte an ihrer Mutter vorbei und fragte: »Mama, ist das Leben ungerecht?«
Leni sah sie erstaunt an, dachte an ihren Josef, der seit einem halben Jahr nicht mehr bei ihr war, und sagte mühsam: »Ja, Kind, manchmal.«

»Sing's noch mal, Sam!«
»Was?«
Thekentrudi drückte ihr ein Glas in die Hand und sagte: »Sing das Lied doch noch mal!«
Jeannette schreckte aus ihren Gedanken hoch, nahm einen Schluck Kölsch und fragte Albertine: »Warum üben Sie das?«
Albertine seufzte genervt. »Meine Freundin Martha ist Chorleiterin und tendiert zu Bösartigkeiten, wenn ich nicht geübt habe. Und diesen Schmonzes in Dur soll ich heute Abend perfekt können, weil ich schon dreimal blaugemacht habe.«
»So schwer ist das aber nicht«, tröstete Jeannette. »Ich singe Ihnen das Lied Stück für Stück vor, und Sie singen es nach ... *Sieh nur all die Re-gen-trop-fen, lau-sche ...*«

Nach zwei Kölsch und sieben Wiederholungen konnte Albertine es fast. Sie blickte auf ihre Armbanduhr und bekam einen Schreck. »Noch zwanzig Minuten! Immer muss ich zu spät kommen! Scheiße!«
Sie zerrte ihren Anorak vom Garderobehaken, warf Trudi einen Geldschein hin und zog Jeannette am Handgelenk zur Tür. »Komm mit zur Probe! Stell dich mitten in den Regen neben mich und mach Tante Albertines Tonkrücke, ja?«
Jeannette gelang es gerade noch, das feuchte Sweatshirt von der Bank zu grapschen.
»Tschüs, Lerche, schau mal wieder rein!«, rief Trudi.

Albertines altes Auto hoppelte über die ewig schlecht geflickte Bonner Straße in Richtung Stadtrand. »Da wohne ich!« Albertine zeigte auf das Mietshaus, in dessen Parterre sich »Elkes Trinkhalle« befand.
»Und da wohne ich!« Jeannette zeigte auf Karl Heinz Rademachers Marmorhöhle, drei Häuser weiter.
»Ist nicht wahr! Das ist ja nebenan!«
»Wie heißt der Chor, in dem Sie singen?«
»Hör auf mit dieser Siezerei. Ich fühle mich dann so alt. Ich singe bei den *Heulsusen.*«
»Bei wem?«
»Der heißt so, unser Chor.«
»*Heulsusen!* Sind es nur Frauen?«
»Anfangs schon, aber dann kam Norbert. Er singt fast Sopran, ist unser Nummerngirl und ziemlich fett.«
»Na, da bin ich ja richtig.«
Albertine warf einen schnellen Blick auf Jeannette. »Gegen den bist du eine Elfe. Außerdem braucht eine große Stimme einen richtigen Resonanzboden.«

So hatte Jeannette das noch nie gesehen.
»Und dann kam wenig später der finstere Toni. Das ist der Hausmeister von Marthas Schule, wo wir immer üben. Den Libero macht der schöne Hans-Wilhelm. Der singt nur bei uns, weil er nicht jeden Abend bei seiner Mutter hocken will und weil er Bus fahren kann. Das ist praktisch bei langen Anfahrten. Bei fast jedem Auftritt kommt irgend so eine schlaue Knopfnase und fragt: ›Wieso habt ihr denn Männer dabei, wenn ihr euch doch *Heulsusen* …‹ Wääh. Kann ich nicht mehr hören.«
Jeannette lachte. Albertine bewegte sich wie ein Kasper und glich entfernt Pinocchio. Wie alt sie wohl war? Älter als Mama in jedem Fall. Eigentlich war es doch schön: Sie hatte Angst vor dem langen Abend gehabt, und jetzt saß sie hier in einem alten Auto neben einer unbekannten Frau und fuhr zu einer Chorprobe. Durch die beschlagenen Scheiben des Wagens beobachtete Jeannette die Straße, von der weißer Dampf aufstieg. Manche Stellen auf dem dunkelgrauen Asphalt waren schon wieder trocken. Singen! Sie freute sich.
Die Freude legte sich schnell, als Jeannette den gesichtslosen Schulraum betrat. Beschmierte Tafel, Plastikpapierkorb und längst hinfällige Terminhinweise: »Berufsberatung am 3. April, ab zehn Uhr morgens.« Jetzt war es Ende Mai. Oben auf einem Schrank trocknete ein angebissener Apfel vor sich hin.
Die vielen Leute sahen im Neonlicht blass und abgespannt aus. Jeannette fühlte sich entsetzlich unsicher zwischen all den unbekannten Menschen. Albertine wurde von drei Frauen nacheinander umhalst. Die meisten betrachteten Jeannette zwar neugierig, wandten sich dann aber in freundlichem Desinteresse von ihr ab.
Ein kugelköpfiger Bauchträger sprach sie mit hoher Stimme an. »Neu hier?« Das musste Norbert sein. Jeannette nickte. »Ja,

das heißt, ich weiß nicht, also …«, sie suchte mit ihren Blicken die Tür.
»Ich heiße Norbert.« Er streckte ihr die Hand entgegen. Norbert war noch kleiner als sie und hatte etwas von einem Gummiball an sich. Als er sie anlächelte, verschwanden seine kleinen Augen fast vollständig, weil sich die Wangen wie Pölsterchen hochschoben.
»Ich bin Jeannette. Albertine hat mich … mitgebracht.« Jeannette umklammerte die verknoteten Ärmel ihres immer noch feuchten Sweatshirts.
»Ein Neueinkauf! Martha!«
Eine große blonde Dame in einem Hemdblusenkleid aus Jeansstoff drehte sich um. Sie war attraktiv, trug ihre Haare hochgesteckt wie ein kühler Filmstar aus den Fünfzigern und wirkte etwas streng. Der dezente Glanz ihrer Schmuckstücke verriet, dass es sich nicht um Talmi handelte.
»Was gibt's?« Sie kam einen Schritt auf Jeannette zu und musterte sie. »Das ist kein so guter Moment für einen Neueinstieg«, meinte sie kurz und sachlich. »Wir stehen vor einem wichtigen Auftritt. Ich habe absolut keine Zeit, mich mit Neulingen zu beschäftigen. Vielleicht kommen Sie in drei Wochen noch einmal vorbei?«
Jeannette machte unwillkürlich zwei Schritte rückwärts und wollte gehen. Da stand auch schon Albertine zwischen ihnen und rief: »Ach, Gräfin Karajan sind heute wieder unter Stress? Jetzt halt mal die Luft an, Martha. Dieser Neuling hat eine phantastische Stimme und kann deine dämlich Regenserenade rückwärts. Sie hat sie mir beigebracht!«
»Gut, wenn du meinst.« Martha ging achselzuckend zu einem Stehpult und drückte Jeannette einige Notenblätter in die Hand. »Versuchen Sie's halt.«

Albertine blickte ihr nach und schüttelte den Kopf. »Etwas sperrig ist sie heute, die Alte. Manchmal muss ich sie dann ein bisschen anschnauzen, aber sie hat ein gutes Herz. Man sollte sie nur ab und zu daran erinnern.«

»Vielleicht hat sie Krach mit ihrem Mann?«, fragte Norbert.

»Quatsch. Henry hat das Temperament einer Sofadecke, mit dem kann man sich nicht streiten.«

»Vielleicht macht sie das ja so fertig, die Gute!«

Jeannette stand zwischen den beiden, während sie über Martha lästerten, und wäre immer noch am liebsten weggelaufen, aber sie wagte es nicht mehr.

Niemand beachtete sie. Jeannette ließ ihre Blicke schweifen. Es gab junge Frauen in ihrem Alter, einige waren wesentlich älter, die meisten nachlässig und bunt gekleidet. Dazwischen stand eine adrette Kostümchenträgerin, die wegen der Hitze eine ärmellose Seidenbluse trug. Neben dem Klavier entdeckte Jeannette einen Mann mit lockigem Blondhaar und Hawaiihemd. Er trug ein Goldarmband und zwei Siegelringe. Als er Jeannette flüchtig anblickte, sah sie, dass er schielte. Das musste Karl-Wilhelm sein. Der dritte Mann, der Hausmeister, war tatsächlich ungewöhnlich dunkel, hatte rabenschwarzes Haar, war schlecht rasiert und sah aus wie jemand, dem man ab zweiundzwanzig Uhr ungern in der U-Bahn gegenübersitzt.

Norbert und Albertine hatten ihr Gespräch unterbrochen. Albertine verfolgte Jeannettes Blick und raunte ihr zu: »Toni sieht aus wie ein Abruzzenräuber, aber er ist ein Seelchen. Er gibt vergesslichen Schulkindern seine eigenen Frühstücksbrote, gratis natürlich, und beschimpft sie dabei. Aber sie stehen jeden Tag vor seiner Loge. Wahrscheinlich schmiert er jeden Tag dreißig Extrasemmeln.«

Martha rief nur: »Anfangen!«, und man stellte sich geordnet nach Stimmen auf.
»Stimmlage?« fragte sie Jeannette.
Jeannette wurde rot und stotterte: »Alles Mögliche!«
Martha runzelte belustigt die Stirn und sah gleich viel netter aus. »Na, dann stellen Sie sich erst einmal zu Annette.« Damit war die Kostümchenfrau gemeint.
Die ersten zwei Lieder sang Jeannette nur leise mit. Dann kam das Regenlied. Martha blickte sie erstaunt an.
Jeannette sah es nicht, weil sie gerade mit hocherhobenem Kopf sang. Es war eigenartig. Hier in diesem hässlichen Raum zwischen den fremden Menschen machte es plötzlich wieder Freude, dieses Lied zu singen. Es war, als liefe Jeannette noch einmal einen fast vergessenen Saumpfad aus der Kindheit entlang. Die Trauer, die lange Zeit mit diesem Lied verbunden war, verschwand mit jedem Ton. Plötzlich hatte sie das Gefühl, Papa höre zu.

Sieh nur all die Regentropfen
lausche ihrem Silberklang
denn der Regen bringt dir Segen
allezeit, dein Leben lang …

Sie sang mit geschlossenen Augen. Sie war wieder klein und dünn. Der Schulbus wackelte. Sie hielt sich mit beiden Händen an der kaltfeuchten Metallstange des Schulbusses fest. »Ja, das ist schon eine Schande«, bemerkte Frau Körner. »Warum kann diese Stimme nicht in dem anderen Körper stecken, was? Das Leben ist ungerecht.« Und sie lachte etwas zu laut. Auf einmal hob Jeannette den Kopf und zog langsam mit einer Hand die feuchte Wachstuchkapuze herunter. Sie blickte Frau

Körner fest in die Augen, lange und böse. Dann spuckte sie Frau Körner mitten ins Gesicht.

»... denn der Regen bringt dir Segen, allezeit dein Leben lang«, sangen Jeannette und der Chor.

Nach der Probe kam Martha auf Jeannette zu. »Kommen Sie bitte einmal zum Klavier«, sagte sie wesentlich freundlicher. Sie spielte eine kleine Tonabfolge.

»Singen Sie: *Frü-ü-ü-ü-ühlingsluft*.«

Die »Üs« kletterten herauf und wieder herunter. Jeannette sang.

»Weiter!« Ein Halbton höher. Jeannette sang. Weiter und weiter, höher und höher. Martha schlug einen neuen Ton an. Jeannette sang klar und voll in der Tiefenlage die Tonfolge herauf und herunter. Martha sagte nichts. Neben Albertine warteten nur noch einige Chormitglieder; der schöne Hans-Wilhelm, Norbert und die Kostümchenfrau. Sie lauschten.

»Können Sie irgendein Lied singen?«, fragte Martha.

»Viele«, entgegnete Jeannette, ohne zu zögern.

»Und welches am liebsten?«

»Scarborough fair.«

Martha überlegte. »Das kenne ich natürlich, aber ich habe die Noten nicht hier.«

»Ich kann selbst eine einfache Begleitung dazu spielen.«

Martha stand auf und stellte sich neben das altgediente Schulklavier. Jeannette setzte sich auf den Holzschemel und spielte eine kleine Einleitung. Sie war aufgeregt. Aber wenn es eine Sache in ihrem Leben gab, auf die sie sich verlassen konnte, so war das ihre Stimme. Ihren Körper mochte sie nicht mehr, ihr Gesicht betrachtete sie ungern, aber sie liebte es, ihre eigene Stimme zu hören. Hier war die Stärke, die es sonst nicht gab. Dann begann sie zu singen:

Are you going to Scarborough fair
Parsley, sage, rosemary and thyme
Remember me to one who lives there
She once was a true love of mine …

Martha lehnte sich an die Wand, schloss die Augen und konzentrierte sich auf diese erstaunliche Stimme. Aber der Klang trug ihre Gedanken weit weg. Sie war auf einmal an einem Spätsommermorgen im Moor, an dem kleinen See, den sie so liebte. Der Wind wehte den Geruch von Heidekraut und Laub über die struppigen Hügel, der Dunst auf dem Wasser hatte sich noch nicht gelichtet. Die Töne vom anderen Ufer des Sees drangen durch den Morgennebel zu ihr … *remember me to one who lives there …*

Das war die Stimme einer Nebelgestalt, die von Dingen sang, für die es kaum Worte gab, aber Klänge. Jetzt wiederholte die Stimme die letzten Takte, modulierte sie summend und sang die zweite Strophe eine Tonlage höher. So kristallklar und kraftvoll, dass die Schwermut sich unter der Sonne verflüchtigte und die Wasserfläche freigab, in der sich jetzt die Wolken spiegeln konnten.

Jeannette löste sich von der Melodie und begann, die erste Strophe jazzig zu improvisieren. Ihre Stimme füllte den Raum, die verlassenen, öden Gänge der Schule und ließ unten auf dem Trottoir einen alten Herrn innehalten und nach oben blicken.

Jetzt sang die Stimme *Parsley, sage, rosemary* in hoher Lage, um anschließend das *and thyme* mit rauchigem Kellertimbre verklingen zu lassen. Fast war es, als sängen verschiedene Stimmen. Der alte Herr auf dem Bürgersteig lauschte den letzten Tönen nach, lächelte und ging weiter.

Martha hatte so etwas wie eine Gänsehaut. Diesem abgenudelten Lied, hundertfach gehört, hundertfach interpretiert, hatte sie gerade gelauscht, als sei es das erste Mal: Und es *war* wunderschön, egal wie viele Barden es bisher in käufliche Romantikkonserven hatten pressen lassen.

»Madonna«, sagte Norbert. »Das ist ja eine Rolls-Royce-Stimme.«

»Sagenhaft.« Kostümchenfrau Annette hatte immer noch die Arme verschränkt und schüttelte den Kopf, als könne sie es nicht glauben. Der schöne Hans-Wilhelm nickte begeistert. Der finstere Hausmeister hielt einen Daumen in die Luft: »Jut, dat Mädche.«

»Siehst du, alte Zicke. Und diese Jenny Lindbergh wolltest du vorhin nach Hause schicken!« Albertine zwinkerte Jeannette zu.

Martha stand immer noch gegen die Wand gelehnt und lächelte ihre Freundin an. »Lind, Albertine, die berühmte schwedische Sängerin, geboren 1820, hieß einfach nur Jenny Lind. Jenny Lind*bergh* hingegen machte diese Nummer mit der Atlantiküberquerung im Doppeldecker, aber sie hieß auch nicht Jenny, sondern Charles.« Dann wandte sie sich Jeannette zu. »Ich habe schon ewig nicht mehr eine so ausdrucksvolle Stimme gehört.«

Jeannette freute sich bis in die Zehenspitzen. Sie war nicht gewöhnt, im Mittelpunkt zu stehen. Dass sie eine gute Stimme hatte, wusste sie, dass sie musikalisch war, auch. Aber sie hatte es als etwas Selbstverständliches betrachtet, als eine Gegebenheit wie die Farbe ihrer Augen. Dass andere Menschen sie wegen irgendetwas bewunderten, war ein unbekanntes Gefühl. Mamas Lob war etwas anderes, das konnte Jeannette annehmen wie ein verdientes Geschenk. Aber sonst gab es kaum

Lob. Deshalb besaß Jeannette auch kein Repertoire an verschämten Zurückweisungsfloskeln.
»Danke, das freut mich.« Jetzt wurde sie doch verlegen. Sie stand auf und zog an den Ärmeln des Sweatshirts, das immer noch um ihre Hüften geknotet war.
»Und Sie können vom Blatt singen, was?«
Jeannette nickte.
»Sind Sie Musikstudentin?«
»Nein, ich studiere Geographie und Anglistik.«
»Etwa fürs Lehramt?«
Jeannette nickte wieder. Martha schlug die Hände zusammen.
»*What a waste!* Machen Sie das bloß nicht, Kindchen! Lehrerin, das ist das Letzte!«
»Was sind Sie denn von Beruf?«, erkundigte sich Jeannette vorsichtig.
»Na, was wohl. Lehrerin natürlich. Musik.«

Später saßen sie in einer griechischen Kneipe, und die vornehme Martha verdrückte erstaunliche Mengen gefüllter Weinblätter und gebackener Kartoffeln. Merkwürdigerweise war Jeannette nicht hungrig. Sie nippte an ihrem Kölschglas und war viel zu aufgeregt, um sich um ihren Magen zu kümmern. Martha nuckelte an einer Olive und erklärte: »In drei Wochen treten wir in … wie hieß dieses Kaff bei Aachen noch mal? Egal. Jedenfalls kommt das Regionalfernsehen. Große Sache. Ich glaube, die feiern dort den zwanzigjährigen … was noch mal?«
»Einsturz der Mehrzweckhalle!« schlug Albertine vor. Martha gab ihr einen Klaps in den Nacken und wandte sich wieder an Jeannette. »Bis dahin solltest du dir irgendetwas Goldenes anschaffen.«

Martha hatte ihr das »Du« angeboten, doch es fiel Jeannette noch schwer, Martha wirkte so nobel. Außerdem musste sie um die fünfzig sein. Aber der ganze Chor duzte sich.
»Etwas Goldenes?« Jeannette begriff nicht.
»Halb so wild, Jeannette.« Albertine fischte eine Pfefferschote von Marthas Teller. »Die Männer tragen schwarze Anzüge und goldene Krawatten und die Frauen meist eine schwarze Hose oder einen Rock und ein goldenes Oberteil.«
Martha grub in ihrer Handtasche und zog ein Gruppenfoto heraus.
»Ach, zeig mal, zeig mal!« Die Kostümchenfrau riss es ihr aus der Hand. Annette war zierlich, lebhaft und stammte aus Berlin. »Hier, siehste?« Sie hielt Jeannette das Foto vors Gesicht und zeigte auf ihre eigene kleine Gestalt, die in Rock und Goldbluse neben Hans-Wilhelm stand. »Den Rock musste dir selba koofen. Aber ick hab bei mir noch 'n Oberteil aus Goldlamée zu liegen. Wenn ick dir da so 'n Diätkeil zum Verbreitern rinsetze, denn haste det Teil bis nächsten Mittwoch. Kost nischt.«
»Danke!« Jeannette klang erfreut.
»Annette ist Schneiderin«, erklärte Albertine und gabelte eine Olive von Annettes Grillplatte.
»Schneiderin! Direktrice bin ick, du Knasteule!«
»Albertine arbeitet als Gefängnispsychologin.« Norbert strich Albertine über die struppigen Maulwurfshaare.
»Knasteule eben!«, sagte Albertine gleichmütig und zog Hans-Wilhelm ein paar Pommes frites vom Teller.

Ungewöhnliches

Es war heiß heute. Der Sommer begann früher als im Vorjahr. Die rosa Clematis, die in üppigen Kaskaden über dem Schuppendach wucherte, war schon fast verblüht. Leni setzte sich in den Korbsessel, der von den Riesenblättern einer Catalpa überschattet wurde.

Sie lehnte sich zurück und betrachtete die flimmernde Luft über dem benachbarten Kornfeld. Das Grün der langen Halme schien bereits in Gelb überzugehen. Die Luft roch gut, nach Heu und Getreide. Aus der Küche zog der Duft eines Sandkuchens. Leni schaute auf die Uhr. Heute war Mittwoch, der Blumenladen hatte nachmittags geschlossen, und sie genoss es.

Lenis Gedanken wanderten zu Jeannette. Gestern Abend hatten sie kurz telefoniert, Jeannette hatte es eilig gehabt. Sie singe jetzt im Chor und müsse laufend zur Probe.

Wen sie wohl kennengelernt hatte? Das war eine gute Nachricht. Schade nur, dass das Kind nicht Musik studierte. Jeannette brauchte eine Melodie nur einmal zu hören, um sie nachzusingen. Wenn sie Josefs alte Jazzplatten auflegte, sang sie grundsätzlich nicht einfach mit, sondern erfand phantastische Improvisationen zur Melodie. Sie wäre eine richtig gute Musiklehrerin geworden.

Irgendwann nach dem Abitur hatte Jeannette ihrer Mutter von der lange zurückliegenden Bemerkung Frau Körners erzählt. Leni hatte daraufhin einen empörten Brief an Frau Körner geschrieben, auf den sie nie eine Antwort erhielt.

Da sie im Blumenladen vieles erzählte, war auch Adelheid

Siegel im Bilde und versuchte, Jeannette dazu zu bewegen, Musiklehrerin zu werden. »So eine Begabung, Kind! Mach was draus, du Jeck! Lass dich doch nicht von so einer dummen Lehrerin blockieren! Wozu habe ich euch denn damals das gebrauchte Klavier geschenkt?«

Vergebens. Jeannette war der festen Überzeugung, dass Musik als Schulfach für sie nicht das Richtige war. Diese Freude hatte man ihr genommen. Als Frau Körner eines Tages im Laden auftauchte und einen Blumenstrauß kaufen wollte, hatte sich Leni auf dem Absatz herumgedreht und laut in die hintere Ladenstube gesprochen: »Bitte, Adelheid, bediene du diese Kundin.«

Frau Körner sagte daraufhin halblaut: »Kleinliche Proletin.«

Aber Adelheid Siegel hatte gute Ohren. Fein in blauem Seidenkleid ging sie zum Eingang und hielt die Türe auf: »Raus hier, Körner. Sofort. Sonst flechte ich einen Adventskranz aus Ihnen, und die vierte Kerze zünde ich direkt unter Ihrem Hintern an.«

Leni stellte ihr Glas hart auf den Tisch. Was wohl der Josef mit Frau Körner gemacht hätte? Jeannette war sein Liebling gewesen. Ein seltsames Schuldgefühl meldete sich im hintersten Winkel ihrer Seele, wenn sie daran dachte, wie sie beide, Josef und Leni, mit der fröhlichen kleinen Jeannette Lieder gesungen und ihr musikalisches Talent bei jeder Gelegenheit herausgestellt und laut bewundert hatten. Susannas Talente waren leiser, unspektakulärer, alltäglicher.

Sie musste jeden Moment kommen. Manchmal, so wie heute, verbrachte sie die Mittagspause zu Hause. Leni dachte an Arnold. Ein netter Junge, aber so profillos. Susanna wirkte neben ihm eher wie seine Chefin, nicht wie seine Verlobte. Ob sie ihn liebte? Ob sie überhaupt wusste, wie das war, jemanden zu lieben? Leni versuchte, sich die beiden in einer innigen Umarmung vorzustellen. Es fiel ihr schwer. Sie dachte daran, dass Kinder sich ihre Partner oft nach dem Modell der Eltern auswählen, unbewusst, natürlich. Das konnte in diesem Fall nicht stimmen.

Josef. Das breite Gesicht, die laute Stimme, die Herzenswärme. Immer noch der Schmerz. Leni dachte an Jeannettes Befürchtung, sie hätte einen Mann kennengelernt. Nein, der Mann nach Josef müsste auch ein Josef sein, und so etwas gab es nicht mehr.

Aber dass sich eine echte Malerin, dazu noch eine weise und ältere Dame, mit ihr, der Blumenverkäuferin Leni Schmitz angefreundet hatte, das erfüllte sie mit Stolz und Freude. Und was für bunte Leute Sonia kannte!

Hinten, an der Hecke zum Kornfeld, raschelte es laut. Leni richtete sich auf und erwartete, dass ein Reh mit hohen Sprüngen in das Getreide flüchtete. Aber die rötlichen Haare eines Mannes tauchten auf. Er befand sich bereits auf ihrem Grundstück. Die hintere Gartenpforte wurde nie abgeschlossen.

Vielleicht sollte ich doch mal den Schlüssel suchen, dachte Leni unruhig. Er hatte sie noch nicht gesehen. Sie erhob sich vorsichtig und hielt sich hinter dem Jasminstrauch versteckt. Der Mann trug einen gelben, länglichen Gegenstand in der Hand und blickte konzentriert auf den Zaun, der Lenis Grundstück zur rechten Seite hin abgrenzte.

Da erkannte sie ihn. »Herr Ahlebracht! Guten Tag! Was machen Sie denn hier?«

Sie war erleichtert. Von Jeannettes ehemaligem Erdkundelehrer war kein Unheil zu erwarten. Er schreckte auf, schaute sie

an, reagierte aber weiter nicht. Irritiert ging Leni auf ihn zu. Er murmelte etwas vor sich hin und schien sie nicht zu sehen. »Ja, das müsste reichen … tut mir leid, aber man muss es annektieren … arme Frau.«
»Herr Ahlebracht!«, sagte Leni jetzt energisch. »Kann ich Ihnen helfen? Suchen Sie etwas?«
Herr Ahlebracht schaute sie immer noch nicht an und hob den Zollstock hoch. »Es sind die Zeichen«, sagte er aufgebracht. »Niemand sieht sie. Niemand will darauf achten. Aber ich werde da sein!«
»Was für Zeichen, Herr Ahlebracht?«
»Die Zeichen«, wiederholte er störrisch. Er zeigte in den Himmel. Leni folgte unwillkürlich seinem Blick. Zwei verschwimmende Kondensstreifen hatten ein riesenhaftes Kreuz hinterlassen. Dann sah er sie an. »Sie werden die Zeichen nicht sehen und alle untergehen.«
»Herr Ahlebracht, das kennen Sie doch. Das kommt von den Flugzeugen.«
Er schüttelte unwillig den Kopf. »Es steht geschrieben«, murmelte er, wühlte in seiner Jackentasche und zog verschiedene Zettel heraus. Sie waren teilweise verknittert, unterschiedlich groß, aber alle gelb. »Da! Sehen Sie doch!«
Leni blickte ihn verständnislos an. Auf dem gelben Papier warb jemand für ein Sonnenstudio, die Rückseite war leer.
»An meiner Haustür!«
Leni nahm einen mehrfach gefalteten Zettel in die Hand. »Da hat jemand einen Flieger gebastelt!« Sie versuchte, das zerknickte Spielzeug zu glätten, und ließ es durch die Luft segeln.
»Nein!«, rief Ahlebracht. »Nein! Nicht!« Er rannte in panischer Angst dem Flieger hinterher. »Es ist von *ihnen*, verstehen Sie

denn nicht? Die Zeichen!« Er fuchtelte mit den Armen, dann hob er den Flieger so vorsichtig auf, als sei er ein verletzter Vogel. »Ich bin auserwählt! Ich bin ein Empfänger gelber Botschaften! Es ist dies die Farbe der Sonne, des Feuers, der reinigenden Kraft.« Er machte einen Schritt auf Leni zu. »Alle werden untergehen. Man muss sie retten.«

Leni blickte ihm in die Augen. Der arme Mann hatte seine Mitte verloren.

»Und man muss Opfer bringen!«, schrie er plötzlich. »Geld, Häuser! Vermögen wird es verschlingen! Aber nur so kann die Hure Babylon erlöst werden!«

»Trinken Sie jetzt ein Glas kalten Saft, Herr Ahlebracht«, sagte Leni fest. »Und dann gehen Sie nach Hause und legen sich etwas hin. Es ist furchtbar heiß heute. Und wenn Sie das nächste Mal auf mein Grundstück wollen, dann klingeln Sie bitte vorne an der Hoftür!«

Sie fasste ihn am Oberarm und führte ihn zur Terrasse, an deren rechter Seite eine Art Sommerküche mit Grill und Fliegengitterschrank installiert war. Sie nahm ein Glas von einem Bord und goss ihm einen Zitronensaft ein. Er trank ihn mit abwesendem Blick aus.

»Herr Ahlebracht, können Sie mir die Telefonnummer von Ihrem Sohn geben?«

»Mein Sohn, ja.« Herr Ahlebracht schaute sich um, nahm den Zollstock in die Hand und sagte ganz normal: »Danke für den Saft, Frau Schmitz. Es ist außerordentlich heiß heute, nicht wahr?« Er verschwand durch die Hoftür auf die Straße.

»Grundgütiger Himmel!« Leni starrte ihm nach.

Kurze Zeit später erschien Susanna. Sie brachte einen frischen Lufthauch mit, wie sie da in ihrem blauen Leinenkleid in der

Tür stand. Sie gähnte, hielt sich dabei die Hand vor den Mund, zog ihre Sandalen aus und ließ sich in den Korbsessel fallen. Leni war dabei, Tomaten und Gurken in eine Schüssel zu schneiden. »Soll ich uns ein paar Nudeln kochen?«

»Nur Salat, Mama, sonst nichts.«

»Oliven und Schafkäse dazu?«

»Meinetwegen. Aber nicht so viel Öl. Oder besser gar keins. Ich gieße es mir selber drauf.« Sie dehnte ihre Füße und massierte sich die schmalen Knöchel.

»Müde?«, fragte Leni und deckte den Tisch. Dann brach sie einen frischen Thymianzweig ab, wusch ihn unter dem Gartenschlauch, zupfte ihn flink in kleine Stücke und streute ihn über den Salat. Sie schnitt ein selbstgebackenes Olivenbrot in dicke Scheiben, stellte eine angebrochenen Flasche Weißwein in einen Tonkühler und setzte sich schließlich zu ihrer Tochter an den Tisch. Susanna antwortete nicht auf ihre Frage, nahm ein Stück Olivenbrot und hielt es in die Höhe. »Woher nimmst du eigentlich all diese Zeit?«

»Das? Ach, das macht sich doch fast von selbst.« Leni reichte Susanna eine Flasche mit grünlichem Öl. Susanna träufelte sich genau zwei Tropfen auf ein Stück Tomate.

Leni lachte. »Es handelt sich dabei nicht um Salzsäure, Kind. Olivenöl ist gesund.«

»Weiß ich, Mama«, erwiderte Susanna mit einem Anflug von Ungeduld. »Aber ich hasse Fett. In jeder Form.«

Leni lud Salat auf ihren Teller, übergoss ihn verschwenderisch mit dem Öl und tunkte es mit Brot auf. »Übrigens«, sagte sie mit vollem Mund, »ich muss dir was erzählen. Ich glaube, Herr Ahlebracht hat ernste Probleme.«

»So?« Das kam ziemlich desinteressiert, denn Susanna hätte ihre Mahlzeit am liebsten schweigend hinter sich gebracht. Sie

musste gezwungenermaßen den ganzen Tag reden, Kunden beraten, freundlich sein, deshalb schwieg sie gerne in der Mittagspause. Sie nahm sich vor, morgen in Mechenbach zu bleiben und sich irgendwo auf eine Parkbank in den Schatten zu setzen.
Leni berichtete ihrer ältesten Tochter von der merkwürdigen Episode mit dem pensionierten Lehrer. Nun wurde Susanna aufmerksam. Sie aß eine schwarze Olive, legte den Kern sorgsam mit der Gabel an den Tellerrand und setzte sich gerade.
»Die Tür im hinteren Gartenzaum bleibt von jetzt an zu, Mama. Und du lässt ihn nicht mehr herein! Das hört sich alles nicht gut an.« In ihrer Stimme lag ein besorgter Unterton. Das kam selten vor.
Leni schüttelte den Kopf, spuckte einen Olivenkern aus, nahm ihn zwischen Daumen und Zeigefinger, zielte mit einem zusammengekniffenen Auge nach der Regentonne und traf.
»Quatsch. Ich kenne ihn doch. Der tut mir nichts. Er ist halt ein armer, verwirrter Mann. Lehrer sollen ja häufiger durchdrehen. Er hatte unter den Schülern viel zu leiden, das hat mir Jeannette oft erzählt. Du hast ihn nicht im Unterricht erlebt, oder?«
»Gott sei Dank, nein. Er muss einen furchtbaren Unterricht abgehalten haben. Es ist nicht die Aufgabe von Schülern, Verständnis für Lehrer zu haben, sondern umgekehrt. Schließlich sind es die Lehrer, die die Macht haben.«
»Sicher, aber das mit dem Verständnis sehe ich trotzdem anders.« Leni räumte die Teller zusammen. »Magst du noch einen Kaffee?«
»Ja. Aber *ich* werde ihn aufsetzen. Hör auf, mich so zu bedienen, Mama. Das kann ich nicht ausstehen.« Susanna erhob sich, packte das schmutzige Geschirr und trug es in die Küche.

Leni blickte ihr bekümmert nach. Es stimmte, sie neigte dazu, ihre Töchter zu bedienen und zu verwöhnen. Sie liebte sie so. Eigentlich wollte Susanna sagen: »Bleib sitzen, Mama. Ich kann auch mal was machen.« Aber warum konnte sie es nicht genau so sagen?

Jeannette dagegen ließ sich gerne bedienen. Etwas zu gerne. Wenn sie Jeannette um Hilfe bat, maulte diese manchmal. Aber sie konnte ihre Freude so zeigen, dass es Lenis Herz wärmte. Damit war sie schließlich bei dem Sorgenkloß angelangt, den sie seit letztem Sonntag ständig verdrängte. Sie war so glücklich von der Vernissage nach Hause gekommen, aber dennoch mit einer neuen Sorge. Sie seufzte und betrachtete ihren Blumengarten. Was sollte sie mit Jeannette machen? Von Susanna erwartete Leni keine Unterstützung, aber sie musste mit irgendjemandem reden. Adelheid Siegel hatte ihr einige gute Ratschläge gegeben und ihre Hilfe angeboten, aber sie war nicht mehr belastbar. Nicht mit einer eigenwilligen Studentin.

Susanna kam mit dem Kaffeetablett zurück. Sie hatte für Leni ein großes Stück und für sich eine hauchdünne Scheibe Sandkuchen abgeschnitten.

Leni dankte und erhob sich. »Ich hole mir noch Schlagsahne zum Kuchen. Magst du auch etwas?«

»Nein danke. Ich hasse …«

»… Fett in jeder Form, ich weiß. Dumme Frage von mir.« Leni verschwand in der Küche.

Susanna schloss die Augen. Manchmal spürte sie, dass sie bestimmte Gefühle haben sollte, zum Beispiel jetzt. Wenn sie schon nicht besonders herzlich zu Mama sein konnte, dann sollte sie jetzt doch wenigstens ein Schuldgefühl haben. Und? Wo war es? Irgendwo hinter der Isolierwatte. Woher nahmen

Mama und Jeannette eigentlich immer diese lauten Emotionen?
Solange sie zurückdenken konnte, hatte sie sich um Abgrenzung von Eltern und Schwester bemüht. Sie kannte durchaus starke Gefühle. Verletzten Stolz zum Beispiel. Eine ihrer stärksten Empfindungen aber war Einsamkeit. Seltsam, wenn man bedachte, dass sie einen Verlobten hatte, der sie anbetete, und eine Mutter, die sich mit Fürsorge um sie kümmerte. Sogar die kleine Schwester konnte zeitweilig erträglich sein, wenn sie nicht gerade in Selbstgefälligkeit ihrer eigenen Stimme lauschte oder mit Mutter über banale Scherze kicherte.
Aber wenn Mutter und Schwester ihre Köpfe zusammensteckten und am Küchentisch butterbeschmierte Hörnchen in Milchkaffee stippten, fühlte sich Susanna unsäglich ausgeschlossen. Niemand hätte sie davon abgehalten, sich dazuzusetzen, aber es ging einfach nicht. Davon abgesehen, ekelte sie sich davor, irgendetwas in heiße Getränke zu tunken, das auf der Oberfläche Fettaugen hinterließ.

»Susanna, ich muss etwas mit dir besprechen.«
Susanna antwortete nicht, sondern wartete.
Auch eine Eigenschaft, mit der Leni Probleme hatte. Von Jeannette wäre sofort ein kleines Nicken, ein »Ja, gut!« gekommen, eine Kommunikationsbrücke. Susanna baute aber keine Brücken, sie blieb auf ihrem Ufer und schaute stumm. Susanna redete kaum Überflüssiges, all die abschweifenden, ornamentalen Geschichten, die sich Mutter und Jeannette erzählten, blieben ihr ein langweiliges Rätsel. Wollte Mutter berichten, wen sie in Mechenbach im Kaufhaus getroffen hatte – rate mal, da kommst du nie drauf –, beschrieb sie zuerst die Strickjacke, die sie sich dort ausgesucht hatte, erzählte dann von der

Verkäuferin, die ihre Neurodermitis nicht in den Griff bekam, und dabei gab es doch vor kurzem einen Bericht über eine ganzheitliche Klinik in … wo denn bloß? Und da war doch noch eine Ärztin … wie hieß sie denn gleich?

»Und wen hast du getroffen, Mama?« fragte Susanna dann.

»Was? Ich? Ach so, ja. Meine alte Schulfreundin aus Konstanz.«

»Ja, und?«

»Konstanz am Bodensee! Ist das nicht ein riesiger Zufall? In Mechenbach, aus Konstanz!«

»Doch, gewiss.«

Mit zwei Wörtern konnte Susanna eine Freude fortwedeln wie eine Stubenfliege.

Leni rührte in ihrem Kaffee und setzte noch einmal an. »Ich muss mit dir reden.«

Susanna öffnete die Augen.

»Es ist wegen Jeannette.«

Susanna zog die Augenbrauen hoch. »Da bin ich wohl nicht die richtige Adresse.«

»Hör mir doch erst einmal zu. Also, ich war letzten Sonntag in Bonn. Auf einer Vernissage. Traumhafte Bilder. Da fällt mit ein, du hast dir noch nichts zur Hochzeit gewünscht, willst du dir nicht diese Ausstellung mit Arnold mal anschauen? Wenn dir nämlich ein Bild gefällt, bekommt ihr es von mir. Ich finde, man sollte so guten, aber relativ unbekannten Künstlern unbedingt etwas abkaufen. Adelheid habe ich auch schon so weit. Es sind ein paar halb abstrakte Blumenbilder dabei, weiße Lilien vor violettem Hintergrund, halb verwischt und ganz verwunschen, vielleicht kannst du …«

»Jeannette!«, erinnerte Susanna mit matter Stimme.

»Ach so, ja. Ich kenne die Malerin. Wir sind schon per du. Ich habe sie im Blumenladen kennengelernt, als sie einen Strauß für die Chefärztin vom Kreiskrankenhaus gekauft hat. Ihr Bruder lag nämlich hier in Mechenbach wegen einer …« Sie räusperte sich und registrierte Susannas Gesichtsausdruck. »Also die Malerin, sie heißt Sonia, gibt übernächsten Monat in Südfrankreich einen Ölmalereikurs. In einem Bauernhof, den sie gemietet hat. Es ist nicht teuer, und es soll alles ziemlich einfach sein, nur kaltes Wasser, kein Komfort, aber schön.«

Susanna setzte sich gerade, zog ihre Sandaletten wieder an und stand auf. »Es tut mir leid, aber meine Mittagspause ist gleich vorbei. Ich fahre jetzt zurück.« Sie stellte sich hinter ihren Korbsessel und umfasste die Rückenlehne. Sie sah aus, als wollte sie den aktuellen Lagebericht eines Großkonzerns liefern. »Also, Mama, du willst sicher zu diesem Malkurs fahren und möchtest Jeannette nicht mitnehmen. Das wurde auch höchste Zeit. Vermutlich machst du dir Sorgen, dass sie hier in den Semesterferien nicht allein zurechtkommt, ist es so? Wo siehst du das Problem? Jeannette ist volljährig, kann sich allein die Schuhe zubinden und einen Dosenöffner betätigen.«

Sie klappte ihre Handtasche auf und zog einen Haarbürste heraus. Dann nahm sie den Haargummi aus ihrem Nackenzopf, schüttelte ihr Haupt und bürstete die Haare erneut straff nach hinten. Dabei sprach sie weiter. »Ich sehe nur ein Problem, nämlich dass sie zu viel frisst. Aber das tut sie schließlich auch, wenn du da bist. Also!« Sie eilte zur Hoftür, wartete nicht auf eine Antwort, sondern rief über die Schulter: »Ich komme heute Abend etwas später. Arnold und ich schauen uns noch ein paar Möbel an. Bis dann!«

Die Autotür klappte, dann fuhr sie davon. Leni musste lachen. Susanna konnte in zehn Sekunden ein Problem erkennen und hatte meist sofort eine Analyse parat. Nur das, was Leni eigentlich von ihr wollte, hatte sie diesmal nicht verstanden. Oder nicht verstehen wollen. Leni hatte gehofft, Susanna würde sich bereit erklären, Jeannette ab und zu Gesellschaft zu leisten. Zwar vertrugen sich die Schwestern nicht besonders gut, aber ein bisschen Ansprache war wichtig für Jeannette. Ihre einzige alte Schulfreundin war gerade in Amerika. Sonst gab es in Untermechenbach eigentlich niemanden, mit dem sie sich gerne traf.

Drei Wochen waren lang. Und im Sommer würde sicher auch kein Chor proben. Was war das überhaupt für ein Chor? Jeannette hatte noch nichts erzählt. Vielleicht fand sie einen Ferienjob? Drei Wochen ohne ihre Jüngste. Bislang hatten sie die Ferien immer gemeinsam in Untermechenbach verbracht. Sie hatten im Garten gegrillt, waren nach Mechenbach ins Schwimmbad gefahren oder nach Köln ins Museum und hatten sich ab und zu einen Rieseneisbecher geleistet.

Ein einziges Mal waren sie zu zweit für drei Tage nach Holland ans Meer gefahren, hatten in Katwijk in einer billigen Privatpension geschlafen, Backfisch aus fettigem Pergamentpapier gefuttert, am Strand gesessen und waren hingerissen vom Flohmarkt in Leiden. Sie ruderten durch die Grachten, blieben in einer besonders schmalen Durchfahrt mit den Rudern fast stecken, ließen sich von dem Schild »De Koffie is klaar« in eine gemütliche Kneipe locken, aßen »Warmes Appelgebak met Vanillesaus« und blieben dort ein paar Stunden hängen.

Dann fuhren sie unter lauten Gesängen mit dem alten Auto zurück in Richtung Deutschland, machten noch einen Abstecher nach Arnheim ins Kröller-Müller-Museum und Leni betrachtete andächtig die »Kartoffelesser« von Vincent van Gogh.

Das war nahezu die einzige Auslandserfahrung, die Leni hatte. Seitdem träumte Leni von Frankreich, von England, von Holland, von Salamanca und Porto. Jeannette war immerhin mit ihrem Leistungskurs in Florenz gewesen.
Susanna kannte alle europäischen Hauptstädte. Sie fuhr seit einigen Jahren mit ihrem bleichen Arnold zu kostspieligen Kurzurlauben nach Rom, London oder Madrid.
»Paris, wie ist denn Paris, erzähl doch mal!«, hatte Leni sie gespannt gefragt.
»Es hat geregnet, es war voll, und Arnold hat mir einen kleinen Saphirring gekauft. Ansonsten – ach Gott, laut.«
Es hatte sich angehört, als hätte sie einen Samstagnachmittag in der Bottroper Fußgängerzone verbracht.

Beim Anblick von Sonias Farbexplosionen hatte Leni plötzlich unbändige Lust verspürt, dahin zu fahren, wo diese Bilder entstanden waren, nach Südfrankreich.
Sie war nicht mehr jung. Und sie wollte sich noch einige Zusatzerinnerungen schaffen, mit denen sie alt werden konnte. Vielleicht war es auch möglich, die Farben ihres alten Traumes von der Kunst aufzufrischen. Ihr bisheriges Leben war hart gewesen, aber auch schön, denn sie hatte die Gabe, Lebenskraft aus Dingen zu ziehen, die anderen Menschen nicht wichtig waren.
Und sie hatte ihre Töchter. Sie wusste, dass auch Susanna sie liebte.
»Die Tür im hinteren Gartenzaun bleibt von jetzt an zu, Mama! Und du lässt ihn nicht mehr herein!«
Das war Susannas Art, Zuneigung zu zeigen. Susanna ließ eben stets eine Armlänge Abstand zwischen sich und den anderen. Wie hielt Arnold das bloß aus?

Ihre Gedanken wanderten zurück zu Jeannette. Sie war jetzt knapp zwanzig und kam jedes Wochenende nach Hause, hatte in Köln offensichtlich kaum Anschluss gefunden und hing an ihr, Leni, wie eine Klette.

Das ging so nicht weiter. Um Jeannettes willen. Es war schön, dass ihre Beziehung so eng, so liebevoll war, aber Jeannette hatte sich nach Josefs Tod isoliert und auf die Mama fixiert. Vielleicht, es war zu hoffen, entwickelte sich ja etwas mit dem Chor?

Aber davon abgesehen: Auch sie selbst, Leni, sehnte sich danach, einmal etwas ganz für sich allein zu tun. Und jetzt reichte sogar das Geld zu diesem bescheidenen Vergnügen.

Sonia hatte nur den Kopf geschüttelt, als Leni ihr von der jüngsten Tochter erzählte. »Wie alt, sagst du? Dann verbiete ich dir geradezu, sie mit nach Le Sarogne zu nehmen. Was will sie auf einem Bauernhof mitten in der Walachei zwischen alten Frauen und Farbtuben, wenn sie sich für Malerei nicht besonders interessiert, wie du sagst? Du weißt doch, wer alles mitfährt, und damit sind die abendlichen Themen abgesteckt: Wechseljahre, untreue Ehemänner und Arthrose.«

»Gott behüte«, erwiderte Leni lachend. Sonia tätschelte ihr die Hand. »Deshalb bin ich ja auch so froh, dass du mitkommst, ein handfester Mensch zwischen all diesen nölenden Tanten. Natürlich übertreibe ich maßlos. Es sind sehr umgängliche Frauen, die ich teilweise schon lange kenne. Aber zurück zu deiner Tochter: Ich hätte mit zwanzig die ganze Umgebung in Brand gesteckt, wenn mich meine Mutter zu so einem Vergnügen mitgeschleppt hätte.«

Trotzdem. Es kam so plötzlich für Jeannette. Aber bei dem Gedanken, sie mitzunehmen, revoltierte etwas in Leni. Bei dem Gedanken, sie allein zu lassen, auch. Verzichten? Diese

Vokabel war lange genug ihr Dauerbegleiter gewesen. Verflucht noch mal, nein.

»Herr Ahlebracht, was machen Sie denn da, um Gottes willen? Hören Sie sofort damit auf!«, schrie Leni plötzlich entsetzt. »Legen Sie die Axt weg, sofort!«
Gerhard Ahlebracht stand wieder unten am Zaun, diesmal auf der Kornfeldseite, und hieb auf einen Holunderstrauch ein. »Wir brauchen Platz!«, brüllte er. »Sie müssen alle Platz finden!« Seine Augen funkelten wütend. Leni erkannte ihn kaum wieder.
Sie rannte ins Haus, verschloss sämtliche Fenster und Türen und wollte die Polizei rufen. Sie besann sich kurz und wählte Adelheids Nummer. »Ich mache den Sohn ausfindig«, sagte Adelheid beruhigend. »Ahlebracht junior ist mit meinem Sohn befreundet, er wohnt hier in der Nähe. Ich kümmere mich sofort darum. Aber ich werde trotzdem die Polizei und den Arzt verständigen, das wird mir sonst zu gefährlich für dich, Leni.«

Mitten ins Herz

Es gibt im Leben einige Dinge, die man nie vergisst. Eine schlimme Autopanne, ein besonders schönes Kompliment, den seltenen Anblick einer Ligusterraupe und – man weiß nicht so recht, warum – den Namen jener Raststätte in Nordnorwegen, auf der man feststellte, dass die Skandinavier zuckersüße Rosinenbrötchen mit alarmroter Salami belegen.

Dario sollte in seinem Leben niemals den Frühsommertag vergessen, an dem er *sie* zum ersten Mal sah: Er stand an der Kaffeemaschine, schäumte Milch für einen Cappuccino auf und wollte gerade Kakaopulver auf das Milchhäubchen streuen, als er sie in der Eingangstür des *Bellavista* zwischen den Birkenfeigen entdeckte.

Sie war nicht allein. Eine mollige Brünette, mit Modeschmuck behängt, fasste sie am Oberarm und sagte: »Hier, setz dich. Ich sage Gianna Bescheid, dann geht es schneller. Glaube mir, das ist zehnmal besser als deine dünne Instantsuppe in der Mittagspause. Gianna!«

Dario blickte in dunkelbraune Augen, sah das ferne Lächeln und spürte so etwas wie eine Welle, die ihn vollständig überflutete. Er kippte die Tasse mit Kakaopulver zu, bis ihm seine Tante zeternd die blecherne Streudose aus der Hand riss, und sah zum ersten Mal in seinem Leben richtig dumm aus.

Da saß, das Kinn auf die Hand gestützt, die Gestalt, die er als Kind wach oder träumend oft gesehen hatte.

Wie ein Nebelschleier stieg die Erinnerung hoch, eine Erinnerung an blonde Haare, helle Haut, einen schwachen Duft.

Alle Märchenfiguren schienen in ihr vereint: die Fee, die von der Sirene die verzauberte Blume entgegennimmt, die Prinzessin, in deren Wundergewand alle Blumen der Welt eingewebt sind, und die fragile Biancaneve, das italienische Schneewittchen, obwohl diese Erscheinung hier blond war.

Dario klebte fest wie eine Fliege im Spinnennetz, er klebte an diesem Märchenwesen, das jetzt die Speisekarte aufklappte und ihm ein winziges Lächeln schenkte. Er wusste nicht, wie lange er so dagestanden hatte, jedenfalls riss ihm Onkel Enzo mit einem Grunzlaut das Tablett aus den Fingern. Er musste es ihm vor geraumer Zeit in die Hand gedrückt haben, schickte Dario noch einen zornigen Blick und servierte den Damen höchstpersönlich das Mineralwasser und die zwei Gläser Frascati.

»Als stumme Dekorationsfigur bist du überbezahlt!«, schimpfte Enzo, als er das leere Tablett auf den Tresen knallte. Dario wachte auf. Ungewöhnlich friedfertig entschuldigte er sich sofort und bediente die beiden Damen von da an mit aller Aufmerksamkeit.

Die Märchenfee bestellte magere *tortellini in brodo,* die Hofdame hingegen eine ganze Liste hochkalorischer Freuden. Dario hatte sich jetzt wieder in der Gewalt. Aber ganz gegen seine Gewohnheit notierte er die Bestellung auf ein Blöckchen und verschrieb sich zweimal.

Gianna hatte kaum das Essen durch die Klappe geschoben, da stand es auch schon vor den Damen auf dem Tisch. Dario hatte Flügel. Er hob die weiße Stoffserviette, die der vollschlanken Brünetten auf den Boden gefallen war, wieder auf und schenkte ihr das Lächeln, das eigentlich für die Fee bestimmt war. Bei der Brünetten setzte daraufhin sofort der Schmelzprozess ein, den er so gut kannte. Die Fee sah Dario

gar nicht, sondern runzelte die Stirn. »Tut mir leid, Rita, wenn ich dir das mal sagen muss. Aber ich mache dich darauf aufmerksam, dass du diese Sünden mit deinem nachmittäglichen Diätjoghurt vermutlich nicht ausgleichen wirst.«
Susanna aß ihre Bouillon und die zehn darin schwimmenden Tortellini mit Appetit, schien aber danach bis zum Rand abgefüllt zu sein und pickte nur noch in ihrem gemischten Salat herum. Den aß Rita dann auch noch. »Gestern«, sagte sie und beugte sich gierig über ihre Nudeln, »... gestern war ich joggen mit Hans-Peter. Fast eine Stunde lang.«
»Du bist verrückt, das ist Selbstmord! Du hast doch immer diese Herzbeschwerden!«
»Sport ist gesund!« Rita spießte einige Speckstückchen auf und betrachtete sie erfreut.
»Aber nicht als Gewaltakt und nur alle sechs Wochen!« Susanna blickte ihre Arbeitskollegin tadelnd an und faltete die benutzte Stoffserviette zusammen. Susannas Weinglas war leer. Wie aus dem Nichts tauchte Dario auf. »Noch einen Wein?«, fragte er und bemühte sich, sein Lächeln nicht zu übertreiben. Susanna blickte auf. Sie hatte ihn während des Servierens nicht bewusst wahrgenommen. Jetzt stutzte sie.
Dario hatte seine Hände auf den Tisch gestützt und versuchte, seine Augen festzuheften.
Es ging nicht. Wieso nicht? Also noch mal. Er kannte doch die Wirkung seiner Augen. Er konnte mit diesen Augen eintauchen wie eine Hummel in eine Glockenblume. Aber nichts zu machen hier. Sie gab ihre Augen nicht frei. Er wiederholte seine Frage: »Vielleicht noch einen Frascati?«
»Für mich auf jeden Fall!« Rita hielt die Serviette vor den Mund und unterdrückte ein ungraziöses Bäuerchen. Dario nickte, lächelte Rita wieder an. Bei ihr funktionierte es pro-

grammgemäß. Erneut sah er Susanna in die Augen. Warum zum Teufel erreichte er immer nur den Millimeter hinter ihren schwarzen Pupillen und nicht mehr?

»Nein danke.«

»Aber eine kleine Aufmerksamkeit auf Kosten des Hauses?«

»Na dann. Dann nehme ich einen Prosecco.« Jetzt zog die Fee ihre Mundwinkel ein wenig nach oben. Und gab den zweiten Millimeter frei. Aber mehr nicht.

»Ich auch, ich auch.«

Dario lächelte Rita ein drittes Mal an. Es war ihr deutlich anzusehen, dass sie beim vierten Mal seinem Charme endgültig erlegen wäre.

Der Prosecco war getrunken, die Bahnhofsuhr zeigte unbarmherzig das Ende der Mittagspause an. Rita gab Dario ein enormes Trinkgeld und verabschiedete sich mit einem verheißungsvollen Fingerwink. Die Fee war schon nach draußen geschwebt, bevor er die Tür aufhalten konnte.

Dario tat so, als stelle er die Teller zusammen, schob die leeren Gläser von rechts nach links und wieder zurück, wedelte mit seinem weißen Tuch auf dem Tisch herum und ließ die beiden Frauen, die den Mechenbacher Bahnhofsvorplatz überquerten, keine Sekunde aus den Augen. Die Fee schritt in ihrem kurzen Leinenkleid aufrecht und zielgerade, Rita wusste sich beobachtet und nahm die drei Stufen zum Portal der Mechenbacher Sparkasse mit Hüftschwung. Dario passte auf wie ein Luchs, aber sie erschienen im Laufe der nächsten Stunde nicht wieder. Er atmete auf. Das war geklärt. Die Fee saß also irgendwo in der Bank hinter einem Schreibtisch. Er musste sie haben. Aber ihn überkam die leise Ahnung, dass diesmal alles anders sein würde. Alles.

Die neue Heulsuse

Der Sonnenstrahl wanderte über den üblichen Kleiderberg, beleuchtete das Foto von Josef im blauen Korbsessel und ließ den Goldstern auf dem Noten-Sammelordner aufblitzen. Dann war er bei Jeannettes Nase angelangt. Sie erwachte, schlug die Augen auf und wusste einen kurzen Moment nicht, wo sie war.

Sie richtete sich auf und betrachtete das Chaos ihrer Einzimmerwohnung. Überall lagen Schuhe, Kleidungsstücke oder irgendwelche ungelesenen Skripte aus der Universität herum. Gebrauchte Gläser, Henkelbecher mit Laufnasen aus eingetrocknetem Kaffee standen auf dem flachen Tisch, dazwischen kringelten sich alte Socken. Eine Spiralnudeltüte war aufgeplatzt, der Inhalt lag teils zwischen Strümpfen, Tassen und Papierbögen oder war auf dem Boden zerstreut. Einige Nudeln hatten sich in den Löchern von Lenis buntem Häkelteppich festgesetzt. Das Sonnenlicht wurde nur durch den Schmutz der Fensterscheiben etwas gebrochen.

War das ungemütlich. Jeannette schloss wieder die Augen und ließ sich aufs Bett zurückfallen. Irgendetwas war anders, es war so still. Wieso?

Dann fiel es ihr ein. Es war Sonntagmorgen. Der erste Sonntag überhaupt, an dem sie in Köln aufwachte. Zu Hause würden jetzt Backdüfte und Kaffeegeruch die Treppe hinaufziehen. Mama war Frühaufsteherin, die schon um halb sieben Liedchen sang, im Garten nach Blattläusen jagte oder wahlweise Zimtwaffeln buk. Sie hätte schon längst auf der Terrasse unter dem Sonnenschirm einen appetitlichen Frühstückstisch gedeckt, mit Eiern vom Bauern nebenan, Honig, Marmelade und Schinken. Und mit wollenen Eierwärmern in Kükenform, selbstgehäkelt, natürlich.

Sie hatte vergessen, etwas zum Essen einzukaufen. Pfui Teufel, war die Luft schlecht. Durch das große Fenster heizte die Sonne die Wohnung schnell auf. Jeannette rollte sich aus dem Bett und riss die Balkontür auf. Schwalben stürzten kreischend in den Hof und schwangen sich wie kleine Pfeile wieder nach oben. Stadtmusik. Immer hatte dieses Geräusch melancholisch geklungen, nach Stadteinsamkeit. Heute klang es nur nach Stadt, nach Bewegung. Fast verheißungsvoll.

Jeannette beugte sich weit über das Balkongeländer und versuchte, einen Blick auf die Hinterhöfe der rechts angrenzenden Wohnhäuser zu werfen. Ob sie von hier aus Albertine sehen konnte? War es der Balkon mit den glänzenden Windrädern? Eher nicht. Jeannette stellte sich vor, dass auf Albertines Balkon wahrscheinlich ein altes Fahrrad, ein kaputter Kühlschrank und eine antike Sprudelkiste standen. Jeannette lächelte plötzlich und schloss die Augen. Sie kannte ja jetzt Leute!

Die Sehnsucht nach Mama hielt sich erstaunlicherweise in Grenzen. Um ganz ehrlich zu sein: Sie hatte in der letzten Woche vielleicht zwei-, dreimal an ihr Mechenbacher Kindernest gedacht. Sie hatte gar keine Zeit mehr, sich irgendwelchen Visionen von geöffneten Leberwurstdosen, panierten Koteletts oder Buttertümpeln auf Kartoffelbrei hinzugeben. Merkwürdigerweise schwand ihr Hunger auf Weiches, Warmes, Pampenmatschiges und Hochkalorisches. Stattdessen freute sie sich über kühle, frische Nahrungsmittel – so als müsse etwas in ihr nicht mehr ständig gewärmt und getröstet werden.

Im Laufe der letzten beiden Wochen war sie zum Star des Chores avanciert. Wegen des bevorstehenden Auftrittes hatten sie dienstags, donnerstags und samstags geprobt. Mit anschließenden Sitzungen beim Griechen. Jeannettes Monatsetat wurde langsam knapp, obwohl sie niemals groß tafelte. Aber auch eine Portion Oliven oder zwei Bier gingen ins Geld, wenn man dreimal wöchentlich mit dem Chor zusammenhockte.
Martha hatte voller Ehrgeiz noch ein neues Stück hinzugenommen, um Jeannette als Solistin in Szene zu setzen. Und Martha hatte originelle Ideen beim Arrangement der Stimmen.
Jeannette summte leise: *Non, rien de rien, non, je ne regrette rien* … Sie hob ihr Gesicht zum Himmel, schloss die Augen und war wieder in dem alten Musiksaal von Marthas Schule.
Der Chor setzte nach dem ersten *Non* leise mit einem rhythmischen *Don-don-don* ein, das in den alten Piaf-Aufnahmen von Streichern und Posaunen übernommen wurde. Das *Don-don* des Chors schwoll an zu einem Hummelgesumm. Jeannette schmetterte: *Ni le bien, ni le mal, qu'on m'a fait, tout ça m'est bien égaaaal* … Beim dritten Schlag des langgezogenen *égal* stürzten die Hummeln im Geschwader nach unten, Jeannettes Stimme aber strahlte den ganzen Takt lang auf einer Note, um dann, eine Quinte tiefer, mit ungebrochener Kraft der Welt erneut mitzuteilen, dass sie *rien de rien*, absolut nichts, in ihrem Leben bedaure.

Jeannette lächelte immer noch, als sie die Augen wieder öffnete und in den Hinterhof blickte, in dem der Hausherr hochkant stehende Marmorplatten lagerte. Ihre Vermieterin, Frau Rademacher, kam gerade in einem gewagt kurzen Kimono aus dem Schuppen und hatte zwei Flaschen Sonntagmorgen-

sekt unter den Arm geklemmt. »Morjen!«, rief sie zu Jeannette hoch. »Wie isset?«
»Danke!«
»Un sonz?«
»Och, auch gut.«
»Biste nit bei der Mama? Et is doch Sonntach!«
»Nä!«
»Wieso dann nit? Habt ihr zwei Krach?«
Diese Indiskretion, für wirklich wohlerzogene Menschen – zum Beispiel aus Hamburg – ein Grund zu lebenslanger Ächtung des Fragenden, war aus Frau Rademachers kölscher Sicht eine teilnahmsvolle Bekundung ihres persönlichen Interesses. In Wirklichkeit war sie natürlich einfach neugierig, was dieses einsame dicke Mädchen am Wochenende in Köln hielt. Wahrscheinlich ein Mann, der gleich hinter ihr auf dem Balkon auftauchen würde. Annegret Rademacher legte den Kopf schief. Sie hatte gute Augen. Dieses Kind sah irgendwie anders aus als sonst. Irgendwie … heller. Wahrscheinlich war sie verliebt. Frau Rademacher konzentrierte sich noch mehr und kniff die Augen zusammen. War da noch jemand in der Wohnung? Aber durch diese dreckigen Scheiben konnte man fast nichts erkennen.
»Putz doch mal deine Fenster, Schanett. Du kannz ja kein Licht mehr im Raum haben.«
»Ich muss andauernd zur Chorprobe«, sagte Jeannette und lauschte diesem Satz nach. Das hörte sich gut an, dass sie irgendwohin *musste*. Außer zur Uni, aber das galt nicht.
Frau Rademacher war erleichtert. Chor, das war etwas Anständiges. »Aber dat Fenster, dat kannste auch unter Gesang sauber machen.«

Jeannette drehte sich wieder herum und betrachtete die Unordnung. Ihr Zimmer in Untermechenbach war immer blitzsauber, gelüftet, roch nach den Blumen, die Mama hineingestellt hatte, und nach frischer Wäsche. Dieses Kölner Zimmer war ständiger Zeuge ihrer Einsamkeit. Deshalb mochte sie es nicht, pflegte es nicht, war froh, ihm zu entkommen. Aber immerhin, die Tassen konnte man ja mal spülen.
Sie stellte sich unter die Dusche und wusch den Zigarettenrauch des griechischen Lokals aus ihren Haaren. Dann rubbelte sie sich mit einem kratzigen Handtuch ab, kämmte die verfilzten Haare und betrachtete ihr Bad. Die Duschwanne war schmutzig, der Abfluss fast verstopft, der Duschvorhang hatte weiß verkrustete Ränder von Seifenschaum und roch muffig.
»Du bist ein Ferkel«, sagte Jeannette. »Natürlich, was denn sonst. Ein dickes Ferkel«, gab sie sich selbst zur Antwort.
Das Telefon läutete. Das war sicher Mama.
»Morgen!« Es war Albertine. »Ausgeschlafen? Hör mal, ich habe gestern im Probenstress vergessen, dir rechtzeitig Bescheid zu sagen.«
»Um was geht es denn?«
»Martha hat heute Geburtstag.«
»Willst du sie besuchen?«, fragte Jeannette vorsichtig.
»Das kannst du dir doch denken! Wenn man Geburtstag hat, muss man damit rechnen, dass liebe Leute einfallen und einem den Kühlschrank leer fressen. Wenn du allerdings Marthas Kühlschrank kennst, weißt du, dass das kaum möglich ist. Vermutlich steht vor ihrer Villa in diesem Moment ein 7,5-Tonner und lädt für uns Erdbeerkuchen ab.«
»Soll ich etwa mitkommen?«, freute sich Jeannette.
»Nein! Du bist vielleicht eine blöde Nuss. Ich wollte dich eigentlich draußen am Gitter festbinden und dir ab und zu mal

ein Stück Mürbeteigkuchen durch den Zaun schieben. Ich hole dich um drei ab. Davon abgesehen, hat Martha den ausdrücklichen Wunsch geäußert, dass du sie besuchen kommst. Übrigens nur du und ich.«

»Was?« Jeannette setzte sich.

»Ja, mein Kind. Sie hat noch ganze Gebirge von Heften zu korrigieren, deshalb hat sie allen verboten, zu ihrem Geburtstag zu erscheinen. Sie will nur ein ganz kleines bisschen feiern, und ich glaube, sie möchte mit dir mal ein ernstes Wort reden.«

»Wieso, ich hab doch gar nichts ausgefressen?« Jeannette war auf einmal unruhig und irritiert.

»Ach, du Landei. Es geht vermutlich um deine Zukunft.«

»Ach so, das bloß.«

Albertine lachte. »Bis dann!«

Jeannette legte auf. Sie saß noch eine ganze Weile nachdenklich auf dem Fußboden neben dem Telefon und dachte über Marthas geheimnisvolle Pläne nach. Es war erstaunlich, dass sich unbekannte Menschen auf einmal so um sie bemühten.

»Was meinst du, so langweilig und doof kann ich gar nicht sein, was, Papa?«

Papa lächelte in seinem Korbsessel. Jeannette nahm das gerahmte Foto von seinem Platz und setzte sich damit auf ihr Bett. »Mal ehrlich, Papa: Bin ich hässlich?«

Papa schwieg und lächelte.

»Komm, Josef. Ein Zeichen von oben. Eine Wolke vor die Sonne oder einen Windstoß durchs Fenster!«

Papa tat nichts dergleichen. Er lächelte immer noch stumm. Jeannette betrachtete sein Gesicht, und plötzlich, in einem Wahrnehmungssprung, sah sie ihr eigenes Gesicht, das sich im Glas des Bilderrahmens spiegelte. Zum ersten Mal sah sie bewusst die Ähnlichkeit. War Papa hässlich? Nein. Er war einmal das Liebste und Schönste gewesen, das im Leben eines Menschen vorstellbar war. Immerhin, diese Chance musste sie dann auch haben.

Sie beugte sich noch tiefer über das spiegelnde Glas, sah sich in die Augen und lächelte sich an. Es sind wirklich besondere Augen, dachte sie. »Und eine ganz, ganz besondere Stimme!«, sagte Papa plötzlich. Sie streichelte das Bild und hängte es wieder an seinen Platz.

Im Küchenschrank lagen ein paar uralte Kekse, die nach muffigem Pappdeckel schmeckten. Jeannette warf sie fluchend in den Mülleimer und kochte einen Tee. Ihr fiel ein, dass sie kein Geschenk für Martha hatte. Man konnte doch nicht mit leeren Händen zu einem Geburtstag gehen. Und dann auch noch zu jemandem, der sich so um sie kümmerte. Sekt vom Kiosk? Das bedeutete mindestens fünf Tagessätze Mensaessen. Außerdem war das ein langweiliges Geschenk, und Martha sah so aus, als habe sie den Keller voll mit etwas Besserem als Büdchensekt. Blumen? Woher? So schöne Sträuße wie Mamas waren teuer, schwierig zu bekommen, alles andere zu banal.

Auf einmal fiel ihr Blick auf ein uraltes Notenheft, »Frau Luna« von Paul Lincke. Auf dem Titelblatt saß eine spärlich bekleidete Frau Luna in dennoch züchtigem Damensitz auf einer Mondsichel. Sie trug Straußenfedern auf dem Kopf und blinzelte neckisch.

»Aus der Operette u. dem Tonfilm, für Gesang und Klavier« stand in weißer Schrift auf blauem Hintergrund.

Jeannette hatte dieses Notenheft mit Mama zusammen auf dem Flohmarkt von Leiden gefunden, als sie sich einmal das lange, holländische Wochenende geleistet hatten. Sie seufzte. Sie hing an diesem Heft, sie liebte die Melodien, die sie alle singen und spielen konnte, und sie mochte das ulkige Titelblatt. Jeannette klebte aus Zeichenpapier einen großen, weißen Briefumschlag. Sie adressierte ihn an »Frau Martha Heulsuse« und malte eine Briefmarke mit Stempel in die rechte obere Ecke. Dann steckte sie das Notenheft hinein und verabschiedete sich von ihm.

So. Sie schaute auf ihre Uhr. Es war zwanzig nach zwölf. Sie legte eine alte CD von Susanna auf. Susanna warf das, was ihr nicht mehr gefiel, sofort in den Papierkorb, Mama fischte es wieder heraus. Es war eine Raubpressung von Kollegin Rita, uralte Popsongs aus den Siebzigern. Irgendein Italiener mit Reibeisenstimme sang. Im Hintergrund ein Chor. Keine Computermusik, kein Hämmerautomat. Das Reibeisen erzählte Schwermütiges in unverständlichem Italienisch. Jeannette begann ihr Zimmer aufzuräumen. Auf einmal sang der Hintergrundchor ein langezogenes *Vaaado via!*

Jeannette lauschte, ließ die Socken fallen, die sie gerade in die Tüte für Schmutzwäsche stopfen wollte, und ließ die CD noch einmal von vorn laufen. Da war es wieder: *Vaado via!* Das kam so brausend, so energiegeladen. Noch einmal: *Vado via!,* dann erzählte das Reibeisen weiter.

War das schön! »Via«, der Weg. So viel Italienisch konnte sie, den Rest verstand sie nicht. »La via.« Der Weg, mein Weg.

Wieder ließ sie das Stück von vorn laufen, setzte sich aufs Bett und faltete die Hände. Da strahlte es wieder: *Vado via!* Wie ein Schrei, ein Ruf zum Aufbruch. Jemand stand hoch über einer unbekannten Landschaft und hatte einen Weg entdeckt, dahinten, zwischen den dunklen Büschen, einen hellen, gewundenen Pfad. Jemand beschritt ihn erst zögernd, dann immer fester.

Was war ihr Weg? Mechenbach–Köln und zurück? Lehrerin

für »hello-my-name-is-Bob« und die Entstehung des rheinischen Schiefergebirges? Zimmer in Untermechenbach mit Blick auf Mamas volle Kochtöpfe? Was würde Martha ihr heute erzählen? Sie spürte auf einmal ihre gefalteten Hände. Sie waren warm.

Es war so, als gäbe ihr jemand anders die Hand.

Das Stück war zu Ende. Sie stand auf, legte Vivaldis »Vier Jahreszeiten« auf und begann in einem noch nie da gewesenen Tempo, ihr Zimmer aufzuräumen. Die Violinstimme pfeifend schrubbte sie die Kaffeespuren vom Küchenschrank, flutete das verkrustete Geschirr mit heißem Wasser, bezog ihr Bett neu, sammelte die Nudeln auf, klopfte den Häkelteppich auf dem Balkon aus und ließ Vivaldis »Jahreszeiten« mehrfach an sich vorbeiziehen.

Runter mit dem ekligen Duschvorhang, rein damit in neue Wasserfluten mit Seifenpulver, weg mit dem schwarzen Trauerrand im Duschbecken, den Wollmäusen in den Ecken, den klebrigen Ringen auf dem Schreibtisch. Der Kunststoffboden im Flur wechselte die Farbe, als sie ihn mit einem Gästehandtuch aufwischte, weil sie keinen Putzlappen besaß.

Sie putzte gerade mit ungebrochener Energie mitten im dritten oder fünften Vivaldisommer, als es klingelte. Das ungewohnte Geräusch ließ sie zusammenzucken. Sie rannte zum Türsummer und erschrak, als sie einen Blick auf die Uhr warf. Es war zehn nach drei.

Albertine stapfte die Treppe herauf. Jeannette stand wartend auf der Schwelle und hörte, wie eine Etage unter ihr vorsichtig eine Tür geöffnet wurde. Albertine reichte ihr die Hand und keuchte: »Du meine Güte, was für ein künstlich gefärbtes Wesen wohnt denn da unter dir?«

Jeannette zog sie schnell in die Wohnung. »Das ist meine Vermieterin«, zischte sie, aber sie musste trotzdem lachen. Sie traten in Jeannettes Zimmer. Es war jetzt sauber. Die bunten Sachen standen an ihrem Platz. Lenis farbenfrohe Decken und Kissen, die Bilder, der große Lampion mit der gelben Sonne ließen den Raum heiter erscheinen. Albertine sah die Salatschüssel voll Putzwasser und schnupperte. »Reinlich, reinlich.«

»War auch nötig!« Jeannette zeigte auf die durchsichtige Hälfte des Fensters.

Albertine lachte. »Weißt du, Jeannette, was mein Lieblingsfilm ist? Nicht so Klassiker wie ›Das Dschungelbuch‹ oder ›Tod in Venedig‹, ach was. Es gab mal einen Werbefilm, in dem eine Hausfrau mit einem Lappen und einem Superputzmittel eine strahlende Schneise durch einen komplett verdreckten Flur zog. Ich bin selbst eine ziemliche Schlampe, aber dieser Film verschafft irgendeiner abartigen Seite meiner Seele tiefe Befriedigung. Aber du musst dich noch richtig anziehen, beeil dich!«

Jeannette griff eine Jeans aus dem Schrank, in dem immer noch Chaos herrschte. Aber schließlich wurde Rom auch nicht an einem Tag erbaut, und immerhin war der Kleiderberg von der Mitte des Teppichs hinter abschließbare Türen umgesiedelt worden. Sie zerrte ein Herrenhemd von einem Bügel und verschwand im Bad, um sich umzuziehen.

Albertine betrachtete Jeannettes Zimmer. Unterschiedlich große Schubladen aus alten Kommoden waren bunt lackiert, mit Zwischenbrettern versehen und so an der Wand aufgehängt, dass sie als Regal dienten. Hübsche Idee. Albertine mochte Konfektionsmöbel auch nicht. Ein einfacher Tisch war vollständig mit altmodischen Glanzbildchen beklebt und mit einer Glasplatte geschützt. Auf dem Bett lag eine Flicken-

decke in allen Variationen von Rot, Rosa und Orange. Über dem Schreibtisch, einer Holzplatte auf zwei billigen Kommoden, hingen Fotos. Albertine betrachtete sie neugierig.
Eine Frau mit weichen Zügen, das krause Haar zurückgebunden, saß auf einer Bank. Ihre Augenpartie erinnerte an Jeannette. Daneben das offensichtlich ältere Foto eines Mannes, der Jeannette seinen Mund und sein Lächeln vererbt hatte. Albertine fiel auf, dass Jeannette wenig über sich erzählt hatte. Fotos unbekannter Mädchen, eine alte Dame in der Ladentür eines Blumengeschäftes, Jeannette mit Rucksack am Strand, untertitelt mit »Glück in Katwijk«. Das Foto einer berühmten argentinischen Opernsängerin hing in der Mitte. Die dicke Künstlerin hatte den Mund weit geöffnet, die Augen geschlossen, die Hände pathetisch erhoben. Eine Diva bei der Arbeit. Albertine kniff die Augen zusammen und beugte sich vor. Tatsächlich, es war ein echtes Autogramm unter dem Bild. Ungewöhnlicher Musikgeschmack für eine Zwanzigjährige.
Wirklich beeindruckend war die Anzahl der CDs. Allein Debussy, Chopin und Mozart füllten einen alten Puppenwagen aus Kindertagen. Die Buchtitel in den Kommodenschubladen waren aufschlussreich. Die Fachliteratur für Geographie hätte man in einer Hand unterbringen können, dafür stapelte sich in den bunten Wandschubladen die krauseste Mischung, die Albertine je gesehen hatte. Astrid Lindgren, Erich Kästner und Dorothy Parker residierten friedlich neben ein paar Dutzend Kriminalromanen, obenauf Bücher mit Noten und Texten aus Musicalklassikern. Bergeweise englische Literatur, ein stark zerlesenes Exemplar von »Pu der Bär«, weitere Real Books mit Jazznoten, daneben ein dicker Sammelband Eichendorff, abgegriffen und mit vielen Zetteln versehen. Albertine schlug das Buch auf. Dick unterstrichen:

... oft wenn ich bläuliche Streifen
Seh über die Dächer fliehn,
Sonnenschein draußen schweifen,
Wolken am Himmel ziehn:

Da treten mitten im Scherze
Die Tränen ins Auge mir,
Denn die mich lieben von Herzen
Sind alle so weit von hier.

»Genauso isses. Scheiß Köln. Scheiß Bonner Straße«, hatte Jeannette daneben geschrieben. Mit Kugelschreiber.
Albertine blickte sich noch einmal um. Seltsam. Dieser Raum atmete eigentlich keine Tristesse. Und doch: Sie hatte in der *Kaffeelatte* nur einen Zehntelsekundenblick riskiert und sofort gewusst, dass dieses Mädchen ihr Bündel in Einsamkeit mit sich herumtrug. Albertine kannte sich aus mit Menschen, nicht nur von Berufs wegen.

Jede Menge Aussichten

»Da sage noch mal einer, Geld macht nicht glücklich!« Albertine lag wie ein träger Gecko in ihrem Polstersessel und schlürfte Champagner.

»So einen bizarren Satz wirst du von mir nie hören!« Martha prostete ihr zu. Jeannette hockte auf einem indischen Kissen und bewunderte ein Mosaiktablett. Sie hatten einen Quadratmeter Erdbeerkuchen verputzt und stießen jetzt auf Marthas Geburtstag an. Jeannette war anfangs etwas verschüchtert gewesen. Luxus machte sie unsicher.

Bis auf Susannas Schwiegermutter kannte sie niemanden, der reich war. Sie dachte an das Eifeler Landhaus, in dem der zukünftige Schwager mit seiner Mutter wohnte. Jeannette erinnerte sich an den zur Schau gestellten Prunk, das Rankwerk des Treppengeländers mit den schmiedeeisernen Trauben, die toten Ölfasane im Barockrahmen, die Oberammergauer Schnitzfiguren mit Laternchen, die französischen Schlossmöbel mit Dackelbeinen. An jeder Ecke konnte man hängen bleiben, etwas verbiegen oder kaputt machen. Und Arnolds Mutter trat von einem Fuß auf den anderen, schob unter alles einen Untersetzer und verfolgte mit ihren Blicken jedes Kuchenatom, das Jeannette aus Versehen auf den Teppich krümelte. Sie hatte sich dort so unwohl gefühlt, dass sie dieses Haus nie mehr betreten wollte. Hier war alles anders.

Marthas Villa war nur Licht und Farbe. Die großen Fenster ließen den Eindruck entstehen, als wüchse der Garten ins Haus. Helle geometrische Sitzmöbel, weiße Wände und dunkle Holzbalken ließen die vielen Bilder leuchten. Zwischen Grünpflanzen standen afrikanische Skulpturen, irgendwo lagen verbeulte Trainingshosen und eine Gartenschere herum, Stapel von Schulheften waren auf dem Boden verteilt. An einer Wand hing, genau zwischen zwei abstrakten amerikanischen Expressionisten, ein aufwendig gerahmtes Buntstiftbild. Ein Kind hatte ordentlich in den handgemalten Blumenkranz geschrieben: »Rosen Tulpen Nelken, alles soll verwälken aber unsre Freundschafft nicht für die beste Lehrerin der Welt dass wünscht ihnen ihre Jenny Holzmann aus der 7c und zu Weihnachten«.

Martha freute sich über das Paul Lincke Heft und umarmte Jeannette. »Henry hat noch zu tun, aber dann wird er sich zu uns setzen. Wir gehen ins Teehaus«, erklärte sie und zeigte auf den Pavillon, der auf einer kleinen Anhöhe mitten im Garten stand.

Zu dritt deckten sie im Teehaus den Tisch. Martha war keine steife Gastgeberin, sondern ließ ihre Gäste selbst in die Küche laufen, wenn sie Sonderwünsche hatten.

Jetzt saßen sie also hier, satt, träge, und spürten die Wirkung des kalten Champagners. Jeannette fand es unglaublich, dass es mitten in der Stadt nach gemähtem Gras und Blumen riechen konnte. »Sag mal, Martha, ich bin nicht sehr diskret, weiß ich, aber als Musiklehrerin verdient man doch nicht soooo viel?« Jeannette machte eine weite Armbewegung, die Garten und Haus mit einschloss.

Martha lächelte. »Es gibt mehrere Wege zu einer Villa«, erklärte sie. »Ein paar davon sind kriminell, ein anderer entbehrungsreich und langweilig. Ich habe mich für einen einfachen und trotzdem riskanten Weg entschieden: Ich habe spät, aber reich geheiratet.«

»Wenn man davon absieht, dass du zusätzlich auch noch ganz schön Schotter geerbt hast.« Albertine blinzelte in die Sonne.
»Und warum bist du dann noch in der Schule?« Jeannette fand es unbegreiflich, dass man ohne Not einem so anstrengenden Beruf nachging. Wenn sie so viel Geld hätte … ja, was dann? Jedenfalls würde sie dieses idiotische Erdkundestudium abbrechen.
Zum ersten Mal gestand sie sich ein, dass sie dieses Fach verabscheute. Es hatte nichts mit ihr zu tun, nichts mit ihrem sinnlichen und direkten Verhältnis zur Erde. Und Englisch? Sie liebte die Sprache und die Literatur, aber was würde der Schulbetrieb davon übrig lassen? Jeannette sah sich vor einer Schulklasse stehen und hörte dreißig Stimmchen leiern: »Good morning, Miss Schmitz.« Etwas zog sich in ihr zusammen. Ihre Liebe gehörte den Tönen, aber nicht denen, die ein abschließbares Schulklavier hervorbrachte.
»… aber so ganz ohne richtige Arbeit konnte ich mir das Leben auch nicht vorstellen. Deshalb bleibe ich, solange es mir noch gefällt.«
Jeannette hatte nicht zugehört. Martha schwieg. Albertine goss sich noch ein Glas ein. Sie sah Jeannette an. »Wenn Martha nicht Schicksal spielen oder Kindern helfen kann, fühlt sie sich wie ein Kutter auf einer Sandbank. Sie ist mit Abstand die beliebteste Lehrerin an ihrer Schule, weißt du?« Albertine lachte.
»Unsinn!« Martha erhob sich und hielt mit prüfendem Blick die Flasche gegen das Licht. »Albertine, die Flasche ist leer. Entscheide dich: Orangensaft oder Straßenbahn?«
»Straßenbahn! Wann kann ich schon mal Champagner trinken bis zum Abwinken? Ich meine, gratis.«
»Jedes Mal, wenn du hier bist, blöde Kuh.«

Martha gab ihr einen Klaps auf die Schulter und ging mit der leeren Flasche zum Haus.

»Wie lange kennt ihr euch eigentlich schon?«, fragte Jeannette.

Albertine kratzte sich am Kopf und dachte nach. »Manchmal kommt es mir vor, als sei das schon hundert Jahre her, aber ich glaube, es sind zwölf. Wir haben uns auf der Fähre nach England kennengelernt und auf Anhieb gut verstanden. Uns ging es beiden ziemlich beschissen.« Sie lachte in Erinnerung an die Szene, in der zwei deprimierte Frauen über der Reling hingen und ähnlich trübe Gedanken austauschten, in denen viel davon die Rede war, dass Männer gleich nach den Hausmilben das Überflüssigste seien, was der liebe Gott erschaffen hatte. »Martha hatte Liebeskummer, weil ihr damaliger Freund sich nicht wirklich auf eine Beziehung einlassen wollte, und ich hatte gerade eine unglückliche Blitzaffäre hinter mir. Wir sind eine Woche lang gemeinsam durch England gezogen und haben uns schließlich in Yorkshire ein Cottage gemietet, um in Ruhe unsere Wunden zu lecken. Am zweiten Abend standen wir am Zaun zum Nachbarhaus – ein schönes, ehemaliges Schulhaus – und beobachteten, wie ein Mann mit Löchern in der Strickjacke einem schwarz-rosa Hausschwein Tango beibringen wollte.«

»Calypso!«, berichtigte Martha, die unbemerkt mit einer neuen Flasche zurückgekehrt war.

»Es war wirklich wie im Film, Jeannette. Martha sieht ihn, er sieht sie und … zum Glück stand ich nicht in der Blicklinie, ich hätte mir die Haare versengt. Tja, den Rest des Urlaubs habe ich dann einsam mit dem Hausschwein verbracht.«

»Lügnerin! Glaub ihr kein Wort, Jeannette! Wir wollten sie überallhin mitnehmen, aber …«

»… ich würde beim Tee mit der Queen mit meinen Manieren durchfallen, aber ich weiß, wann ich überflüssig bin.« Albertine goss Jeannette das dritte Glas Champagner ein.
Martha setzte sich wieder in ihren Sessel. »Henry hat mir bei keinem unserer Rendezvous erzählt, was er beruflich machte. Irgendetwas mit Zahlen, sagte er. Schließlich haben Albertine und ich uns darauf geeinigt, dass er ein frühpensionierter Mathematiklehrer mit einem kleinen Schaden sei.«
»Wärst du seinetwegen auch in England geblieben?«, fragte Jeannette, die die Geschichte hochromantisch fand. Schließlich mussten sie sich im greisen Alter von etwa vierzig kennengelernt haben. Das war eine Zeitdimension, die für Jeannette unbegreiflich war. Vierzig! Das war fast jenseits des Vorstellbaren.
»Ich wäre ihm sogar nach Malaysia gefolgt. Und ich hätte ihn auch geheiratet, wenn er in der Victoria Station *fish and chips* verkauft hätte. Vielleicht wollte Henry genau das wissen.«
Albertine hob den Zeigefinger in die Luft. »Und stell dir vor, Jeannette, der frühpensionierte Dorfschullehrer mit Hausschwein entpuppte sich als englischer Geschäftsmann, der ausgerechnet in Düsseldorf die deutsche Niederlassung seiner Firma vertrat und schon seit fünf Jahren in Köln wohnte.«
»Tss«, machte Jeannette. »Das hört sich an wie ein Lottogewinn.«
»Jedenfalls hätte ich es schlechter treffen können. Wir haben kurze Zeit nach dem Urlaub geheiratet, dieses Haus gekauft, und ich habe immer noch denselben Job wie vorher.«
Sie schwiegen eine Weile. Albertine blinzelte in das Sonnenlicht, das jetzt schräg einfiel und das Fußbodenmosaik zum Leuchten brachte. Martha lag wie eine zufriedene Palastkatze in ihrem Sessel und beobachtete die kleinen Perlenschnüre,

die aus ihrem Glas nach oben stiegen. Ein paar Bienen summten friedlich um die Reste des Erdbeerkuchens herum. Jeannette hob ihre Teetasse hoch und hielt sie ins Sonnenlicht. Sie war hauchdünn und schimmerte opak wie Alabaster.

Albertine gähnte. »So, jetzt erzähl dem Kind mal, warum es nicht Lehrerin werden soll!«

Jeannette wurde aufmerksam. Sie wandte sich Martha zu. »Genau. Warum rätst du mir eigentlich von der Schule ab, während du doch offensichtlich ganz gerne dort bist?«

»Weil ich dorthin gehöre, du aber nicht.«

Jeannette setzte sich gerade und schwieg einen Moment lang. Dann blickte sie abwechselnd Martha und Albertine an. »Mein Vater war Steinmetzgeselle und hat sehr hart gearbeitet. Meine Mutter wollte einmal Kunst studieren, aber sie hat immer alles abgebrochen. Jetzt verkauft sie Blumen. Es ist für sie ganz unglaublich wichtig, dass ich später mal einen akademischen Beruf habe. Einen sicheren Beruf. Sie ist so stolz darauf.«

»Soll deine Mutter auf dich stolz sein, oder willst du in deinem Beruf glücklich werden?«, fragte Martha.

Jeannette schwieg.

»Jeannette, es gibt Menschen, die sind nicht für die Schule geeignet. In meinem Beruf zum Beispiel findet man oft die tragischen Halbbegabungen, die den Frust über die erträumte, aber unerreichbare Solistenkarriere an den Kindern auslassen. Bei dir liegt der Fall natürlich anders. Du bist nicht für die Schule geeignet, weil du deine eigene Riesenbegabung unbedingt, hörst du, unbedingt weiterentwickeln musst.«

Martha hatte sich leicht vorgebeugt, die Fingerspitzen zusammengelegt und sprach so eindringlich, dass Jeannette sie erstaunt ansah. Dann senkte sie den Kopf und starrte auf das Fußbodenmosaik.

»Du musst eine Gesangsausbildung machen. Du hast eine unglaubliche Stimme. Du bist enorm musikalisch. Ich könnte verrückt werden, wenn ich daran denke, dass bislang offensichtlich noch kein Mensch gemerkt hat, was alles in dir steckt.«

Jeannette schwieg. Riesenbegabung! Das sagte eine Fachfrau. Es machte sie stolz. Es war aufregend. Und sie war gemeint. Sie atmete tief durch, spürte, dass sie wieder mit krummem Buckel auf dem Bodenkissen saß, und richtete sich auf. Sie sah Martha an. »Was soll ich machen?«

»Du kannst privaten Gesangsunterricht nehmen. Das ist aber sehr teuer. Etwa so teuer wie eine Stunde beim Psychotherapeuten.«

»Und hätte bei mir vermutlich denselben Effekt, meinst du?«

»Ich weiß nicht, ob du therapiebedürftig bist, Jeannette. Aber wenn der Sinn einer Therapie ist, vollständiger statt vollkommener zu werden, dann kannst du auch Gesangsstunden nehmen.« Martha hob ihr Glas. »Ich finde, du solltest auf die Musikhochschule gehen. Wir können uns das ganze nächste Semester lang auf die Aufnahmeprüfung vorbereiten. Ich bin sicher, du bekommst einen Platz. Jeannette, denk gut darüber nach und triff dann deine Entscheidung.«

»Das Schicksal winkt dir mit einer Zaunlatte, Jeannette Schmitz.« Albertine grinste. »Mach nicht denselben Fehler wie ich und werde einfach nur nutzlos und bildschön.«

»Albertine Käfer, du bist ganz furchtbar blöd.« Martha warf ihr ein Kissen an den Kopf. »Aber Kinder, jetzt etwas anderes. Käfer, was machst du in diesem Sommer?«

»Keine Ahnung. Ich fahre vielleicht für ein paar Tage an die Ostsee. Oder ich renoviere meine Badezimmer.«

»Und du, Jeannette?«

»Ich bleibe bei meiner Mutter in der Eifel, natürlich. Und ich muss mir einen Job suchen. Wahrscheinlich werde ich wieder in einer Großgärtnerei umtopfen.«

»Dann hört mir mal zu. Henry muss pünktlich zum Ferienbeginn nach New York. Geschäftlich. Es gibt nichts Schöneres als New York im Hochsommer. Du rennst von Bank zu Bank, weil es dort die besten Klimaanlagen gibt. Außerdem kannst du dich dort immer mit dem nötigen Cash im Kurswert einer Dosis Heroin versorgen. Das sollte man nämlich abgezählt in der Handtasche bei sich haben, damit einem bei dem täglichen Raubüberfall nichts Schlimmeres passiert.«

»Nun übertreib doch nicht so furchtbar!« Albertine machte eine abwehrende Handbewegung.

Martha sprach ungerührt weiter. »Jedenfalls habe ich keine Lust, ihn zu begleiten, zumal er von New York nach Los Angeles fährt, und in Los Angeles …«

»… gibt es Palmen aus Kunststoff entlang der Autobahn und einen versteckten Zwinger, in dem deutsche Musiklehrerinnen zu Versuchszwecken gehalten werden. Martha, deine Abneigung gegen diese beiden Städte kenne ich.« Albertine wandte sich an Jeannette. »Es gibt ganz wenige Zipfel auf der Welt, die Martha nicht kennt, und eine ganze Reihe, die sie nicht mag.«

Martha richtete sich in ihrem Sessel auf. Ihr Tonfall wurde offiziell. »Meinen Lieblingszipfel will ich diesen Sommer wieder besuchen, und ich wollte euch fragen, ob ihr Lust habt, mich nach Nord-Yorkshire in Henrys Schulhaus zu begleiten. Henry wird gegen Ende der dritten Woche dann zu uns stoßen, ihr fahrt allein zurück, und ich mache mit ihm noch ein paar Familienbesuche in Cheltenham. Du kannst Jeannette ja mal London zeigen, ihr könntet bei Henrys Schwester übernachten.«

»Yorkshire? Und in London bei Penny?« Albertine verschluckte sich vor Begeisterung. »Oh Martha. Dann muss mein kleines Badezimmer eben weiter vor sich hin schimmeln. Ja, doch, ich glaube, ich werde das Opfer bringen und dich begleiten.«

Jeannette konnte es kaum glauben. London, Yorkshire! Wie sich das anhörte! Ach, wäre das schön. Wäre das großartig. Aber es ging nicht. Es hatte keinen Zweck.

»Und was ist mit dir, Jeannette?«

Jeannette schüttelte den Kopf. »Es hört sich wunderbar an, aber es wird nicht gehen.«

»Quatsch, du hast doch drei Monate Semesterferien!«

»Das meine ich nicht. Ich muss Geld dazuverdienen, das habe ich mit meiner Mutter so abgesprochen, und einen Urlaub kann ich mir erst recht nicht leisten.«

»Blödsinn. Fahrgeld brauchst du keins, weil wir ja sowieso fahren würden, Hotelkosten fallen nicht an, und ob wir zu zweit oder zu dritt essen, ist egal.« Martha zog die Stirn kraus. Aber sie verstand. Es war schwierig, etwas anzunehmen, wenn man nicht die Chance hatte, sich zu revanchieren.

»Ich habe einen Vorschlag«, sagte jemand. Alle drei fuhren herum. Henry lehnte im hinteren Eingang des Pavillons. Niemand hatte ihn kommen hören. Jeannette hielt ihre rechte Hand über die Augen, um die hohe Gestalt im Gegenlicht zu betrachten, einen hageren Mann mit zu langen grauen Haaren. Er trug eine verwaschene Leinenhose und ein altes Hemd, dessen Ärmel er hochgekrempelt hatte. Seine Füße steckten in ausgetretenen Sandalen.

Jeannette hätte in ihm niemals einen Geschäftsmann vermutet, eher einen Forscher oder einen Archäologen, der mit einer Lupe über ein paar keltischen Tonscherben brütet. Henry kam herein, setzte sich neben Jeannette auf ein Fußbodenkissen und sortierte ein wenig umständlich seine langen Beine.

Martha reichte ihm ein Glas Champagner. »Fertig mit der Arbeit, love?«, fragte sie.

Er nickte. Dann hielt er Jeannette seine Hand hin. »Ich bin Henry. Und Sie sind das Stimmwunder Janet, nicht wahr?«

»Man soll sich nicht selber loben. Aber wenn Martha das gesagt hat …« Jeannette nahm seine Hand, schüttelte sie und lächelte ihn an.

Er hatte freundliche Augen, Lachfalten, und da war noch etwas, das sie nicht benennen konnte, aber es setzte sich sofort in ihrer Magengrube fest.

»Oh, man kann nicht früh genug anfangen, sich selber zu loben. Guten Tag, lieber Henry. Ich kann zwar nicht singen, aber deshalb muss man mich nicht ignorieren.«

Henry drehte sich um, versetzte Albertine einen Nasenstüber und entschuldigte sich. Dann blickte er seine Frau an. »Martha, wir haben doch zehn große Kisten auf dem Speicher in Upper Shellsands? Seit drei Jahren willst du sie auspacken, weißt du noch?«

»Du kleines britisches Miststück«, entgegnete Martha streng. »Nicht wir haben die zehn Bücherkartons, sondern du. *Ich* will sie nicht auspacken, und …«

»… ich auch nicht«, unterbrach Henry sie. »Janet, ich habe eine wunderschöne Bibliothek von meinem Onkel Gareth geerbt. Und in Shellsands ist eine ganze Wand dafür frei.«

»Eine sehr große Wand«, ergänzte Martha.

»Ich schlage vor, Sie machen mit mir einen ganz normalen Arbeitsvertrag, fahren mit nach Yorkshire, packen die Kisten aus, katalogisieren und ordnen die Bücher. Ich schreibe Ihnen auf, wie ich es ungefähr haben möchte. Dafür haben Sie Kost,

Fahrt und Logis frei, und über den Rest des Lohnes werden wir uns schon einig.«
»Jeannette, mach dir keine Illusionen, das ist kein Benefizangebot. Ich habe die Kisten nämlich vor drei Jahren mit Henry auf den Speicher geschleppt.« Hinter Jeannettes Rücken blickte Albertine Henry dankbar an. Er war wirklich ein Goldstück. Zumindest in dieser Hinsicht.
Jeannette überlegte. Das hörte sich fair an. Englische Literatur liebte sie. Das war mit Sicherheit interessanter, als bei Tante Adelheids Schwiegertochter Alpenveilchen umzutopfen. Oh, und sie würde endlich einmal nach England fahren! Mit dem Schiff über den Ärmelkanal, und all die verheißungsvollen Namen! London, Canterbury, Kingston upon Hull …
»Abgemacht!«, sagte sie. Dann strahlte sie Henry und Martha an.
Albertine beobachtete Jeannette. Wenn dieses Kind nur wüsste, wie viel Helligkeit es um sich verbreiten kann, dachte sie. In Henrys Augenwinkeln saß ein kleines Lächeln. Albertine kannte es sehr gut.
Es war ein Lächeln wie ein Angelhaken.

Theater, experimentell und traditionell

Der Mensch braucht Wasser, Brot und ein Girokonto. Dario kündigte sein Konto bei der wesentlich günstigeren Bank in Bonn und eröffnete ein neues bei der Sparkasse Mechenbach. Rita kam sofort auf ihn zu und lächelte wesentlich länger als tariflich vorgesehen. Sie bat ihn, an ihrem Schreibtisch Platz zu nehmen, ließ ihn alles genauestens buchstabieren und wies ihn mit zierlicher Geste an, wo er zu unterschreiben habe. Als sie von einer Kollegin um Rat gefragt und somit von ihrem Kunden abgelenkt wurde, schaute er sich überall um und musterte konzentriert jeden Schreibtisch und jeden Schalter. Sie war nicht da.

Rita schenkte ihm noch einen Reklamekugelschreiber und sagte: »Ich komme bald mal wieder vorbei, wenn Sie Sehnsucht nach mir haben!«

»Jeden Tag!«, versicherte Dario und lehnte sich zurück. »Sie wissen unsere gute italienische Küche zu schätzen! Ihre dünne blonde Freundin ist kein Vergnügen für einen Gastronomen. Ein Löffel *tortellini in brodo* und fast wäre sie geplatzt!«

Beide lachten, Rita besonders herzlich.

»Ist sie krank?«, fragte Dario beiläufig.

»Nein, sie hat ein paar Tage Urlaub und ist mit ihrem Freund nach … ja, ich glaube, nach München. Zu einer Möbelmesse. Sie heiratet bald.« Rita sprach mit wachsendem Vergnügen. »Sie ist verlobt.«

Darios Gesicht blieb unbewegt.
»Sehr reicher Bräutigam.«
Dario betrachtete seine Schuhe.
»Der Sohn vom Bettengeschäft Reppelmann. *Betten Reppelmann*, das Riesending an der Landstraße, wissen Sie?«
»Wie interessant. Ich brauche ein neues Bett. Dann kann ich mich ja von dem Verlobten beraten lassen.«
»Ach, da komme ich aber mit. Ich bräuchte auch mal was Neues.« Rita schlug die Augen auf.
Dario lächelte vielsagend und verabschiedete sich. »Wir sehen uns sicher bald, ciao, bella.«
Als er hinausging, folgten ihm Ritas Blicke. Sie seufzte. Wieso kriegte man Hans-Peter nicht dazu, in einer hellen Leinenhose und einem schlichten weißen Hemd so auszusehen? Wieso sah ihr Mann darin aus wie ein verschrecktes Kommunionkind?

Dario spürte den Schlag immer noch. Heiraten! Den Bettenreppelmann!
Jetzt galt es zu handeln. Heute war Donnerstag. Montag würde sie zurück sein. Am Montag sollte sie als Erstes fünfzig Rosen an ihrem Arbeitsplatz finden. Nein, Unsinn. Zu auffällig. Diesen Matratzenkönig musste man von rechts überholen, wozu war man Italiener.
Vor Frau Siegels Blumenladen stand Leni in einer grünen Schürze und rückte Blecheimer mit Malven zurecht. »Hallo, Dario!« Sie freute sich, ihn zu sehen.
Dario lehnte mit einer Schulter am Türrahmen, musterte Leni und fasste nach ihrem Ohrring. »Navajoschmuck?«
Leni nickte und blickte ihn intensiv an. »Sie haben schlechte Laune, was?«

Dario war überrascht. Er hatte doch gelächelt, oder?
»Ich kenne mich da aus«, sprach Leni weiter. »Meine Töchter sind ungefähr so alt wie Sie. Ich kenne die Wolken über dem Lächeln.«
Diesmal lächelte Dario ohne Wolke. »Töchter?«
»Zwei. Susanna ist fast vierundzwanzig und Jeannette fast zwanzig.«
»Schöne Namen«, meinte Dario.
»Jeannette studiert«, sagte Leni stolz. »Und Susanna heiratet bald.«
Schon wieder eine Braut, dachte Dario deprimiert.
»Sie arbeitet dort drüben in der Kasse!« Leni zeigte mit dem Finger auf die sattsam bekannte Eingangstür, die Dario in den letzten Tagen wie die Pforte zum Paradiesgärtlein vorgekommen war.
Darios Knie wurden weich. »Ist sie blond und sehr schlank?«, fragte er und bemühte sich, gelassen zu wirken. Leni nickte.
»Und sie heißt Susanna?«
Leni nickte wieder. Jetzt hatte die Fee einen Namen. Susanna. Das war etwas, das er mitnehmen konnte wie ein verlorenes Taschentuch.
»Ihr kennt euch?«
»Kann sein, dass sie ab und zu mal in der Mittagspause bei Enzo sitzt.« Dario betrachtete intensiv einen hochinteressanten städtischen Mülleimer.
»Sie ist jetzt in München.«
Dario wollte zustimmend nicken, konnte es aber gerade noch unterdrücken. »Aber sie kommt Sonntag zurück«, fuhr Leni fort.
In diesem Moment erschien Tante Gianna in der Tür des *Bellavista* und kommandierte Dario im Cäsarenton zum Dienst

am Tablett. Seltsamerweise hatte Dario das tröstliche Gefühl, allein durch die Tatsache, dass Leni Susannas Mutter war, seinem Ziel ein Stück näher gerückt zu sein. Er warf Leni eine Kusshand zu und bemühte sich, seine Knie wie richtige Gelenke zu bewegen.

Diesen Sonntag hatte Dario frei. Enzo und Gianna staunten nicht schlecht, als sich Dario mit seinen eleganten Schuhen zu Fuß vom Ristorante entfernte und den schmalen Asphaltweg einschlug, der nach fünfzig Metern in die Felder mündete. In der Familie Mazzini ging man nur zu Fuß, wenn das Auto kaputt war.

Dario hatte nicht gefrühstückt. Er hatte auch nicht geschlafen, wie die drei Nächte davor. Er fühlte sich wie ein Vogel. In diesem Zustand konnte er sich nicht hinter das Steuer setzen. Er musste sich bewegen. Leicht fühlte er sich. Durchsichtig fast.

Heute musste sie zurückkommen. Er stellte sich vor, wie sie mit ihrem Bettenreppel in einem Münchner Hotel in einem luxuriösen Doppelbett …

Die Zaunlatte am Wegesrand bekam einen Tritt, der ihm wehtat. Dann stellte er sich vor, wie Reppelmann am Frühstücksbuffet über den ausgestreckten Fuß eines hinterhältigen italienischen Kellners stolperte und mit seinem blöden Gesicht auf der Warmhalteplatte im Rührei landete. Das sah hübsch aus. Es tat ihm wohl.

Untermechenbach, Kirchweg neun. An Lenis Haus war er schon dreimal vorbeigefahren, nachts natürlich, denn sein Auto fiel auf. Die Telefonnummer konnte er auch auswendig. Susanna und Leni teilten sich einen dunkelblauen Kleinwagen. Susanna hatte im Alter von fünf Jahren Scharlach, als Baby lebensgefährlichen Keuchhusten gehabt, fürchtete sich nicht im Dunkeln und hatte kein Abitur. Sie war ehrgeizig, wollte Karriere als Geschäftsfrau machen und las lieber Börsenberichte als Romane. Diese Auskünfte hatten Dario mehrere Topfblumen gekostet, die er seiner verdutzten Tante schenkte. In langen Verkaufsverhandlungen mit Frau Siegel und Leni hatte er die Informationen zusammengetragen. Ihm war es eigentlich egal, was die Damen erzählten, Hauptsache, es ging um Susanna.

Eigentlich war sie doch bloß ein hübsches Mädchen. So eine ähnliche Freundin hatte er auch in Perugia gehabt. War das nicht sogar eine Deutsche gewesen? Und seine vorletzte Freundin, ein Model aus Mailand, grazil und bildschön. Exotischer als Susanna.

Nichts zu machen. Die anderen versanken in grauem Vorzeitnebel und seine Zeitrechnung begann mit dem Tag eins nach Susanna.

Er rief sich wieder ihr Bild vor Augen, wie sie zum ersten Mal zwischen den Birkenfeigen aufgetaucht war, er sah ihr winziges Lächeln, erinnerte sich daran, wie sie die Haare zurückgestrichen hatte und dabei nicht kokett, sondern königlich unnahbar wirkte. Als er noch einmal die Welle verspürte, die ihn damals überflutet hatte, musste er kurz stehen bleiben und sich an einem Baum festhalten. Was war das für ein Mann, den sie sich ausgesucht hatte?

Darios frühe Lektionen in italienischer Telenovela machten sich auf einmal selbständig.

Ich liebe dich nicht mehr, Reppelmann, ich liebe Dario!

Reppelmann, ein älterer Geschäftsmann mit seidenem Einstecktuch und grauen Schläfen, zog den Revolver und zielte. Dario warf sich

dazwischen. Ein fürchterlicher Schmerz durchzuckte seine Schulter. »Ich sterbe gern für dich«, flüsterte er. Sie warf sich schluchzend über ihn und küsste seine bleichen Lippen.
Nein, Moment, sterben war blöd.
Reppelmann zuckte die Schultern. »Zwei Millionen Euro für Susannas Serum? Das habe ich nicht!«
»Aber wenn du das Matratzengeschäft verkaufst!«, flehte Leni.
Reppelmann schwieg und wandte sich mit versteinerter Miene zum Fenster.
Dario stürmte herein. »Leni, ich habe das Hotel verkauft! Ich gebe alles für sie, Hauptsache, sie kann die Krankheit besiegen!«
Eine noch blasse Susanna küsste ihn. »Du hast mich gerettet, Dario, du hast mir das Leben gerettet. Was kann ich nur tun, um dir zu danken?«
Viel besser.
Er versuchte, dem Kuss nachzuspüren, und schloss die Augen. Zwei Sekunden später lag er auf der Nase. Sein Kopf fühlte sich nicht gut an. Er setzte sich stöhnend auf und fasste sich an die Stirn. Sie blutete. Er blickte sich um. Niemand hatte seinen unsportlichen Sturz gesehen. Über ihm Lerchen und Wolken. Der ländliche Sonntagsfrieden wurde nur durchbrochen vom Geläut der Untermechenbacher Kirche, deren Turmspitze hinter dem nächsten Hügel aufgetaucht war. Dario tastete seinen Kratzer ab. Er war nicht sehr lang. Er wischte die Telenovela mit einer Geste fort.
Natürlich würde er sein dramatisches Talent einsetzen, aber nicht, wie bisher, für eine Seifenoper. Das hier versprach dramatischer zu werden als das beste Theater. Noch war ihm nicht ganz bewusst, wie sehr Susanna schon in ihm Wurzeln geschlagen hatte, aber er lenkte seine Schritte Richtung Untermechenbach, so zielgerade, wie jemand, der sich den Rückweg

nicht zu merken braucht, weil er weiß, dass er ihn nicht mehr antreten wird.

Es war ungewöhnlich, dass Jeannette erst am frühen Sonntagmorgen in Untermechenbach ankam. Sie stieg aus einem alten Käfer und winkte der Fahrerin zu: »Nächstes Mal musst du dir mehr Zeit nehmen und meine Mutter kennenlernen!« Die Frau mit den kurzen grauen Haaren hupte, dann fuhr sie davon. Jeannette winkte ihr nach. Sie schleppte die Segeltuchtasche ins Haus.

Leni hatte neugierig durch das Küchenfenster geschaut und begrüßte sie, als sei sie nach einjähriger Weltumseglung endlich wieder zu Hause.

»Wieso ist deine Freundin nicht mit hereingekommen?«

»Sie musste gleich weiter zu einem Bekannten, der irgendwo in der Nähe ein Wochenendhaus besitzt. Sie holt mich auf dem Rückweg ab, heute Abend, kann aber spät werden, sagte sie.«

»Was? Du willst heute schon wieder zurück?« Leni konnte ihre Enttäuschung nicht verbergen.

»Mama, ich will nicht, ich muss. Ich konnte gestern nicht kommen, weil wir samstagabends bis zehn Uhr proben. Ich habe es dir doch schon am Telefon gesagt. Und morgen früh habe ich um Viertel nach neun die erste Vorlesung.«

»Aber ich krieg deine Wäsche bis dahin doch nicht trocken!«

»Brauchst du auch nicht. Ich habe um die Ecke einen Waschsalon entdeckt. Kostet gar nicht so viel, und ich war auch schon letzte Woche da!« Sie deutete auf ihr ehemals weißes Shirt, das einen Rosaton aufwies, und lachte. »Ich übe noch!«

»Und was ist dann in deiner Reisetasche?«

»Dein Häkelteppich. Ich rutsche immer auf ihm aus, alles

hängt in den Maschen fest, und außerdem muss er mal gewaschen werden.«

»Und wieso wäschst du ihn nicht auch im Waschsalon?« Das kam leicht pikiert.

Jeannette spürte, wie plötzlich ein kleiner Unwillen in ihrem Nacken saß. »Weil er hierbleiben soll. Ich habe einen gebrauchten Teppich geschenkt bekommen, einen, der nicht rutscht.«

»Von wem denn?«

»Von einer aus dem Chor, Martha, aber das sagt dir nichts.«

»Solange du mir nichts von ihr erzählst, nein.« Leni drehte sich um und sprach nicht mehr, belegte ihren Tortenboden mit frischen Früchten. Jeannette betrachtete hilflos ihren Rücken. Was war das denn für ein Ton zwischen ihnen?

»Mama, was ist los mit dir?«

»Nichts.« Leni schwieg wieder. In der Tat, die Frage war berechtigt, was war denn eigentlich los? Noch vor wenigen Tagen hatte sie überlegt, wie sie Jeannette dazu bringen sollte, sich etwas mehr abzunabeln. Jetzt tat sie es von allein, aber das war auch nicht richtig. Leni setzte sich an den Tisch zu Jeannette, die sie unglücklich betrachtete. Sie wischte sich mit dem Ärmel kurz über die Augen. »Es ist so ungewohnt, dass du am selben Tag kommst und wieder wegfährst und die Wäsche … Ich glaube, wenn ich keine Wäsche mehr für dich wasche, bist du mir endgültig entwachsen.«

»Oh Mama.« Jeannette stützte das Kinn in beide Hände. »Das nächste Mal bringe ich die Wäsche wieder mit. Und dann entwöhnen wir dich. Woche für Woche. Erst *nicht* die Handwäsche, dann *nicht* die Socken, und wenn wir dann bei *auch nicht* die Kochwäsche gelandet sind, hast du's geschafft.«

Leni musste lachen, fuhr ihr über das Haar und sah sie an. »Du siehst irgendwie anders aus, Jeannette, ich weiß nicht.«

»Wie denn?«
»Hast du abgenommen?«
»Möglich. Ich hab so viel zu tun.«
»Wer ist denn Martha mit dem Teppich? Ist das die Frau, die dich eben gebracht hat?«
»Nein, das war Albertine. Martha mit dem Teppich ist eine stinkreiche, aber unheimlich nette Musiklehrerin.«
»Ich dachte, du bekommst Herpes, wenn du eine Musiklehrerin siehst?«
»Mama, das ist jetzt schon so lange her, einmal muss es auch gut sein. Frau Körner war eben so eine typische Halbbegabung, die den Frust über ihre verpatzte Solistenkarriere an kleinen Kindern ausgelassen hat.«
Leni goss zwei Tassen mit Milchkaffee voll und schob Jeannette einen Teller mit frischgebackenen Croissants hin. »Jetzt erzähl mal der Reihe nach, was ist das eigentlich für ein Haufen, dein Chor?«
Und Jeannette erzählte. Sie sang etwas Edith Piaf, beschrieb Marthas schönes Haus, erzählte von Albertine, von den Proben und den Sitzungen beim Griechen. Leni stellte keine Frage, hörte nur zu, aber entdeckte auf einmal, dass da vor ihr die lebhafte Jeannette saß, die Josef vor fast sieben Jahren verlassen hatte. Ihr Körper wirkte nicht mehr wie ein deprimierter Mehlsack, sondern war erfüllt von Spannung und Ausdruck. Leni schämte sich zwar ihrer Eifersucht, aber es versetzte ihr einen Stich, dass andere Menschen diese Wandlung bewirkt hatten. Jeannette hatte noch keinen Blick auf die Hörnchen geworfen, die Leni nun noch ein Stück näher schob.
»Und noch vor den Semesterferien haben wir einen Auftritt auf dem Marktplatz von Bergsteinheim, mit Fernsehen! Stell dir das mal vor!«

Leni staunte und war stolz. Auch wenn sie sich aus Fernsehen immer noch nichts machte, wenn ihre Tochter darin auftreten sollte, war das natürlich etwas anderes. Mutterstolz und Logik waren einander nicht verpflichtet.

»Morgen!« Susanna stand im Türrahmen, in einem blauen Pyjama und gähnte. »Mein Gott, was macht ihr für einen Krach.« Sie setzte sich an den Tisch, goss sich einen Milchkaffee ein und schwieg.

Jeannette erzählte noch etwas über den bevorstehenden Auftritt, dann schwieg auch sie und griff nach einem Hörnchen. Leni betrachtete ihre große Tochter. Noch war sie in einem Alter, in dem man einfach reizvoll aussieht, wenn man ungewaschen und verschlafen am Tisch sitzt. »Du bist ja ganz schön spät nach Hause gekommen. Wie war es denn in München, Susanna?«

Leni, niemals untätig, schnappte sich eine Plastikschüssel mit Kartoffeln und begann zu schälen.

Susanna schob sich eine Strähne hinter das rechte Ohr und gähnte noch einmal. »Stressig. Arnold hat ewig mit einem Hersteller von Latexmatratzen verhandelt, und ich habe mich stundenlang über Buchhaltungssoftware informiert.«

»Spannend«, sagte Jeannette. Leni warf ihr einen vorwurfsvollen Blick zu.

»Nicht alle Leute studieren auf Kosten der Steuerzahler«, antwortete Susanna.

Leni seufzte. »Wart ihr nicht in München unterwegs und habt euch irgendetwas angeschaut? München soll doch so hübsch sein! Die Pinakothek, der Englische Garten, der Viktualienmarkt?«

Susanna zuckte mit den Schultern. »Ich hab ein paar Sachen eingekauft. Ach ja …« Sie stand auf, holte aus dem Hausflur eine Tüte und legte sie Leni nachlässig auf die Kartoffelschüssel. »Für deine Urlaubsreise.«

Leni zuckte zusammen, sah Jeannette erschrocken an und nahm die violette Lackpapiertüte hastig aus der feuchten Schüssel. »Ja, was ist das denn? Oh, wie schön!«

Sie entfaltete ein Kleidungsstück. Leuchtend blaue Kornblumen auf schwarzem Grund, eine weite, leichte Sommerbluse.

»Ich dachte, die steht dir.«

»Susanna, du bist ein Schatz!« Leni hielt sich die neue Bluse vor und war sichtlich erfreut.

Jeannette fragte langsam: »Wie war das, Mama? Du fährst in Urlaub?«

»Ja!«, antwortete Susanna kämpferisch und schnitt Leni das Wort ab. »Und zwar allein!«

»Warum sagst du mir das denn nicht?«

»Kind, du bist doch gerade erst gekommen! Ich wollte es dir gleich erklären, aber wir haben doch über deinen Chor …«

»Du willst also ohne mich in Urlaub fahren? Einfach so?« Jeannette pustete lange die Luft aus und richtete den Blick an die Decke.

Susanna stellte ihren Becher mit Nachdruck auf den Tisch und machte gerade den Mund auf, als Jeannette plötzlich laut lachte. Sie fiel Leni quer über den Tisch um den Hals. Dabei fegte sie die Schüssel zu Boden, und die Kartoffeln kullerten in alle Richtungen. »Mama, das hat mir so auf der Seele gelegen! Ich will nämlich auch ohne dich in Urlaub fahren, und zwar nach England. Ich habe einfach zugesagt, ohne dich zu fragen, aber ich konnte die letzten Nächte kaum schlafen, weil ich dachte, du wärst dann so allein!«

Jetzt lachten Leni und Jeannette gemeinsam.

»Wenn Mama ihren Urlaub hier verbracht hätte, wäre ich ja

auch noch da gewesen«, sagte Susanna. Dann stand sie auf und ging.

Dario bremste sein Tempo ab. Die ersten Häuser von Untermechenbach hatte er schon passiert. Er wollte auf keinen Fall verschwitzt oder mit rot durchbluteten Wangen vor den Damen stehen. Lieber elegisch blass, dazu dekorativ verletzt. *Bella figura* bis zum letzten Atemzug, wozu war man Italiener. Er lief ein paar Meter parallel zum Kirchweg und bog dann in einen schmalen Pfad ein, der zwischen Bauerngärten und Schuppen zum Kirchweg führte. Hier war der Boden nicht asphaltiert, hier konnte er seinen Auftritt besser vorbereiten. Er blieb eine Weile stehen, um wieder richtig ruhig zu atmen. Dann verpasste er seiner Hose noch ein paar Dreckschlieren mehr, zog seinen rechten Ärmel über die gelbgrauen Flechten einer Mauer, brachte seine Haare in malerische Unordnung und stellte sich während der letzten zehn Meter auf die Grundstimmung des ersten Aktes ein.

Erster Aufzug: Dario hat sich ein bisschen verlaufen, ist gestürzt, und wie ein Sonnenstrahl kommt die Erkenntnis: In Untermechenbach wohnt ja die liebe, gute Leni Schmitz!

Zugegeben, ein langer Untertitel für einen ersten Aufzug, aber *Auftritt Dario von rechts* wäre zu schlicht, zu prosaisch gewesen.

Auftritt Dario also wie oben erläutert.

Er stützte sich mit der rechten Hand an den Pfosten des Hoftores, klingelte und sah einer erstaunten Leni direkt in die Augen.

Leni rief erfreut: »Nein, Dario, so eine Überraschung!« Dann erst sah sie seine überzeugenden Unfallspuren. »Um Gottes willen, was haben Sie denn gemacht?«

»Ist nicht so dramatisch. Ich bin hingefallen, und ich habe mich etwas verlaufen. Ich liebe lange Spaziergänge in der Natur.«
Alle seine Freunde in Perugia hätten sich bei diesem Satz vor Lachen gebogen.
»Ich brauche ab und zu die Einsamkeit.«
Noch größere Lachsalven.
Leni stellte sich auf die Zehenspitzen und begutachtete seine Verletzung. Dann fasste sie ihn bei der Hand und zog ihn auf die Terrasse unter den Sonnenschirm. »Jetzt setzen Sie sich erst einmal. Ich mache uns einen frischen Kaffee, und dann werde ich Ihnen etwas Jod auf die Stirn pinseln.« Dario war alles recht.
Er blickte sich neugierig um. Was für ein herrlicher Garten! Dann betrachtete er die Hauswand und überlegte, hinter welchem Fenster sie schlief. Ob sie überhaupt schon zu Hause war? Oder hatte sie beim Bettenreppel genächtigt? Nein, nicht schon wieder daran denken, befahl er sich. Er erhob sich und schlenderte zu Leni in die Küche. Sie stellte gerade Tassen auf ein Tablett und füllte den Filter mit gemahlenem Kaffee.
»Ich hoffe, ich störe nicht! Sie haben doch sicher Besuch von Ihren Töchtern, jetzt, am Wochenende!«
»Das habe ich, aber Sie stören überhaupt nicht! Kommen Sie, Dario, nehmen Sie das Tablett mit nach draußen. Möchten Sie ein Stück Kuchen oder ein Hörnchen?«
»Selbstgebacken? Das liebe ich! Gerne!«
»Was denn, Kuchen oder Hörnchen?«
»Beides! Und viel Kaffee!«
Leni lachte und fand ihn als Gast angenehm. Endlich mal etwas anderes als der wohlerzogene Arnold, der sich dreimal nötigen ließ und nur dann ein Glas Wein annahm, »… wenn du die Flasche sowieso schon angebrochen hast.«

Sie setzten sich auf die Terrasse. Leni tupfte ihm den Dreck von der Stirnwunde und wollte auf die Suche nach der Jodflasche gehen, aber er winkte ab. »Ich geh mir nur mal schnell die Hände waschen.«

Dario säuberte seine Lehmhände und begutachtete sich in dem kleinen Spiegel. Er war mit sich zufrieden. Jemand hatte das Radio ganz laut gestellt. *Embrace me, my sweet embraceable you* … Er lauschte. Er kannte nur die alte, schöne Fassung mit Nat King Cole, die er häufig im Teesalon des *Stella di Perugia* aufgelegt hatte. Hier sang eine Frau mit einer Stimme, die ihm eine Gänsehaut über den Rücken jagte. Sie sang auch nicht die Melodie wie Cole, sondern improvisierte kleine Läufe, bei denen die Stimme ganz zart klang, um dann wieder tief und gewaltig anzuschwellen und das ganze Haus zu füllen. Dario lauschte noch einen Moment, dann trat er in den Flur, blickte sich suchend um und sah die Stimme die Treppe herunterkommen.

Jeannette sang noch: *You and only you bring out the gipsy in meeeee …*

Dann verstummte sie und blickte ihn erstaunt an. »Guten Tag, suchen Sie jemanden?«

Dario betrachtete das Mädchen genauso erstaunt. Sie trug ein Riesenhemd über einem rosa verfärbten T-Shirt, hatte kurze Haare, dicht wie eine Pelzmütze und auffallende Augen hinter ihrer Nickelbrille – tiefe, klare Augen.

Er lächelte sie an. »Sie sind Jeannette?«

Jeannette nickte und kam langsam die restlichen Stufen herunter. Dario streckte ihr die Hand hin und erklärte: »Ich kenne Ihre Mama aus Mechenbach. Ich arbeite im *Bellavista* und bin heute rein zufällig hier vorbeigelaufen.«

Sie gingen gemeinsam auf die Terrasse. »Sie haben eine sagen-

hafte Stimme!«, lobte Dario, und Leni sah Jeannette stolz an. »Ja, das finden Sie auch, was? Und sie studiert in Köln!«
Jeannette zog einen Hocker an den Korbtisch und spielte mit einem kaputten Stück des Rohrgeflechtes. Seltsamerweise war es ihr ganz recht, dass dieser fremde Mann jetzt gerade dabeisaß, wenn sie ihre Eröffnung machen wollte. Er wirkte freundlich und hatte Charme, das merkte sie. Ganz, ganz entfernt erinnerte sein Lächeln an Henry. Aber Dario hatte nicht dessen geheimnisvolle Ausstrahlung. Bestimmt war dieser junge Mann ein kleiner Filou, er wirkte listig, wendig. Doch sie mochte ihn instinktiv. Diese spontane Sympathie unterschied sich allerdings gewaltig von dem Gefühl, das sich bei Henrys Anblick in ihr festgesetzt hatte. Henry entwickelte sich zum Virus.

Sie waren sich noch einmal begegnet. Martha hatte angerufen. »Brauchst du einen großen, hellen Teppich? Er ist viel zu schade zum Wegwerfen!«
Henry begrüßte sie, als sei sie seine Lieblingsnichte, und schleppte den Teppich in Jeannettes Wohnung. Martha kam hinter ihm die Treppe herauf und nahm Jeannette in den Arm. Frau Rademacher verbrachte einen phantastischen Nachmittag auf ihrer Terrasse, darüber nachdenkend, ob dieser Mann Jeannettes älterer Liebhaber oder Martha seine Frau sei und ob sie am Ende ein Dreiecksverhältnis hatten.
Henry begutachtete ihre englischen Bücher und nickte wortlos. Er lieh sich eine seltene Aufnahme von Debussy, lobte ihre Sammlung und ihren Musikgeschmack. Beim Abschied, als Martha schon zwei Treppenabsätze weiter war, hatte er Jeannettes Kinn mit zwei Fingern emporgehoben und gesagt: *»You're a very special lady!«*

In dieser Nacht hatte sie das erste Mal von ihm geträumt. Dieser Traum gehörte zu der verwirrenden und bittersüßen Sorte, die man besser für sich behielt. Ihn zu erzählen hätte bedeutet, das Gefühl zu zerreden, mit dem sie aufgewacht war, hätte bedeutet, nichts als Missverständnisse zu wecken.

Der wirkliche Henry konnte mit dem nächtlichen Henry nicht viel gemeinsam haben. Sie hatte seinen Blick beim Abschied im Treppenhaus nicht vergessen, aber was hatte dieser Blick gesagt? Schließlich kannte sie sich nicht aus mit Männern, mit dieser Sprache ohne Worte, die im Traum neue Bilder gemalt hatte. Und es war mit Händen zu greifen: Welcher Mann würde sich jemals in das fette Kind, das Kartoffelwesen, das sie war, vergucken? Mit wem hätte sie darüber reden können? Das elektrische Gefühl saß allerdings direkt auf ihrer Haut, dort, wo Henry sie im Traum berührt hatte. Dicke Mädchen mit dicken Brillengläsern durften solche Gefühle haben, wenn sie nicht von ihnen sprachen.

An diese selbst aufgestellte Grundregel hielt sich Jeannette und schwieg über ihren nächtlichen Besucher. Jedenfalls saß Henry seit dem ersten Traum in ihrer Magengrube und betätigte sich als Appetithemmer.

Dario beobachtete sie. Er suchte nach Ähnlichkeiten mit Susanna, fand aber keine. Jeannette war für seinen Geschmack zu rund, ihre Brille war unmöglich, und keine Italienerin hätte sich jemals so gekleidet. Äußerlichkeiten waren Dario immer sehr wichtig gewesen. Umso erstaunter war er über den ungewohnten Gedanken, der ihm gerade durch den Kopf ging, nämlich die Erkenntnis, dass vor ihm jemand mit einer starken Seele saß. Früher hätte er so etwas nicht bemerkt. Hing diese neue Wahrnehmung mit seinen Gefühlen für Susanna zusammen? Mit einer Öffnung, die sich anders anfühlte als das, was er immer für Offenheit gehalten hatte?

Jeannette setzte sich kerzengerade und holte tief Luft. »Mama, ich muss mit dir reden. Ich weiß jetzt, was ich will.«

Leni schaute verwundert hoch, Jeannettes Ton war feierlich.

»Ich will nicht Lehrerin werden. Ich werde Sängerin. Wahrscheinlich Jazzsängerin.«

»Bravo!« Das kam von Dario.

Leni ließ ihren Kaffeelöffel fallen. Sie hatte plötzlich rote Flecken auf den Wangen. »Sie halten sich da raus, Dario. Jeannette, wie kommst du auf so einen Blödsinn?«

»Das ist kein Blödsinn, Mama.« Jeannette blieb ruhig.

»Das ist wohl Blödsinn! Papa und ich haben immer gewollt, dass ihr beide einen vernünftigen Beruf lernt. Am Ende musst du auch putzen gehen, wie ich damals.«

Lenis rote Flecken saßen nun auch am Hals.

»Mama! Du bist doch sonst nicht so bürgerlich!«

»Doch, bin ich! Wenn es um deinen Beruf geht, bin ich das!« Leni war aufgesprungen.

Dario dachte gar nicht daran, sich herauszuhalten. Er legte Leni beschwichtigend die Hand auf den Arm. »Leni, wenn sie eine Stimme hätte wie eine Gießkanne, dann könnte ich Ihre Sorgen verstehen. Aber so ... *mamma mia,* das ist doch ein Geschenk von Gott persönlich!«

Leni setzte sich wieder, steif wie ein Stück Holz.

»Mama, ich werde ganz solide auf die Musikhochschule gehen. Aber ich werde nicht auf Lehramt studieren. Ich werde Sängerin. Stell dich auf den Kopf, aber ich mache das. Und Papa hätte es auch so gewollt, das weiß ich. Ich weiß es einfach.«

Leni blickte auf, ihr Mund war bitter verzogen. »Gar nichts

weißt du«, sagte sie böse. »Gar nichts. Nichts davon, was es heißt, im November morgens um fünf auf dein Fahrrad zu steigen, weil du drei Dörfer weiter den Dreck von irgendeiner Frau wegwischen sollst, die zehnmal dümmer ist als du selbst und die dir noch nicht einmal einen Kaffee anbietet. Und nur weil du wegen ein paar verrückter Ideen keinen richtigen Beruf erlernt hast.«

Jeannette wusste, dass ihre sonst so unkonventionelle Mutter allergisch gegen Studien- oder Schulabbrüche aller Art war, weil sie selbst damals leichtsinnig das Gymnasium verlassen hatte, um voller Idealismus auf einem alternativen Bauernhof zu arbeiten, dessen Betreiber sich schon nach wenigen Monaten heillos verzankt hatten. Die anschließende Lehre als Bürokauffrau hatte die kunstsinnige Leni gelangweilt aufgegeben. Dann kamen ihre drei wichtigsten Menschen. Den Plan einer späten Ausbildung begrub Leni. Der leuchtende Traum eines Berufes im Museum wurde mit der Zeit blasser, blieb aber immer sichtbar. Wie viele Chancen hatte sie sich versiebt, jung und unüberlegt! Die Arbeit bei Adelheid war schließlich ein Glücksfall gewesen, aber einfach war sie auch nicht. Und sie verdiente nicht sehr viel.

Leni versuchte, in einem anderen, einem verständnisvollen Ton zu sprechen: »Ach, Jeannette, ich weiß, dass du eine schöne Stimme hast, aber das kannst du nicht machen. Werde doch einfach Musiklehrerin! Ich fand schon immer, dass das die beste Berufswahl für dich ist. Weißt du, Sängerin, das ist so unsicher, damit kann man nicht verbeamtet werden. Und du musst einen sicheren Beruf haben, damit du … damit du einen sicheren Beruf hast. So viele Künstler mit schöner Stimme oder Talent zum Malen stehen auf der Straße. Oder fahren Taxi oder …«

»… oder kellnern!«, ergänzte Dario und lachte laut.
Leni versuchte, ihn zu ignorieren. »Da ist ja nichts gegen zu sagen, aber das kann doch nicht dein Lebensziel sein, klug wie du bist.«
Dass diese Feststellung Dario gegenüber ziemlich ungalant war, fiel Leni in ihrer Nervosität nicht auf. Aber Dario grinste.
»Also zunächst einmal: Ich werde mein Studium nicht einfach abbrechen, sondern ich wechsele nur das Fach. Und auch wenn es für Jazzerinnen keine Verbeamtung gibt, ich habe – Hölle, Tod und Teufel – vor, erfolgreich zu sein. Und sag mal ehrlich, Mama, soll ich wegen *deines* Sicherheitsbedürfnisses nicht *mein* Leben führen dürfen?«
»Sie hat vollkommen recht, Mama. Ausnahmsweise bin ich einer Meinung mit ihr.«
Susanna stand in der Tür. Der Sommerwind bauschte ihren weiten Rock. Sie war anmutig wie eine Glockenblume.
Dario wurde blass. *Dario, Auftritt!* Aber Dario hatte den Text vergessen. Susanna blickte Leni an und wiederholte ihre Ansicht. Jeannette wandte sich automatisch Dario zu.
Sie sah alles.
Das war's dann wohl, armer Arnold, dachte Jeannette. Sie stand auf, zog Leni ins Haus, wählte eine Telefonnummer und drückte ihrer verdutzten Mutter einfach den Hörer in die Hand. Martha hatte ihr das geraten, denn Martha kannte sich nicht nur gut mit bockigen Schülern aus. Nach einer halben Stunde kam Leni wieder auf die Terrasse. »Eine nette Frau, deine Martha. Ich mach mir zwar trotzdem Sorgen, aber immerhin …«
Niemand hörte ihr zu. Jeannette war verschwunden. Dario erzählte Susanna gerade eine Restaurantgeschichte, in der es um Gorgonzolasauce ging und um das Gesicht der Dame, auf

der die Sauce gelandet war. Und tatsächlich, Susanna lachte über Darios dramatisches Talent, bis ihr die Tränen kamen. Leni blieb im Türrahmen stehen und staunte über die zweite unbekannte Tochter.

*

»Leni, schnell, Jeannette ist im Fernsehen!«

Leni ließ das Biedermeiersträußchen fallen, das sie gerade für eine Kundin eingewickelt hatte, und rannte in die hintere Ladenstube. Adelheid Siegel starrte in das flimmernde Portable, das sie eigens für den heutigen Tag angeschleppt hatte, und winkte Leni herbei, ohne den Blick von der Mattscheibe zu wenden. »Hier!« Sie tippte mit dem Finger auf die linke Seite des Bildes. In dieser Sekunde wechselte die Kamera, und eine professionell aufgeregte Moderatorin informierte die Mittagszuschauer des Regionalprogramms: »… nach diesem beschwingten Jazzdance aus der französischen Partnerstadt Barogne sur Seine begrüßen wir hier in Bergsteinheim den Kölner Kultchor *Die Heulsusen* unter der Leitung von Martha Stewart.«

»Weg da, hau ab!« Leni wedelte aufgeregt die Moderatorin fort. Dann sah man den blonden Hinterkopf der Dirigentin.

»Das wird Martha mit dem Teppich sein.« Leni biss sich aufgeregt in die Hand. Die Kamera fuhr zurück und zeigte nun den ganzen Chor.

Da! Jeannette! *Non, rien de rien, non, je ne regrette rien …*

Leni traten sofort die Tränen in die Augen. Sie drehte den Apparat lauter. Jeannette! Sie war aus der Chorreihe herausgetreten, brauchte kein Notenblatt und sang mit ausgebreiteten Händen, deren Geste immer weiter wurde. Sie stand da, in ein schlecht sitzendes, goldenes Oberteil und Lenis alten Wickelrock gewandet, nicht verkrampft, nicht übertrieben bewegt, und inszenierte ihre Stimme, als hätte sie nie etwas anderes getan. Der Chor summte wie ein einziges sanftes Begleitinstrument, um die volle Stimme ihrer Tochter über den Marktplatz von Bergsteinheim zu tragen. Jeannettes Stimme füllte die ganze kleine Stadt, so schien es. Die Kamera machte einen Schwenk ins Publikum, und Leni stampfte vor Ungeduld auf. Da war sie wieder. Ihre Augen waren geschlossen: *Je repars à zéroooooo … Non, rien, de rien …*

Jetzt weinte Leni endgültig. Schnitt, die Moderatorin verkündete das Ende der Sendung, während im Hintergrund der Chor weitersang. Leni hätte ihr gern das Mikrophon aus der Hand gerissen und befohlen, die Sendung gefälligst bis zum Anschlag zu überziehen. Die Biedermeierkundin hatte es nicht mehr ausgehalten und war ebenfalls in die Ladenstube getreten. Sie und Adelheid applaudierten.

»Na siehst du, es hatte wohl doch seine Richtigkeit mit dem Singen!« Adelheid förderte zwischen Dünger und Vasen einen Cognac erster Güte zutage.

Eine halbe Stunde später kam Dario in den Laden und legte eine Videokassette auf den Ladentisch. »Brummi Nase und die kleine Eisenbahn« stand auf dem Rückenetikett. Leni las es und blickte verwundert hoch. Dann zeigte Dario auf die Hülle und erklärte: »Die Kassette habe ich den Zwillingen geklaut. Ich habe sie eben überspielt!« Auf der Hülle stand dick mit Filzstift: Jeannette – a star is born.

»Jetzt hör mal auf zu heulen. Die reinste Sprinkleranlage!« Adelheid hielt Leni ein großes Stück Haushaltspapier hin.

»Adelheid, was kostet so ein Videogerät?«

»Was willst du mit einem Videogerät, wenn du noch nicht mal einen Fernseher hast?«

Spiegelspiele

Der Tisch am Fenster war für zwanzig Uhr reserviert. Frau Reppelmann zog ihre Kostümjacke zurecht und zupfte ein Fädchen vom Anzug ihres Sohnes Arnold. Dario eilte herbei und half Susanna aus dem Sommermantel. Dabei begrüßte er sie mit ihrem Vornamen. Am Tisch fragte Frau Reppelmann argwöhnisch: »Woher kennt ihr euch?«

»Dario ist ein guter Freund von Mama, er hat uns letzten Sonntag besucht.«

»Der Freund von Leni? Bisschen jung, was?«

»Nicht *der* Freund, sondern *ein* Freund.« Susannas Ton wurde scharf. Sie wusste, dass sich Ingrid Reppelmann Leni gegenüber unendlich überlegen dünkte.

Dario hatte die Gäste so geschickt platziert, dass Mutter und Sohn nebeneinander saßen und ihm den Rücken zuwandten. Dafür schaute Susanna in den Gastraum, und er konnte sie von der Theke aus beobachten. Das Ristorante war heute fast leer, weil ganz Mechenbach ein Länderspiel schauen musste.

Ingrid Reppelmann war Susannas Zurechtweisung nicht entgangen. Sie vertiefte sich verärgert in die Speisekarte. Sie war nicht besonders glücklich gewesen, als Arnold dieses Mädchen ins Haus gebracht hatte. Susanna besaß keinerlei Vermögen und ihre Familie – na ja. Aber Arnold brauchte unbedingt eine geschäftstüchtige Frau, weil sich dieser gutgläubige Depp von allen über den Tisch ziehen ließ. Im Laufe der Zeit hatte Ingrid Reppelmann widerwillig eingesehen, dass Susanna einfach die geborene Geschäftsfrau war. In fünf Minuten begriff sie das, wozu Arnold einen halben Tag brauchte. Nicht dass Arnold dumm war – er war nur kein Geschäftsmann. Aber er wagte nicht, es seiner Mutter zu gestehen. Was daran lag, dass er den ersten Schritt, es sich nämlich selbst einzugestehen, erst recht nicht wagte. Und er würde es nie tun.

Frau Reppelmann hatte damit begonnen, sich bei ihren Aktienkäufen von Susanna beraten zu lassen. Erst mit etwas Gewinn, dann sogar mit ziemlich viel. Das Mädchen begann also etwas abzuwerfen. Damit hatte sie Ingrid Reppelmann letztlich überzeugt. Natürlich musste man einen intelligenten Ehevertrag aufsetzen. Für den Fall, dass sich Susanna einmal mit Arnold langweilen sollte, musste man vorsorgen. Der Reppelmannsche Matratzenberg sollte nicht durch Scheidungsabfindungen oder Unterhaltszahlungen unnötig verkleinert werden. Insgeheim ahnte Frau Reppelmann, dass Arnolds erotische Ausstrahlung nicht mit der seines Vermögens konkurrieren konnte. Aber dass Susanna einfach nur ein geldgieriges Biest war, konnte man ihr eigentlich auch nicht nachsagen. Schwer zu durchschauen, dieses Mädchen. Alles in allem hätte es schlimmer kommen können für Arnold.

Ingrid Reppelmann dachte an die Hochzeitsfeier, die demnächst geplant werden musste, und an Susannas Familie. Sie hob ihren Kopf, neigte ihn in einem bestimmten Winkel, eine herrschaftliche und doch gnädige Pose, die sie einer älteren Politikerin abgeschaut hatte, und fragte: »Stimmt es, was mir die Adelheid Siegel erzählt hat? Dass Jeannette ihr Lehrerstudium aufgibt? Was sagt denn deine Mutter dazu?«

Susanna begriff das Friedensangebot. »Sie war nicht besonders erfreut.«

Dario kam und servierte den Aperitif. Susanna klappte die Speisekarte zu.

»Jeannette war im Fernsehen mit ihrem Chor«, wusste Arnold. Das wusste allerdings ganz Mechenbach. Es war Tagesgespräch gewesen. Susanna nahm einen Schluck Campari. »Aber Mama hat sich schnell damit abgefunden. Alle haben ihr gut zugeredet. Jeannette hat einfach das Zeug zu einer richtigen Sängerin. Jedenfalls gibt es in Köln eine Fachfrau, die das behauptet.«

Eigentlich war das der gegebene Moment, noch schnell eine kleine Spitze gegen Jeannette anzubringen, aber in Frau Reppelmanns Anwesenheit hatte Susanna auf einmal keine Lust mehr, über ihre Schwester zu lästern.

Dario brachte einen Teller mit Bruschetta und stellte ihn schwungvoll zwischen die Aperitifgläser. »Oh, ich habe gehört, wie sie singt«, sagte er. »Jeannette wird einmal ein Star!« Und er lächelte Susanna an. Mit Hummelaugen.

Ingrid Reppelmann ging das zu weit. Dieser Kellner tat, als gehöre er zur Familie. Normalerweise hätte sogar eine Frau Reppelmann bei diesem Lächeln warme Füße bekommen. Aber hier stimmte etwas nicht. Aus ihrer Handtasche kramte sie ein versilbertes Etui, das besonders schlanke Damenzigaretten enthielt. Mit der dünnen Zigarette zwischen Mittel- und Zeigefinger wirkten sogar ihre Hände verbissen. »Bringen Sie mir Streichhölzer!« Der Tonfall war herrisch. Arnold sah seine Mutter erstaunt an. Warum war sie so unfreundlich? Der junge Mann war doch ausgesprochen höflich.

Dario zog ein Briefchen mit Streichhölzern aus der Jackentasche. »Fehlt Ihnen sonst noch etwas? Immer zu Diensten, Signora. Spitze Zahnstocher haben wir auch.«

Frau Reppelmann kniff die Lippen zusammen. Susanna gab ihre Bestellung auf und wurde dabei von der Schwiegermutter scharf beobachtet. Aber sie blieb gleichmäßig höflich bis kühl. Während des Essens wurde Susanna immer einsilbiger. Dario beobachtete sie von seinem Posten hinter dem Tresen. Letzten Sonntag hatte sie ihn nach Hause gefahren. Er war noch lange in Untermechenbach geblieben. Zu viert verlebten sie einen langen, lustigen Tag. Dario hatte etwas geschafft, was nicht vielen Menschen glückte: Er hinterließ Fröhlichkeit in Susanna. Er blieb zum Mittagessen, zum Kaffee, und abends fabrizierte er für alle Gnocchi mit Salbei. Zu seiner großen Freude hatte Susanna eine Abendeinladung von Arnold und seiner Mutter telefonisch abgesagt, sie sei zu müde. Im Auto hatte er sich so zusammengerissen, dass es ihm fast wehtat. Aber eine Geste zu viel, und dieser empfindliche Schneck würde sich sofort wieder in sein Haus zurückziehen. Sie hatten höflich geplaudert, er hatte sich mit einem vorsichtigen Handkuss von ihr verabschiedet.

Er blickte auf Frau Reppelmanns Kostümrücken und auf Arnolds breite Gestalt. Dazwischen saß sie, klein, zart, den Blick auf ihren Teller gerichtet. Sie pickte an ihrem Essen herum. Sie war nicht glücklich. Das sah er.
Wie seltsam. Bislang war es ihm wichtig gewesen, dass ihn eine Frau gut unterhielt und ihm keine komplizierten Gespräche aufzwang. Bestimmte Grenzen wollte er nie überschritten sehen. Bei diesem Mädchen sehnte er sich danach, dass sie ihre überschritt, sich an seiner Schulter ausweinte. Worüber? Das wusste er nicht. Aber sie würde sich ausweinen, eines Tages. Bei ihm.
Das Gespräch plätscherte dahin wie verbrauchtes Springbrunnenwasser. Arnold faszinierte durch Bemerkungen wie: »Ich bin mir nicht sicher, dass die Zukunft der Latexmatratze gehört, was meinst du?«

Susanna blickte von ihrem überbackenen Blattspinat auf und wollte höflich etwas erwidern, aber ihr fiel nichts dazu ein. Dann senkte sie die Gabel. Ihr bot sich ein interessantes Bild: Genau zwischen Arnold und seiner Mutter stand Dario, entfernt, hinter dem Tresen. Ihre Blicke trafen sich. Susanna schaute Arnold an, dann wieder Dario. Ein paar Mal wanderten ihre Blicke hin und her, wobei Mutter und Sohn nicht sehen konnten, was sie sah. Darios Miene war auf einmal ernst. Dieses Gesicht stammte nicht aus der Maskensammlung Casanovas.

»Susanna … Reppelmann ???« stand in Riesenlettern auf dem Spiegel. Mit drei ganz großen Fragezeichen versehen. Und mit schwarzem Filzstift geschrieben. Es war übrigens derselbe Filzstift, mit dem Dario »a star ist born« auf Jeannettes Videokassette geschrieben hatte. Dieser Stift schien offensichtlich Darios Eintritt in das Leben der Familie Schmitz zu markieren. Dario betrachtete ihn liebevoll und steckte ihn ein, als Erinnerung an die Sekunde, in der er plötzlich wusste, dass sich eine Tür geöffnet hatte.

Er beobachtete Susanna. Susanna las ihren zukünftigen Namen auf dem Spiegel, sah Dario an und spürte, dass ihr Gesicht heiß wurde. Sie senkte den Blick und kühlte ihre Wange an ihrem Mineralwasserglas.

Dario hatte genug gesehen, drehte sich um und griff zu einem Schwammtuch mit viel Spülmittel.

Upper Shellsands

Man kann in Yorkshire vieles machen. Durch das Moor wandern, dicke Schafwollsocken aus heimischer Wolle stricken oder mit seinen Gummistiefeln zusammenwachsen. Was fast nie möglich ist: sich einen Sonnenbrand zu holen. Irgendeine ganz außergewöhnliche Wetterprogrammierung brachte es in diesem Sommer jedoch mit sich, dass die Sonne jeden Tag heißer brannte und Albertine bald aussah wie ein braunes Freilandei. Martha benutzte Sonnencremes mit mehrstelligen Schutzfaktoren, und Jeannette wühlte bis zum späten Nachmittag in Bücherkartons, bis Martha sie mit schlechtem Gewissen aus der Bibliothek scheuchte. Jeannette arbeitete ungewohnt gründlich.

Sie wollte Henry gegen Ende des Urlaubs eine perfekt angelegte Bibliothek übergeben. Sie hatte keineswegs das Bedürfnis, faul unter einem Apfelbaum zu liegen, den Vögeln nachzuschauen oder sich durch Historienromane der unterhaltsamen Art zu pflügen, wie Albertine es den ganzen Tag lang konnte.

Es war alles viel zu neu und zu aufregend. Jeannette stand morgens früh auf und lief die halbe Meile ins Dorf, um frische Muffins, Rolls oder noch backwarmes Toastbrot zu holen. Sie genoss es, die schmale Asphaltstraße, die vom Schulhaus nach Upper Shellsands führte, hügelaufwärts zu wandern, vorbei an kleinen, alten Häusern mit Namen wie »Roseland« oder »Crab Cottage«. In den Gärten blühten meterhohe Stockrosen oder Topinambur, Gebirge bunter Wicken und dickblättriger Begonien. Auf niedrigen Mauern lagen Muschelfunde oder vom

Meer geschliffene Steine mit bizarren Adern. Hinter den Fenstern saßen alte Männer in Lehnsesseln und lasen Zeitung. Drahtige Damen raschelten in den Büschen mit Heckenscheren und Gartenbast herum, und auf den Treppenstufen hockten Enkelkinder, versunken in geheime Spiele mit Käfern und bunten Plastikbausteinen.

Jeannette liebte es, durch die vier Straßen des Dorfes zu streifen, über den Friedhof zu gehen und die Inschriften der moosigen Grabsteine zu entziffern. Wie friedvoll und unprätentiös waren die englischen Friedhöfe. Nur altersschiefe Grabsteine, sanftes Gras und ein paar Efeuranken.

Im verstaubten Schaufenster einer Wohltätigkeitsorganisation lagen immer dieselben toten Fliegen zwischen kahlköpfigen Puppen oder blauen Puddingschälchen. Bei »Harry your grocer« bewunderte sie die unendlichen Varianten englischer Fertigpuddings und Instantsaucen, Chutneys in allen denkbaren Farben und staunenswerten Geschmacksrichtungen. Sie lernte, dass man unter »Marmalade« nur Orangenmarmelade verstand und alles andere »Jam« gerufen wurde – kurz, nichts war wie zu Hause. Aber schön.

In der Zwischenzeit deckte Martha auf der Veranda mit den geschnitzten Stützbalken einen opulenten Frühstückstisch zwischen den vielen Kletterrosen.

Schließlich kam Jeannette, erhitzt vom Lauf hügelabwärts, vorbei an den Cottages und den erstaunt blickenden Feriengästen und legte japsend das Brot auf den Tisch, auf dem schon die Teekanne dampfte. Es war ein unbeschreibliches Gefühl, dem Schulhaus entgegenzulaufen. Man konnte seine hohen Kamine schon vom Dorf aus sehen, seine Fassade mit den grün gestrichenen Fachwerkbalken und den weißen Wänden leuchtete unter dem Ziegeldach wie ein freundliches Gesicht.

Über der Landschaft zogen Wolken zum Meer, das Jeannette von ihrem Zimmer im ersten Stock sehen konnte.

Natürlich ließ sie die Arbeit liegen, wenn Martha sie zu einem Ausflug aufforderte. In Scarborough schlenderten sie an der Hafenmole entlang, tranken handwarmes Ale oder eiskaltes Lager in irgendeinem der zahllosen »King's Head« oder »Black Hart«, spielten Darts, kauften Postkarten mit verschämten viktorianischen Reklamedamen, die Kekse oder Pomade anpriesen, und amüsierten sich über ein höfliches Schild, das neben einem schmalen Durchgang zu einem privaten Parkplatz hing. Am anderen Ende des Parkplatzes befand sich wiederum ein kleiner Durchgang. Man konnte sich so einen Umweg zum Stadtzentrum ersparen. Viele Menschen hatten das erkannt, denn den ungepflasterten Platz zerschnitt ein deutlicher Trampelpfad, der von zerknitterten Eishüllen und Blechdosen gesäumt war. Das wiederum musste dem Besitzer des privaten Parkplatzes ganz und gar missfallen haben. Er hatte ein großes Schild anbringen lassen, bei dessen Anblick Martha so lachte, dass sie sich an eine Mauer anlehnen musste. »Seht euch das an! In Deutschland stünde da ganz einfach: Durchgang verboten!« Sie hob die Stimme und las in typischem Upperclass-Tonfall: »Es war nie beabsichtigt, diesen privaten Parkplatz als Durchgang oder Müllkippe zu definieren, und wir bitten Sie eindringlich, von Ihrem Vorhaben, ihn als solche zu benutzen, Abstand zu nehmen.«
Sie nahm ihre Sonnenbrille ab und wischte sich die Augen. »Ach, ich liebe dieses Land!«
Sie kauften auf den Märkten Obst und Gemüse und brieten frischen Fisch auf einem alten Badeofen, den Henry zu einem Gartengrill umgebaut hatte. Martha kochte, legte Patiencen

oder strickte mit hauchdünnem Garn an einem Seidenschal herum. »Geistige Anstrengungen verbieten sich für einen Lehrer in den Ferien von selbst!«
»Für eine Knastpsychologin auch!« Albertine las sich zentimeterweise durch Romane, in denen es vor römischen Kastraten, keltischen Zauberern und Einhörnern nur so wimmelte. »Sex and crime zwischen Palästen und Tempeln, überglänzt vom milden Mondlicht der Esoterik. Das liebe ich wie Würstchen und Kirmes!« Und sie sog am Strohhalm Gingerale in sich hinein, rückte das Nackenkissen zurecht und ließ sich weiter von entlaufenen, gutgebauten gallischen Sklaven begeistern.
Jeannette entstaubte Onkel Gareths Bücher an der frischen Luft, kletterte Leitern hinauf und hinunter und ordnete den kunterbunten Inhalt der Kisten. Manches schien wertvoll, manches Plunder zu sein, aber sie katalogisierte alles gewissenhaft. Es machte ihr Spaß, viktorianische Gesellschaftsromane auszugraben, in alten Folianten vergilbte Abbildungen griechischer Bauelemente zu entdecken oder ledergebundene Fachbücher mit botanischen Aquarellen zu durchblättern. Feine Kupferstiche klärten sie auf, wie eine Tsetsefliege nüchtern beziehungsweise vollgesogen aussah und dass sich hinter dem indianisch anmutenden Namen »Hoopoe« ein kleiner, stinkender Wiedehopf verbarg. Es war alles äußerst lehrreich. Aber auch nichtliterarische Spuren der Vorbesitzer fanden sich. In einem Buch lag die Tanzkarte einer längst verblichenen Jane Evans mit den Namen einiger junger Herren und deren abgekürzten militärischen Titeln. Jeannette ließ ihrer Phantasie freien Lauf.
Nach wem hatte Jane spielerisch mit ihrem Fächer geschlagen? Mit welchem Offizier hatte sie sich am Ende der Saison verlobt? Oder hatte sie schließlich einsam in einem Landhaus

wie diesem gewohnt und den Besuchen des Vikars als einzige Abwechslung entgegengefiebert, nachdem sie wöchentlich vier Meter feinste Häkelspitze produziert hatte? Aus den englischen Gesellschaftsromanen des neunzehnten Jahrhunderts wusste Jeannette, dass ein von rechts nach links über die Weide hoppelndes Kaninchen oder eine in der Kirche gefundene Hutnadel ein großes Ereignis darstellte, das so richtig Leben in die Bude brachte und lange diskutiert werden konnte.

Am interessantesten war die koloniale Abteilung. In praktischen Ratgebern fand sie Aufsätze über indische Umgangsformen sowie britische Darmkrankheiten. Illustrationen mit typischen Elefantenunglücken oder bizarren Moskitoschutzanzügen belebten die Abhandlungen. Besonders lachen musste sie über die als Warnung gedachte Abbildung einer Lady, die ihre Haut der Tropensonne ausgesetzt hatte. Der Illustrator hatte ganz sicher eine Teekanne mit Craqueléglasur besessen, denn genauso sah die arme Dame in der Vorher-Nachher-Gegenüberstellung aus.

Jeannette klebte vorsichtig angerissene Seiten, ordnete die teilweise skurrilen Werke nach Sachgebieten, innerhalb der Sachgebiete nach Autoren und legte eine übersichtliche Liste für Henry an. Häufig vergaß sie einfach das Essen über der Arbeit. Sie hatten sich darauf geeinigt, dass nur morgens und abends zusammen gegessen wurde, ansonsten verpflegte sich jeder ambulant aus dem Kühlschrank. Irgendwann einmal abends, als sie auf die hölzerne Terrasse trat, um den Staub von Band siebzehn der »Encyclopedia Britannica« zu pusten, hörte sie Marthas Stimme: »Käfer, findest du nicht, dass Jeannette sich sehr verändert hat? Mein Gott, wenn ich an das dicke, bleiche Kind denke, das du damals zur Probe mitgebracht hast – jetzt bekommt sie richtig Kontur.«

»Die paar Kilo sind es nicht. Die wichtigste Veränderung ist anderer Natur. Ich glaube, dass ihr die Gesangsgeschichte einen Riesenkick gegeben hat. Sie hat jetzt ein Ziel, sie muss sich nicht mehr gegen das Leben panzern. Außerdem ist es sehr gesund, dass sie sich von ihrer Mutter abseilt.«

»Und sie lässt sich die Haare wachsen. Mit ihrer Lockenmähne wird das ein Pulverkopf werden wie einst Prinzessin Sisi. Du wirst sehen, in ein paar Jahren hat sie Rosen in der Künstlergarderobe und ein halbes Dutzend Liebhaber im Monat.«

»Davon hast du selbst immer geträumt, gib es zu, alte Martha, was?«

»Als ich jung war, schon. Aber trotz allem ist mir ein Henry lieber als Dutzende von Liebhabern.«

Mir auch, dachte Jeannette und erschrak.

Je länger sie Henry nicht mehr gesehen hatte, desto intensiver verdrängte sie jeden Gedanken an ihn. Aber ihre Träume gehorchten ihr nicht. Und was hatte Martha mit »trotz allem« gemeint?

Sie ging leise zu ihren Büchern zurück, setzte sich einen Moment lang still hin, legte die gefalteten Hände in den Schoß und betrachtete sich ungewohnt aufmerksam in dem alten Spiegel der Bibliothek.

Am Ende der zweiten Woche saßen sie zusammen auf der Veranda und spielten Mensch-ärgere-dich-nicht. Der Sommerflieder duftete lieblich, und eine Amsel sang.

»Ich sage mich von dir los, Martha!« Albertine brüllte wütend in den stillen Sommerabend, so dass die Amsel erschreckt zeternd aus den Spalierrosen flüchtete.

»Ha, ich gewinne!« Martha kickte Albertines grünes Holzmännlein kurz vor dem Ziel hinaus.

»Ha, tust du nicht!« Jeannette zeigte auf ihren Würfel, der die Eliminierung von Marthas rotem Holzmännlein besiegelte.
»Du ekliges Kind!«
»Zwei alte Schachteln wie euch mach ich mit links fertig!«
Albertine wies mit dem Finger auf Jeannette. »Du Dreckbeule! Aus der Gosse haben wir dich zu uns emporgezogen, du fieses, kleines …«
Jemand Fremdes räusperte sich höflich und fragte auf Deutsch: »Entschuldigen Sie vielmals das unbefugte Betreten Ihres Grundstückes, aber wissen Sie eventuell, wo der Schlüssel für das Nachbarcottage deponiert ist?«
Sie fuhren erschrocken herum. Zwei junge Männer standen auf der Verandatreppe, in respektvollem Abstand. Der eine war groß, blond und trug einen weißen Leinenanzug, der andere war dunkelhaarig, klein, untersetzt und hatte trotz seines Hawaiihemdes eine entfernte Ähnlichkeit mit Napoleon. Martha erhob sich und bat die Herren, doch näher zu treten.
»Wir möchten Sie nicht stören«, Napoleons Ton war charmant, »aber wir haben das Nachbarcottage für eine Woche gemietet. Der Schlüssel sollte eigentlich unter der Matte liegen, aber da ist er nicht.«
Der blonde junge Mann sagte ernsthaft: »Da ist gar keine Matte. Vielleicht ist es das falsche Cottage.«
Napoleon klang nachsichtig: »Ach, Ernie, sollen wir jetzt nach einem Cottage mit Fußmatte oder nach dem Schlüssel suchen?« Er sah Martha an und meinte entschuldigend: »Mein Bekannter ist etwas unpraktisch veranlagt. Künstler.«
Martha überlegte. Sie kannte das Cottage nur zu gut, schließlich hatte sie es vor zwölf Jahren mit Albertine bewohnt. »Es gehört einer Mrs. Penelope Brewster. Sie wohnt neben der Kirche, vielleicht hat sie es einfach vergessen, oder sie hat sich

im Datum geirrt. Sie ist schon ziemlich alt, wissen Sie. Sie kann wahrscheinlich kaum noch die kleingedruckten Briefe der Ferienagentur lesen. Ich kenne die alte Dame recht gut. Am besten fahren wir mal eben hoch.«

»Das wäre ganz reizend von Ihnen.« Der Blonde wandte sich zum Gehen, und Martha folgte ihm.

»Ich bleibe hier«, erklärte Napoleon und gähnte.

Albertine stand auf. »Setzen Sie sich doch. Ich hole uns ein kaltes Bier. Erzählen Sie mal, wo kommen Sie her?«

Nach einer Viertelstunde krochen die Scheinwerfer des Rovers wieder die Einfahrt hinauf. Napoleon hatte während dieser Viertelstunde ohne Punkt und Komma geredet. Napoleon hieß eigentlich Felix, hatte eine kroatische Mutter und einen französischen Vater und war in Immekeppel bei Köln geboren. Beruflich tat er angeblich »mal dies, mal jenes, immer Buntes!«, und jetzt gerade bekochte er Ernie, den Künstler. Und beide wohnten in Köln. Welch Zufall.

Felix nippte zierlich an der Blechbüchse mit eiskaltem Stout. »Und ich sage zu Ernie: Wenn du unbedingt dein E-Piano mitnehmen musst, dann lass den Sportwagen zu Hause. Auf den Notsitzen hinten kann man gerade mal zwei Kulturbeutel unterbringen. Aber nein, dieser brezelblöde Blondling staucht sein Faltklavier in sein plattes Lieblingsauto – er hat drei –, und ich kann sehen, wo ich mit meinen Küchensachen bleibe. Schließlich kriege ich hier mit Sicherheit keinen weißen Balsamicoessig und kein Walnussöl. Und ich bin noch nie in meinem Leben ohne meine Salatschleuder verreist. Ohne mich, mein Junge, sage ich, ohne mich. Ich hasse dieses flache Auto. Es hat genau die durchschnittliche Pinkelhöhe von Straßenkötern, und nach dreihundert Metern wünschst du dir, du hättest das Wort Wirbelsäule nie gehört. Jedenfalls, als sich Ernie in der

Apotheke mit Darmpillen versorgte, hab ich den ganzen Plunder in den Rover umgepackt. Schließlich habe ich auch ein Recht auf eine Hutschachtel, und mein bester Borsalino muss immer mit. Ich sagte, Ernie, stell dir vor, ich wäre eine bekloppte Ehefrau und bestünde auch im Urlaub auf meiner Wäschespinne, was dann, Schätzchen?«
Nach zehn Minuten schwammen Albertine und Jeannette in Tränen und waren für einen der nächsten Abende zu »ganz was Kleinem« eingeladen, zu »ein paar Steinpilznüdelchen und ein paar Antipastihäppchen, mal sehen, was der Supermarkt in Upper Shellsands so hergibt.«

Martha und Ernie kamen die Treppe hinauf, Ernie schwenkte den Schlüssel, und Martha blickte ihre aufgelösten Freundinnen erstaunt an.
»Mrs. Brewster hatte uns für die Weihnachtsferien eingetragen«, sagte Ernie.
»Und du bist sicher, dass du nicht mit ihr verwandt bist, mein kleines Wirrsal?« Felix stand auf, bedankte sich für das Bier und wiederholte seine Einladung. Dann hüpften beide die Treppe hinunter, stiegen in den Rover, um eine Minute später im Cottage alle Fenster aufzureißen, alle Lichter anzuknipsen und zu schreien: »Schau mal das alte Vertiko. Hübsch, was? Scheiße, nimm sofort mein Keyboard von der Spüle, der Wasserhahn tropft.«
Albertine, Martha und Jeannette schauten sich an. »Dahin ist die Ruhe«, meinte Martha. »Mal sehen, was stattdessen kommt. Es hört sich jedenfalls anstrengend und hochkalorisch an.« Albertine nahm noch einen Schluck Bier und wischte sich die letzte Lachträne aus den Augenwinkeln.

Na endlich

Susanna wusste nicht mehr, wie alles gekommen war. Sie war ungewöhnlich ungefasst in diesen Tagen. In Untermechenbach, Kirchweg neun, wartete niemand auf Susanna. Mama setzte gerade in Frankreich Tontöpfe, Ziegen und Zitronen in Ölfarben um. Jeannette war noch in England. Dementsprechend war noch nicht einmal jemand im Hause, mit dem man sich angiften konnte. Halb Mechenbach vertrieb sich den Sommer auf Mallorca oder auf Allgäuer Wiesen, und Arnold hatte im Moment viel zu tun. Aber Susannas Sehnsucht nach dem Reppelmannerben hielt sich ohnehin in Grenzen. Wenn Arnold freundlich vor sich hin schwieg, langweilte sich Susanna. Wenn er den Mund aufmachte, langweilte sie sich noch mehr. Der Ausbruch der großen Langeweile fiel genau zusammen mit dem denkwürdigen Essen im *Bellavista*.

Schließlich ist nichts dabei, wenn man sich nach dem Dienst vor das *Bellavista* auf einen der weißen Plastikstühle setzt und mit Kollegin Rita noch einen Cappuccino trinkt.
Mittwochs macht man das nicht, weil der Kellner aus Perugia keinen Dienst hat. Aber an allen anderen Tagen ist der Aufbau der Szene fast identisch. Ein runder Tisch, eine runde Dame, eine schmale Dame, ein Sonnenschirm und ein Dario. Weiterhin wirken mit: Viele Cappuccinotassen, flüsternde Kolleginnen und ein Tablett. Die Handlung ändert sich nie. Wirklich? Wenn man genau hinsieht, bemerkt man, dass Dario immer

häufiger beim Kassieren eine Hand auf Susannas Schulter liegenlässt, dass sie nach einigen Tagen ein geschwisterliches Küsschen auf die Wange bekommt – und erwidert! Beim Abrechnen muss man sich zu den Damen an den Tisch setzen, denn das Addieren von vier Cappuccini ist gar nicht so einfach, wenn man sich nicht recht auf Zahlen konzentrieren kann. Mitunter dauert das Abkassieren so lange, dass Tante Gianna erscheint und etwas Feuer speit.
Darios Augen können sehr schlecht verbergen, was er fühlt. Auch Ritas Rolle ändert sich Tag für Tag: Sie flirtet immer weniger mit dem netten Italiener und wird immer beleidigter. Dabei ist Dario nett zu Rita. Aber Rita ist nicht dumm. Sie ist Statistin. Die Hauptrolle ist an jemand anders vergeben.

Es gibt Tage, da muss man einfach dauernd auf die Bank, weil man kein Kleingeld mehr hat oder weil man sich sehr gründlich über die Anlage von ein paar tausend Euro beraten lassen muss. Man macht das zum Beispiel mittwochs, weil man mittwochs frei hat. Aber mit einer einzigen Beratung ist es natürlich nicht getan, so leichtgläubig ist der Italiener an sich nun auch wieder nicht. Also muss man auch zwischendurch immer mal wieder zur Bank. Merkwürdig, dass Susannas Kundensessel immer gerade dann frei wird, wenn sich gegenüber die Tür des *Bellavista* öffnet und Dario mit einem Schreibblock unter dem Arm zur Sparkasse eilt.
Adelheid Siegel hatte durch das Fenster ihres Blumenladens einen guten Blick auf das *Bellavista* und auf die Mechenbacher Sparkasse. Manchmal winkte sie Dario zu, manchmal Susanna. Sie konnte den geringen Sommerbetrieb allein bewältigen. Von Leni kam eine Karte aus der Provence, eine glückliche Karte. Es gehe ihr sehr, sehr gut. »Heute malen wir in einem

Steinbruch. Die Welt riecht nach Thymian und Ölfarben! Grüß die Kinder, ich erreiche sie nie.«

Adelheid klemmte die Karte hinter das Gummiband für Bestellungen. Natürlich waren die Kinder nicht zu erreichen, denn Susanna ging nicht sofort nach dem Dienst nach Hause, und Jeannette war immer noch in Upper Shellsands. Dann stand Dario auf einmal in Adelheids Laden und kaufte Rosen. Viele.

»Ich glaube, dieses Rot mag sie lieber!«, sagte Adelheid und legte noch drei dazu.

Er hatte Susanna mit keinem Wort erwähnt und wäre fast rot geworden. Stattdessen gab er Adelheid kommentarlos einen Kuss auf die welke Wange. Nur sein Blick sagte: »Wünsch mir Glück.« Aber das hatte sie längst getan.

Dario war jetzt an dem Punkt angelangt, an dem für ihn feststand, dass vom zweiten in den dritten Gang zu schalten sei, aber nur um kurz zu beschleunigen, bevor er den vierten einlegte. An den fünften dachte er noch nicht, er wollte sich nicht selbst überrollen. Nur keinen Fehler machen. Hier durfte er nicht verlieren.

Abends um Viertel nach neun klingelte es. Die Nachbarin registrierte den Mann und die Rosen sowie die fehlende Ähnlichkeit mit Arnold Reppelmann. Susanna sagte nur: »Komm doch rein!«

Die Tatsache, dass sie jetzt zum ersten Mal miteinander allein waren und dass circa drei Kilo rote Rosen einen gewissen Symbolwert darstellten, brachte ihre Hände zum Zittern. Dario sagte gar nichts, sondern stand angelehnt an den Küchenschrank und beobachtete sie.

»Magst du Weißwein oder Bier?«, fragte sie.

»Ja«, antwortete er.
Sie öffnete eine Flasche Weißwein, stellte fest, dass er viel zu warm war, und warf einfach ein paar Eiswürfel in die Gläser. Sie stellte die Rosen in Lenis leeren Kartoffeleimer und flutete sie. Für eine Sekunde tauchte sie ihr Gesicht in die Blütenblätter. Sie hatten die Farbe von dunkelrotem Granatschmuck.
Dario nahm die lauwarme Flasche, Susanna die eiskalten Gläser. Sie setzten sich auf die Wisperinsel, jenes versteckte Fleckchen, das von wiegendem Bambus umstanden war. Sitzen tut gut, wenn man vorübergehende Probleme mit der Feinmotorik hat. Dario konnte seinen Ellbogen auf den kleinen Tisch stützen und das Glas zum Mund heben, so dass Susanna nicht sah, dass seine Hand reichlich unsicher war. Sie sprachen nicht. Es war nicht nötig. Sie hatten so viel miteinander geredet, dass sie genau wussten, welches Thema jetzt an der Reihe war.
Plötzlich sprang Susanna auf. »Können wir vielleicht spazieren gehen?«
Dario war erstaunt, aber da er schon einmal erfolgreich die Rolle des leidenschaftlichen Wanderers gespielt hatte, konnte er nicht ablehnen. Außerdem wäre er mit ihr auch unter Blauhaien durchgetaucht, wenn sie es gewünscht hätte.
An der Hoftür, die Susanna gerade öffnen wollte, standen sie etwa fünf Zentimeter voneinander entfernt. In diesem Moment sprang ein derart starker Funke durch die Abendluft, dass beiden ganz schwach in den Knien wurde.
»Hier nistet eine Amsel«, Susanna zeigte hektisch auf die Spalierrosen, »und dahinten ein Rotkehlchen.«
»Susanna«, sagte Dario sanft. Sie drehte sich zu ihm, sie sahen sich an, und dann konnten sie aus rein technischen Gründen für einige Zeit nicht mehr reden. Nach ein paar sprachlosen und leidenschaftlichen Minuten öffnete Susanna die Augen

und lehnte ihren Kopf an seine Schulter. Er war schmaler und kleiner als Arnold.

Arnold. Sie zitterte.

»Was hast du?«

Susanna schüttelte den Kopf. »Können wir nicht trotzdem ein bisschen spazieren gehen?«, fragte sie. »Aber nicht hier im Dorf. Lass uns ein paar Kilometer fahren.«

Er gehorchte schweigend, obwohl er überhaupt keine Lust auf Bewegung hatte. Sie fuhren eine Weile und sprachen wieder kein Wort. Ab und zu sagte Susanna nur: »Hier nach rechts.« Oder: »Dahinten, am Waldrand links kannst du parken.«

Sie stiegen aus und gingen ein paar Meter in den Wald hinein. Es war schon ziemlich dämmerig, obwohl die Nächte jetzt gerade sehr kurz waren. Die Kronen der hohen Buchen überdachten den Waldweg wie eine grüne Kuppel. Dario nahm Susanna in den Arm. Sie blieben einige Zeit still stehen, bis Dario sie küssen wollte. Aber Susanna wehrte ab. Sie sah ängstlich aus, verwirrt.

»Arnold«, sagte sie. »Ich kann nicht mit ihm Schluss machen.«

»Wieso nicht?«

Susannas sonst so aufgeräumte Gedanken befanden sich in ähnlichem Zustand wie Jeannettes Kleiderschrank. Die Baupläne. Die Schwiegermutter schenkt ihnen das Grundstück zur Hochzeit. Dario ist so lebhaft. Seine Bewegungen gefallen ihr. Immer sagt er etwas, womit man nicht gerechnet hat. Was Arnold sagt, weiß man immer schon vorher. Man kann sich so leicht neben Dario fühlen, so gut. Und seine sanften Augen! Das Geschäft. Sie wird es bald leiten. Sie, Susanna. Mit vierundzwanzig. Arnold hat sein Hochzeitsgeschenk schon bestellt. Es ist dunkelgrün, sehr schnell und hat ein offenes Dach. Sie will nie mehr bunte Strumpfhosen aus Pulloverärmeln tra-

gen und nicht mehr ausgelacht werden, weil Mama ihre Windjacke mit dicken Wischlappen gefüttert hat.
Sie steht in hellen Lederschuhen auf dem Golfplatz und ist Geschäftsführerin. Die Umsätze steigen. Das hat sie ganz allein ihrer eigenen Tüchtigkeit zu verdanken. Sie ist klug. Sie hat kein Abitur wie Jeannette, aber sie will auch kein Geld von Mama, sie lernt Abend für Abend: Wirtschaftsenglisch, Handelsfranzösisch, Buchhaltung. Arnold wird ihr ein Haus bauen, dessen Treppen und Bäder aus Marmor sind. Im nächsten Winterurlaub soll es nach St. Moritz gehen, und seit zwei Monaten werden sie und Arnold vom Inhaber des Möbelhauses im Industriegebiet zum Cocktail eingeladen. Millionenschwer. Man duzt sich bereits. Sie haben eine Villa auf Formentera. Man hat durchblicken lassen, dass man Susanna und Arnold dort einmal gerne als Gäste begrüßen würde. Sie will nach oben. Fleiß allein genügt aber nicht. Die Leiter nach oben heißt: »Arnold Reppelmann, Inhaber. Susanna Reppelmann, Geschäftsführerin.« Dario – das ist Rausch und Verheißung. Arnold ist ein solider Versicherungsvertrag.
Herrgott, was hatte sie sich denn gedacht, bei diesem Spiel mit Dario? Wegen zwanzig Stunden unter dem Sonnenschirm des *Bellavista*, wegen dunkler Augen, die in Sekunden mehr erzählen als Arnold seit Anbeginn ihrer Beziehung? Ja, Dario hat etwas, das Arnold nie haben wird. Aber wird Dario jemals haben, was Arnold schon hat? Sie hat sich verliebt. Sie weiß es. Es könnte sogar der Anfang der Liebe sein. Der echten Liebe. Aber wozu hat sie einen Kopf? Um ihn jetzt zu verlieren?
Hopp, hinein, da kommt der Waggon mit der bekannten Aufschrift »Reichtum, Erfolg, Wichtig« vorbeigerollt. Steig auf, Susanna, los. Auf einmal wusste sie wieder, wo ihr Platz war. Ihr Gesicht war kühl und gefasst. Jetzt rauschte ein leichter

Wind durch die Buchenkuppel und trug den Geruch reifenden Getreides mit sich. Sie blickte an Dario vorbei.
»Arnold und ich werden bald heiraten. Ich werde Geschäftsführerin. Das steht schon so lange fest.«
»Aha«, sagte Dario. »Wie wichtig ist dir Geld?«
»Sehr«, sagte sie trotzig.
»Bedeute ich dir nichts?«
Sie schwieg. Einen Moment glaubte Dario einen Riss im Eis zu entdecken. Ihre Stimme war rauh.
»Doch.«
»Wo ist dann das Problem?«
»Ich kann nicht. Fahr mich nach Hause.«
Das kam in einem Ton, den Dario sofort richtig einordnete. Die Schotten waren dicht. Die vierzig Meter zum Auto dauerten zwölf Stunden, Dario war hundert Jahre alt und sterbensmüde. Glücklicherweise war die Stelle, an der sonst sein Herz saß, gründlich vereist und tat deshalb noch nicht weh.
Er öffnete ihr höflich die Tür, und beide stiegen schweigend ein. Auf der Hinfahrt hatten sie auch geschwiegen, aber für Dario hatte die Luft geschwirrt von unausgesprochenen Worten der Zärtlichkeit. Sie lagen jetzt wie tote Libellen mit zerknickten Flügeln überall auf den Sitzen und dem Fußboden seines Wagens.
Hinter der nächsten Kurve bremste er so scharf, dass sie schmerzhaft von den Gurten gebremst wurden. Eine Frau, ein Motorrad und ein Auto. Ein Knäuel. Schreie, Blut und Splitter. Susanna sprang aus dem Wagen und war in zwei Sekunden bei dem jungen Mann, der wie tot auf der Straße lag. Die Frau saß noch hinter dem Steuer und schrie weiter. Sie blutete aus einer langen Wunde an der Stirn.
Susanna wandte sich um und befahl mit lauter, fester Stimme:

»Dario, du fährst sofort da geradeaus. Nach hundert Metern kommt rechts ein Hof. Ruf den Notarzt, den Rettungswagen und die Polizei. Wir sind am Waldstück Hexenbuche.«
Dario stand wie angewurzelt, denn jetzt hatte er das Reh entdeckt. Das, was von ihm noch übrig war. Der dumpf-süße Blutgeruch stieg ihm in die Nase. Er würgte.
»Los!«, schrie Susanna. »Los, fahr, du verdammter Idiot!«
Er sprang in sein Auto, startete und wiederholte mechanisch: »Hexenbuche, Notarzt, Bauernhof.« Erst dann fiel ihm ein, dass im Handschuhfach sein Handy lag.

»Die Frau steht unter Schock«, sagte der Notarzt. Der Polizist machte sich ein paar abschließende Notizen und meinte: »Ist nicht leicht zu rekonstruieren. Wahrscheinlich ist das Reh unter die Räder gesprungen, sie wollte ausweichen und hat das Motorrad erwischt. Es muss ihr gerade in dem Moment entgegengekommen sein. Wird der Junge durchkommen?«
»Es sieht so aus.« Der Arzt stieg ein. »So ein Glück hat nicht jeder«, sagte er zum Fahrer, als sie mit hoher Geschwindigkeit zum Kreiskrankenhaus Mechenbach jagten. »Fast niemand weiß, wie man gescheite Erste Hilfe anbringt. Vor allem, wenn das Unfallopfer einen Helm trägt. Kann gut sein, dass das Mädchen ihm das Leben gerettet hat.«
»Man soll es nicht meinen«, bestätigte der Fahrer. »Das ist die Braut von Arnold Reppelmann. Ich wusste gar nicht, dass die so zupacken kann.«

Dario rauchte nicht viel, aber nun steckte er sich eine Zigarette an und hielt Susanna die Packung hin.
Sie lehnte ab. Sie standen immer noch am geräumten Unfallort. Jetzt war es dunkel. Dario hatte seinen Wagen in der Ein-

mündung eines Feldweges geparkt. Ein paar Bäume standen am Straßenrand.

Dario sprach, nur um etwas zu sagen. »Er wird durchkommen, hat der Arzt gesagt.« Susanna antwortete nicht. Sie stand einen Meter weiter, an den Kotflügel seines Wagens gelehnt. Plötzlich löste sie sich aus ihrer Haltung, taumelte ein paar Meter auf die Bäume zu. Sie beugte sich vornüber, stützte sich mit ausgestrecktem Arm an eine Birke und übergab sich.

Dario erschrak.

Da stand seine Prinzessin, seine schöne, geldgierige, mutige Biancaneve und kotzte sich die Seele aus dem Leib. Ihr schmaler Körper krümmte sich unter den Krämpfen. Susanna würgte immer noch, obwohl ihr Magen längst leer war. Dario suchte hektisch nach einem Papiertaschentuch. Auf dem Rücksitz lag eine halbvolle Flasche Mineralwasser, er reichte ihr beides. Sie stöhnte, wischte sich mit dem Arm über die Stirn und spülte sich den Mund aus. Dann stieg sie in sein Auto. »Bitte sofort nach Hause.« Sie konnte nicht mehr sprechen und schlug die Hände vors Gesicht. Ab und zu zog sie die Nase hoch, denn sie hatte das Taschentuch im Dunkeln verloren. Als sie vor Lenis Haus ausstiegen, sah er ihr Gesicht für eine Zehntelsekunde im Licht der Straßenlaterne. Sie sah verheult und verrotzt aus wie ein verlassenes Straßenkind. Sie wankte die Treppe hinauf zu ihrem Zimmer. »Fahr nach Hause«, sagte sie. »Fahr. Geh weg.«

»Sicher.« Dario blieb am Treppenabsatz stehen. Er hörte, wie im Badezimmer Wasser rauschte.

Susanna blickte sich im Spiegel an. Sie war kalkweiß. Sie hatte verheulte Augen und war hässlich. Hässlich, hässlich. Auf ihrem Polohemd klebte ein Rest Erbrochenes, und die hellblaue Sommerhose war voller Blut. Oh Gott, der stumme junge

Mann auf dem Boden. Die Augen des blutigen, verrenkt daliegenden Tieres. Sie weinte laut auf. Was hatte sie Dario gesagt? Was war ihr noch mal wichtig? Sie wusch sich das Gesicht, zog ihr Nachthemd an. Dann setzte sie sich auf den Rand der Badewanne. Sie hasste sich. Sie hasste Dario.
Gut, dass der Notarzt so schnell da gewesen war.
Die Rosen in der Küche. Und sie wird bei Reppelmanns Geschäftsführerin. »Ich hasse euch!«, schrie sie. »Ich hasse euch alle! Alle!« Sie rannte in ihr Zimmer, warf sich auf die schmale Liege und schluchzte in ihr Kissen.

Dario stand in Lenis Wohnzimmer und hörte Susannas Wimmern. Der Raum war dunkel, aber nach einiger Zeit gewöhnten sich seine Augen an die Dunkelheit, und er konnte im Mondlicht einige Gegenstände erkennen. Fotos in Silberrahmen. Alte, billige Möbel mit buntem Lack. Er nahm ein Bild von Lenis Hausaltar und betrachtete es. Er ging damit in den Hausflur, weil dort das Licht der Straßenlaterne hineinfiel. Er wollte auf keinen Fall eine Lampe anknipsen. Das Gefühl, heimlicher Gast zu sein, gefiel ihm.
Ein Mann hatte zwei kleine Mädchen auf den Knien sitzen. Er erkannte Susanna sofort. Sie sah winzig aus, viel schmaler und zarter als Jeannette. Ihr Gesicht war ernst. Der Vater strahlte. Es waren Jeannettes Züge, allerdings gröber und breiter. Susanna hielt sich nicht am Vater fest, sie sah aus, als würde sie jeden Moment aufspringen und fortlaufen. Jeannettes Arm hing über Vaters rechtem Arm, sie lehnte sich hinein.
Dario dachte an die Gespräche, die er mit Leni und Adelheid geführt hatte. Vergessene Einzelheiten fielen ihm ein. »Jeannette und der Vater waren immer ein Herz und eine Seele«, hatte Adelheid erzählt.

Dann sah er Susannas Blick, wie sie ihn im Ristorante angeschaut hatte, zwischen den beiden breiten Reppelmanns. Sie sah so verloren aus, so allein. Leni hatte viel von früher erzählt, von der Geldknappheit, der Sparsamkeit. Er dachte an Lenis begeisterte Beschreibungen von Anoraks aus Wischtüchern und gewendeten Mänteln aus Kleidersammlungen. Plötzlich musste er grinsen. Und ihm, Dario, verdammt noch mal, war ihm Geld nicht auch wichtig?

Susanna hatte ihn doch schon ganz anders angesehen, ohne Kälte, ohne Berechnung. Sie war so mutig an der Unfallstelle gewesen, sie hatte keine fünf Sekunden gezögert, sich mitten hineinzustürzen, zu helfen. Er dagegen hatte wie ein Idiot herumgestanden.

Wenn Leni von ihren Töchtern sprach, entfielen auf Susanna drei Sätze und auf Jeannette hundert. Offensichtlich waren auch Jeannette und Leni ein Herz und eine Seele. War ihm nicht sogar an diesem schönen ersten Sonntag mit den drei Frauen aufgefallen, dass Susanna um die Gunst ihrer Mutter buhlte? Wenn Leni es aber merkte und freundlich darauf reagierte, fuhr Susanna sofort ihre Stacheln aus, und Leni zog sich zurück. Susanna hatte etwas von Dornröschen an sich. Man musste sich durch einen Stachelwald zu ihr hinkämpfen. Oder war sie in ihrem kühlen Glasschrein gefangen? Immerhin wurde man durch ihre Küsse nicht zum Frosch, das hatte er ja schon herausgefunden. Im Gegenteil. Man registrierte bei ihr ganz deutlich Zugehörigkeit zur Spezies der Warmblüter. Aber jetzt gerieten ihm die Märchen durcheinander.

Dario setzte sich auf die Treppe. Oben war es ruhig geworden. Sollte er nach Hause fahren?

Nein. Nein, es ging nicht. Er stieg langsam die Treppe hinauf und lauschte an Susannas Tür. Er hörte, wie sie sich die Nase putzte. Er machte einfach die Tür auf. Als sie ihn sah, erschrak sie nicht, sondern drehte sich zur Wand.

»Dario, was willst du noch?«

Er setzte sich an ihr Bett und nahm ihre Hand.

Susanna hustete. Dann lag sie ganz still und schien kaum zu atmen. Geldgierig. Geldgierige, kotzende Susanna. »Geh bitte und komm nie wieder, Dario.«

»Weißt du«, sagte Dario, beugte sich über sie und streichelte ihr eine Strähne aus der Stirn, »mir ist Geld übrigens auch wichtig. Und gekotzt habe ich auch schon mal.«

Da richtete sie sich auf, schlang ihre Arme um seinen Hals und weinte an seiner Schulter. Ganze Sturzbäche. Genau das hatte ich im Bellavista ja vorausgesehen, dachte Dario befriedigt.

In New York oder Köln-Chorweiler kann man wochenlang tot in der Wohnung herumliegen, niemandem fällt das auf. In Untermechenbach fällt sofort auf, wenn Susanna vergisst, die Mülltonne rauszustellen oder zwischen den Steinen auf dem Trottoir das Unkraut zu rupfen. Besonders aber fällt auf, ob vor der Tür der silbergraue Reppelmann-Mercedes parkt oder ein rotes Sportauto mit dem Kennzeichen von Perugia. Ganz extrem fällt natürlich auf, wenn der rote Wagen morgens um sieben immer noch da steht.

Susanna wachte zuerst auf. Ihre Augenlider spannten und schmerzten. Dann war alles wieder da. Dario lag angezogen neben ihr auf der schmalen Liege und schlief noch fest. Sie setzte sich auf und betrachtete ihn lange.

Arnolds schlafendes Gesicht hatte etwas Kindliches gehabt. Und er hatte immer erleichtert ausgesehen, wenn er schlief. Armer Arnold. Wie konnte jemand, mit dem sie so lange zusammen gewesen war, so schnell so weit entfernt sein? Zuerst war sie stolz gewesen über sein Interesse an ihr, dann hatte sie begriffen, dass er Menschen um sich brauchte, durch die er leben konnte, die ihn an die Hand nahmen. Aus reiner Prestigesucht war sie nicht bei ihm geblieben, das konnte man nicht sagen. Anfangs hatte sie natürlich all der ungewohnte Luxus geblendet. Sie fühlte sich emporgehoben. Dann spürte sie seine Abhängigkeit und genoss die Macht, die sie über ihn hatte.

Aber da war noch ein ganz anderes Gefühl, das sie bei ihm hielt: Auch Arnold war ein Einsamer. Alles, was seine Mutter für ihn plante, hatte er nie gewollt. Er quälte sich durch seinen Kaufmannsalltag und hätte doch am liebsten nur mit der Angel irgendwo am Fluss gesessen oder in einem Klostergarten Schnittlauch gehütet. Er war zu schwach, um sich zu wehren, sogar zu schwach, um sich seine Schwäche überhaupt einzugestehen.

Es war fast so etwas wie Mitleid, das sie bei Arnold hielt. Zwischendurch hatte sie das lauwarme Gefühl, das sie für ihn hegte, mit Liebe verwechselt. Doch sie, mit der Kühle ihres Herzens, an der sie manchmal selber litt, wusste sie damals überhaupt, was Verliebtsein war?

Und dann die vielen Dinge, die sie mit Arnold tun konnte: Ferien in teuren Hotels, Blättern in Katalogen mit Designermöbeln: Wenn man Lenis Tochter war und aus Untermechenbach stammte, hatte das durchaus etwas Märchenhaftes. Aber die Einsamkeit ihrer Kindertage hatte Arnold nicht vertreiben können. So waren sie denn zu zweit einsam gewesen. Und ratlos.

Darios Gesicht war vollkommen entspannt und friedlich. Diese Stille in seinem Gesicht war für sie neu, ungewohnt, denn bislang kannte sie nur Dario, den Schauspieler, Entertainer, Clown. Dieses schlafende Gesicht war sanft und erwachsen, ihr zugewandt. Es musste das Gesicht der letzten Nacht gewesen sein. Sie hatte es in der Dunkelheit nicht gesehen, aber auch die Stimme hat ein Gesicht. Jetzt war tatsächlich jemand da. Dario seufzte und legte im Schlaf seine Hand auf ihr Bein. Sie lächelte ihn an, als sei er wach und könne sie sehen.

Er *konnte* sie sehen, das war die wundervolle Entdeckung des gestrigen Abends gewesen.

Sie hatte stundenlang sein Hemd unter Wasser gesetzt. Und das Kissen und noch einige Taschentücher. Wahrscheinlich sahen ihre verquollenen Augen aus wie die Schlitze einer Eskimoschneebrille.

Dann hatten sie geredet. Und geredet und geredet. Ohne dass Dario es wusste, hatte er die hohe Mauer überwunden, war einen endlosen Korridor entlanggelaufen und hatte ausgerechnet die Tapetentür mit der verborgenen, winzig kleinen Aufschrift »Susanna, Depot für Sehnsüchte & größere Gefühle« gefunden. Die Tür mit dem Schildchen »Dario« war von selbst aufgegangen. Die Tür mit »Reppelmann, Bau- und Ehepläne« war von selbst zugeknallt.

Auch in der Seele kann Durchzug herrschen.

Reden macht müde, Weinen auch. Sie waren wie Geschwister nebeneinander eingeschlafen. Jetzt schlug Dario die Augen auf, sah seine verweinte, aber lächelnde Susanna, sah das Morgenlicht auf ihrer Haut, das wirklich sehr dünne Nachthemd und zog sie zu sich herab.

Dann folgten wenig geschwisterliche Stunden, die Susanna nur einmal unterbrach, um die Sparkasse über einen heftigen Migräneanfall zu informieren. Selten machte Migräne so viel Vergnügen.

Auch Dario meldete sich bei Enzo und Gianna ab. Als der Telefonhörer laut zu quaken anfing, legte Dario einfach auf. Sie hatten sich nachts mit Worten entdeckt, ohne sich zu sehen. Jetzt entdeckten sie sich noch einmal im hellen Tageslicht, ohne viel zu reden.

Gegen Mittag frühstückten sie im Bademantel auf der Wisperinsel. Sie verputzten einen ganzen aufgebackenen Apfelstrudel, tranken Kaffee, sahen sich zwischendurch an, streichelten sich die Hände. Susanna aß für ihre Verhältnisse unglaublich viel. Später lagen sie auf der Terrasse und beobachteten den bewegten Sommerhimmel. Immer neue Türme weißer Wolken bauten sich auf und wurden vom Wind fortgetrieben. Die Luft roch gut nach Gras und Erde, der Wind trug Geräusche und Gerüche von den Kornfeldern herüber, auf denen die Ernte schon begonnen hatte. Dario schloss die Augen und stellte sich vor, er läge auf der Dachterrasse in der Via Calderini. Er sah Susanna zwischen den Tontöpfen mit Oleander, ihr Blick wanderte über die Dächer seiner schönen, heiteren Stadt. Im Wohnzimmer lagen ihre Schuhe herum. Im Badezimmer ihre Kämme und ihr Morgenmantel. Das Drehkreuz an der Tür war verschwunden.

Dario wandte ihr sein Gesicht zu, nahm eine blonde Haarsträhne zwischen seine Finger und fragte: »Könntest du dir vorstellen, in Italien zu leben?«

Wenn ein gewisser roter Sportwagen abends um sieben immer noch vor der Tür steht, ist der Skandal so gut wie sicher. Wenn aber am zweiten Morgen Susanna und ihr Ausländer in Untermechenbach gemeinsam aus der Haustür treten, gemeinsam einsteigen, nach Mechenbach fahren, sich vor der Sparkasse mit einem langen Kuss verabschieden, ist der Skandal perfekt. Da

muss man auch über Adelheid Siegel den Kopf schütteln, wenn sie dem jungen Paar durch das Fenster zuwinkt.
Susanna schlich nicht verschämt in die Schalterhalle, sondern sagte allen, die hinter ihr tuschelten, laut und deutlich, was Sache war. Rita blieb die neiderfüllte Moralpredigt, die sie ihrer Kollegin halten wollte, im Hals stecken. Susanna sah zum größten Bedauern ihrer Kolleginnen überhaupt nicht schuldbewusst aus, sondern ganz einfach glücklich. Diese Feststellung machte am frühen Abend auch Frau Reppelmann, als sie beobachtete, wie Susanna durch die schmiedeeiserne Pforte trat, den weißen Kiesweg zur Haustür hinaufging und mit erhobenem Kopf wartete.

Susanna machte nicht mit Arnold Schluss, sondern mit dem Gardinengeschäft, den Bauplänen, der Matratzenhalle. Mit dem Status, dem Mercedes, den Wochenendreisen, dem Schmuck. Mit der Ratlosigkeit, dem Vakuum und der Einsamkeit.
Und mit der zukünftigen Schwiegermutter.
Arnold hörte vom Esszimmer aus, wie das Ende seiner Beziehung verhandelt wurde. War das nicht seltsam? Da saß er auf einem der teuren Louis-seize-Krummbeiner, starrte auf ein Eichenbord mit Zinntellern und machte überhaupt keine Anstalten, sich ins Wohnzimmer zu begeben, Susanna zu ohrfeigen oder zu beschimpfen, sie anzuflehen, zu weinen oder zu brüllen. Um etwas zu kämpfen hatte er nie gelernt. Es war ja auch nicht notwendig gewesen. Stattdessen goss er sich einen Cognac ein und war still betrübt. Überall war Susannas Bild. Auf seinem Schreibtisch zu Hause, im Geschäft, in der Filiale. In seinem Kopf. Er blickte auf und sah seine eigene, zusammengesunkene Gestalt im Spiegel der Vitrine mit den böhmischen Kristallgläsern. Sie hatten alle einen Goldrand und

einen blutroten Kelch. Dahinter sein Gesicht. Blass, breit, ganz leer.
»Wie konntest du so etwas tun! Susanna!« Arnolds Mutter stand bleich vor ihren gerafften Gardinen. »Und das Grundstück – es ist bereits auf euch beide eingetragen!«
»So etwas kann man ändern lassen. Ich erhebe keine Ansprüche darauf.«
»Das wäre ja auch noch schöner! Du brichst ihm das Herz!«
»Nein. Das hätte ich ihm gebrochen, wenn ich bei ihm geblieben wäre. Ich empfinde zu wenig für ihn.«
»Arnold könnte an jedem Finger zehn haben.«
»Dann ist ja schnell für meine Nachfolge gesorgt.«
»Und du hast so einfach eine Liebschaft mit diesem hergelaufenen Kellner, diesem Ausländer angefangen, was?«
»Es sieht so aus.«
»Vielleicht passt er vom Niveau her besser zu dir, der Kellner.«
»Da bin ich mir ganz sicher, ja.«
»Und was ist mit Arnolds Geschenken? Seinem Schmuck?«
»Meinem Schmuck«, verbesserte Susanna. Sie nahm eine Zellophantüte aus ihrer Handtasche. Bis gestern waren Darios Lakritzbonbons darin gewesen. Nun war sie zur Hälfte gefüllt mit Ringen, einer Perlenkette und einem goldenen Gliederarmband.
»Ich wusste, dass du danach fragen würdest. Ich wusste auch, dass Arnold nie danach gefragt hätte. Ich weiß allerdings, dass das, was *du* sagst, wichtiger ist. Übrigens auch ein Grund, weshalb ich gehe. Den Schmuck möchte ich Arnold lieber selbst geben.«
In der Tür drehte sie sich noch einmal um und sagte: »Es gab trotzdem gute Zeiten mit euch, danke schön.«

Köln–Yorkshire–Köln

Vor ein paar Monaten noch hatte Ernie Rabenfeldt am Flügel seines spartanisch eingerichteten Komponistenzimmers gesessen und dumpf die Big-Ben-Glockenmelodie vor sich hin gespielt. Wieder und wieder. Zwischendurch blickte er über die Dächer von Köln, soweit die Tomatenstauden und Spaliererdbeeren des Balkons es zuließen.

»Ja, doch, du kannst es!« Felix Bernac stand in der Tür und raufte sich mit farbverschmierten Händen die Frisur. »Wie soll ich bei diesem geistlosen Teatimegedudel auch nur ein einziges Bildchen zu Ende malen?«

Die »Bildchen« waren gut bezahlte Entwürfe, die er als freier Textildesigner mit Erfolg verkaufte. Felix stellte sich gerne etwas dumm, denn dann war die Überraschung umso größer, wenn er seinem attraktiven Lebensgefährten zu vorgerückter Stunde die Show stehlen konnte. Ernie fiel auf, weil er schön, blond und groß war und weil er Klavier spielen konnte. Das kam nicht nur bei Frauen gut an, sondern auch bei allen männlichen Interessenten. Dennoch waren sie sich schon seit langer Zeit erstaunlich treu.

Wenn der Showeffekt »gutaussehender Musicalkomponist mit Ultrabeziehungen zur Ultraszene« abgefackelt war, kam Felix' Auftritt. Er machte den Mund auf, und vergessen waren Ernies Cocktails mit dem Chef der *Metropolitan Opera* und der amerikanischen Präsidentengattin.

Ernie war eitel, Felix auch. Zu Beginn ihrer Liebe hatte es Konkurrenzkämpfe gegeben. Dann begriff Felix, dass er diese ansonsten erfüllte und zärtliche Beziehung torpedierte, wenn er Ernie, der ihm rhetorisch unterlegen war, nicht fünfzig Prozent Bühne einräumte. Ernie dagegen begriff, dass Felix' skurrile Ideen und seine unerschöpfliche Kreativität für seine Komponistenlaufbahn wichtiger waren als vier Lebensversicherungen. Seitdem teilten sie sich ihre Auftritte nach einem informellen Schema, das beide genau einhielten.

Ernie bekam die erste Hälfte des Abends, füllte sie mit Namedropping und glitzernden Episoden aus der Welt der Schönen und Reichen. Felix bekam die zweite Hälfte und zog alles durch den Kakao.

Die engeren Freunde fühlten sich vernachlässigt, wenn Felix *keine* bösen Bemerkungen über sie machte. Sagte er aber dann: »Jochen, alter Freund, mein Gott siehst du Scheiße aus, wenn du dein Cabrio nicht anhast!«, wusste man sich herzlich willkommen.

Und so ging das die halbe Nacht lang, mal auf Kosten anderer, mal auf eigene, denn Felix konnte über sich selber lachen. Deshalb waren seine Bösartigkeiten auch gut zu ertragen. Seine eigentliche Berufung lag darin, Ernies kreatives Potenzial zu wecken. »Mir fällt nichts mehr ein!«

»Ja, doch, ich weiß. Du bist unbegabt, dir wird übrigens nie wieder etwas einfallen. Das war's, was ich gestern Abend nach dem Gutenachtkuss vergaß, dir zu sagen, du Versager.«

»Bitte, Felix, hör auf. Es ist so. Ich hätte die einmalige Chance, mit Benjamin Bowlin zusammenzuarbeiten, aber Meredith hat überhaupt keine Idee zu gar nichts, und Bowlin sucht nach einem ganz neuen Stoff.«

Bowlin war ein aufsteigendes Musicalregiewunder aus Australien und Meredith eine Hamburger Songtextdichterin von hohen Gnaden, mit der Ernie oft zusammenarbeitete.

Felix knabberte mit den Vorderzähnen an einem blau verkrusteten Mittelfinger und sagte ganz obenhin: »Warum schreibt ihr eigentlich kein Gemüsical?«

»Kein was?«

»Gemüsical.«

Felix schob sich in den Raum, beugte seinen Oberkörper nach hinten, tat so, als hielte er eine Tanzpartnerin in erotischer Tangopose und erklärte: »Ich bin Spruzi Spargel und habe ein Verhältnis mit Bunny Banana.«

Er vollführte ein paar Tanzschritte und schob Bunny Banana um Ernies Flügel. Ernie versuchte, sich diese Riesenbanane vorzustellen. Sie hatte große Augen, lange schwarze Wimpern und einen roten Gummimund. Über dem Hinterteil der Schauspielerin wippte kokett der Stängelansatz des langen gelben Schaumstoffkostüms.

Ernie setzte sich gerade.

»Wer fällt dir noch ein?«

»Toby Tomate und Greta Gurke.« Felix stampfte schwerfällig mit abgespreizten Beinen um den Flügel. Er sah aus, als sei er fünfmal so dick. Er klatschte in die Hände und skandierte mit rauher, tiefer Stimme: »Alles, was ich hasse, heißt Ketchup, Ketchup.« Dann reckte Felix den Hals, stemmte die Hände in die Hüften und kreischte: »Toby, mein Freund, weißt du, was Karla Karotte gestern zu mir gesagt hat? Ich wäre nur eine blöde Gärtnerbratwurst! Und das mir, einer klassisch schönen Schlangengurke!«

Ernie kritzelte bereits Notizen auf die Rückseite eines Notenblattes. »Worum geht es denn bei der ganzen Sache?«, fragte er vorsichtig, denn er kannte diese Schübe. Felix war jetzt ein Traumwandler, den man nicht wecken durfte. Felix hielt seinen rot verschmierten Zeigefinger in die Luft. »In einem fernen Zeitalter ist Frieden zwischen den Kreaturen ausgebrochen. Auch zwischen den Pflanzen und Menschen. Man frisst sich nicht mehr auf. Vom Planeten Veganjoy kommt eine mineralische Nährpaste, die alle zufriedenstellt. Alle? Nein! Ein einziger, grausamer Mensch hält in seinem verborgenen Treibhaus rosige Radieschen, zarte Schalotten, sanfte Salate, mächtige Melonen, biegsame Bananen und gigantische Gurken gefangen. Jede Nacht erwachen sie im Glashaus von Mister Greenkiller zum Leben, sie können sprechen und laufen. Sie wollen sich nicht mehr als Spinattorte, Dillgurke oder Kartoffelbrei fressen lassen. Die Pflanzen und Früchte bereiten die Revolution im Treibhaus vor.«

Felix holte tief Luft und beschrieb mit seinen Händen eine große Kugel. »Rädelsführerin ist die imposante Molly, eine orangefarbene Melone mit gelben Streifen und samtgrünen Blättern. Diverse Liebesgeschichten, nächtliche Heulorgien und Dramen, wenn tagsüber der gefräßige Mister Greenkiller schon wieder das niedliche kleine Radieschenballett um fünf Freunde dezimiert hat … Stell dir mal das Radieschenballett vor … sie heißen Tilla, Tibby, Pickles und Lanzelot.«

»Lanzelot?«

»Lanzelot ist natürlich ein Rettich.« Felix runzelte verärgert die Stirn. »Das hört man doch. Wie um alles in der Welt könnte ein Radieschen ›Lanzelot‹ heißen?«

Felix warf sich in einen Sessel und griff nach ein paar Erdnüssen, die in einer Schale auf dem niedrigen Tisch lagen. »Ich hab übrigens Hunger«, sagte er.

Mit bedauerndem Seufzer legte Ernie den Stift aus der Hand und stand auf. Der Schub war vorbei. Aber die Idee war geboren, und sie gefiel ihm ungemein gut. Skurrile Geschichten inspirierten ihn weitaus mehr als romantische. Eine schräge

Saxophonmelodie hüpfte ihm durch den Kopf. Radieschen kullerten unter gigantischen Melonenblättern herum und sangen ein ulkiges Quintett. Zwischen zwei Salatgurken oder einer Setzkartoffel und einer Aubergine spielte sich eine herzzerreißende Liebesgeschichte ab … Und wie phantastisch konnte man sich mit Kostümen austoben!

Er setzte sich neben Felix auf die Sessellehne, beugte sich über ihn und gab ihm einen Kuss auf die Haare, die wie Elsterngefieder glänzten. »Wenn du dich jemals fragst, warum ich dich liebe, dann denk an Stunden wie diese. Ohne dich wäre ich aufgeschmissen.«

»Och, Gottchen, das weiß ich doch.« Felix angelte sich noch eine Ladung Erdnüsse aus der Schale und schob sie in den Mund. »Du bist blöd und schön, kannst ein paar schwarze und weiße Tasten bedienen, und ich kann eben alles andere.«

Er sprang auf, streichelte Ernie die Wange und fragte: »Was soll ich uns kochen? Chateaubriand mit Sauce béarnaise oder Entenbrustfilet an Johannisbeersauce?«

Ernie hatte schon Merediths Hamburger Telefonnummer gewählt und lächelte zu ihm auf: »Backblechpommes, wie gestern. Mit viel Ketchup.«

»Armer Toby Tomate«, murmelte Felix, war mit drei Schritten in der Küche und öffnete das Tiefkühlfach.

Das alles war jetzt einige Monate her. Meredith hatte witzige, kabarettistische Songtexte gedichtet, das Libretto war um einige dramatische Ideen erweitert worden.

Meredith Jewskey, löwenmähnige Kalifornierin mit deutscher Mutter, besetzte für mehrere Arbeitswochen die Gästematratze unter Felix' Zeichentisch. Felix und Meredith hatten das Libretto selbst übernommen, nachdem sich einige Autoren die

Zähne daran ausgebissen hatten. Es war nicht einfach, die absurde Problematik in eine Geschichte zu verpacken. »Schatz«, pflegte Felix zu Ernies Einwänden bezüglich Logik und Psychologie zu sagen, »wir schreiben eine abgedrehte Story jenseits aller Ratio und keinen Dostojewski für Vegetarier!«

Es waren anstrengende, kreative, wunderbare Arbeitswochen. In der Papiertonne auf dem Hof stapelten sich die Pizza- und Sektkartons. »Never before five o'clock«, sagte Meredith täglich und ließ pünktlich um zwei Minuten nach fünf den ersten Korken knallen.

Aber schon morgens um sieben stand sie auf dem Balkon, trank die erste Tasse Jasmintee und starrte versonnen auf die Domtürme. Felix buk Croissants vom Vortag auf und lärmte mit dem Mixer.

»Du kannst die Liebe zweier Gurken nicht ermessen, wenn du sie kennst, könntest du Gurken nie mehr essen ...«, sang Meredith leise ohne erkennbare Melodie.

Ernie erschien hinter ihr im Pyjama. »Noch mal!«, sagte er mit verquollenen Schlafaugen, die von Sekunde zu Sekunde wacher wurden.

Meredith wiederholte ihren elegischen Singsang. Ernie summte plötzlich eine ganz andere Melodie, sang dazu aber Merediths Reim. Dann hielt er inne, griff Meredith um die Taille und tanzte mit ihr Tango.

Die Nachbarin auf dem Nebenbalkon schüttelte den Kopf über den jungen Adonis im Schlafanzug und die ungekämmte Löwenfrau, deren Jasmintee aus der Tasse schwappte, weil sie auch beim Tanzen weitertrinken musste. Ernie jubelte: »Das ist es! Die zwei Gurken müssen einen Tango tanzen! Das ist es! Kein sentimentaler Lovesong, sondern aggressiver Gurkensex! Yippeeh!«

Dann tanzte er auf nackten Sohlen über den Balkon, sang im Rhythmus eines vitalen argentinischen Tangos immer und immer wieder die zwei Zeilen, bis Felix mampfend in der Balkontür erschien und sagte: »Das geht so nicht. In die zweite Zeile gehört der Konjunktiv! Aber wie hieße es dann? Wenn du sie kenntest? Wenn du sie kennen würdest?«
»Röhrchenscheißer.« Meredith schluckte frustriert ihren Tee und begann von vorn. Immerhin hatte Ernie den Gurkentango gefunden und verschwand, wie üblich, für mindestens sechs Stunden hinter seinem Flügel. Der Rest war fröhliches Laubsägen, wie Felix es nannte.
Aber irgendwann einmal waren sie tatsächlich fertig, wenn man davon absieht, dass ein solches Projekt natürlich nie endgültig fertig ist, bis sich der Vorhang zur Premiere hebt. Meredith reiste wieder nach Hamburg, und Ernie konnte dem schönsten und größten Off-Theater von Köln sein Musical auf den Tisch legen.
Das Theater hieß *Plackfissel Unlimited*, für Nichtkölner unübersetzbar. Für Kölner übersetzbar, aber sinnlos. Es war das beliebteste und verrückteste Theater, dessen Betreiber finanziell ständig an gefährlichen Abgründen balancierten. Die Finanzierung von Eigenproduktionen war kompliziert, aber Ernie schaffte es, zwei Sponsoren aufzutreiben, eine Brauerei und – ausgerechnet – einen Großbetrieb für Sauerkonserven, Spezialität Gewürzgurken.
Gebrauchte, umgeänderte Requisiten großer Theater, Schauspieler mit Doppelfunktionen, engagierte Freunde, die an den Kostümen mitarbeiteten, Karten abrissen oder die Pausenbar übernahmen, und spärlich tröpfelnde städtische Zuschüsse machten es möglich, das *Plackfissel* mit organisatorisch halsbrecherischem Unterbau am Leben zu halten.

Der begabte Jungregisseur Benjamin Bowlin hatte immer noch Lust und sagte zu. Manchmal musste sich Benjamin zwischen dem, was ihm Spaß machte, und dem, was ihm Geld brachte, entscheiden. Dieses Projekt versprach eindeutig mehr Spaß.

Das *Plackfissel* hatte einen gewissen Ruf. Sein Programm war ausgezeichnet, seine wenigen Eigenproduktionen meist erfolgreich. Deshalb fanden sich Sponsoren etwas leichter. Das Wichtigste aber war: Das *Plackfissel* arbeitete gerne mit begabten freien Schauspielern, die einfach noch niemand entdeckt hatte. Mal sah Ernie in einer Szenekneipe einen schrillen Kabarettisten, mal schleppte jemand ein schwarzes Stimmwunder aus den Staaten an. Alle Künstler hatten Nebenjobs, kellnerten, fuhren Taxi. Aber alle arbeiteten mit ungeheurem Ehrgeiz an ihrer Karriere. Nicht wenige waren von der Bühne des *Plackfissel* an größere Häuser engagiert worden oder hatten Filmrollen bekommen. So kam es, dass dieses Theater bei Eigenproduktionen auf hohem Niveau arbeitete, es galt als Fundgrube für Talente und konnte sich seine Leute aussuchen. Ging allerdings eine Produktion daneben, und auch das kam vor, hing es buchstäblich am Tropf.

Benjamin brachte von seiner letzten Produktion einen Bühnen- und Kostümbildner mit: Jiri aus Prag. Schon seine ersten Skizzen begeisterten vor allem Felix. Jiri übernahm außerdem noch die Doppelbesetzung für die Rolle des Toby Tomate, denn er hatte eine gute Singstimme. Die Organisation stand, die Besetzung war bis auf wenige Fragezeichen perfekt, die Verträge unterschrieben. Das große Rad lief langsam an, um sich dann bis zur Premiere Anfang Oktober immer schneller zu drehen.

»Ernie, wir sollten uns eine Woche lang entspannen!« Mit gefurchter Stirn betrachtete Felix Ernies Schreibtisch. Eine kleine Hügellandschaft begann sich darauf abzuzeichnen, mit vereinzelten höheren Aussichtspunkten, bestehend aus unerledigter Post.

»Gut, wohin fahren wir?«

Das Cottage war Ernies Idee gewesen, dachte er jedenfalls. »Keine Hitze!«, sagte er.

»Kein Geruch von Kinderpipi und Niveamilch«, ergänzte Felix. »Strandurlaub oder Süden fallen flach, also fahren wir ins östliche Nord-Yorkshire. Wir nehmen die Fähre von Holland nach Hull, verschlafen den größten Teil der Reise, kommen mit ausgeruhtem Teint nach Upper Shellsands in ein blütenumranktes Cottage, lauschen dem Regen, atmen englische Landluft, heizen mit Torf und essen keinen Yorkshirepudding. Du wirst sowieso zu dick.«

Der rundliche Chefkoch kniff seinem athletischen Geliebten in die kaum sichtbare Speckrolle, die Ernie bei Abschluss der Arbeit entsetzt entdeckt hatte. Felix hatte das Cottage ohnehin schon vor Wochen gebucht, ohne Ernie zu fragen.

Die paar Tage Urlaub waren wie im Flug vergangen. Felix las in Kochbüchern, entwarf versonnen Girlanden aus Petersilie und Pastinaken für eine Serie edler Geschirrtücher, Ernie klimperte, komponierte, schlief lange und lauschte den Wildbienen ein paar Melodien ab.

Wenn Albertine ihrer altrömischen Lore-Romane überdrüssig war, gluckten sie und Felix zusammen, tranken je nach Tageszeit Dosenbier oder Tee und entdeckten reihenweise gemeinsame Bekannte. Martha und Jeannette hatten außer ein paar freundlichen Gesprächen über den Zaun hinweg nicht viel

Kontakt mit den Nachbarn gehabt, was aber hauptsächlich daran lag, dass Martha und Jeannette in dieser Woche stundenlange Wanderungen in der Umgebung unternahmen, denn Jeannette war mit ihrer Aufgabe in der Bibliothek fast fertig.

Der »coastal footpath« lief an einer Stelle fast direkt hinter dem Schulhaus entlang. Sie stopften sich schon früh am Morgen ein Sandwich und eine Wasserflasche in einen kleinen Rucksack und wanderten hoch über dem Meer auf dem Fußpfad in Richtung Norden.

Das Meer erinnerte fast an die Karibik, es wechselte im Sonnenlicht von Türkis nach Dunkelblau, von Silber nach Jadegrün. Die bizarren Klippen erinnerten bald an Mondgebirge, bald an archaische Tempelbauten. Heidekraut, Gras, kurz und saftig grün wie ein Teppich, knochenbleiche Holzzäune und rotgelbe Sandhänge säumten den Wanderweg, der breit und bequem oder steil und schmal war, aber in jedem Fall beeindruckend schön.

An diesem Tag hatten sie sich vorgenommen, ein altes Seeräubernest zu besuchen, das natürlich seine kriminelle Vergangenheit touristisch gut ausschlachtete, aber wegen fehlender Sandstrände immer noch nicht überlaufen war. Schon als sie den Pfad hinunterstiegen, konnten sie sehen, dass unten in Seagull's Point nur mäßiger Betrieb herrschte.

»Eigentlich könnten wir uns doch mal fish and chips leisten, was?« Martha setzte sich unter einen Sonnenschirm vor das einzige Pub an der winzigen Hafenmole. Sie wies auf eine Schiefertafel, die »fish and chips, green peas and a good cup of tea« zum pauschalen Lunchpreis empfahl.

»Oh mein Gott, nein!« Jeannette schüttelte sich. »Erbsen und eine Tasse Tee zum Fisch!«

»Eine gute Tasse Tee!«, korrigierte Martha. »Aber wir müssen ja nicht alle kontinentalen Gewohnheiten aufgeben. Bestell uns statt Erbsen einfach Salat zum Fisch und ein Tütchen Mayonnaise zu den Chips und bring uns zwei schöne große Bier. Du musst mich jetzt bedienen, ich bin einfach zu faul.« Sie reichte Jeannette ihre Geldbörse, lehnte sich bequem zurück, schob die Sonnenbrille hoch und schloss die Augen.

Jeannette ging in das dunkle, verräucherte Pub, bestellte das Essen am Tresen und brachte zwei kalte Lager mit. »Ich finde das so schön unkompliziert in England!« Sie stellte das Bier auf den klebrigen Metalltisch und prostete Martha zu. »Nie musst du auf den Kellner warten, nie überlegen, wie viel Trinkgeld du geben sollst – und der Wirt braucht keine Angst zu haben, dass jemand die Zeche prellt, weil du sofort am Tresen bezahlst. Ach, und überhaupt. Ich könnte mich sogar daran gewöhnen, dass man hier auf der verkehrten Seite fährt. Warum eigentlich?«

»Keine Ahnung. Ich habe es aufgegeben, in England nach Erklärungen zu suchen.« Martha lockerte die Schnürsenkel ihrer Wanderschuhe und blickte zwei kleinen Jungen in Badehosen hinterher. »Diese beiden kleinen Insulaner würden auch bei Außentemperaturen von knapp dreizehn Grad so herumlaufen. Einfach weil August ist. Und glaube mir, Jeannette, die momentane Wetterlage ist vollkommen exotisch. Normalerweise sitzt du hier auch im Hochsommer abends am Kamin und ziehst dir fröstelnd eine Wolldecke über die Knie. Allein vom Beobachten spielender Kinder bekommst du Frostbeulen. Blaugefrorene kleine Briten ziehen hier mit Käscher, Schaufel und Eimer den kalendarischen Sommer durch, während die Mütter fish and chips mit grünen Disneylanderbsen zelebrieren und ihre Kinder durch beschlagene Tearoomfenster beobachten.«

»Du liebst dieses Land, was?«
Martha lachte. »Ja, ganz und gar. Es entspricht meinem Charakter. Es ist unlogisch mit vollkommen rationaler Struktur, gleichzeitig konservativ und schräg. Und alles, was ein Brite nicht so recht einordnen kann, nennt er ›Edwardian style‹, wenn es ihm gefällt, und ›continental‹, wenn er es ablehnt.«
Sie beobachteten die Wattewolken und sprachen nicht mehr. Sie schwiegen oft während ihrer langen Wanderungen. Neben Martha brauchte man stundenlang nichts zu sagen und fühlte sich gut und ruhig. Ein Schweigen in Susannas Gegenwart war angefüllt mit stummen Spitzen, Schweigen mit Mama war nicht möglich. Jeannette betrachtete Martha von der Seite. Seltsam, in Marthas Gegenwart fühlte sie sich aufgewertet. Diese kluge Frau interessierte sich für sie. Warum nur? Junge Mädchen mit guter Stimme waren Martha doch sicher schon öfter begegnet. Wenn Jeannette mit Martha sprach, bemühte sie sich um die richtige Wortwahl, dachte intensiv nach über das, was Martha erzählte, eignete sich ihre Gedanken und Formulierungen an. Sie wollte Martha gefallen, um nur ja dem positiven Bild zu entsprechen, das Martha offensichtlich von ihr hatte.
Kam von Martha: »Nein, Jeannette, das sehe ich anders!«, dauerte es keine fünf Sekunden, und Jeannette hatte Marthas Standpunkt übernommen. Wenn Jeannette abends von ihrer Bibliotheksarbeit erzählte und in gelungenen Bildern über die manchmal eigenartigen Funde sprach, lachte Martha beifällig. In diesen Sekunden war Jeannette stolz und glücklich. Kein Zweifel, Jeannette hatte ein Idol gefunden.
Über ihnen kreiste eine große Seemöwe mit gleichmäßig ruhigen Bewegungen. Das Sonnenlicht ließ ihr weißes Gefieder mit den schwarz gesäumten Schwingen fast rosenfarben leuch-

ten. Ein paar schnelle Flügelschläge, dann trug der Wind sie weit über die Bucht. Jeannette seufzte und zeigte auf den Vogel. »So wäre ich gerne.«
Martha öffnete die Augen und folgte Jeannettes Blick. »Das kannst du doch haben! Beim Singen fühlt man sich nämlich so.«
»Stimmt«, erwiderte Jeannette erstaunt. »Darüber habe ich noch nie nachgedacht, aber es stimmt!« Die Möwe kehrte mit elegantem Schwung zurück und setzte sich auf die Spitze eines Fahnenmastes.
»Das Allerschönste wäre, wenn ich mich auch so … so seemöwig fühlen könnte, ohne die Stimme zu erheben. Also ich meine, im Normalzustand. Man kann ja nicht ständig singen.«
Martha setzte sich gerade und zog ihren Sonnenhut zurecht. »Weißt du, was mir Albertine über eure erste Begegnung erzählt hat? Sie behauptete, sie hätte in dieser Kneipe ein Mädchen mit ungewöhnlichen Augen und ungewöhnlicher Kraft gesehen. Sie ist bloß herzlich mit sich selbst verfeindet, sagte Albertine. Wie schade, Jeannette. Aber das ist in deinem Alter fast normal. Das kenne ich ganz gut aus eigener Erfahrung.«
Jeannette starrte auf die Wellen, die in träger Sommerbrandung auf den Kieselstrand rollten. »Ich kann mir nicht vorstellen, dass du jemals etwas anderes als schön und schlau warst.«
Martha lachte. »Danke für das Kompliment, aber wenn wir zurück in Köln sind, zeige ich dir mal ein paar Fotos aus meiner Teenagerzeit. Nicht, dass ich dir Gehässigkeit zutraue, aber dein eigenes Selbstbewusstsein wird in Sekunden bis ans rote Lämpchen schnellen.«
»So schlimm?«
»Schlimmer.«

Nach dem »coastal footpath« war das North-Yorkshire-Moor an der Reihe. Sie kamen erst bei Anbruch der Dämmerung zurück, um Albertines kunstlose Nudelgerichte hungrig und dankbar in sich hineinzustopfen.

»Morgen Abend sind wir bei den zwei Jungs von nebenan eingeladen!«, erinnerte Albertine und lud noch einen Berg Spaghetti auf ihren Teller. »Ich trinke doch jeden Tag Tee mit ihnen, das heißt, kaltes Stout. Es wurde bemängelt, dass man von euch beiden gar nichts gesehen habe. Und sie müssen übermorgen zurück nach Köln.«

»Was, ist die Woche schon herum?« Martha konnte es nicht glauben. »Dann machen wir morgen eine Wanderpause, was, Jeannette?«

»Und unser Kühlschrank ist leer. Einer von euch muss mal einkaufen gehen. Ich kann nicht, weil meine Lieblingsgermanin sich gerade in einen römischen Zenturio verliebt hat.« Albertine kratzte die restliche Tomatensauce aus dem Topf.

»Ich geh schon!« Jeannette gähnte. »Aber vorher werde ich etwa zwölf Stunden schlafen.«

Jetzt stand Felix am frühen Freitagvormittag, an seinem vorletzten Ferienmorgen, in der Küche des Cottage und betrachtete versonnen den Inhalt des blauen Plastikcontainers, den er aus Köln mitgebracht hatte. »Steinpilzbouillon«, murmelte er. »Und vorher etwas Salatiges. Ernie!«, rief er laut in den Garten. Ernie saß in einer Laube von Efeu und wildem Wein und suchte eine Kindermelodie zusammen. »Ernie, heute Abend kommen die drei Mädels von nebenan zum Abschiedsessen. Was soll ich kochen?«

»Lammkeule!«, rief Ernie, ohne aufzusehen. Felix gab einen unwirschen Laut von sich, betrachtete die beiden Gasflammen, die ihm auf dem Miniherd ohne Backofen zur Verfügung standen, und schrieb »Forellen oder sonst was« auf einen Einkaufszettel. Er weichte eine Handvoll getrockneter Steinpilze ein, schnappte sich einen Korb, die Autoschlüssel und verabschiedete sich von Ernie, der entspannt vor sich hin klimperte.

Felix liebte die Herausforderung einer schlecht bestückten Ferienküche und typischer lückenhafter Urlaubsvorräte über alles. Und eine Abendeinladung war der Gipfel aller Improvisationsfreuden. Sie hatten vereinbart, dass Martha die Getränke spendierte, denn auch im Schulhaus war der Weinkeller bemerkenswert gut sortiert. Dagegen pflegte der Händler im Dorfladen bei der Frage nach Wein nachzuhaken: »Aus Trauben oder aus Stachelbeeren?«

Als Felix mit dem Rover gerade die Einfahrt des Schulhauses passierte, lief ihm Jeannette fast vor die Reifen. Er hupte und winkte: »Willst du ins Dorf?«, rief er. Jeannette hielt ihren Einkaufsbeutel hoch und nickte. »Steig ein!«

Jeannette drehte sich um, winkte Martha zu und schrie: »Ich fahr mit Napoleon einkaufen!«

»Mit wem?«, fragte Felix.

Jeannette blickte ihn erstaunt an, dann hielt sie die Hand vor den Mund und musste lachen. »Du heißt seit deiner Ankunft so. Hat dir noch niemand gesagt, dass du ihm unglaublich ähnlich siehst?«

»Bislang noch nicht. Na ja, es gibt Schlimmeres«, meinte er nach ein paar Sekunden. Dann grinste er. »Nur schade, dass Ernie keinerlei Ähnlichkeiten mit Kaiserin Joséphine aufweist. Übrigens, was willst du heute Abend essen?«

Jeannette überlegte. Felix hob warnend seinen Zeigefinger. »Jetzt sag nicht ›Lammkeule‹, sonst krieg ich eine Krise.«

»Wie wär's denn mit Forelle oder sonst was?«
Jeannette begriff nicht, warum Felix lachte, aber sie lachte mit. Schon allein deshalb, weil man das bei Felix' Perlhuhngelächter einfach musste. An der Kreuzung bog er nicht zur Dorfstraße ab, sondern schlug den Weg nach Whitby ein. »Wir suchen uns ein paar bessere Läden«, erklärte er.
»Im Hafen von Whitby gibt es einen Delikatessenladen, der Stiltonkäse und noch einen anderen englischen Blaukäse verkauft. Dazu frischen Stangensellerie und Salzcracker – das schmeckt unglaublich gut. Ist eine echt englische Kombination. Hat Martha uns vor vier Tagen vorgesetzt.«
»Gutes Mädchen!«, lobte Felix. »Erzähl mal, warum fährst du denn gleich mit zwei Aufpasserinnen in Urlaub? Andere Kinder in deinem Alter fahren doch in Rudeln zum Surfen oder zum Automatenknacken. Und dann noch Lehrerin und Gefängnispsychologin?«
»Ich steh halt auf alte Leute. Deshalb war ich bei dir auch gleich so zutraulich.«
»Freches Kind, ich bin keinen Tag älter als dreißig. Nennst du das alt?«
»Na gut, mein Vater könntest du nicht sein.«
»Und wie alt ist dein Papa?«
»Mein Vater ist tot.«
Felix schwieg vorsichtig. Jeannette betrachtete die rauhe Landschaft, die draußen vorbeiflog. Auf einem Acker verbrannten ein paar Landarbeiter Zweige und Laub. Der Geruch zog ins Auto, es roch für Sekunden nach Herbst. Seltsam, zum ersten Mal in ihrem Leben schmerzte es nicht, von Josef zu reden.
»Du hast ihn sehr gerne gehabt?«
»Ja.« Dann schwiegen sie wieder.
Plötzlich begann Jeannette zu erzählen. Von Josef, von Leni,

von Susanna. Von ihrer Kölner Wohnung, ihrer Kindheit, von den Dialogen mit Vaters Fotos, von dem Tag mit der braunen Holzkiste und ihrer Fresssucht. Von der Einsamkeit und den Komplexen. Von der schönen Schwester und ihrer Fremdheit. Von dem aufgedunsenen Jurastudenten, der sie damals, auf der Erstsemesterfete, mit seinen Worten so fürchterlich verletzt hatte. Von den leer gefressenen Leberwurstdosen. Von dem dicken, mehlweißen Gesicht im Spiegel.

Während sie böse Stunden vor Felix auspackte, streifte sie in Gedanken flüchtig Albertine und Martha und fand es seltsam, dass sie ihnen nicht dasselbe erzählen konnte. Von Henry erzählte sie Felix nichts. Da geschah etwas in ihr, das sie selbst nicht begriff, nicht kannte. Wenn sie morgens aufwachte und mitten aus ihrem Traum noch dem Gefühl nachspürte, das der Mann, der meist aussah wie Henry, auf ihrer Haut hinterlassen hatte, kam es vor, dass sie rot wurde.

Auf dem Parkplatz in Whitby blieben sie noch eine Weile sitzen, bis Jeannette nichts mehr sagte. Auch Felix schwieg. Er hatte kaum eine Frage gestellt, aber die Art, wie er zuhören konnte, war so, als fiele man mit jedem geheimen Geständnis auf noch weichere Kissen. Die Erfahrung, dass jemand sie nur durch sein Zuhören erleichterte, hatte Jeannette noch nie gemacht. Was hatte sie dazu gebracht, ihm so viel zu erzählen? Was brachte sie dazu, es keine Sekunde zu bedauern?

Sie wusste instinktiv, dass sich hinter der Fassade des schnoddrigen Possenreißers ein Mensch verbarg, der Wesentliches sofort begriff. Bei Felix durfte man alles sein, alles sagen.

Es war rätselhaft, aber sie hatte das Gefühl, während der zwanzig Meilen zwischen Shellsands und Whitby den bedrückenden Ballast langer Jahre in erträgliche Erinnerungen verwandelt zu haben. Vielleicht war diese Empfindung vorübergehender Natur, aber sie wärmte.

Stumm betrachteten sie die Möwen. Die großen weißgrauen Vögel pickten nach einer Tüte Pommes frites, die jemand nachlässig vor einen überfüllten Mülleimer auf den Asphalt geworfen hatte. Der Wind frischte auf und ließ die Reklamewimpel des Supermarktes gegenüber flattern. Nach einer Weile sah Felix Jeannette an, lächelte und streichelte ihr wortlos über die Wange.

Dann stiegen sie aus.

In der Altstadt am Hafenbecken gab es eine Menge kleiner Läden, Bars und Trödel. Sie bewunderten alte Blechschilder, indischen Schmuck und Badelatschen mit Goldglimmer. In dem Delikatessengeschäft kaufte Felix Stiltonkäse, Oliven und kleine Moorkartoffeln. »Was soll ich bloß als Hauptgericht kochen? Und wie gefräßig seid ihr Mädels?«

»Sehr!« Jeannette kaufte zwei dekorative Gläser mit Orangenmarmelade für Mama, dann überquerten sie die Brücke zum neueren Teil der kleinen Stadt und bummelten über die belebte Hafenpromenade.

Irgendwo roch es appetitlich nach Gegrilltem. Felix überlegte kurz, dann leuchteten seine Augen, und er ließ sich zwei Hähnchen einpacken.

»Popelige Grillhähnchen?«, fragte Jeannette. »Ich dachte, wir kriegen irgendwas mit Hummer in Zöpfchenform? Und bis heute Abend sind die doch kalt! Ich denke, du bist so ein abgefeimter Gourmet? Wie war das mit der Salatschleuder und deinem Tannenzapfenöl?«

»Walnussöl!«, korrigierte Felix. »Lass die Mama mal machen, du garstiges, verfressenes Kind.«

Zu einem verräucherten Pub gehörten ein paar Stühle und ein Sonnenschirm direkt am Hafenbecken. Sie bestellten sich zwei große Gläser Shandy und eine Portion Ploughman's lunch. Felix zerlegte das dicke Käsestück in Würfel und schob den Teller in die Mitte des Tisches. »Kind«, er betrachtete Jeannette nachdenklich. »Was ich nicht so ganz verstehe, ist die Heulerei über dein grässliches Übergewicht. Du bist doch überhaupt nicht so fett. Du bist höchstens niedlich rund.«

»Na ja, Albertine sagt, ich sei mal dicker gewesen. Ein bisschen habe ich wohl abgenommen, viel kann es nicht sein. Aber aus meinem inneren Spiegel kuckt mich immer noch ein bleicher, fetter Kloß an.«

Felix zuckte mit den Achseln. »Das ist wohl immer so mit dem Selbstbild, egal wie man für andere aussieht.« Er legte den Kopf schief und sah sie an. »Ich blicke in die ungewöhnlichsten Augen der westlichen Hemisphäre, und drum herum ist ein Wesen, das man gern im Arm hätte. Mal von allen weiblichen Gewichtsobsessionen abgesehen: Du bist gar nicht der Typ des filigranen Glasgebläses. Und die wenigsten Männer fallen gerne auf einen Haufen Knochen.«

Jeannette lachte. »Ich hab keine Kalorien gezählt«, sagte sie. »Dafür die Stunden bis zur nächsten Chorprobe. Aber woher hast du denn diesen Mackerspruch?«

Felix leerte seinen Shandy. »Der stammt noch aus den Zeiten, als ich ein harter Mann werden wollte.«

»Und was willst du jetzt werden?«

»Gar nichts mehr. Ich werde wohl die üblichen Seelen- und Jahresringe ansetzen. Ansonsten bleibe ich so, wie ich bin.«

»Damit tätest du mir einen großen Gefallen.«

Auf dem Rückweg zum Parkplatz kamen sie an einer Zeile mit einigen Boutiquen vorbei. Felix blieb stehen und bewunderte ein Button-down-Hemd mit Streifen in verschiedenen Blautönen. »Wenn ich jetzt da hineingehe, ziehe ich garantiert einen Zettel aus dem Hemd, auf dem steht: ›Kauf mich, Felix.‹ Teuer, das gute Stück.«

Sie betraten den Laden. Sofort kam ein älterer Herr auf sie zugeeilt, fragte nach ihren Wünschen, zog ein Hemd aus dem Regal, öffnete die Hülle und entfernte langsam und umständlich sämtliche Nadeln, damit Felix es besser begutachten konnte. Es schien die richtige Größe zu haben. Plötzlich zeigte Jeannette auf das eingenähte Etikett. Der alte Herr begriff nicht, warum beide lachen mussten. »Ernie's wear« stand auf dem Webschildchen. Felix bezahlte, und sie schlenderten weiter.

Vor einem Laden mit schmiedeeisernen Säulen blieb Felix noch einmal stehen. »Das da!«, sagte er und zeigte auf ein einfach geschnittenes, wadenlanges Kleid, das man dekorativ mit Bambusstäbchen und Nautilusschalen im Fenster drapiert hatte. Bevor Jeannette reagieren konnte, hatte Felix den Laden schon betreten.

Vor vier Wochen noch hätte sie es weit von sich gewiesen, jemals ein Kleid zu kaufen. Aber in dem Gewand aus mokkafarbenem Leinen sahen ihre Oberarme nicht mehr aus wie dickliche Babybeinchen, sondern straff und braun. Erstaunt blickte sie sich im Spiegel an. Ihre Haare waren gewachsen und begannen, sich an den Spitzen zu kringeln. Sie glänzten im Licht der Wandlampe. Zaghaft schob Jeannette den Vorhang beiseite und trat vor einen großen Spiegel.

»Oh, es gibt nicht viele Menschen, die solch eine Farbe tragen können!« Die Verkäuferin, eine ältere Dame, in Chiffonvolants gewandet, sah ihr wohlwollend zu, wie sie sich vor dem Spiegel drehte und wendete und sich mit unsicherer Miene betrachtete.

Felix hatte die Arme verschränkt und grinste. »Wie ein Schokoladenriegel!« Er nickte der Verkäuferin zu und meinte: »Sie nimmt es!«

Als er seine Brieftasche herauszog, protestierte Jeannette. »Ich will nicht, dass du für mich Geld ausgibst!«

»Ach ja?« Felix zog die Augenbrauen hoch. »Ich dachte, ich sei deine Patentante? Aber wenn du unbedingt willst, zahlst du eben den Stoff, und ich lege dir etwas zum Reißverschluss dazu.«

Jeannette lachte. Dann, unsicher, ob sie wirklich ein teures Geschenk von einem fast Fremden annehmen konnte, fragte sie: »Meinst du wirklich, ich kann so etwas annehmen? Wir kennen uns doch kaum.«

»Kind, überleg mal ganz genau, was du gerade gesagt hast. Hast du wirklich das Gefühl, dass wir uns fremd sind?«

Sie sagte nichts, schaute ihn nur an und lächelte. Draußen im hellen Sonnenlicht schlenkerte Jeannette stolz die grau-goldene Papiertüte herum. Diese Tüte würde sie behalten, als Andenken an diesen Tag. Mit ihren vielen Päckchen bummelten sie zum Parkplatz.

»So, Kind, und wenn du wieder in Köln bist, lässt du dir ein paar Kontaktlinsen verpassen. Diese Brille da animiert mich zum Draufsetzen.«

»Sie macht irgendwie Eulenaugen, das stimmt. Aber vor drei Jahren fand ich sie ganz lustig.«

»Wenn ich die Wahl hätte zwischen einer lustigen Eule oder der ungehinderten Sicht auf diese Augen, würde ich die Brille sofort ins Hafenbecken schmeißen.«

»Tut mit leid«, seufzte Jeannette, »aber trotz meines ausgeprägten Riech- und Tastsinnes muss ich ja noch irgendetwas erkennen können.«

»Wie wahr. Zum Beispiel dahinten die Bauarbeiter. Die pfeifen dir nämlich gerade nach. Trotz Brille und Walla-weia-Hemd. Du musst dir im Laufe dieses Vormittags das gewisse Etwas zugelegt haben. Oder, halt mal, ich glaub, die pfeifen *mir* nach!«

Nachmittags wurde es drückend. Aber das Gewitter, das sich durch zunehmende Schwüle und graue Schleier ankündigte, fiel wieder in sich zusammen. Die Blumen ließen ihre Köpfe hängen.

»Egal, ob es morgen regnet oder nicht«, sagte Martha energisch und zerrte den gelben Wasserschlauch von seiner Rolle. »Ich gieße jetzt.«

In diesem Moment klingelte das Telefon. Jeannette legte einen Stapel staubiger Bücher aus der letzten Kiste auf den Gartentisch. »Soll ich Blumen sprengen?«

Aber Martha war schon verschwunden. Die grüne Pause war Jeannette willkommen. Sie nahm den Wasserschlauch und drehte den Wasserhahn auf. Auch in Untermechenbach war Gartensprengen immer eine erfreuliche Tätigkeit. Jeannette liebte die Momente, in denen das Sonnenlicht und die Wasserkaskaden kleine Regenbogen produzierten. Sie mochte es, wenn der braune Torf aufspritzte, die matten Pflanzen sich nass glänzend erholten, die müden Blätter sich wieder strafften. Die Sonnenhütchen aalten sich mit ihrem blinzelnden Blütenauge unter der kühlen Dusche.

Maria, I just met a girl named Mariaaa …, begann sie ihr Musical-Potpourri. Mit jedem gefühlvollen *Mariaaaaa* schwankten die rosa Malven, die wegen ihrer zarten Blüten nicht von oben

bewässert wurden, sondern eine feuchte Breitseite abbekamen … *and suddenly that name will never be the same to meee.* Die Kletterrosen seufzten lustvoll unter der kühlen Dusche. Jeannette schloß die Augen und intonierte gefühlvoll: … *say it loud and there's music playing, say it soft and it's almost like praying* …
Nebenan legte Ernie seinen Bleistift beiseite.
Maria, Maria, Mariaaaaaaaa!
Felix servierte seinem komponierenden Geliebten den Nachmittagstee. Beide lauschten.
»Moderato con anima, in Klammern: warmly!« Ernie nippte mit geschlossenen Augen an seinem Assam.
»Wie belieben?«
»Das steht in jedem Songbook als Anweisung über diesem Lied!«, erklärte Ernie. »Wer singt denn da überhaupt?«
Eine Antwort erübrigte sich, denn jetzt tauchte das braun gebrannte Mädchen zwischen den Salbeistauden auf und spielte mit dem funkelnden Wasserfächer wie eine fröhliche Brunnenfigur.

I have often walked down the street before
but the pavement always stayed
beneath my feet before …

Dem Wort »feet« verpasste Jeannette einen arabesken Hüpfer, der sich bei jeder anderen Stimme albern angehört hätte. Bei ihr klang er virtuos, spielerisch leicht, wie ein ironisches Zitat aus einem schmalzigen Schlager.

… *all at once am I*
sev'ral stories high
knowing I'm on the street where you live …

Der Sommerflieder ließ sich willig seine violetten Dolden von Jeannettes Sprühdusche kraulen.
»Jetzt also ›My fair lady!‹« Ernie stellte seine Teetasse ab und schlich, von Jeannette unbemerkt, zum Gartenzaun.
Jeannette hatte den alten Musicalfilm mit Audrey Hepburn und Rex Harrison einmal bei Tante Adelheid im Fernsehen gesehen und war nachhaltig beeindruckt gewesen. Sofort wünschte sie sich den originalen Soundtrack und konnte innerhalb von ein paar Tagen alles auswendig. Sie sah noch den katerverliebten Freddy vor Eliza Doolittles Haus herumschwärmen und die Türpfosten ansingen.

Are the lilac trees
in the heart of town
Can you hear a lark in any other part of town?
Does enchantement poooooour …

schmetterte sie und berieselte mit Hingabe die Levkojen,

… out of every doooor,
no, it's just in the street
where you live.
And oh …

Die Kapuzinerkresse wurde vom Wasserstrahl mit jedem langen »Oooh« noch weiter auf den Boden gedrückt, bis sie schließlich kapitulierte.
Felix folgte Ernie an den Zaun. Ernie hatte seinen rechten Ellbogen auf einen Pfosten gestützt und das Kinn in die Hand gelegt. Er lauschte immer noch.
Jeannette schmetterte das Finale:

Let the time go by
I won't care if I
can be here
on the street where you liiiiiiive.

Die Rizinusstaude sah so aus, als würden ihr gleich das Herz und zahlreiche Blattstängel brechen.

»Das ist sie!«, sagte Felix und stieß Ernie mit dem Ellbogen in die Seite.

»Was? Wer?«

»Das ist Molly Melone!«, sagte Felix feierlich. »Genauso sollte sie singen. So voll, gewaltig, so jazzig, so variantenreich, so … ach, einfach genauso wie Jeannette. Verdammt noch mal, dass dieser nette Rollmops so eine Stimme hat, haut mich ja um. Sag mal, Herzblatt, der Vertrag mit deiner anstrengenden Petra Dingsda ist doch noch nicht unterzeichnet?«

»… die Hauptrolle? Nein.« Ernie klang andächtig. »Nein, Gott sei Dank hat Petra noch nicht unterschrieben.«

Pünktlich um zwei Minuten vor acht standen die drei Damen aus dem Schulhaus feingemacht und duftend vor dem Gartentor des Cottage. Das heißt, Martha duftete, trug sandfarbene Wildseide, und Albertine hatte eine Bluse angelegt, an der tatsächlich noch alle Knöpfe vorhanden waren.

Martha und Albertine stießen sich heimlich in die Rippen, als Jeannette etwas verlegen ihre Neuerwerbung vorführte. Sie besaß keinerlei Schmuck außer einer dünnen Silberkette mit einem Sichelmond, den ihr Leni einmal zum Geburtstag geschenkt hatte. Das Mokkakleid und die sonnengebräunte Haut ließen das kleine Schmuckstück leuchten. Weil sie nur zwei Paar klobige Turnschuhe mitgebracht hatte, zog sie überhaupt

keine Schuhe an, sondern kam mit nackten Füßen die Treppe herunter. Es war immer noch warm genug.
Albertine pfiff durch die Zähne. »Donnerwetter, du siehst umwerfend aus, altes Mädchen.«
Martha konnte kaum glauben, dass die barfüßige Nymphe und das dicke, verlegene Mädchen der ersten Chorprobe ein und dieselbe Person sein sollten.

Ernie geleitete die Damen zum gedeckten Gartentisch und nahm Martha den Flaschenkorb ab. Felix begrüßte sie mit ausgebreiteten Armen. Er trug immer noch seine Küchenschürze. Auf dem Tisch flackerten Teelichte in alten Tassen. Die Dämmerung und die duftenden Rosen verliehen der gedeckten Tafel etwas ungemein Festliches. Wenn man genauer hinsah, entdeckte man den klassischen Charme einer Ferienküchenausstattung der schlichten Kategorie. Auf Mrs. Brewsters fünftbestem Reservebetttuch war für jede Person mit einem anderen Teller gedeckt. Manche hatten einen Sprung, manche einen matt-fleckigen Goldrand oder verblasste, hundertfach gespülte Rosen. Das Besteck schien in einer Art Konglomeratsdesign aus Plastikgriff-Messerchen, Flugzeugsouvenirs oder Hoteldiebstählen zu bestehen.
»Echt Senfkristall!« Felix schenkte Marthas besten Chardonnay in kleinen Gläsern aus, die alle bis auf eines einmal Colman's Mustard enthalten hatten. »Ich will das mit Mowgli und dem Elefanten!«, sagte Ernie und grapschte sich egoistisch das einzige bunte Glas.
»Wir haben heute Abend eine kleine Überraschung für euch.« Ernie erhob sein Glas und prostete den Gästen zu.
»Welche denn?« Albertine wurde neugierig.
»Wird erst nach dem Essen verraten. Also Ernie, wirklich!«

Felix brachte eine große, bunte Platte mit kalten Vorspeisen.
»Was ist denn das für ein Riesenteller?«, erkundigte sich Ernie, als er die silberglänzende Platte sah.
Felix stellte seine kunstvoll garnierten Horsd'œuvres ab. »Das ist der hölzerne Wandteller, der über der Schlafcouch hing. Der mit ›Greetings from Dover‹ und den eingebrannten Kreideklippen drauf. Ich hab einfach Alufolie drübergekniffelt. Was Ferienwohnungen anbelangt, bin ich gestählt im Improvisieren.«
»Sie hätten doch bei mir kochen können!«, rief Martha.
»Oh nein, danke. Ich liebe solche Herausforderungen. Sollen andere Menschen mit Schwimmflossen und ohne Sauerstoff auf den Nanga Parbat oder den Watzmann steigen, ich mache existenzielle Grenzerfahrungen, wenn ich in einer Kuckucksuhr Kastenbrot backen muss, weil sonst keine Backform aufzutreiben ist.«
»Köstlich!« Albertine ließ sich einen Cracker mit Stilton und geraspeltem Sellerie auf der Zunge zergehen.
»Ich habe mal Champagner aus einer Tiefkühltüte getrunken. Das geht ganz gut: Man schneidet einen Zipfel ab und hält das Ganze dann wie einen spanischen Weinschlauch über den Mund. Bei einer Gartenparty. Mit Goldie Waters.« Ernies Stimme klang ein bisschen zu beiläufig. Felix seufzte. Jetzt kam die erste Runde Namedropping.
»Goldie Waters?«, fragte Martha und erwies sich als gute Mitspielerin. »Sie meinen *die* Goldie Waters aus diesem Film …«
»Taxi-love«, ergänzte Albertine. Sie schien beeindruckt. »Sie kennen sie persönlich? Aber sie muss doch ein Heidengeld verdienen, wieso hat sie denn keine Sektgläser?«
»Sie hat sie vor unseren Augen zerdeppert.« Ernie zerteilte eine Scheibe Rosmarinschinken und rollte sie mit Brunnen-

kresse auf. »Ihr Exfreund stand nämlich vor der Tür mit einer Neuen. Mit Becky Dalington.«

»Der Sängerin?« Martha staunte gebührend, und Albertine wunderte sich, dass Felix keine seiner bösartigen Bemerkungen machte. Ernie schwelgte in hochkarätigen Erinnerungen.

»Nein, das ist ja ein Ding. Wen kennen Sie denn noch alles? Wie ist denn die Dalington persönlich, ich meine privat?«

»Anstrengend. Ich meine nicht so stressig wie Goldie. Aber am schlimmsten ist …«

Felix erhob sich und griff nach dem geleerten Brotkorb. »Entschuldigt mich, ich muss mal nach dem Hauptgang schauen.«

»Ich helfe dir!« Jeannette sprang auf. In der Küche sagte sie halblaut zu Felix: »Ernie ist ja sehr nett, aber erzählt er immer so ein Zeug?«

Felix schaute auf die Uhr. »Noch etwa eine halbe Stunde lang. Nach dem Hauptgang bin ich dran.« Er sprach mit künstlich hoher Stimme: »Neulich beim Papst zur Teestunde sag ich noch, mein Gott, Euer Heiligkeit, wo haben Sie denn diese Vanillehörnchen her? Und dann hat mir doch der Heilige Vater tatsächlich sein bestes Plätzchenrezept verraten. Wussten Sie, dass der Papst auch Wickelkuchen backen kann?« Dann, in verändertem Tonfall: »Wenn Ernie immer so wäre, hätte ich ihn längst verlassen. Aber er kann auch anders. Es ist eben eine Macke, so wie wir alle unsere anstrengenden Seiten haben. Eigentlich ist er ein ernster und eher melancholischer Mensch.«

Felix hob den Deckel von einem Topf und schnupperte. Es roch köstlich. »Zieh dir eine Schürze an, Kind, ein Fettfleck auf diesem Leinenkleid wäre tödlich. Den könntest du dann nur noch sauber rausschneiden.«

»Gut, Mama. Wo sind denn die Grillhähnchen von heute Mittag?«

Felix schnitt ein Baguette in dicke Stücke. »Verschwunden in der Abteilung ›Pfusch & Schwindel‹. Du wirst sie nachher als ›Poulet de Bresse aux cèpes à la crème‹ wiederfinden. So lange kannst du mal die Kräuterkartoffeln beaufsichtigen.«

Artig wendete Jeannette die Moorkartoffeln, die neben dem Topf auf der zweiten Kochplatte schmurgelten. Sie waren gekocht, gepellt und brieten nun im Ganzen auf einer kleinen Flamme mit einer Ladung frischem Thymian. Felix leerte heißes Wasser aus einer alten Keramikbackschüssel und trocknete sie ab.

Vorsichtig schichtete er die aufgewärmten Geflügelteile in die Backschüssel und überzog sie mit der cremigen Pilzsauce. »Verrate es niemandem, aber so kann man sich eine Heidenarbeit sparen. Statt stundenlang in spritzendem Fett einzelne Hühnerteile zu braten, nimmst du einfach ein fertiges Grillhähnchen. Es muss allerdings sehr gut sein. Du machst die Haut ab, bereitest eine Soße aus Zwiebeln, Bouillon, Steinpilzen, Sahne und einem Kick Sherry und lässt das Geflügel nur noch ziehen.«

»Du musst mich unbedingt in der Eifel besuchen, bei meiner Mutter. Ich glaube, ihr würdet den ganzen Tag nur noch über Kochen und Improvisationen reden. Darin ist meine Mutter nämlich Altmeisterin.«

»Ich komme, liebes Kind. Gibt es bei euch denn schöne Männer?«

»Ich kenne nur einen, aber der liebt meine Schwester.«

»Wie langweilig!«

»Nein«, sagte Jeannette, »nein, langweilig ist das bestimmt nicht. Sie ist nämlich mit einem anderen verlobt.«

»Oha. Und?«
»Ich weiß noch nicht, wie es weitergegangen ist. Vielleicht brennt Susanna jetzt gerade mit Dario durch.«
»Hoffentlich.« Felix garnierte das »Poulet à la crème« mit frischer Petersilie, dann trugen sie das Essen auf.

»Und wussten Sie, wer hochgradig tablettensüchtig ist?« Ernie trank einen Schluck Wein, um die Spannung zu erhöhen. Albertine und Martha beugten sich leicht vor. Ernie verriet es raunend.
»Nein!« Martha und Albertine griffen erschüttert nach ihrem Senfglas, tranken und lehnten sich synchron wieder zurück.
»Das ist ein echtes Bresse-Hühnchen mit Steinpilzcremesauce«, verkündete Jeannette.
Die nächste Viertelstunde verlief so still wie eine Sonntagsandacht. »Das Rezept müssen Sie mir verraten!« Martha wischte sich den Mund mit einer rosa Papierserviette, auf der in dreißig Sprachen »Guten Appetit!« aufgedruckt war.
Felix winkte ab. »Kompliziert, kompliziert. Dauert Stunden! Lohnt sich nicht, die Arbeit. Nur was für Maniacs.«
Jeannette fing sein Augenzwinkern auf.
»Oh, es geht uns gut.« Albertine seufzte und goss sich noch einen Chardonnay ein.
Ernie tupfte sich ebenfalls das Kinn und fixierte Jeannette. »Hast du eigentlich Bühnenerfahrung?«
Albertine nickte an ihrer Stelle und sagte: »Sogar Fernseherfahrung.«
Ernie schien beeindruckt. Felix hätte Jeannette sehr gerne verraten, was jetzt kommen sollte. Aber noch hatte Ernie Redezeit.
»Wir haben nämlich einen Job für dich!« Ernie machte es

spannend und pickte ein paar Krümel von Mrs. Brewsters Betttuch. Jeannette setzte sich gerade.
»Du hast doch heute die Blumen gegossen, nicht?«, fuhr er fort. Felix rutschte auf seinem Stuhl hin und her. »Und dabei gesungen. Du singst unglaublich, weißt du das? Du hast eine große Stimme und einen großen Stimmumfang.«
»Drei Oktaven!«, sagte Martha.
Jeannette blieb stumm und sah Ernie mit großen Augen an. Im Kerzenlicht wirkte sie auf einmal wie ein kleines Mädchen, vor dessen Augen gleich die Tür zum Weihnachtszimmer aufgeht.
»Ich habe ein Musical komponiert«, fuhr Ernie fort. »Und es wird im besten Off-Theater von Köln inszeniert. Ab nächste Woche. Und du …«
»… bekommst die Hauptrolle!« Felix hatte es nicht mehr ausgehalten und musste Ernies bitterbösen Blick ertragen.
»Was bitte?« Jeannette begriff nichts.
Ernie erklärte es ihr noch einmal. Jeannette sagte nichts mehr, dann stand sie auf, fiel Ernie um den Hals, anschließend Felix und konnte vor Aufregung nicht mehr sitzen.
Felix strich ihr väterlich über die Haare. »Viel Geld gibt's allerdings nicht. Aber dafür Ruhm und Ehre.«
Ernie dämpfte seine Versprechungen. »Übertreib's nicht. Das Geschäft ist hart, die Konkurrenz groß, und es wird verdammt viel Arbeit werden. Das laufende Semester – du studierst doch, wie war das noch mal? – kannst du jedenfalls vergessen. Und wenn wir mit der Produktion auf Reisen gehen, das nächste Semester gleich mit. Willst du?«
»Überleg doch nicht so lange, Kind!«, sagte Felix. »Sonst muss ich an deiner Stelle zusagen!«
Jeannette nickte nur stumm.

Ernie gab sich alle Mühe, Marthas aufgeregte Fragen zu beantworten. Albertine verschwand im Dunkeln und kehrte mit zwei Flaschen Champagner zurück. »Durfte ich doch, oder?« Sie hielt sie hoch. Martha winkte nur ab und strahlte.
Sie füllten die Senfgläser und stießen an.
»Aber eines verstehe ich nicht.« Jeannette hatte die Sprache wiedergefunden und stellte ihr Glas ab. »Wieso habt ihr ausgerechnet die Hauptrolle bis eine Woche vor Probenbeginn nicht besetzt?«
»Haben wir ja. Aber die gute Dame ist etwas schwierig, um es vorsichtig auszudrücken. Sie ist der Ansicht, dass man ihr ununterbrochen nachlaufen muss, und konnte sich bislang noch nicht zu einem Vertragsabschluss entschließen. Sie wolle es sich noch mal überlegen. Nichts als gezielte Hinhaltetaktik, um sich zu profilieren. Sie ist bekannt für solche Zicken. Pech für sie. Damit rechnet sie nicht. Sie ist nämlich sehr gut. Aber du ...«
»... bist besser«, ergänzte Ernie und prostete ihr zu.

»Jetzt erzählt mal, worum geht es dabei?«
Der Hauptgang war vorbei. Ernie blickte Felix fragend an. Felix sagte: »Ich schenke dir meine Halbzeit.« Niemand außer Ernie wusste, was er meinte. Glücklich erzählte er von seinem Musical und den vielen, vielen Prominenten, die er zur Premiere einladen würde, von den einzelnen Songtexten und der Handlung. Er sang halbe Stücke vor, ging zu seinem Keyboard, das immer noch in der Laube stand, und spielte einige Songs an. Jeannette war begeistert.
»Wie bist du bloß auf diese Idee gekommen? Ein Musical nur über Gemüse?«, fragte sie.
Ernie gab sich einen Ruck. Dann drückte er seinen Zeigefinger auf Felix' Nase und sagte: »Der da hat so Ideen.«

»Was für ein Team!« Albertine war wirklich beeindruckt.
»Die Musik gefällt mir.« Martha schaute Ernie an. »Ich habe das Gefühl, dass Sie viele musikalische Einflüsse miteinander verbinden, zum Beispiel … wie war das eben? Dieser Song, mit dem Molly ihre Gemüsefreunde zur Revolution aufruft … das ist wie Jazzrock mit Marseillaise. Wunderbare musikalische Idee.«
Ernie nahm das Kompliment gnädig entgegen. »Gerade dieses Stück stellt große Anforderungen an eine Sängerin. Dafür braucht man eine Stimme mit Riesenumfang.«
»Hat sie.« Albertine nickte stolz, als habe sie persönlich Jeannette aus einem Stück Ton geknetet.
Jeannette sprach nicht viel, die meisten Fragen stellte Martha. Sie konnte noch nicht so ganz begreifen, was dieses Engagement für sie möglicherweise bedeutete. Gedankenfetzen wirbelten durch ihren Kopf. Sie sah sich im Geographie-Seminar sitzen.
Der Übungsleiter blickte sie entsetzt an, als sie einfach aufstand, ihre Tasche unter den Arm klemmte und sagte: »Danke schön, aber Ihr zirkumpazifischer Gürtel und alle darauf befindlichen Vulkane interessieren mich einen Scheiß. Ich bin Molly Melone!« Zu Hause im Wohnzimmer schlug Mama die Hände zusammen und wusste nicht, ob sie lachen oder weinen sollte. Susanna lag in Darios Armen und blickte sie matt von der Seite an. »Wenn's weiter nichts ist, wie schön für dich.«
Dann stand sie selbst allein auf einer großen schwarzen Bühne, breitete die Arme aus und sang den Song, den Ernie eben angespielt hatte:

Es kommt einmal der Tag, an dem du ohne Angst
die Blätter in die Sonne streckst und nicht mehr bangst,

dass du in Vinaigrette auf einem Teller endest
oder dass du dich in einer Pfanne wendest.

Sie musste wieder über den Text lachen. Plötzlich verspürte sie einen heißen Stich im Magen. Jeden Abend vor hundertfünfzig Menschen auftreten! Ihre Hände wurden schweißnass.
Sie hatte noch nie auf einer Bühne gestanden. Doch, in der Schule. Da durfte sie im Märchen von Hänsel und Gretel einen Fliegenpilz in einem Pappkostüm spielen und sagen: »Grüß Gott, liebe Kinder, wohin des Wegs?«

Felix beobachtete sie von der Seite. Er presste sein kühles Glas an ihren Oberarm und fragte leise: »Stimmt etwas nicht?«
Jeannette schrak zusammen. Sie wisperte: »Ich glaube nicht, dass ich schauspielern kann.«
Felix lachte. »Na fein, dann hast du ja mit einigen deiner neuen Kollegen etwas gemeinsam. Jeannette, es handelt sich um ein Musical und nicht um die Qualifikationsrunde zur Vergabe des Ifflandrings. Singen ist diesmal wichtiger. Natürlich wirst du hart an dir arbeiten müssen, aber dann kannst du sogar ein paar Vollprofis von der Platte fegen.«
Jeannette blieb stumm. Es war kaum zu glauben: Noch vor ein paar Wochen war ihre Lebensperspektive so eng gewesen, ihr Weg schien, rechts und links von Wurstdosen markiert, direkt in ihr Mechernbacher Zimmer zurückzuführen. Alt werden mit Mama war besser als allein bleiben. Besser, als irgendwo in einer fremden Stadt wie eine dicke Unke zwischen Schule und Bett hin- und herzurollen. Das konnte sie schließlich auch zu Hause.
Aber jetzt – all ihre uneingestandenen Träume, die Sehnsüchte, die heimlichen Wünsche –, jetzt konnte sie ihnen Gestalt ge-

ben! Sie war keine traurige Unke mehr, sie hatte ein längst vorhandenes Geschenk endlich richtig erkannt, und man bot ihr eine Riesenchance. Sie wandte den Kopf abrupt beiseite, weil sie sich genierte. Tränen rollten über ihre Wangen und hinterließen dunkle Tupfer auf dem hellbraunen Kleid. Sie schneuzte sich in eine der Servietten mit dem vielsprachigen Guten-Appetit-Wunsch, wischte sich diskret die Tränen ab, schaute wieder auf und blickte genau in Henrys Augen.

»Mann«, kreischte Albertine. »Wo kommst du denn her?«

Henry nahm Marthas Glas vom Tisch, trank einen Schluck Champagner und blickte zufrieden in die Runde: »Ach, hatte ich vergessen, das zu sagen? Aus Amerika natürlich. Ich konnte zwei Tage eher zurückkommen.«

Ernie machte höflich Platz und schleppte die letzte Sitzgelegenheit aus dem Cottage: einen Plastikhocker mit einem zotteligen orangefarbenen Plüschbezug. Leicht angeekelt nahm er auf dem bazillös aussehenden Möbel Platz und betrachtete Henry neugierig.

Die Fragen und Erklärungen liefen für ein paar Sekunden ziemlich durcheinander: »Das ist mein Mann – Kinder, hol doch mal einer ein neues Glas – wir sind die Nachbarn – haben Sie schon etwas gegessen – Henry, kennst du schon die neueste Sensation?«

Am nächsten Tag freute sich Martha, dass sie sich mit dem Trinken zurückgehalten hatte, Albertine freute sich, dass sie auf Anhieb ihre Großpackung Aspirin fand, und Jeannette freute sich, dass um sieben Uhr noch alle in tiefem Schlaf lagen.

Henry war da. Er lag bei Martha im Raum nebenan. Gestern Nacht hatte sie die beiden noch reden und lachen gehört. Sie hatte sich das Kissen über den Kopf gezogen, um keine anderen Geräusche vernehmen zu müssen. Jetzt dämmerte ein grauer Tag durch das Fenster. Das Wetter hatte endgültig umgeschlagen. Jeannette hielt es nicht mehr im Bett aus. Sie hatte vielleicht vier Stunden geschlafen, aber sie spürte, dass sie keine Ruhe mehr finden würde. Die Morgenluft kam zum ersten Mal kalt durch das weit geöffnete Fenster. Die große Trauerweide hinter dem Schulhaus glänzte vor Nässe.

Heute würden Felix und Ernie abreisen. Der Gedanke an Felix wärmte sie. Sie wusste, dass ihre Freundschaft keinesfalls mit den Ferien enden würde.

Das Musical fiel ihr wieder ein. Für einen Moment strahlte die große Freude wieder auf. Aber in ihrer Magengrube saß noch etwas, das schmerzte und zugleich Lust bereitete.

Sie stand auf, raffte ihre Kleider zusammen, zog den nie benutzten grauen Baumwollpullover, den Mama ihr vor der Reise noch geschenkt hatte, aus der Segeltuchtasche, machte Katzenwäsche und schlich in die Küche. Mit einem Becher Tee ging sie leise in die Bibliothek und betrachtete ihr Werk. Sie würde es Henry heute übergeben.

Jeannette strich mit dem Finger über die Bücherrücken und dachte an die vergangenen drei Wochen, an die Gespräche, die staubigen Stunden mit Onkel Gareths Büchern, die Hafenmole von Scarborough und die fröhlichen Abende mit Martha und Albertine. Jetzt war Henry da, die Ferien waren zu Ende. Sie hatte sich danach gesehnt, ihn wiederzusehen. Jetzt, da er zurückgekommen war, hatte sie das Gefühl, dass er alles verdarb. Den Frieden, die Seelenruhe und sogar das Wetter.

Ein Geräusch ließ sie erschreckt herumfahren: Henry stand rasiert und munter in der Tür und trug seine Regenjacke. Offensichtlich kam er von einem frühen Spaziergang zurück.

»Du hast doch nicht in der Bibliothek übernachtet?«, fragte er besorgt. »Übertreib es nicht! So wichtig ist Onkel Gareths Erbe nun auch wieder nicht! Obwohl … auf dem Billardtisch kann man hervorragend schlafen, ich habe das mal ausprobiert. Ich glaube, ich war damals sehr jung und sehr betrunken.«

Jeannette war wie gelähmt und ärgerte sich gleichzeitig darüber. »Das scheint ja dann in der Familie zu liegen«, erwiderte sie etwas mühsam.

»Was bitte?« Henry begriff nicht.

Jeannette gewann ihre Fassung zurück und zeigte auf einen Stapel aussortierter Bücher, der auf dem Billardtisch lagerte. »Soll ich mal raten, woran dein Onkel gestorben ist?« Sie wartete keine Antwort ab, sondern ging zum Tisch und hielt ein Buch hoch. »Michel de Montaigne, Essays«, las Henry erstaunt. Sie hielt ein anderes Buch hoch. »Fischzucht in Mittelengland – Probleme und Möglichkeiten.« Henry runzelte die Stirn. »Sei nicht so sphinxy, Janet. Was willst du mir sagen?«

Jeannette nahm ein drittes Buch zur Hand. »Der Lake-Distrikt, Englands schönes Herz«, las sie laut, öffnete das Buch, zeigte es Henry und sagte: »Ich tippe auf Leberzirrhose.«

»Stimmt«, erwiderte Henry, und dann mussten beide fürchterlich lachen. Die etwa dreißig aussortierten Bücher, die auf dem Tisch lagen, hatten sorgfältig ausgeschnittene Hohlräume, in denen sich teilweise noch kleine Flachmänner und sogar ein hübscher Silberflakon befanden.

»Dazu müsstest du etwas über meine Tante Edna wissen«, Henry wischte sich die Augen. »Sie war fast sechzig Jahre lang mit ihm verheiratet.«

»War sie so streng?«

»Nein«, Henry musste sich auf die Tischkante setzen. »Aber sie hat ihm immer alles weggesoffen. Und außer dem landwirtschaftlichen Teil der Tageszeitung las sie nichts.« Sie lachten wieder, bis sie keine Luft mehr bekamen. Dann nahmen sie gleichzeitig ihre Brillen ab, wischten sie an ihren Pullovern sauber und mussten schon wieder lachen. Schließlich beruhigten sie sich und schwiegen eine Weile.

So wie das Lachen zwischen ihnen eine heitere Verbindung geschaffen hatte, lag nun in dem Schweigen eine eigenartige Spannung. Schließlich erhob sich Henry und betrachtete eingehend die entstaubten, sauberen Bücher, lobte die übersichtliche Anordnung, die Reparaturen, bewunderte die Kartei und meinte abschließend: »Gute Arbeit. Ich wusste nicht, dass du dir so viel Mühe geben würdest. Du solltest noch eine Prämie bekommen.«

»Nein!«, rief Jeannette so heftig, dass er sich erstaunt zu ihr herumdrehte. Sie hatte ihre Brille noch nicht wieder auf der Nase und funkelte ihn an.

Gute Güte, was für Augen, dachte Henry. Wie geschliffene Rheinkiesel und Sonntagmorgenlicht. Er legte seine Hände auf ihre Schultern. »Danke«, sagte er und küsste sie auf die Stirn.

Er atmete den Duft ihrer Haut. Sie roch nach Sonne und irgendeiner sehr unschuldigen Seife. Dann sah er ihre Augen, die ihn alles andere als kindlich anblickten. Ihm wurde ziemlich warm unter der Regenjacke. Er löste seine Hände von ihren Schultern, aber Jeannette lehnte ihre Stirn an seine Brust und atmete tief durch. »Henry, ich …«

Sie sprach nicht weiter, aber plötzlich begriff er. »Still. Sei still. Sag es nicht.«

Sie blieben ein paar Sekunden lang bewegungslos stehen. Jeannette blickte wieder auf. Henry blieb äußerlich ruhig, war aber verunsichert. Was kam jetzt? Was wollte sie? Er hatte diesen Gesichtsausdruck eigentlich nur bei Frauen entdeckt, die mindes-

tens zehn Jahre älter waren als Jeannette. Auf einmal stellte sie sich auf die Zehenspitzen und küsste ihn auf den Mund.
»Learning by doing«, hörte sie ihn noch sagen, dann erwiderte er ihren Anfängerkuss professionell. Für ein paar Sekunden vergaß Jeannette, dass sie mit ihren Füßen eigentlich immer noch auf dem Boden stand. Sie öffnete die Augen, blickte ihn verwirrt an, dann rannte sie in ihr Zimmer und begann, ihre Segeltuchtasche zu packen.
Eine Viertelstunde später war ihr Zimmer leer, nur die Morgenbrise, die durch das geöffnete Fenster kam, spielte mit dem Brief, der auf ihrem Kopfkissen lag. Jeannette öffnete vorsichtig die kleine Gartenpforte, die den Weg zum Nachbarcottage abkürzte, und blickte sich ängstlich um. Dann war sie hinter den feuchtgrünen Sträuchern verschwunden.

Henry setzte sich in den fleckigen Ledersessel, der im Erker des Raumes stand. Was war denn das für eine Mischung? Gleichzeitig frech und ängstlich, aber so weiblich, dass die Verführungsteufel aus allen Knopflöchern krochen? War dieses lebensvolle, noch nicht ganz geweckte Weibsbild dasselbe Wesen, das formlos und unsicher auf dem Boden des Teepavillons im Garten seines Hauses gehockt hatte? Er hatte sie ein ganz klein wenig angeschäkert, fast schon aus einem Reflex heraus. Aber schon damals hatte sie ihn interessiert. Sie war etwas Besonderes, hatte eine besondere Kraft, versprach Ungewöhnliches. Man wusste nur nicht, was.
Gestern Abend schließlich war ihm aufgefallen, dass sie sich verblüffend verändert hatte. Martha hatte ihm oft aus der Schule erzählt, dass Dreizehnjährige in die Sommerferien fuhren und nach sechs Wochen, zurück in der Schule, kaum noch etwas mit den Kindern gemein hatten, die sich von ihr verab-

schiedet hatten. In wenigen Wochen veränderten sich Physiognomie, Gestik, Sprache.
Er konnte es sich nicht vorstellen, er hatte nie kontinuierlich ein Kind aufwachsen sehen. Aber diesen merkwürdigen Zeitsprung schien Jeannette auch erlebt zu haben. Allerdings ziemlich spät.
Es war etwas Rührendes an ihr, etwas Zartes, aber auch etwas unnennbar Verführerisches. Das vielleicht Anziehendste war, dass sie sich ihrer selbst als weibliches Wesen nicht richtig bewusst war, aber voller Sehnsucht nach Berührung und sexueller Erfahrung steckte. Sie hatte noch alles, alles vor sich. Der Gedanke erregte ihn. Und sie hatte sich in ihn verliebt. Wahrscheinlich zum ersten Mal in ihrem Leben überhaupt. Wahrscheinlich hatte sie eben ihren ersten Kuss bekommen.
Er starrte noch eine ganze Weile durch die bunten Glasscheiben in den Garten. Auf einmal strich er sich mit dem Finger über die Lippen, stand auf und wanderte zu dem Spiegel, der neben der Tür hing. Er begutachtete den hageren Mann mit dem dunklen Brillengestell und der Regenjacke. Er fuhr sich über das graue Haar, betrachtete sich über die Schulter und noch einmal von der anderen Seite, dann grinste er ratlos. »Nicht schon wieder, alter Narr.«

Knochenbruch und Flitterwochen

Signor Ettore Mazzini war im Foyer des *Stella di Perugia* auf einem feuchten Seifenstückchen, das einem Zimmermädchen vom Reinigungswagen gefallen war, ausgerutscht. Er hatte sich den Knöchel gebrochen und außerdem eine leichte Gehirnerschütterung. Vorher hatte er noch in einer eleganten Wendung einen großen Porzellanhund von einer venezianischen Konsole gefegt, womit er, ohne es zu wollen, Dario eine persönliche Freude bereitete, denn dieses stumme Haustier war für Dario eine ästhetische Beleidigung und stand ganz oben auf der Entsorgungsliste, wenn Papa sich endlich auf sein Weingut zurückziehen würde.

Ettore Mazzini lag schlechtgelaunt auf seinem Sofa und kommandierte das Personal herum, schrie Befehle durch das Haustelefon und hielt sich stöhnend den Kopf. Das Hotel war mitten in der Hauptsaison ohne Geschäftsleitung. Er mochte nicht daran denken, was in der Küche passierte. Er wusste, dass die Köchin jetzt Morgenluft witterte und mit der Zigarette im Mund die Pasta ausrollte, er traute der stumpfnasigen Aushilfe an der Rezeption nichts zu, und gerade vor einer Woche war sein bester Kellner für einige Zeit hinter Gitter gewandert, weil er in seiner Freizeit lukrativen, aber leider verbotenen Nebenbeschäftigungen nachging. Außerdem war ihm nicht entgangen, dass zwei Spülhilfen bei seinem unfreiwilligen Seifenballett in der Küche verschwunden waren, um mühsam ihr

Lachen zu verbergen, statt den tragisch gestürzten Imperator zu bedauern. In diesem ausgeruhten Zustand griff er schließlich zum Hörer und bellte nach seinem Sohn. Aber am Telefon war nur sein jüngster Bruder Enzo. »Dario ist nicht da. Er hat eine Woche Urlaub«, verkündete Enzo. »Er war so erschöpft. Er hat eine neue Freundin.«

Ettore entging der Unterton nicht. Er tobte für etliche Euro Telefonrechnung, bis Enzo ihm beruhigend mitteilte, dass sein Sohn in drei Tagen zurückkomme. Mit der Bionda.

»Er soll kommen. Ohne Bionda! Ich brauche ihn. Sofort!«

»Ich werde es ihm sagen. Aber jetzt muss ich an die Arbeit! Ciao, fratello.«

Ettore zankte noch mit der toten Leitung herum, bis er merkte, dass ihm niemand mehr zuhörte. Er warf den Hörer auf. Wieso machte Dario Urlaub? Wovon musste sich ein junger Mann denn schon erholen? Und was war das für eine neue Freundin? Herrgott, kam dieser Sohn nicht ein einziges Mal ohne Frischfleisch aus? Hatte er sich etwa eine breithüftige Tedesca angelacht? Nein, bitte, keine Deutsche. Die bestellten immer Naturjoghurt ohne Zucker, trugen gesunde Sandalen, breit wie Pontonbrücken und lärmten ab sieben Uhr morgens im Speisesaal herum.

»Alessia!«, brüllte er durch das Haustelefon. »Bring mir ein Aspirin und ein Mineralwasser. Sofort!«

Und das langgediente Zimmermädchen tat das, womit man in ihrer sizilianischen Heimat auf das Reizwort »sofort« und auf diesen Ton reagierte: Sie stellte das Geforderte auf ein Tablett und brachte es ihrem Chef. Allerdings erst nach einer halben Stunde.

Dario ahnte nichts vom Unglück seines Vaters, sondern war mit seiner Bionda Richtung Süden unterwegs.
Eigentlich hatten sie nur für eine Woche an den Bodensee fahren wollen. Morgens um neun saßen sie in Lindau beim Frühstück, und Susanna sagte auf einmal träumerisch: »Irgendwann möchte ich mit dir Italien kennenlernen.«
Dario nahm die Autoschlüssel vom Tisch, strahlte seine Geliebte an und fragte: »Worauf warten wir?«
Susanna war einige Male mit Arnold in Italien gewesen. In Rom, in Florenz und an der Adria. Sie kannte Italien aus der Perspektive einer reichen Touristin: Panoramablicke durch die Scheiben klimatisierter Luxushotels oder blinkende Interieurs teurer Läden, in denen ein schmaler Ledergürtel so viel kostete, wie Leni früher in einer ganzen Woche verdient hatte.
Etwas ratlos hatten sie vor den abgaszerfressenen Statuen und Säulen gestanden, Arnold leierte tote Cäsaren aus dem Reiseführer herunter, und in den Lokalen, die Arnold ausgesucht hatte, waren sie gutes Geld für schlechte Mahlzeiten losgeworden.
Jetzt bog Dario irgendwo an der Uferstraße des Lago di Como rechts ab, hielt vor der unscheinbaren Rückseite eines großen Gebäudes und kam nach ein paar Minuten mit einem Schlüssel wieder heraus. »Lass deine Sachen noch im Auto, ich möchte dir zuerst etwas zeigen!«, sagte er und legte den Arm um sie. Dann betraten sie das Hotel und waren mitten im neunzehnten Jahrhundert. Wäre jetzt eine englische Nanny vorbeigeschwebt und hätte einen kleinen Jungen mit Matrosenanzug zur Ordnung gerufen, es wäre Susanna ganz natürlich erschienen. An den Wänden hinter der Rezeption hingen gerahmte Zeitungsartikel von 1920, die das Hotel rühmten.
Die langen Jahrzehnte hatten seine Pracht abblättern und die

Oberflächen stumpfer werden lassen, aber seinen Charme erhöht. Das Hotel, so unauffällig es von der Straße aussah, entwickelte seine ganze Pracht in Richtung des Seeufers, das an dieser Stelle nur für Hotelgäste reserviert war und in sanften grünen Bodenwellen zum Wasser hin abfiel.
Durch die Fenster des weitläufigen Speisesaales blickte man direkt auf den See. Die alten Sitzmöbel und Tische in Weiß und Gold erinnerten Susanna entfernt an Frau Reppelmanns Esszimmer, aber hier passten sie hin. In einer Ecke stand ein schwarzer Flügel neben einer Fächerpalme. Die Tische waren in Erwartung der Abendgäste weiß gedeckt, altes Hotelsilber blinkte, eifrige Kellner eilten geräuschlos hin und her, um hier etwas gerade zu rücken oder dort an einem Blumenarrangement zu zupfen. Dario nickte zufrieden.

Sie traten durch eine hohe Glastür auf die Uferwiese. Unten am See standen weiße Korbmöbel und Sonnenschirme unter Palmen. Ein paar ältere Gäste dösten in der Sonne, lasen die *Times* oder irgendeinen Schmöker aus der Hotelbibliothek.
Über dem See lag heller Dunst, der die hohen Berge des gegenüberliegenden Ufers bläulich färbte. Weiße Boote pflügten die Seeoberfläche, das Sonnenlicht hüpfte in glitzernden Tupfen auf dem gefächerten Kielwasser.
»Kneif mich mal!«, sagte Susanna.
»Gerne. Darf ich mir aussuchen, wohin?«
Sie setzten sich unter einen Sonnenschirm. Ein weißbeschürztes Mädchen tauchte auf und fragte nach ihren Wünschen.
»Voglio … una acqua minerale con gas!« Susanna nickte dem Mädchen freundlich zu und nahm ihre Sonnenbrille ab.
Dario lächelte und sagte: »Vorrei, vorrei sagt man. Das ist höflicher. Oder einfach: Un'acqua minerale, per favore.«

»Wie schreibt man dieses ›vorrei‹?« Susanna zog ein Vokabelheft aus ihrer Tasche und zückte erwartungsvoll den Kugelschreiber. Dario lehnte sich zurück und beobachtete sie amüsiert. Sie blickte ihn wie eine artige, aufmerksame Schülerin an. Fehlt nur noch, dass sie beim Schreiben die Zunge zwischen die Lippen klemmt, dachte er und sagte laut: »Ich buchstabiere: D-u b-i-s-t s-ü-ß!«

Gerade in dieser Sekunde hatte sie nicht richtig hingehört, war damit beschäftigt gewesen, in ihrem Vokabelheft die neue freie Seite aufzublättern, und begann zu schreiben: »D-u b...«, dann musste sie lachen. »Idiot! Los, wie schreibt man vorrei? Was ist das für eine Form?«

Dario erklärte es ihr. Sie lernte mit ungebrochenem Eifer Italienisch. Sie war ohnehin sehr sprachbegabt, aber die Liebe schien ihre Lernfähigkeit zu beflügeln. Trotz der kurzen Zeit verstand sie bereits wesentlich mehr, als sie sprechen konnte.

»Ti amo per sempre«, ich liebe dich für immer, hatte er heute Morgen mit ihrem Augenbrauenstift quer über den Badezimmerspiegel geschrieben. Und zum ersten Mal in seinem Leben kam das ›sempre‹, das ›immer‹, aus der Tiefe.

»Ti amo oggi, ich liebe dich heute. Aber morgen werde ich dir dasselbe sagen«, stand auf dem Zettel, den er später unter dem Scheibenwischer hervorzog.

Sie setzten mit dem Schiff über und kletterten im überlaufenen *Bellagio* eine scheinbar endlose Treppe hinab, die wundersamerweise durch blühende Gärten führte. Ab und zu sah man durch Gittertore halb verborgene helle Statuen unter Rosenbüschen oder dunkelglänzenden Lilienblättern. Dann waren sie mitten in der Stille, an einem Zipfel Seeufer, an dem nur ein paar kleine Häuser und ein alter Gasthof standen.

Unter seiner weinbelaubten Pergola aßen sie Fisch, der am

selben Morgen noch im See geschwommen war. Dazu tranken sie einen kühlen Weißwein, der grünlich in seinem Glas schimmerte und die Weinblätter über ihren Köpfen auf seiner Oberfläche widerspiegelte. Beim Espresso zeigte Dario auf eine riesige Villa, die auf einem Berg zwischen Zypressen und Zedern leuchtete. »Möchtest du die haben?«, fragte er und kitzelte sie mit einem Grashalm.
Susanna betrachtete das Haus kritisch. »Och nö. Lieber ein Eis.«

Zwei Tage später stand Susanna auf einem Balkon, diesmal hoch über dem Gardasee, und beobachtete, wie sich der Morgennebel lichtete und Schwärme von kleinen Finken in den Olivenhainen turnten. Nie zuvor war ihr aufgefallen, wie schön Olivenbäume waren, welch bizarre Formen sie hatten, wie ihre pudergrünen Blätter im Licht silbrig glänzten und mit den schwarzen Stämmen kontrastierten.
Dario erklärte ihr die Qualitätsstufen des Olivenöls, das man aus den kleinen, besonders guten Gardaoliven gewann. Sie wanderten durch Olivengärten, er zeigte ihr die uralten Gewächse, erklärte ihr, wie intensiv man sie pflegen musste und dass sie seit dem Altertum als heilige Bäume betrachtet wurden.
Sie machten einen Abstecher nach Verona. In einer Seitenstraße blieben sie stehen. Vor dem dunklen Hintergrund seiner Werkstatt beugte sich ein junger Mann über eine Intarsienkommode und lächelte Susanna an, als er merkte, dass sie seine Arbeit mit Interesse beobachtete. Er begann, der schönen Blonden in dem Leinenkleid wortreich zu erklären, wie kompliziert seine Arbeit sei, und himmelte Susanna derart an, dass Dario sie eifersüchtig an der Hand fasste und davonzog. »Lass

dich um Gottes willen nie mit Italienern ein, sie wollen dich nur verführen!«

Susanna lachte. »Wie gut, dass du aus Südschweden stammst!«

In der Abenddämmerung kletterten sie auf den Rängen der Arena herum. Dario hatte irgendwo eiskalten Spumante aufgetrieben und in eine dicke Lage feuchtes Zeitungspapier wickeln lassen. Jetzt saßen sie auf Stufen, an denen ein Veroneser Steinmetz vor knapp zweitausend Jahren herumgemeißelt hatte, beobachteten den Sonnenuntergang und tranken den Wein direkt aus der Flasche. Unter ihnen, mitten im Oval der Arena, stand ein kleiner Mann und erzählte seinem Begleiter mit weit ausholenden Gesten etwas über antike Baukunst im Allgemeinen und die Akustik der Veroneser Arena im Besonderen. Schließlich hielt er sich die Hand auf die Brust und schmetterte mit erstaunlich volltönender Stimme ein paar Arientakte aus »Tosca«.

Sein Begleiter klatschte, Susanna und Dario fielen mit ein. »Deine Schwester sollte mal hier auftreten!«

Susanna blickte ihn erstaunt an. Ach ja, sie hatte ja noch eine Schwester! Und eine Mutter, eine Blumentante namens Adelheid, und irgendwo standen ja noch die Ruinen der Reppelmannbeziehung herum …

»Liegt Mechenbach auf einem anderen Planeten, oder ist das schon tausend Jahre her?«, fragte sie Dario.

»Zweitausend«, antwortete er und küsste sie auf den Nacken.

Am vorletzten Morgen frühstückten sie in einer kleinen Espressobar, in der zwei elegante Herren diskutierten. Eine Hausfrau nippte an einem Tässchen Espresso und hatte einen Korb voller Mangoldblätter zwischen sich und den Tresen geklemmt. Plötzlich stellte sie ihre Tasse klirrend ab und mischte sich in

das Gespräch. Ein kleiner Alter, der zittrig sein Glas zum Mund führte, zeterte dazwischen. Es war ohrenbetäubend. Susanna schrie: »Dario, um was geht es? Doch nicht um Politik? Ich höre dauernd etwas von Zwiebeln und Käse!«
Dario versuchte Susanna zu erklären, dass es um »involtini« ging, die beste Art, diese kleinen Kalbsrouladen zu füllen. Jeder wurde ein umfangreiches Rezept los, niemand hörte dem anderen zu, aber alle unterhielten sich blendend. Es war ein Spiel mit undurchsichtigen Regeln. Schließlich verschwanden die leidenschaftlichen Köche mit freundlichem Gruß und alle auf einen Schlag, als gäbe es ein Geheimzeichen. Übrig blieb die Tresenblondine, die Dario und Susanna einen zweiten Kaffee braute und ihnen kleine Gebäckstücke hinstellte.
»Jeden Tag dasselbe«, gähnte sie. »Gestern ging es um zehntausend Variationen von *minestra di fagioli*. Warum dreht hier keiner einen Film?«

Auf dem Rückweg suchten sie irgendwo hinter Bergamo ein bestimmtes Lokal, das von einem jungen Mann geführt wurde, den Dario seit seiner Ausbildungszeit kannte. Eine liebenswürdige alte Dame erklärte, es befände sich nach ungefähr dreihundert Metern auf der rechten Seite.
»Dario, wir haben jetzt schon zwei Kilometer hinter uns, und da gab es kein Lokal.«
»Na ja, dann eben nach drei Kilometern. Jedenfalls muss die Richtung stimmen.«
Nach sieben Kilometern tauchte es auf. Es lag auf der linken Seite. »Siehst du?«, sagte Dario. »Da ist es.«
Er sah zufrieden aus. Susanna schloss die Augen und lachte. Sie würde sich an vieles gewöhnen müssen. Vor allem daran, dass nichts mehr so lief wie hinter einem Mechenbacher Schalter.

In Mechenbach lag ein Zettel neben Darios Bett. Er hatte Susanna noch nach Hause gefahren und war, ohne die Nachricht zu registrieren, nach der langen Fahrt erschöpft eingeschlafen.

Am nächsten Morgen klopfte Enzo an seine Tür und rief: »Dario, avanti, trink einen Kaffee und mach dich auf den Weg!«

»Enzo, lass mich schlafen. Ich habe noch einen Tag Urlaub, hast du das vergessen?«

»Was bist du für ein Sohn?« Enzo betrat das kleine Zimmer, in dem Dario in seinem zerwühlten Bett lag. Er öffnete kaum die Augen und blinzelte wie eine Schildkröte.

»Lässt seinen kranken Vater allein! Hast du meine Notiz nicht gelesen?«

»Was?« Dario wurde hellwach. Enzo zeigte auf den Zettel. Dario setzte sich auf und überflog die Nachricht. Sein Gesicht nahm die Farbe von Giannas weißer Bettwäsche an. Er vergrub das Gesicht in seinen Händen. Enzo interpretierte seinen Schrecken falsch. »Ach, komm, Dario, es ist nicht lebensgefährlich. Er hat sich einen Knöchel gebrochen. Er wird wieder gesund werden. Aber er braucht dringend deine Hilfe. Sofort.«

Der ältere Bruder war eben der ältere Bruder, da gab es nichts. Auch wenn Enzo selbst auf Darios Hilfe angewiesen war, auch wenn es einen Vertrag gab, in dem solche Arbeitsunterbrechungen nicht vorgesehen waren.

Dann las er Enzos Telefonnotiz noch einmal durch. Mein Gott, das Wichtigste war doch, dass die Rezeption besetzt war. Und da saß immer jemand. Die Geschäfte konnte man doch auch mit einem gebrochenen Fuß führen, verdammt. Dario wusste, dass das nur halb stimmte. Man musste auf alles ein Auge haben. Einfach präsent sein, da war es mit einer Aushilfe an der

Rezeption nicht getan. Die brauchte man höchstens noch zusätzlich. Trotzdem.
Ihm war schwindelig. Er würde Susanna nicht mehr jeden Tag sehen können. Oh Madonna, nein. Er schluckte. Der Zorn packte ihn. Da lag dieser alte Tyrann, der das Zepter nicht aus der Hand geben konnte, und kommandierte ihn ganz nach Belieben herum.
Warum lief er auch so unvorsichtig durch die Gegend, dass er sich die Knochen brechen musste, dieser Depp von Vater? Das war keine sehr gerechte Vorhaltung, das wusste Dario. Hätte er ihm, Dario, gleich das Ruder überlassen, wäre das alles nicht passiert. Aber dann hätte er auch nicht Susanna kennengelernt, nach der er sich jetzt schon so sehnte, dass es wehtat. Dabei waren sie erst seit sieben Stunden getrennt. Nein, seit sieben Stunden und zwanzig Minuten. Es hatte keinen Sinn. Er musste fahren, er wusste es. Er telefonierte mit Susanna, die nur sagte: »Ich komme sofort.«
Dario packte seinen Koffer erneut und wartete, bis Susanna vor dem *Bellavista* aus ihrem kleinen Auto stieg. Sie fiel ihm um den Hals. »Wann kommst du wieder?«
»Ich weiß es nicht. Vielleicht in einem Monat, vielleicht dauert es länger. Bis mein Vater wieder laufen kann. Ich rufe dich an.«
Tante Gianna stand hinter der Birkenfeige und beobachtete die beiden. Sie seufzte. Susanna und Dario hielten sich fest und sahen sich an, als seien sie allein auf der Welt. Enzo und Gianna waren weit davon entfernt, diese Liebesgeschichte ernst zu nehmen, sie kannten Darios Ruf. Aber als Gianna das blasse, ungekämmte Mädchen sah, das sein kurzes Nachthemd offenbar eilig in die Jeans gestopft hatte, verspürte sie einen Impuls, als müsse sie selbst gleich losheulen.

Und jetzt weinte das Mädchen. Nein, beide! Gianna seufzte noch einmal. In den Augen ihres Gatten hatte Gianna nur einmal Tränen gesehen: vor einem halben Jahr, als er sich den Daumen in der Tür des *Bellavista* gequetscht hatte.
Nach dem dritten Seufzer kam Enzo aus der Küche, sah auf die Uhr und eilte nach draußen. »Vai, vai! Der Papa wartet!« Er wedelte mit dem Küchentuch, als sei Dario eine Motte. Dario und Susanna schienen ihn nicht zu bemerken.
»Komm, stell dich nicht so an!«, ermahnte Enzo seinen Neffen. Und auf Italienisch fügte er hinzu: »Alle deine hübschen Freundinnen in Perugia werden sich freuen!«
»Das glaube ich nicht!«, antwortete Susanna auf Deutsch. »Alle seine Hemden riechen nach meinem Parfüm.«
Enzo blickte sie mit offenem Mund an.

Später Gast

Da Leni ihre genaue Ankunft nicht mitgeteilt hatte, warteten Adelheid und Susanna an diesem verregneten Spätsommerabend in der Küche bei Rotwein, belegten Broten und Salat. Als sie schon anfangen wollten zu essen, hielt draußen ein Taxi, und eine braungebrannte Leni stieg aus dem Wagen.

Der Taxifahrer schleppte Tüten, aus denen Knoblauchzöpfe lugten, und Kartons mit der Aufschrift »fragile« in den Hausflur, schließlich stellte er ihren rotlackierten, abgeschabten Lederkoffer dazu, legte Lenis Strohhut obenauf und wäre in dem Begrüßungstrubel fast von Adelheid umarmt worden.

»Wie geht es Arnold?«

»Keine Ahnung!«

»Wieso? Habt ihr Krach?«

»Nein, absolut nicht.«

»Susanna kann schon fast perfekt Italienisch!«

»Übertreib doch nicht so furchtbar, Tante Adelheid!«

»Was? Wieso Italienisch? Was ist hier überhaupt los? Und wo ist Jeannette?«

»Ach, das weißt du ja auch noch nicht!«

»Ruhe!«, rief Adelheid. »Leni, wie war es in der Provence?«

Leni schaute sich in ihrer Küche um, als entdecke sie gerade alles neu, trank einen Schluck Rotwein und fing an zu erzählen. »Ach, es war traumhaft. Wir haben fast den ganzen Tag lang gemalt. Ich habe überhaupt nicht gemerkt, ob ich seit drei Minuten oder drei Stunden den Pinsel in der Hand hielt. Abends haben wir abwechselnd gekocht und bis spät in die Nacht noch zusammengesessen, die Zikaden sangen, wir haben erzählt und gelacht und Wein getrunken … es war so schön! Es gab nur kaltes Wasser, und die einzige Dusche bestand aus einem grünen Gummischlauch und ein paar Strohmatten als Sichtschutz. Alles direkt an die Außenwand vom Ziegenstall montiert. Übrigens hab ich auch gelernt, wie man Ziegenkäse macht. Ich überlege, ob ich mir eine Ziege anschaffen soll …«

»Gott behüte«, entgegnete Adelheid. »Weißt du, wie die lieben Tierlein stinken? Eine streng riechende Leni kann ich mir zwischen meinen Blumen nicht vorstellen, das wäre mir zu rustikal.«

Leni lachte. »Es war ja auch nur so eine Idee. Jedenfalls, wenn es euch nicht gäbe, wäre ich nicht mehr zurückgekommen.«

»Wo sind deine Bilder?«

Leni setzte sich stolz auf. »Die werdet ihr alle auf einer Ausstellung sehen. Noch sind sie in Frankreich. Sie müssen trocknen. Sonia – die Malerin – kommt in einem Monat nach Deutschland zurück, und dann stellt die ganze Malgruppe aus. In Bonn.«

»Schade«, sagte Susanna, »ich war so neugierig auf deine Bilder.«

In all dem Trubel hatte Leni ihre älteste Tochter noch gar nicht richtig wahrgenommen.

»Sag mal, wie war das eben mit Arnold?«, fragte Leni und fasste Susanna am Oberarm.

»Ich habe mit ihm Schluss gemacht!«, erklärte Susanna vergnügt. Leni fiel rückwärts auf den Küchenstuhl und starrte das fremde Mädchen an. Diese Susanna trug die Haare unordentlich hochgesteckt, und ihre Augen leuchteten fast so wie die Glasohrringe, die Dario ihr in einem kleinen Friseurladen am Gardasee gekauft hatte. Leni war nun völlig durcheinander.

Nicht nur, dass ihre Edeltochter Talmi trug, nein, sie kippte sich gerade mindestens zwei ganze Teelöffel Olivenöl über ihren Salat. »Hier, Mama, probier mal. Das Beste vom Besten vom Gardasee.«

»Gardasee?«

»Da war ich mit Dario.«

»Dario?«

»Mamilein, du siehst nicht sehr intelligent aus, wenn du so ein Gesicht machst. Trägst du zu dieser hübschen Bluse immer den Mund offen?«

Adelheid klärte sie auf. Leni konnte es noch nicht glauben. »Und was sagt Ingrid Reppelmann?«

Susanna lachte. »Sie hat Feuer gespuckt und den Bannstrahl auf mich geworfen. Ich bin für sie nur noch das Kellnerflittchen.«

»Blöde Kuh. Ich konnte sie sowieso nie leiden.« Leni war empört. Aber Susanna schien überhaupt nicht gekränkt zu sein. »Alles ist besser, als in dreißig Jahren zwischen all den Reppelmannmatratzen zu sitzen und sich wie eine halbtote Bettmilbe zu fühlen. Ich habe auf einmal so viel Energien! Ich glaube, wenn ich mir einen Stecker in die Nase halte, geht die Tischlampe an.«

Adelheid lachte und verschluckte sich an ihrem Rotwein.

Leni brauchte ein wenig Zeit. »Kind, aber Dario ist so ein Luftikus! Meint er es denn ernst mit dir?«

»Oh Mama! Warum sagen Mütter immer so furchtbare Sachen? Ist es denn nicht viel wichtiger, dass *ich* es mit ihm ernst meine?«

Leni sah ihrer ältesten Tochter in die Augen. Wo war die reservierte, vornehme Dame, die sich selbst zu Hause meist so benahm, als reise sie inkognito und sei nur aus Versehen in

dieser billigen Pension gelandet? Die neue Susanna konnte richtig lachen, strahlte. Leni verspürte einen kleinen Stich. Niemals, auch nicht in den seltenen Momenten, in denen Susanna sich ihr zugewandt hatte, ihre Zuneigung zeigte oder mütterliche Zärtlichkeiten zuließ, hatte sie diesen Ausdruck in den Augen gehabt. Kein Zweifel, das war Glück.
Adelheid hatte bereits leicht gerötete Wangen und nahm noch einen Schluck Rotwein. »Mag sein, dass Dario ein Luftikus ist.« Sie stellte ihr Glas wieder ab und sagte energisch: »Aber er liebt Susanna. Eine alte Frau wie ich fühlt so etwas.« Sie blickte in das Licht der blauen Kerzen, die auf dem Tisch standen. »Und er ist so ein schöner Junge, ach ja …« Ihr silberviolett gefärbtes Haar glänzte im Schimmer der beiden Flammen. Sie sah für den Bruchteil einer Sekunde ganz jung aus.
»Na, na, Adelheid, was für Töne!«, lästerte Leni. Sie sprach lauter als sonst, denn etwas brannte, wachte auf, sah sie mit Josefs Augen an, verlosch wieder. Adelheid wurde noch etwas röter. Sie hatte mehr Wein getrunken als üblich. »Was soll ich sagen! Vor sagen wir vierzig, fünfzig oder besser sechzig Jahren hätte ich *den* bestimmt nicht von der Bettkante geschubst!«
Sie mussten lachen. Dann richtete sich Adelheid auf und hob den rechten Zeigefinger: »Und außerdem – wisst ihr, dass er in Perugia ein schönes altes Hotel besitzt?« Sie sagte das so stolz, als sei Dario ihr eigener Enkel.
»Noch gehört es seinem Vater«, korrigierte Susanna. »Und dieser Vater muss wohl ziemlich schwierig sein. Dario hat sich immer sehr vorsichtig ausgedrückt. Jedenfalls ist das, was er mir verschweigt, sprechender als das, was er mir erzählt hat. Ich glaube, dass von dieser Seite noch Ärger zu erwarten ist. Wahrscheinlich, weil ich kein Geld habe. Aber das hat Dario nicht etwa gesagt, das ist nur so eine Vermutung von mir.«

»Wollt ihr denn heiraten?«, fragte Leni zögernd.
Susanna musste wieder lachen. »Ach, Mama, du bist so ulkig. Rennst herum wie ein vergessener Althippie, duschst in Frankreich unter grünen Gartenschläuchen, anstatt wie alle braven Frauen deines Alters in Bad Wiessee auf der Kurpromenade zu sitzen, hast mir das Kleid für den Abschlussball aus alten Spitzenkopfkissen genäht und fragst nach Heirat! Bislang war *ich* doch immer für bürgerliche Visionen zuständig!«
Dann wurde sie plötzlich ernst. »Ich weiß nicht, ob wir heiraten werden. Nach all diesen festgeklopften Reppelmannplänen fühle ich mich ohne solche Gedanken wohler. Aber ich weiß, dass ich jeden Tag zähle, bis Dario wieder zurückkommt, und ich weiß, dass es ihm genauso geht. Was weiter wird, darüber denke ich nicht nach. Seitdem wir zusammen sind, liebe ich die Gegenwart. Deshalb will ich gar nichts über die Zukunft wissen.«
Dazu war nichts mehr zu sagen.
Leni zupfte die Ecke ihrer Papierserviette in kleine Stücke und rollte sie zu Kügelchen. Wie eine Welle hatte sie der Gedanke an Josef überflutet, zusammen mit einer seltsamen Mischung aus Neid, Eifersucht auf Dario und Freude über Susannas Liebe. Sie schloss für einen Moment die Augen, roch den provenzalischen Thymian, lauschte den Zikaden und hörte auf einmal Sonias brüchige Altfrauenstimme: »Sag es niemandem aus der Gruppe, bitte. Aber du bis das einzige echte Talent hier, und ich bin stolz, dass ich dich entdeckt habe. Leni, fang an zu malen. Es ist dein Weg.«
Ihr Weg.
Ihre Töchter würden sie verlassen. Andere Wege gehen. Eigene. Plötzlich sah sie wieder den großen zartvioletten Fleck Ölfarbe auf dem weißen Teller, der ihr noch gestern Morgen

als Palette gedient hatte. Sie spürte die tiefe Zufriedenheit, als sie den Pinsel in die Farbe tauchte und genau mit diesem Pastellton dem hellen Kleid einer Frauengestalt den richtigen Schatten verpasste, der von der violetten Bougainvillea herrührte, vor der ihr Modell stand. Sie sah sich unter der Steineiche stehen, den Kopf in konzentrierter Beobachtung geneigt, bemüht, die flirrenden Nuancen des Sonnenlichtes in einen Farbton zu fassen und ihn tupfenweise so zu setzen, dass er die Bewegung der Blätter im Wind einfing.

Sonias Worte hatten sie nicht nur berührt, sie hatten auch den letzten Zweifel ausgeräumt, ob sie nur eine vorübergehende Freizeitbeschäftigung gefunden hatte oder eine neue Quelle. Nach Josefs Tod hatte sie gefürchtet, vor Schmerz verrückt zu werden. Ihre Kinder, die Löcher in den Pullovern, die ungemachten Hausaufgaben und die Gartenarbeit hatten sie mit lebensrettender Banalität wieder auf die Füße gebracht. Sie schöpfte Kraft aus der Freundschaft zu Adelheid, aus ihrer Liebe zu Pflanzen und Farben. Jetzt aber war es so, als könne sie den abgerissenen Faden aus der Zeit vor Josef, vor den Kindern wieder anknüpfen, zu ihren eigenen Wurzeln finden. Sie öffnete die Augen, fing Susannas Blick auf und legte ihre Hand auf die Hand ihrer Tochter. Susanna zog sie nicht zurück. Adelheid trank noch einen Schluck Rotwein und zögerte einen Moment. Sie putzte sich die Nase und wollte gerade etwas sagen, als es plötzlich klingelte.

Leni sprang auf und fragte verwundert: »Erwartest du noch Besuch?«

»Nein, Mama.«

Leni öffnete die Haustür. Von der Küchenbank aus sah Adelheid den späten Gast aus dem Dunkel auftauchen und erschrak.

»Guten Abend wünsche ich den Damen, und verzeihen Sie

die späte Visite.« Ein zerzauster roter Haarschopf wurde im Türrahmen sichtbar. Es war Jeannettes alter Erdkundelehrer Gerhard Ahlebracht. Er schob sich vorsichtig in den Raum. Hinter ihm tauchte Leni auf und zuckte mit den Schultern, als wollte sie sagen: »Ich konnte ihn nicht abwimmeln.«
In der Hand hielt er einen deprimierend schlaffen Strauß halb abgeblühter Sonnenhütchen, den er Leni überreichte. »Ein Willkommen, ein Willkommen in der Heimat.«
»Setzen Sie sich, Herr Ahlebracht. Möchten Sie ein Glas Wein?«
»Oh nein, danke.«
Sie schwiegen. Adelheid dachte angestrengt darüber nach, ob Herr Ahlebracht aus der Nervenklinik geflohen war oder ob man ihn entlassen hatte.
»Was macht die Gesundheit, Herr Ahlebracht?«
»Oh, prächtig, prächtig. Ich habe eine problemlose Verdauung, hm, Pardon.«
Susanna dachte an Dario und daran, dass es ihm sicher gelungen wäre, diesen seltsamen Gast sofort in ein Gespräch zu verwickeln. Sie betrachtete den alten Lehrer, der niemanden anschaute, sondern einen Punkt auf der Tischplatte fixierte. Er wirkte nicht verwirrt, sondern merkwürdig ruhig. Eher ruhiggestellt, denn seine Bewegungen waren langsam und seine Reaktionen verzögert. Es war so, als könne man ihn nicht wirklich erreichen.
»Haben Sie Ihren Sohn noch mal gesehen, Herr Ahlebracht?« Leni schob ihm einen Stuhl hin.
Er setzte sich und nahm die Brille ab. Dann rieb er sich die Augen und betrachtete abwesend das Etikett der Olivenölflasche. »Der Gardasee«, murmelte er. »Lacus Benacus. Bis zu dreihundertsechsundvierzig Meter tief.«

Leni wiederholte ihre Frage.
»Mein Sohn, ja. Prachtvoller Bursche. Hat einen Pokal im Schießsportverein gewonnen.«
Schließlich beschloss Adelheid, ihn ganz offen zu fragen: »Herr Ahlebracht, hat die Klinik Sie nach Hause geschickt?«
Er blickte sie lange und durchdringend an, dann erhob er sich: »Natürlich. Immer kann man da nicht bleiben. Ich muss nun in mein Heim. Wollte die Damen nicht aufhalten. Bin wieder auf dem Damm. Ich … hm … wollte mich für die Attacke auf den Holunderbusch entschuldigen.« Er räusperte sich.
»Ach, ist doch schon vergessen, Herr Ahlebracht. Die Hauptsache ist, es geht Ihnen besser.«
»Ja, danke der Nachfrage. War wohl etwas indisponiert, eine Zeit lang. Hm.«
»Kann jedem von uns passieren!«, erwiderte Leni freundlich und stand auf, um ihn hinauszubringen. Sie öffnete ihm die Tür, entließ ihn in die dunkle Nacht und beobachtete aufmerksam, ob er auch wirklich zu seinem Haus ging.
Adelheid und Susanna blickten sich ratlos an. »Was war das denn?«
»Ich finde es doch eigentlich ganz nett von ihm.« Leni schloss die Küchentür. »Er ist sich offensichtlich im Klaren darüber, dass er sich merkwürdig benommen hat.«
Susanna machte ein nachdenkliches Gesicht. »Nein, tut mir leid, das gefällt mir trotzdem nicht. Er ist unser direkter Nachbar, Mama. Er kann jederzeit in den Garten oder ins Haus, das ist kein Problem bei deinen ewig offenen Türen. Und so richtig ausgeruht kam mir sein Kopf nicht vor. Ich rufe jetzt seinen Sohn an.«
»Susanna, es ist elf Uhr!«
»Na und? Wenn der Senior um diese Zeit Besuche macht,

kann ich den Junior doch um dieselbe Zeit davon in Kenntnis setzen!«

Leni und Adelheid schwiegen. Was für ein seltsamer Mann!

Susanna kam nach zehn Minuten zurück. »Man hat ihn vor ein paar Tagen entlassen!«, verkündete sie. »Er nimmt noch Medikamente, soll aber wieder vollkommen hergestellt sein. Na denn. Ich trau dem Braten nicht. Sein Sohn behauptet, er rede ununterbrochen von außerirdischen Erlösern und von einer Landebahn für die bevorstehende Rettung. Und gestern hat er in der Mechenbacher Fußgängerzone eine Frau attackiert, die ein leuchtend gelbes Sommerkleid trug. Es sei die Farbe der Erlöser, und es stünde niemandem zu, sie zu tragen. Ahlebracht Junior behauptet, sein Vater entwickle heftige Verhaltensweisen. Glücklicherweise war er gestern dabei, als sein Vater aus der Rolle fiel. Aber er weiß auch nicht, wie es weitergehen soll. Der Anstaltsarzt ist der Ansicht, diese Ausfälle seien harmlos.«

»Vielleicht hat er ja recht. Man sperrt nicht so schnell jemanden für lange Zeit in eine Anstalt, das ist doch grausam.« Adelheid goss sich noch ein Glas ein. »Wenn ich morgen schon einen Kater haben werde, will ich wenigstens wissen, warum«, fuhr sie in fröhlicherem Ton fort. »So, das ist der gegebene Moment zu erzählen, was ich dir von Jeannette ausrichten soll. Sie ist wieder in Köln.«

Leni ließ vor Schreck ihr Schinkenbrötchen fallen. »Wieso ist sie dann nicht hier? Ich dachte, sie sei in England mit dieser Martha? Sie hat doch noch Semesterferien!«

»Ruhig, ruhig. Es ist nichts passiert. Doch, passiert ist schon etwas. Aber nichts Schlimmes.«

Theaterluft

Kinder, so geht das doch nicht!« Die Choreographin klatschte in die Hände. Die Radieschen blieben stehen und blickten sie mit dem Ausdruck gequälter Neugierde an. Was zum Teufel gab es diesmal auszusetzen?

»Das hier oben, das Ding zwischen Schulter und Arm, was ist das?«, schrie Loretta. »Richtig, das ist ein Gelenk. Und eins und zwei und hepp – so muss es aussehen!« Sie machte die Schritte und Bewegungen temperamentvoll und präzise vor. »Jeronimo, du bist doch ein Rettich! Also beweg dich auch wie ein Rettich!«

»Tut mir leid«, sagte Jeronimo, ein schmaler, dunkelhaariger Schauspieler. »Aber ich bin so selten hinter einem Rettich hergelaufen, ich bin Spanier. Ich kann dir höchstens vormachen, wie sich eine Aubergine aus Sevilla in den Hüften wiegt.«

Die Radieschen kicherten.

Loretta stampfte wütend auf. »Verdammter Kindergarten! Was soll ich mit einem Haufen unbegabter Steifbeiner? Ich sage euch eines: In New York stünde niemand von euch auf der Bühne! Da weiß man, was ein Schauspieler können muss! Als ob spielen heutzutage ausreicht! Tanzen und singen, das könnt ihr alle nicht! Und wenn ich mir eure Sprechproben so anschaue, verstehe ich ab Reihe drei kein Wort mehr. Wieso bringen euch diese verdammten Schauspielschulen in Europa nicht einmal bei, dass ihr beim Reden die Wolldecke aus dem Mund nehmen sollt?«

Jeannette saß hinter der Bühne auf dem Fußboden, lehnte sich mit dem Rücken an die Wand, hielt ihr Textbuch vor die Nase und beglückwünschte sich jeden Tag aufs Neue, dass sie mit dieser strengen Frau nicht viel zu tun hatte. Ihr eigener choreographischer Part war wegen des unförmigen Melonenkostüms auf ein Minimum reduziert. Außerdem hatte Loretta an ihr bislang nicht viel auszusetzen. Wenn die pferdegesichtige Choreographin die Musikproben im Zuschauerraum verfolgte, schloss sie bei Jeannettes Gesang jedes Mal die Augen und murmelte: »Qualität. Das ist Qualität.«

Ab und zu nahm sich auch Felix etwas Zeit und verfolgte bei den Proben zufrieden die witzigen Dialoge. Die Texte waren durchaus nicht nur Füllmaterial zwischen den Songs, sondern würden garantiert für Lacher sorgen. Er hatte sogar Freundschaft mit Loretta geschlossen, nachdem er erkannt hatte, dass Amerika ihre geistige Heimat war, obwohl sie aus Oldenburg stammte. Aber sie hatte lange in New York gelebt und auch ihre ausgezeichnete Ausbildung in den Staaten abgeschlossen. Loretta liebte alle Menschen, die wie sie der Ansicht waren, dass außerhalb der USA kein gescheites Leben möglich war. Der Ansicht war Felix zwar nicht, aber er teilte ihre Liebe zum Kontinent Mark Twains. »Ja, es ist schon ein anderes Lebensgefühl in Amerika«, pflichtete er ihr bei. »Ich werde nie vergessen, wie ich zum ersten Mal mit meinem alten Chevy in der Nähe von Santa Monica in dem Drive-Thru-Beichtstuhl einer katholischen Kirche landete.«

Loretta blickte ihn ungläubig an. »Doch, doch!«, versicherte Felix. »Ich muss es wissen, ich habe ein halbes Jahr in Santa Monica gelebt.«

Das jedenfalls stimmte, denn die beiden Kölner Felix und Ernie hatten sich in Kalifornien auf einer riesigen Schwulenfete kennengelernt.

Seltsam, wie schnell das *Plackfissel Unlimited* Jeannettes zweite Heimat geworden war. Es war wundervoll, jeden Morgen um zehn, wenn die Proben begannen, den Theatergeruch einzuatmen, eilig hin und her zu laufen, dazuzugehören, Kaffee zu kochen, Blechkuchen beim Bäcker zu kaufen oder Pizza zu bestellen, Kostüme anzuprobieren und langsam mit den anderen Schauspielern vertraut zu werden.

Sie probten jetzt schon seit einem Monat, und das Stück begann, Kontur anzunehmen. Jeannette hatte zum ersten Mal seit ihrem Umzug von Mechenbach nach Köln das Gefühl, wirklich in dieser Stadt zu leben, von ihr angenommen zu werden und sie kennenzulernen.

Abends saßen sie meist in der Kneipe nebenan. Der urkölsche, schnauzbärtige Wirt war an die wechselnden Besetzungen der jährlichen Produktionen gewöhnt. Er war ein alter Freund von Ernie, Felix, den Bühnenarbeitern und zwei Schauspielern, die schon ihre vierte Produktion im *Plackfissel* hinter sich hatten.

»Liebchen, friss en bissjen schneller, wir müssen in der Küche dat Dingen rundumerneuern!«, sagte er zu Felix, gab ihm einen Klaps in den Nacken und zog den Teller mit dem abgenagten Eisbeinknochen weg. Einmal, zu später Stunde, hatte die solide angeheiterte Jeannette einen Molly-Song geschmettert, rhythmisch begleitet von Felix und Ernie, die mit Esslöffeln auf Kölschgläsern eine perfekte Percussion lieferten. Hingerissen hatten der Wirt, seine hochblonde Lebensgefährtin und die dicke Kellnerin mit den Gesundheitsschuhen gelauscht. Seitdem hieß Jeannette beim Personal nur noch »Dat Callas vom *Plackfissel*« und bekam ihr großes Kölsch bereits beim Betreten der Kneipe ohne Bestellung gezapft.

Es gab Schauspielkollegen, die Jeannette auf Anhieb mochte, und andere, von denen sie sich fernhielt. Zu Letzteren gehörte ein ehrgeiziger junger Mann, der die Rolle des Toby Tomate spielte und ebenfalls eine gute Stimme hatte. Im Gegensatz zu Jeannette hatte er eine richtige Schauspielschule hinter sich. Es gefiel ihm nicht, dass Jeannette als Anfängerin ein solcher Senkrechtstart erlaubt war.

»Ich soll nächsten Herbst in Zürich den Leonce von Büchner spielen«, verkündete er eines Abends, kaum dass er die Kneipe betreten hatte.

»Wie schön!«, sagte Jeannette arglos. »Wie bist du denn an das Angebot gekommen?«

»Ich bin Profi und kein singender Laie, meine Süße. Übrigens, heute Morgen hatte ich auf meinem Anrufbeantworter einen ganz schön pornographischen Antrag. Sie hatte genau deine Stimme, Jeannette!«

Jeannette schoss das Blut in den Kopf. »Das war ich nicht!« Entrüstet setzte sie ihr Bierglas ab. Aber er lachte nur, und die anderen sahen Jeannette erstaunt an.

»Jeannette hat heute Nacht bei uns geschlafen, du kleiner Schmierfink.« Felix' Stimme klang außerordentlich liebenswürdig. »Und unser antikes Schnurtelefon steht neben meinem Bett. Ihr Alibi ist lückenlos, denn Jeannette lag auch nicht in meinem Bett. Da liegen immer nur schöne Männer. Wahrscheinlich war es der Weckdienst, und du hast die Zeitansage verkehrt interpretiert. Es ist sex Uhr und Zeit für scharfe Tomaten! Mein Gott, das hört sich nach Notstand an. Wieso? Du bist doch so ein hübsches Alphamännchen!«

Diesmal lachten alle anderen, nur Toby Tomate nicht.

Unter dem Tisch drückte Jeannette dankbar Felix' Hand. Es war ein verdammt hartes Geschäft. Hier brauchte man Freunde,

denn je weiter oben man angesiedelt wurde, desto dünner war die Luft. Neid und Konkurrenz waren gnadenlos.
Auch die Schauspielerin, die Greta Gurkes Rolle spielte, war nicht übermäßig warmherzig. Sie kam aus dem Ruhrgebiet, hatte sich mit der Intendanz eines größeren Theaters überworfen, ihr sicheres Engagement gekündigt und schlug sich nun als freie Schauspielerin durch.
»Stimme hast du ja!«, sagte sie zu Jeannette, kniff die Augen zusammen und blies ihr Zigarettenrauch ins Gesicht. In der Denkblase über ihrem Kopf war die Fortsetzung gut lesbar: »Alles andere leider nicht!«
Man brauchte ein verdammt stabiles Rückgrat neben diesen teilweise vollkommen selbstverspiegelten, eitlen Ellbogenmenschen. Das hatte Jeannette nicht, aber sie hatte Freunde.
»Ich habe morgen eine Aufnahme, ich werde nicht pünktlich da sein können!«, verkündete Greta. Sie ließ offen, ob sie für den Rundfunk, das Fernsehen oder Hollywood arbeitete. »Aufnahme« hörte sich einfach gut an.
»Wann und wo kann man dich denn einmal sehen oder hören?«, fragte Jeannette ehrlich interessiert.
Greta betrachtete ihre Fingernägel. »Nichts für dich.«
Die lahme Antwort »Also nichts, was mit Intelligenz zu tun hat!« fiel der verärgerten Jeannette erst Stunden später ein. In diesen Tagen lernte sie über Abgrenzung und Bosheit mehr als in langen Jahren an Lenis Küchentisch. Selbst Susannas Gemeinheiten verblassten neben diesen giftgelben Neidschwaden zu harmlosen Sticheleien.
»Ach Gott!«, sagte Ernie später, als Jeannette ihn nach Gretas geheimnisvoller Nebentätigkeit befragte. »Sie mimt die juchzende Mutter von einem Geburtstagskind, das irgendeinen Fertigpudding frisst. Werbefunk. Gut bezahlt übrigens. Wahr-

scheinlich hat sie Angst, dass du ihr den Job wegschnappen willst. Freie Schauspieler müssen sehen, wo sie bleiben. Vor allem solche Dutzendware wie sie. Du siehst sie ja nie, wenn du singst, aber jedes Mal, wenn du den Mund aufmachst, vergeht sie vor Neid. Greta ist attraktiv und spielt gut, aber sie reicht nicht an deine Stimme heran.«
Jeannette gewöhnte sich das Fragen ab und versuchte, sich auf die Menschen zu konzentrieren, die ehrlich zu ihr waren.

Bunny Banana wurde gespielt von einer Rothaarigen namens Marie-Agnes. Sie hatte eine hinreißend dreckige Lache und war freundlich und kollegial. Sie besaß eine Sammlung heilender Steine, hatte gegen alles wundertätige Tropfen und trug keltische Amulette. Mit Geistheilern, Schamanen und Schutzengeln kannte sie sich aus wie andere Menschen mit Computerspielen oder Sammelmünzen.
Manchmal brachten Jeannette oder Marie-Agnes eine Flasche Sekt mit. Oder Jiri, der Bühnenbildner, organisierte ein Sixpack tschechisches Bier, und Felix schleppte experimentelles Käsegebäck in einer eigens dafür angeschafften Tupperdose an. Dann saßen sie nach den Proben noch in der chaotischen Garderobe zusammen, tranken aus Plastikbechern, und Marie-Agnes erzählte aus ihrem unerschöpflichen Schatz übersinnlicher Erlebnisse.
Sie legte Heilsteine auf, und Jiri behauptete, sein Kopfweh sei verschwunden. Sie therapierte Ernies verspannten Nacken durch Handauflegen und bewahrte ihre Lebensmittel unter einer Drahtpyramide auf. So wie andere Menschen gerne einmal in der Woche zum kollektiven Entspannen gingen, traf sich Marie-Agnes mit ihrer verstorbenen Großmutter jeden Freitagabend um halb elf, plauschte vom Diesseits ins Jenseits

und holte sich Ratschläge. Mit ihrem Pendel diagnostizierte sie außerdem alle möglichen Defekte.

»Oh mein Gott, glaubst du, meine Aura hat Löcher?« Felix zog sie gerne auf.

Aber Marie-Agnes ließ sich nicht aus der Ruhe bringen. »Ich spüre, dass du einen guten Schutzengel hast!«, sagte sie.

»Schutzengel, was für ein Markt!«, schwärmte Felix. »Komm, Marie-Agnes, wir machen eine Rent-an-Angel-Agentur auf. Gottchen, wir hätten ungeahnte Möglichkeiten! Stell dir nur mal vor, wir verleihen Schutzengel, fürs Wochenende oder für überhaupt, gleich zwei Engel bei Prüfungen oder Langstreckenflügen oder einen Sparpreisengel für die ganze Familie!«

»Lästere du nur! Und sei froh, dass dein Schutzengel so tolerant ist. Du hast nichts mehr zu lachen, wenn er dich im Stich lässt!«

An diese Abende in der unaufgeräumten Garderobe, in der die Luft stets schlecht war, weil Jiri mit farbverschmierten Fingern selbstgedrehte schwarze Zigaretten rauchte und Marie-Agnes mit Räucherstäbchen dagegen ankämpfte, würde sich Jeannette immer erinnern, das wusste sie. Manchmal lachten sie Tränen, manchmal ereiferten sie sich über dramaturgische Probleme, bei deren Lösung die Meinungen weit auseinandergingen, fast immer lästerten sie über Greta, Toby oder das chaotische Theatermanagement.

Jiri saß meist ruhig auf einem Tisch, den Rücken an die Wand gelehnt, drehte sich eine Zigarette und beobachtete die anderen Theatermenschen. Er lästerte nicht mit, aber er wurde in der kölschen Nachbarskneipe niemals neben Toby oder Greta gesichtet. Manchmal skizzierte er mit Kugelschreiber schnelle Porträts und Karikaturen auf Bierdeckel oder malte gedankenverloren wunderliche Miniaturlandschaften auf Zeitungsränder. Aber es kam auch vor, dass er seinen gesprächigen Tag hatte, dann erzählte er von seiner Heimatstadt Prag. Er beschrieb lebhaft die riesigen, alten Mietshäuser mit den bunten Hinterhöfen, den vielen verschiedenen Menschen. Seine Prager Zimmernachbarin war eine alte Opernsängerin, die von ihrer winzigen Rente kaum leben konnte. »Herr Jiri, wenn ich von jedem Liebhaber, den ich hatte, auch nur eine einzige Mahlzeit bekäme, wäre ich ein hübsch fettes Weibchen!«

Jeannette mochte seinen Akzent und den Singsang seiner Satzmelodie. Seine Art, Felix' Namen auszusprechen, war unnachahmlich. »Fähllix«, sagte er mit dem typisch weichen Prager »L«. Er brachte das Kunststück fertig, einen einzelnen Buchstaben so zu intonieren, dass man beim Zuhören etwas Flaumiges im Ohr spürte.

Wenn er zeichnete, beobachtete Jeannette seine Hände, seinen konzentrierten Blick. Sein Gesicht war ruhig, seine dunklen Augen wach. Wenn er lachte, bildeten sich doppelte Grübchen in den Mundwinkeln. Manchmal erinnerten seine Gesichtszüge an eine geschnitzte Holzpuppe aus einem Kinderstück. Sie mochte es, dass er nach jeder Mahlzeit den Spatzen auf dem Hof die Brötchen- oder Pizzakrümel zuwarf, dass er schweigend zupackte, wenn jemand Hilfe brauchte. Sie beobachtete ihn manchmal beim Beobachten: Er schaute sich sein Gegenüber ganz genau an, als müsse er es zeichnen. Zwischendurch schloss er sekundenlang die Augen, dann wandte er sich wieder mit voller Aufmerksamkeit dem Sprechenden zu.

»Warum machst du das?«, fragte sie ihn einmal.

»Die Stimme«, sagte er. »Ich mache mir manchmal, nur zum Spaß, ein neues Bild von einem Menschen, ausgehend von

seiner Stimme. So, als würde ich den Sprecher nicht sehen, sondern nur hören.«
»Und? Ist das Bild dann manchmal anders als in Wirklichkeit?«
»Es kommt vor. Felix zum Beispiel. Seine Stimme ist die eines Clowns. Und so könnte ich ihn dann zeichnen. Aber wenn ich die Augen aufmache und sein richtiges Gesicht betrachte, merke ich, dass er den Blick einer ernsten alten Dame hat.«
»Findest du?« Jeannette war überrascht.
»Deine Stimme passt zu deinen Augen«, fuhr Jiri fort. »Sie ist etwas älter als dein Gesicht. Aber sie sind gute Gefährten.«
Er reichte ihr eine kleine Zeichnung, die am Vorabend in dem türkischen Lokal entstanden sein musste, das sie häufig besuchten. Jeannette sah sich neben Felix sitzen, sie hatte gerade ein Bierglas an den Mund gesetzt, sie lachte, aber ihre Augen waren nicht fröhlich. Jiri hatte ihre gestrige Stimmung genau getroffen. Sie reichte ihm die Skizze zurück. »Das ist unglaublich gut!«
»Behalte es!« Er stand auf. Als sie sich bedanken wollte, war er schon zur Tür hinaus.
Jeannette betrachtete das Bild noch lange. Wie genau seine Zeichnung sie durchschaute!

Seit dem Urlaub arbeitete Jeannette bis zum Umfallen. Sie hatte Albertine nur eine kurze Nachricht auf dem Anrufbeantworter hinterlassen, sie sei sehr beschäftigt und könne leider nicht mehr zu den Chorproben kommen, Gruß auch an Martha. Das schlechte Gewissen wurde sofort wach, wenn sie nur an Martha dachte. Den Gedanken an Henry verdrängte sie. Aber er schlich in ihre Träume, Nacht für Nacht.
Sie machte sich nichts vor: Sie begehrte ihn. Und sie verbot sich diesen Gedanken.

Richtig leicht war ihr nur, wenn sie sang. Dann nahm der schwarze Theaterraum vor ihr Riesendimensionen an. Sie musste an die Möwe in Seagull's Bay denken, an das Sommergespräch mit Martha. Singen war tatsächlich wie Fliegen. Man segelte über alles hinweg, konnte in weiten Bögen alles überspannen, musste nichts berühren, war frei. Sie konnte nicht denken, wenn sie sang, sie war einfach da. Und es war ein unbeschreibliches Gefühl, sich darauf verlassen zu können, dass ihre Stimme nicht abstürzte, nicht versagte, dass sie voll und groß war. Bei den Soli folgte diese Stimme mühelos allen musikalischen Ideen, die Jeannette in demselben Moment hatte, wenn sie zum Ton ansetzte.

»Nicht jazzen!«, mahnte Ernie. »Deine Improvisationskünste in allen Ehren, die kannst du später einsetzen, wenn du deine Jazzpreise abräumst, aber hier bleibe bitte bei meiner Musik.« Ernie duldete keinerlei Abweichung von seinen Kompositionen. Jeannette murrte. Hörte sie sich manchmal Probenmitschnitte an, musste sie ihm allerdings recht geben.

Jeannette bekam einen kräftigen Vorgeschmack vom Privatleben eines Bühnenmenschen. Sie war fast nur noch zum Schlafen zu Hause. Ab und zu kam ein Anruf von Leni, aber Jeannette war meist zu erschöpft, um noch irgendetwas Detailliertes über ihr Theaterfieber, das sie mit Leidenschaft erfasst hatte, zu erzählen. Sie genoss Benjamins Lob, sie ärgerte sich schwarz über ihre Fehler, sie war oft zu müde, um abends noch etwas zu essen, sie litt, wenn sie an Henry dachte, sie war nicht glücklich, aber sie hatte noch nie zuvor das Gefühl gehabt, so intensiv zu leben.

»Du blühst im Rampenlicht auf wie ein Kellerchampignon auf Pferdmist!«, sagte Felix. »Ich wusste es!«

Auf der Bühne wurde sie nicht müde. Diszipliniert wieder-

holte sie noch einmal und noch einmal alle Szenen, mit denen Benjamin nicht zufrieden war.
»She's professional«, sagte Benjamin einmal anerkennend, zum großen Ärger von Toby Tomate, der zwar besser spielte als sie, dessen Singstimme aber neben ihrer so harmlos wie Finkengepiepse war. Und sie holte spielerisch auf. Sie war noch nicht frei von Ängsten und hatte im Gegensatz zu Toby Schwierigkeiten, sich in ihre Rolle fallenzulassen.

»So nicht, Jeannette!« Lorettas Ton war ziemlich barsch. Sie hatte schlecht geschlafen, in ihrem Hinterkopf lauerte ein Migräneanfall, und dieses dämliche Mädchen bekam die lächerliche Tanzfigur nicht hin. Am Bühnenrand hockten die drei Schauspielerinnen, die die Radieschen darstellten, und gähnten im Chor. Der Rettich, Jeronimo aus Spanien, saß gelangweilt auf einem Hocker und reinigte sich die Fingernägel mit seinem Taschenmesser.
»Und … hepp! Nein, Jeannette, verdammt! Wenn Toby deine rechte Hand nimmt, geht dein linker Arm nach hinten. *Nach hinten!* Ist das denn so schwer?«
Jeannette fing Jeronimos sympathielosen Blick auf. Sie probten jetzt schon eine Stunde länger als geplant, weil Jeannette es nur sehr langsam schaffte, Schritte und Bewegungen zu koordinieren. Sie hatte immer schon Schwierigkeiten damit gehabt, Musik mit Bewegungen zu verbinden, wenn sie festgelegt waren, aber heute war sie besonders vernagelt.
»Kirchenchor wäre irgendwie der bessere Job für dich, meinst du nicht?«, sagte Toby halblaut.
»Wenn's da um dein Begräbnis geht, bin ich auch dabei!« Das kam aus den Kulissen. Jiri stand da in seinem Blaumann, groß und kräftig, Farbschmierer im Gesicht. Er bedachte Toby

Tomate mit einem Blick, der auch einem sensibleren Menschen Magendrücken verursacht hätte.
Jeannette blickte ihn dankbar an, holte tief Luft und wandte sich an die Choreographin: »Entschuldige, Loretta. Morgen kann ich's. Versprochen. Heute ist nicht mein Tag.«
Loretta nickte ungnädig und meinte: »Wir schaffen es nicht, wenn ich dir alles dreißigmal erklären muss.« Jeannette spürte, wie ihr Tränen in die Augen stiegen, aber sie beherrschte sich.
»Also«, Loretta zog ihre wollenen Wadenwärmer zurecht. »Radieschen noch einmal. Jeronimo, mach voran. Nimm Nadja zuerst in den Arm, dann, mit einer Halbdrehung …«

Mit Benjamin konnte Jeannette besser arbeiten. Auch wenn er energisch wurde, behielt er seine freundliche Ruhe.
Benjamin Bowlin hatte längere Zeit in Sydney in einem Off-Theater gearbeitet, mit freien Gruppen in Berlin und Hamburg gespielt, war gewöhnt, mit den ungewöhnlichsten Menschen zurechtzukommen, und hatte viel Erfahrung mit Musicals.
Grundsätzlich ließ er den Schauspielern freie Hand in der Anlage ihrer Rollen. Wenn ihm etwas nicht gefiel, sagte er: »Okay, Baby. Du hast mir gezeigt, was du an dieser Stelle siehst. Ich zeige dir, was du gerade gemacht hast.« Und genau das stellte er bis in die feinste Nuance nach. Oft reichte diese Spiegelung aus, um dem Schauspieler deutlich zu machen, was verbesserungswürdig war.
Seine Methode hatte allerdings den Nachteil, dass seine schauspielerischen Fähigkeiten und seine überbordende Phantasie die Kreativität seiner Schauspieler lähmten. Es kam aber auch vor, dass er grüblerisch in der ersten Reihe saß, plötzlich aufstand und rief: »Forget it. Deine Idee war besser.«

Waren Konflikte nicht friedlich auszuräumen, konnte er sehr hartnäckig sein, blieb aber immer bei der Sache und vermied persönliche Angriffe. Allerdings war und blieb er autoritär. »Ich habe überhaupt keine Probleme mit Hierarchien. Solange ich der Chef bin.« Dabei grinste er breit. Aber die Schauspieler akzeptierten ihn, denn er war ganz einfach kompetent.

Zwei Tage nach der unerfreulichen Choreographieprobe saß Loretta, über weiße Zettel gebeugt, in der Garderobe. Sie betrachtete konzentriert ihre Notizen und murmelte halblaut auf Englisch – mit amerikanischem Akzent – vor sich hin. Sie hörte Schritte, sah sich aber nicht um, weil sie glaubte, aus den Augenwinkeln Tobys blaue Jeansjacke zu erkennen.
»Ich weiß, dass du es nicht gerne hörst, du machst alles richtig, aber du bewegst dich wie ein Sperrholzbrett!«, sagte sie, ohne den Blick von ihren Notizen zu wenden.
Jeannette legte ihre neue blaue Jeansjacke ab und wollte sich gerade betroffen nach Einzelheiten erkundigen, als Loretta, immer noch über ihre Zettel gebeugt, fortfuhr: »Und noch etwas: Es wäre mir lieb, wenn du aufhören würdest, Jeannette bei den Proben zu attackieren. Das kommt nicht so gut an, wie du denkst. Wenn jemand etwas Kritisches zu sagen hat, dann ich. Nimm dir lieber ein Beispiel an ihrem Verhalten. Sie mag dich vermutlich auch nicht, aber sie ist ein absolut loyaler Mensch.« Damit legte Loretta ihren Bleistift hin, zog die Lesebrille von der Nase, drehte sich nach Toby um und blickte erschrocken in Jeannettes verwirrtes Gesicht. Dann lachten beide laut und lange.
»Gut«, sagte Loretta und wischte sich über die Augen. »Ich muss nichts mehr erklären. Du bist gar nicht so schlecht, Jeannette. Du stehst dir noch selbst im Weg, das gibt sich aber.

Übrigens, verrat mir doch mal die Nummer deines Haarfärbemittels, das ist der schönste Kastanienton, den ich je gesehen habe.«

»Die Nummer ist angeboren.«

»Glückwunsch. Und dann noch diese Stimme! An deinem Geburtstag hatte der liebe Gott Spendierhosen an, was?«

Noch den ganzen Heimweg lang freute sich Jeannette.

Noch mehr Theater

Manchmal musste Jeannette erst am Nachmittag zur musikalischen Einzelprobe mit Ernie und war froh, wenn sie ausschlafen konnte. An einem dieser Vormittage klingelte es. Jeannette setzte sich verwundert auf und wusste nicht genau, wo sie war. Noch vor ein paar Sekunden hatte Jiri sie in ihrem gelben Melonenkostüm über die Bühne gekullert und dabei alle Mitspieler wie die Kegel abgeräumt. Sie träumte häufig vom Theater. Das waren die erlaubten Träume. Henry allerdings erschien trotzdem fast jede Nacht, obwohl sie ihn bat, sie in Ruhe zu lassen.

Sie stieg aus dem Bett, warf sich ihren alten Bademantel über, öffnete die Tür, zuckte zurück und wurde rot. Vor der Tür stand Martha und lachte über Jeannettes erschrecktes Gesicht. »Kind, sehe ich so furchtbar aus? Was ist denn los? Wieso schläfst du noch um halb elf?«

»Proben«, antwortete Jeannette. »Proben und Nachlöschen. Gestern Nacht war es, glaube ich, halb zwei.« Dann senkte sie den Kopf, hob ihn wieder, blickte an Martha vorbei und betrachtete den Türrahmen.

»Darf ich hereinkommen?«, fragte Martha schließlich.

Verlegen sprang Jeannette zu Seite. »Natürlich, entschuldige!« Sie räusperte sich. »Trinkst du einen Tee?«

»Ja, gerne. Aber lass mich mal machen, zieh dich ruhig an, wenn du magst.«

Jeannette ging ins Badezimmer, und Martha machte sich in der Kochecke zu schaffen. Sie goss kochendes Wasser über die zwei letzten Teebeutel, die sie entdeckte, und öffnete den Kühlschrank auf der Suche nach Milch. Er war gähnend leer. Es war nicht zu übersehen: Jeannette schien selten zu Hause zu sein. Martha setzte sich in den einzigen Sessel und sah sich um. Auf dem Fußboden neben dem Bett lag das Textbuch. Neugierig griff sie danach und schlug es an einer beliebigen Stelle auf. Jeannettes Text war mit gelber Farbe markiert.

MOLLY: Da, wo andere Menschen ihr Herz haben, sitzt bei Ihnen ein Gemüsehobel, Mr. Greenkiller! *(Vor Gemüsehobel kleine Ausholpause!)* stand mit Kugelschreiber am Rand.
MR. GREENKILLER: Haha. Da, wo andere Menschen ihre Sexvideos lagern, steht bei mir ein Glas mit Melonenkompott!
MOLLY: Mörder! Alle anderen Menschen essen die mineralische Nährpaste vom Planeten Veganjoy! Nur *Sie* müssen uns immer noch töten und fressen! *(Denk dran, bei Vegan das »A« deutlich zu sprechen, sonst unverständlich!)*
Greenkiller nähert sich mit einem Riesenmesser.
(Er kommt auf mich zu, ich weiche zurück, Bewegungen synchron, denk dran, Schritte nicht zu groß, wegen Bühnendeko)
Musik.

MR. GREENKILLER: *Ich hätte, liebe Molly, einfach nie vermutet,*
wie lange eine dicke Rote Bete blutet.
Ich schlitze gern Bananen und zerhacke gerne Möhren,
der Anblick nackter Gurken kann mich fürchterlich betören,
ich spalte jeden Rettich,
und abends lach im Bett ich
noch lange über …

Martha lächelte amüsiert. Dann entdeckte sie unten auf der Buchseite ein Herz, mit Kugelschreiber gemalt. Daneben stand in dicken blauen Lettern, mit so viel Druck gekritzelt, dass der Name noch auf den folgenden fünf Seiten lesbar blieb: *Henry*. Sie ließ das Textbuch sinken und starrte auf die Pinnwand mit Jeannettes Familienfotos.

An dem bewussten Morgen in Yorkshire, als sie nach Felix' Abendeinladung spät den Frühstückstisch gedeckt hatten, warteten sie zu dritt auf Jeannette. Henry behauptete, Jeannette sei schon lange wach, schließlich habe sie ihm bereits Onkel Gareths Geheimnis in der Bibliothek gezeigt. Aber als Albertine nach einiger Zeit nach oben ging, war Jeannettes Zimmer leer. Sie hatte ordentlich ihr Bett abgezogen, und auf dem Kopfkissen lag ein Brief.

> *Liebe Martha, liebe Albertine,*
> *ich fahre mit Felix und Ernie schon heute zurück. Es ist besser, wenn ich bei den Proben von Anfang an mit dabei bin. Ich wollte Euch nicht unnötig wecken. Vielen, vielen Dank für alles, und seid mir bitte nicht böse, Jeannette.*
> *PS: Grüße auch an Henry, natürlich.*

Martha hatte lange gerätselt, warum Jeannette sich auf so merkwürdige Art und Weise aus dem Staub gemacht hatte. Noch rätselhafter war, dass sich Jeannette nach Marthas Rückkehr nicht bei ihr gemeldet hatte. Zu den Chorproben erschien sie auch nicht mehr. Telefonisch war sie nie zu erreichen, auch ihre Mutter wusste nicht viel mehr, als dass sie ununterbrochen zu proben schien. Im *Plackfissel* hatte Martha mehrfach angerufen, ohne Jeannette anzutreffen, wurde aber das Gefühl nicht los, dass Jeannette sich verleugnen ließ. Albertine hatte Martha zwar geraten, Jeannette einfach in Ruhe zu lassen, bis sie sich von selber meldete, aber dagegen revoltierte Marthas Mutter- und Lehrerinstinkt.

Jetzt kam Jeannette aus der Dusche, rubbelte sich die Haare unter einem Handtuch trocken und blickte Martha ängstlich an, wie ein Igel, den man zwingen wollte, seinen schützenden Laubhaufen zu verlassen.

»Setz dich«, sagte Martha, so als sei dies ihr Zuhause. Sie goss zwei Tassen mit Tee voll. Schweigend beobachteten sie sich über den dampfenden Tassenrand.

»Was ist los? Der Chor vermisst dich. Alle fragen ständig nach dir. Warum hast du dich einfach tot gestellt?«

Jeannette schwieg. Dann holte sie Luft. »Es ging nicht anders.«

»Das ist eine ziemlich komische Antwort!« Jetzt forderte die strenge Lehrerin das Kind zum Geständnis auf.

Jeannette kämmte mit fahrigen Gesten ihre nassen Haare und wusste ganz offensichtlich nicht, was sie sagen sollte. Martha fiel auf, dass Jeannette blass war. Sie hatte noch mehr abgenommen. Ihre Wangenknochen zeichneten sich deutlich ab, etwas Fiebriges war in ihrem Blick. Martha bemühte sich, nicht auf das Kugelschreiberherz zu sehen. Sie verspürte einen Stich im Magen, als sie an eine ganz ähnliche Situation denken musste, die sich vor fünf Jahren abgespielt hatte. Die Besetzung war sehr ähnlich gewesen, der Spielort auch: eine junge Frau, eine tief verletzte Martha, ein Appartement. Nur war sie damals mit der jungen Frau nicht befreundet gewesen.

War Henry in der Zwischenzeit hier gewesen, hatten sie sich getroffen? Sie hatte nichts bemerkt. Henry war unverändert. Martha beschloss, ins Schwarze zu zielen: »Was genau ist zwischen dir und Henry?«

Das warf Jeannette vollends aus der Bahn. Sie zuckte, wie von einem Projektil getroffen, fühlte sich in die Enge getrieben und fragte verwirrt: »Hat Henry dir etwas gesagt?«

Also doch. Einen Augenblick krampfte sich Marthas Herz zusammen. Dann lächelte sie bemüht. »Ja«, log sie. »Aber ich möchte es gerne von dir hören.«

Jeannette atmete tief ein. Also wusste sie es. Es hatte keinen Sinn, sie wollte lieber ehrlich sein. Das hier musste sie jetzt hinter sich bringen. Ihr Gesicht war heiß, ihre Hände zitterten.

Sie stellte ihre Tasse ab, nahm Marthas Hand und sagte: »Das wird das letzte Mal sein, dass du mich sehen willst, aber vorher möchte ich dir sagen, dass ich dich sehr, sehr gerne mag und dass ich dir unglaublich viel verdanke.«

»Jeannette, was redest du!«, rief Martha und zog ihre Hand fort. »Hat das Theater deinen Sinn fürs Dramatische geschärft? Was für ein Quatsch! Jetzt erzähle mir endlich, was zwischen Henry und dir vorgefallen ist. Deine Version, meine ich.«

Jeannette blickte zum Fenster hinaus. Die ersten gelben Blätter des Ahornbaumes, der Frau Rademachers Hof verschönerte, wirbelten auf dem Balkon im Kreis, setzten sich zwischen den leeren Flaschen eines Bierkastens fest, wippten unruhig hin und her, bis zum nächsten Tanz durch die Luft. Der Herbsthimmel wechselte zwischen glattem Blau und weißgrauen Fetzenwolken, die von kräftigen Böen vorangetrieben wurden.

»Ich habe mich in ihn verliebt. Und ich habe ihn geküsst, Martha. Und ich …« Sie brach ab. Sie konnte Martha unmöglich erzählen, dass Henry den Hunger ihres Körpers geweckt hatte, dass sie sich nach ihm sehnte. Sie räusperte sich. »Deshalb konnte ich nicht mehr bleiben, das wirst du verstehen.«

Dass Henry sich keinesfalls wie ein armes Opfer verhalten hatte, dass er ihr den ersten richtigen Kuss ihres Lebens gegeben hatte, verschwieg sie.
Martha setzte ihre Tasse ab. Henry hatte ihr kein Sterbenswort erzählt. Das hätte sie auch nie von ihm erwartet. Er war gemäß der britischen Tradition erzogen worden, dass der Ruf einer Dame in jedem Fall – absolutely – zu wahren sei. Aber sie war erleichtert. Geküsst – ach, du lieber Gott, was für ein Schäfchen saß da. Fast zum Lachen.
Trotzdem. Was war *sein* Anteil an der ganzen Geschichte? Oder vielmehr – hatte es ein Nachspiel gegeben? War es bei einem Kuss geblieben? Log Jeannette? Martha spulte in Gedanken die Erinnerung an die Nacht nach Henrys Ankunft herunter. War er irgendwann einmal verschwunden? Hatte er sich aus dem Schlafzimmer geschlichen, als er dachte, sie schliefe fest? War er in den Wochen nach dem Urlaub bei Jeannette gewesen? Ein altes, fürchterliches Gefühl, ein totgeglaubtes, qualvolles, kroch in ihr hoch. Nein, bleib unten. Es ist nichts, nichts, hörst du? Sie schalt sich selber. Sie war doch tatsächlich dabei, dieses kleine Mädchen ernsthaft als Konkurrentin zu inthronisieren, das konnte doch nicht wahr sein.
Dann sieh mal genau hin, Martha, flüsterte der Eifersuchtsteufel, der jetzt auf ihrer rechten Schulter saß und bequem die Beine übereinanderschlug. Da sitzt kein dickes Puttchen mehr, sondern etwas sehr vitales Weibliches – ist dir noch nicht aufgefallen, dass sie sich aus dem Kokon herausgewunden hat?
Ach, halt's Maul, Teufel, schalt Martha. Schließlich haben Henry und ich schon so vieles durchgestanden. Wir sind doch ein altes Team.
Ja eben, kicherte der Teufel. Wer will schon jeden Tag dasselbe fressen? Hast du schon vergessen? Und hier sitzt ein neues,

reizvolles Angebot! Martha kickte den Teufel unsanft von ihren Schultern, woraufhin er sich murrend verkroch. Aber er blieb in Sichtweite.

Martha blieb eine Weile stumm sitzen. Dann erhob sie sich und ging zum Fenster. Jeannette beobachtete die große Frau in dem grauen Kaschmirpullover. Wie merkwürdig. Diese elegante Dame und sie liebten denselben Mann.

»War außer diesem Kuss sonst noch etwas zwischen euch?«

Jeannette schüttelte den Kopf. »Ich träume nur ab und ...« Verdammt, das ging doch Martha nichts an. Aber diese inquisitorische Lehrerpose hatte Jeannette mit einem Mal wieder zum ganz kleinen Mädchen werden lassen.

Der Teufel kroch wieder hervor. Er grinste. Siehst du? Und ich wette, in diesen Träumen geht die Post ab, Martha. Gute, alte, zweiundfünfzigjährige Martha.

Martha drehte sich um, kam näher und strich Jeannette über das Haar. Jeannette zuckte unter der Berührung widerwillig zusammen. »Jeannette, ich will dir mal etwas sagen. Du bist alt und belesen genug, um zu wissen, dass du vermutlich auf ältere Männer fixiert bist, weil du deinen Vater so früh verloren hast. Aber die Sache hat noch eine zweite Komponente: Du weißt haargenau, dass Henry für dich nicht erreichbar ist. Genau deshalb hast du dich in ihn verliebt. Das ist nämlich so schön ungefährlich, verstehst du? Solange du in ihn verliebt bist, sind andere Männer für dich uninteressant, können dir also nicht gefährlich werden. Es passt übrigens auch prima ins Bild, dass du dich mit Homosexuellen so gut verstehst.« Sie erhob sich. »Du hast Angst vor einer richtigen Beziehung, das ist alles. Vielleicht reicht dein Selbstbewusstsein noch nicht so weit, dass du dich für liebenswert oder anziehend hältst. Aber du bist es.« Es fiel Martha auf einmal schwer weiterzusprechen. Sie wollte nichts mehr zu diesem Mädchen sagen, das so viele schmerzhafte Erinnerungen in ihr geweckt hatte. Vor allen Dingen nichts Nettes mehr. »Du bildest dir diese Gefühle nur ein. Sie haben nichts mit Henry zu tun – überhaupt nichts, hörst du? –, sondern mit deinen Problemen.«

Jeannette blickte aus dem Fenster. Die Schwalben stürzten wie immer mit Gekreisch in die Hofschlucht. Warum war das alles nur so gemein, so verlockend? Aber das, was Martha ihr da erzählte, erschien Jeannette hilflos. Es war lächerlich, ihre Freundschaft mit Felix nur unter diesem Aspekt zu sehen. Felix war nicht einfach ein »ungefährlicher Mann«, er war ein echter Freund, ein vielseitiger und vielschichtiger Mensch, mit dem sie sich ganz einfach blendend verstand. Martha musste das wissen. Aber Martha suchte Gründe. Martha hielt ein Räderwerk grobschnittiger psychologischer Erklärungen in Gang, um sich nicht von verletzten Gefühlen überwältigen zu lassen.

Jeannette räusperte sich. »Ich sollte euch besser nicht mehr sehen. Fürs Erste, vielleicht.«

Den Gedanken, Henry wiederzusehen, konnte sie sowieso nicht ertragen. Den Gedanken, ihn nicht wiederzusehen, noch viel weniger. Zum ersten Mal seit den Ferien brannte die von Henry besetzte Stelle fürchterlich.

»Ach, Unsinn.« Martha griff nach ihrer Tasche. Jeannette atmete auf. Oh gut, sie geht. Geh, Martha, geh weg. Auf Wiedersehen, nein, adieu, Freundin. An der Tür drehte sich Martha um. Jeannette blickte sie an. Wie sie so dasaß, mit ihren wirren Locken und den Rheinkieselaugen, erinnerte sie an eine gerade aufgetauchte Quellnymphe, die auf ihren Faun wartete. Junge Nymphe und alter Faun?

»Ich nehme an, dass ich dich beim Chor nicht mehr sehen

werde. Du probst ja ununterbrochen. Das ist schade, aber es ist wohl wichtiger, diese Chance zu nutzen.«

Jeannette nickte stumm.

»Jedenfalls würde ich mich freuen, wenn du uns wieder besuchen kämst!«, ergänzte Martha. Das war freundlich, großzügig und gelogen. Und beide wussten es.

Die Tür fiel ins Schloss.

Jeannette ging zum Fenster. Sie presste ihre Stirn gegen das kalte Glas. Draußen war es nicht besonders warm, ganz deutlich wurde es Herbst. Ihre Vermieterin, Frau Rademacher, trug neuerdings Socken zum Kimono, wenn sie im Schuppen Sekt holte. In der Stadt war der Lauf der Jahreszeiten nicht so unmittelbar zu spüren wie in Untermechenbach. Die Bikinimädchen der Sommerplakate begannen, auf ihren Werbeflächen kurze Wollmäntelchen zu tragen. Dann erst bemerkte man die gelben Töne im müden Laub der Stadtbäume.

Untermechenbach war weit weg. Mama, Susanna und die Dosenleberwurst gehörten in ein anderes Leben, genauso wie die Universität. Jeannette hatte sich zwar zurückgemeldet, aber nur der Form halber. Sie wusste nicht, ob sie jemals dorthin zurückkehren wollte.

Nichts war mehr wie zuvor.

Marthas Besuch hatte alles aufgerissen. Jetzt ließen sich die Gedanken und die Sehnsucht nicht mehr verdrängen. Handfeste körperliche Sehnsucht nach Berührungen, die sie noch nie erfahren hatte, aber die sie manchmal zu kennen glaubte.

Warum ausgerechnet Henry? Er war dreißig Jahre älter als sie. Er war bestimmt nicht das, was man als schön bezeichnen konnte.

Aber da gab es etwas Unwiderstehliches. Sein Lachen. Seine Sicherheit. Wie er sich bewegte. Seine Männlichkeit, die so gar

nichts mit dem Mackertum der Wildwesthelden oder dem puddingschlaffen Reppelmann zu tun hatte. Und sie konnten über dieselben Dinge lachen, liebten dieselbe Musik …
Scheißdreck mit der Seele und den romantischen Gefühlen! Sie hieb mit der flachen Hand gegen die Fensterscheiben, so dass zwei turtelnde Tauben auf dem Balkongeländer erschreckt aufflatterten.
Sie erschrak fast, als sie sich endlich eingestand, dass sie mit Henry überhaupt keine Gespräche führen, keine Musik hören wollte. Höchstens danach. Sie wollte mit ihm schlafen, wollte wissen, wie es ist. In irgendeinem seifigen Roman hatte sie einmal gelesen: »Er setzte ihre Haut in Flammen.« Damals hatte sie gelacht. Sie sah das Bild vor sich: ein Mann, der mit seinen Küssen wie ein Sturmfeuerzeug am Körper seiner Geliebten herumzündelt. Aber es war so. Es hatte mit Flammen zu tun, mit blauen Flammen, mit Spannung, die sich entladen musste, mit Impulsen, die fremd waren, aber doch so vertraut, als wäre ihr Körper älter und weiser als ihr Verstand.

Sie musste mit irgendjemandem über Henry sprechen. Über ihre Phantasien, den Durst, die Sehnsucht. Und über Martha. Etwas war kaputtgegangen, sie hatte es genau gespürt. Martha hatte Angst. Dieses lebhafte, ausdrucksvolle Gesicht konnte nicht viel verbergen. In Marthas Augen hatte Zorn gestanden, Hilflosigkeit. Ihre Freundschaft war zerstört.
Wunderst du dich darüber?, fragte sie sich. Sie liebt Henry, sie betrachtet dich als Eindringling. Und das bist du ja auch. Gleichzeitig ärgerte sie sich über Marthas Bemerkung: »Du weißt haargenau, dass Henry für dich nicht erreichbar ist.«
Ach ja? Wieso eigentlich nicht? Bertrachtete Martha sie nicht als vollwertige Frau, oder was sollte diese Bemerkung? Sofort

schämte sie sich. Nein, verflucht, anderer Leute Beziehungen waren tabu. Es war gemein, es war nicht richtig. Martha wirkte so souverän, doch sie litt. Das konnte man sehen. Aber wieder regte sich Zorn in ihr. Warum war Martha gekommen? Wenn sie doch angeblich alles von Henry wusste? Schließlich war doch so gut wie nichts geschehen. Ich habe ihn geküsst und er mich. Das war alles. Was war das schon?

So viel war es, so viel hatte es angezettelt.

Oh, verdammt, warum war ihr das passiert? Sie ließ sich auf den Sessel fallen, auf dem Martha gesessen hatte, und nahm einen Schluck kalten Tee. Auf einmal fiel ihr Blick auf das aufgeschlagene Textbuch, das immer noch auf dem Fußboden lag. Der Anblick des blödsinnigen Pennälerherzchens ließ sie rot werden. Das hatte sie also auf die Spur gebracht.

Natürlich.

Henry war doch gar nicht der Typ, der so eine Kleinigkeit beichtete, und für ihn war es eine Kleinigkeit gewesen, dessen war sie sicher. Es gab eigentlich nur eine Erklärung: Martha hatte wirklich nichts gewusst und hatte sich einfach Jeannettes wochenlanges Schweigen nicht erklären können. Dann hatte sie das beschissene, pubertäre Herzchen gesehen. Und mit diesem dummen Trick – »Sicher weiß ich alles – aber ich möchte es gerne von dir selber hören« – hatte Martha alles zerstört. Natürlich, Martha selbst trug die Schuld, dass ihre Freundschaft beendet war. Was wollte sie denn überhaupt? Was konnte man denn anderes tun, als sich zurückzuziehen, als der Liebe und der Versuchung aus dem Weg zu gehen?

Es war wohltuend, Martha zumindest dieses Kilo Schuldgefühl zuzuschieben. Auf einmal hatte sie den unbedingten Drang, sich zu bewegen. Zu rennen, zu laufen, vor ihrem Körper zu flüchten. Sie schnappte sich ihre Jacke und schlang sich einen meerblauen Samtschal um den Hals. Ein Freundschaftsschal. Felix hatte in ihr geschenkt. Felix würde sie verstehen. Aber sie scheute sich immer noch, mit ihm über Henry zu sprechen, obwohl er längst Bescheid wusste. Er war ein guter Beobachter.

Als sie an besagtem Morgen in Yorkshire mit ihrer Segeltuchtasche vor dem Cottage erschienen war und darum bat, mitgenommen zu werden, hatte Felix nur gesagt: »Einer zu viel im Schulhaus, was?«

Und warum hatte sie nicht schon längst mit ihm über alles gesprochen?

Es ging nicht. Ein einziges Mal, nach einer fürchterlich anstrengenden Probe, hatte sie zu viel Sekt getrunken. Felix fuhr sie nach Hause. Aber als er den Namen »Henry« auch nur aussprach, fiel eine Tür ins Schloss, und sie antwortete nicht mehr auf Felix' Fragen. Was hätte sie ihm auch antworten sollen? »Ich will endlich mit dem Mann schlafen, dessen Frau mich aus meiner blechernen Wurstdose befreit hat! Macht doch nichts, oder?« Seitdem ging sie diesem Gespräch aus dem Weg, weil sie befürchtete, dass Felix ihr grünes Licht geben würde. Sein Wort hatte Gewicht. Felix nahm eine erotische Erfahrung mehr oder weniger vermutlich nicht ernst. Aber er war auch nicht Lenis Kind, hatte andere Tabus, ein anderes Verhältnis zur Sexualität, war älter, freier. Vermutlich auch egoistischer. Er war ihr geliebter Freund, ihr bester Freund geworden, aber das hier war ein Kampf, den sie mit sich selbst ausfechten musste. Eine Sekunde lang sah sie Jiris Gesicht, und etwas schmerzte.

Sie rannte die tortenbunten Marmorstufen hinunter, schlug die Haustür zu und lief ziellos ein paar Straßen entlang. Schließlich blieb sie vor einem Zeitungsstand stehen, ohne irgendetwas wahrzunehmen. Sie wusste, dass sie Henry nichts bedeutete. Henry dachte, wenn überhaupt, wahrscheinlich nur amüsiert an sie. Ein kleines Mädchen hat mich geküsst. Ich hab ihr mal gezeigt, wie man es richtig macht. Haha. Learning by doing. Sie dachte an seine Hände, an die Lachfalten, die tiefe Stimme und verspürte ein Ziehen in der Magengrube. Ihr wurde schwindelig, und sie setzte sich auf eine kleine Mauer.

Martha war ihre Freundin gewesen. Sie musste an die langen Wanderungen über das Hochmoor denken, an die Gespräche, an die glückliche, lachende Martha, die zu ihrem Engagement Champagner spendiert hatte, an die wohlwollende Chorleiterin, an den Kinderbrief in Marthas Wohnzimmer »… für die beste Lehrerin der Welt«. Martha hatte ihr den Weg gewiesen, und zum Dank würde sie sich Henry möglicherweise sofort an den Hals werfen, wenn er nur erschiene.

Was für ein egoistisches Ekelpaket ist aus mir geworden?

Jetzt war ihr übel.

Sie blieb noch eine ganze Weile sitzen, bis die Übelkeit verschwand. Aber das seltsam hohle Gefühl blieb. Hatte sie überhaupt etwas gegessen? Nein, heute noch nicht. Und gestern? Egal. Kein Hunger. Sie stand auf und ging langsam die Straße hinunter. An einer Ampel sprang das Fußgängersymbol auf Rot. Jeannette empfing nur den Impuls »Wechsel« und marschierte los. Ein verrosteter Fiat bremste mit knapper Not vor ihren Füßen, und Jeannette erschrak so, dass sie fast hinfiel.

»Blöde Kuh! Pass doch auf!« Der bärtige Mann brüllte so laut, dass sich einige Passanten umdrehten. Jeannette begann vor Schreck und Verwirrung zu rennen. Sie konnte keinen einzigen klaren Gedanken fassen. Schließlich blieb sie atemlos vor einem großen Fenster stehen, sah hinein, riss die Augen auf, öffnete wie ein Roboter die Tür daneben und betrat den dunklen Raum, in dem es nach abgestandenem Rauch stank. Die Frau am Fenstertisch blickte kurz auf und fragte: »Können Sie Noten lesen?«

»Ja«, japste Jeannette. »Aber nur die ohne Beinchen!« Dann lächelte sie zaghaft, setzte sich zu der Frau an den Tisch, blickte sie noch einmal an und ließ schluchzend den Kopf auf ihre Arme sinken. Albertine fasste sie erschrocken an die Schulter.

»Was ist denn passiert, Jeannette?«

Albertine schnipste mit dem Finger und bestellte bei Thekentrudi zwei Kaffee und zwei Weinbrand. Nach ein paar Minuten brachte Trudi den Kaffee und einen Stapel Servietten. Jeannette bedankte sich mit verheultem Gesicht und putzte sich die Nase in den Zellstofftüchern, die die Aufschrift trugen »*Kaffeelatte*, Tag- und Nachtcafé, Jazzlokal.«

»Ich liebe Henry«, sagte sie trotzig und ohne jede Einleitung.

Albertine nickte.

»Wieso nickst du? Findest du das gut?« Jeannette war auf einmal so böse, als sei sie nur durch einen raffinierten Zauber Albertines in dieser unglücklichen Liebe gefangen.

»Nein. Aber ich habe mir so etwas gedacht.«

Das machte Jeannette erst recht aggressiv. »Ach was? Mein Gott, seid ihr alle schlau. Martha stellt mir blöde Fangfragen, Felix weiß auch schon alles, ohne hinzusehen, und ich bin das dumme Dickerchen. Fehlt nur noch, dass Henry Witzchen über mich in seiner Gästerunde zum Besten gibt.«

»Ach, Jeannette, jetzt ist es aber genug.« Albertine wurde energisch. »Ich dachte, deine neuen Kontaktlinsen sitzen gut? Warum hast du so einen Knick in der Wahrnehmung? Das dumme Dickerchen existiert nur in deinem Kopf, das Thema sollte dir langsam langweilig werden. Wir haben uns solche Gedanken deinetwegen gemacht, das kannst du dir kaum vorstellen, du blöde Kröte. Martha war aufs höchste beunruhigt, was wohl mit dir geschehen sei. Henry schweigt sowieso wie eine Auster. Und alles, was *ich* denke, ist reine Vermutung, weil du am letzten Abend in Yorkshire nach Henrys Ankunft ausgesehen hast, als hättest du eine Marienerscheinung. Statt an dieser Stelle im Garten eine Kapelle zu bauen, bist du allerdings sofort abgehauen. Ich bin weit davon entfernt, dir deshalb Vorwürfe zu machen, aber den Reim, den ich mir darauf gemacht habe, den musst du mir schon zugestehen. Und auch wenn du in ›Jeannettes Lehr- und Wanderjahre‹ erst auf Seite zwanzig bist: Du bist nicht allein auf der Welt. Es gibt Menschen, die dich mögen, dich sogar verstehen. Du hast dich ihnen nur entzogen.«

Sie leerte ihren Weinbrand in einem Zug. »Übrigens war ich auch mal in Henry verliebt. Weiß der Geier warum, aber er hat auf Frauen eine Wirkung wie ein Komposthäufchen auf Schmeißfliegen.«

Das tröstete Jeannette mehr als alles, was sie seit Wochen gedacht oder gehört hatte. »Und?«, wollte sie wissen.

Albertine zuckte mit den Schultern. »Ich konnte nichts dagegen tun. Henry und Martha waren etwa seit einem Jahr verheiratet. Ich habe ihm weiß Gott keine schönen Augen gemacht, aber er muss es gewittert haben. Eines Tages kam er zu mir nach Hause, um mir ein Buch zurückzubringen. Da ist es dann passiert.«

»Hast du mit ihm …?« Jeannette starrte sie mit Riesenaugen an.

Albertine nickte. »Ja, ich habe mit ihm geschlafen. Und es war phantastisch. Danach haben wir nie wieder darüber gesprochen. Komischerweise fiel meine Verliebtheit sofort in sich zusammen wie ein Soufflé im Durchzug. Offenbar hatte ich Lust auf Sex mit Verliebtsein verwechselt. Aber das ist anfangs schwer zu trennen. Martha hat es nie erfahren. Ich hatte lange Zeit ein furchtbar schlechtes Gewissen, aber es ist nun mal passiert, und schließlich habe ich es mir verziehen. Das ist jetzt elf Jahre her.«

Jeannette sagte eine ganze Weile gar nichts. Plötzlich ging ihr auf, welches Geschenk Albertine ihr mit diesem Geständnis machte.

Dann nahm sie noch eine bedruckte Serviette, schneuzte sich und blickte Albertine ratlos an. »Aber Martha ist doch deine beste Freundin, wie konntest du so etwas machen?«

Albertine zog die Schultern hoch. »Ich weiß es nicht. Ich habe mich mein Leben lang aus Beziehungen anderer Menschen herausgehalten. Ich hätte jeden für verrückt erklärt, der mir prophezeit hätte, dass ich eines Tages mit dem Mann meiner allerbesten Freundin ins Bett gehen würde. Ich habe es nicht geplant, nicht gewollt, und als es so weit war, habe ich es genossen. Für die Abteilung Moral und Sitte in meinem Kopf war das natürlich der Anlass, mir monatelang die Hölle heißzumachen, mein Körper spürte dagegen noch wochenlang kleine blaue Flammen.«

Jeannette starrte sie an. »Hast du gesagt ›blaue Flammen‹?«

»Wieso?«

»Weil ich dasselbe Gefühl habe – blaue Flammen.«

Albertine sah sie ungläubig an. Sie blickte durch das Fenster auf die Straße und schien sich an etwas zu erinnern. Sie grinste, seufzte ein bisschen und schwieg noch eine ganze Weile. Schließlich wandte sie sich wieder Jeannette zu. »Ulkig. Jetzt würde mich ja bloß mal interessieren, ob er bei Martha oder

seinen Ausrutschern auch blaue Flammen verursacht. Dann sollte Henry damit auftreten, finde ich.«
Jeannette konnte nicht lachen. Das Henrybild hing entsetzlich schief in seinem Rahmen, der neue Anblick tat weh. »Nimmt er eigentlich alles mit, was er kriegen kann?«
»Nein, alles nicht. Aber besonders eifersüchtig darf man nicht sein, wenn man mit ihm leben will.«
»Und Martha?«
»Sie leidet natürlich darunter. Aber er liebt sie, das weiß ich. Allerdings liebt er sich selbst etwas mehr. Und er braucht sich bei Frauen überhaupt nicht anzustrengen. Das begeistert ihn vermutlich so, dass er eben selten nein sagt.« Albertine lachte auf. »Ich war mal in Norwegen angeln, weißt du. Ich hatte noch nie in meinem Leben irgendetwas geangelt. Und ich hatte noch nicht einmal eine Angelrute dabei, nur eine Plastikschnur, an der mickymausfarbene Kunststoffwürmer mit scharfen Haken befestigt waren. So etwa zehn hintereinander, in geringem Abstand. Du glaubst es nicht, aber kaum dass ich die Schnur im Wasser hatte, waren schon vier Dorsche dran. Ich wusste nicht, dass Fische so bescheuert sind. Siehst du, so ähnlich muss sich Henry fühlen.«
»Ich verbitte mir den Vergleich mit einem gummiwurmfressenden Dorsch.« Jeannette zog die Nase hoch, aber sie konnte schon wieder lächeln.
»Nur keine Eitelkeiten. Alle Welt ist beim Anblick von Verliebten gerührt, aber ich finde, es ist auch etwas Schafsblödes dabei.«
»Danke.«
»Bitte.«
Jeannette rührte in ihrem kalten Kaffee herum. »Was ist eigentlich so Besonderes an ihm?«

»Keine Ahnung. Er weckt einfach Hunger nach Berührung. Warum das so ist, weiß ich nicht. Aber er hat so eine Art … Er schafft eine Aura von Geheimnis und Versprechen um sich herum, ohne jemals wirklich ein Geheimnis zu haben oder ein Versprechen zu formulieren. Henry kann sich exzellent inszenieren. Er ist sehr eitel.«

»Martha hat versucht, mir eine Vaterfixierung unterzuschieben. Und ich wäre ja nur in ihn verliebt, weil ich Angst vor einer anderen Beziehung hätte. Und ich käme sowieso nicht an ihn heran. Und ich würde mir meine Gefühle nur einbilden.«

»So?« Albertine zog die Augenbrauen hoch. »Donnerwetter. Dann hat sie wirklich Angst. Das mit der Vaterfixierung – na ja, das ist nicht sonderlich originell, aber sicher nicht verkehrt. Das mit seiner Unerreichbarkeit stimmt nicht. Denn du kämst ganz locker an ihn heran, wenn du nur wolltest. Ach herrje. Ich dachte, das hätte sie überwunden, schließlich ist seine Gockelrolle nichts Neues für sie. Aber an Betrug gewöhnt man sich vermutlich genauso schlecht wie an Angst.«

»Felix findet ihn auch toll!« Jeannette zerknackte ein Zuckerstück zwischen den Zähnen.

»*Das* wäre vermutlich mal ein Angebot, das Henry ausschlagen würde.«

Jeannette starrte durch das Fenster auf die belebte Straße. »Bin ich ein Schwein, Albertine?«

»Bin *ich* eins? Ach, du Hase! Leben heißt Fehler machen, unmoralisch sein und manchmal auch böse. Natürlich nicht nur. Aber du bist ein Mensch und kein steriler Tupfer. Und schließlich verliebt man sich nicht freiwillig, weißt du, es passiert eben.«

Sie zog ihre Lesebrille noch tiefer auf die Nasenspitze herun-

ter und blickte Jeannette mit einem schwer zu definierenden Ausdruck an. »Henry ist der erste Mann, in den du dich verliebt hast, stimmt's?«
Jeannette nickte stumm.
»Schade. Nichts gegen Henry, aber man muss abgebrüht und erfahren sein oder Albertine heißen, um die Begegnung mit ihm unbeschadet zu überstehen.«
»Ist Martha abgebrüht?«
Albertine spielte mit dem Kaffeelöffel. »Nein. Deshalb leidet sie auch. Und ich finde es furchtbar, wenn ich es sehe. Jedes Mal, wenn ich erlebe, dass wieder jemand angebissen hat, leide ich mit.«
»Jetzt auch?«
»Nein. Weil ich weiß, dass du es bist. Und du bist klug und sensibel genug, um weder dich noch Martha unnötig leiden zu lassen. Ratschläge sind etwas Bescheuertes, aber ich gebe dir trotzdem einen: Versuch, Henry abzuhaken. Beim ersten Mal sollte es jemand sein, dem es auch um *dich* geht, nicht nur um sein Vergnügen.«

… *aber nur beinahe*

Es war wie im Kino. Wochenlang hatte sie Martha und Albertine nicht gesehen, jetzt beide an einem Tag. Aber nicht genug. Als sie auf dem Rückweg von der *Kaffeelatte* ihr feines Leinenkleid aus der Reinigung abholen wollte, stolperte sie fast über Henry, der eben aus dem daneben liegenden englischen Antiquariat trat.

Einen kurzen Moment setzte ihr Herz aus. »Janet!« Das hörte sich ehrlich erfreut an. Er fasste sie an den Schultern und hielt sie begutachtend von sich. Er lächelte, nickte und küsste sie auf die Wange. Jeannette schloss die Augen, als wolle sie jede andere Wahrnehmung aussperren.

»Ich habe immer noch deine Debussy-CD im Auto, ich wollte sie dir längst zurückbringen!«

Etwas warnte in Jeannettes Kopf. Hatte er nicht auch Albertine etwas Geliehenes zurückgebracht? War das ein Standardtrick von ihm? Sie zuckte mit den Schultern. »Nicht so wichtig. Das hat Zeit. Du kannst sie bei Gelegenheit Albertine mitgeben.«

Er wandte den Blick nicht von ihr. »Weißt du was? Ich hole sie eben. Mein Auto steht um die Ecke, genau vor dem besten Konditor der Gegend. Ich bringe Kuchen mit, und du machst uns einen Kaffee. Du kannst ja schon vorausgehen.«

Er tippte ihr mit dem Finger auf die Nase. Das hätte eine Nette-Onkel-Geste sein können, aber sie entzündete sofort einen Schwelbrand.

»Ich muss zur Probe«, entgegnete Jeannette matt.

»Ach was, nur eine Viertelstunde.«
Verdammt. Wo war der Widerstand? Jeannette konnte nur noch nicken. Den Heimweg zu finden überließ sie ihren Füßen, der Verstand hatte ausgesetzt. Sie schleppte sich die Treppe hoch. Ihre Knie waren weich. Die blauen Flammen tänzelten auf ihrem Körper, auf den Stufen. Sie öffnete mit unsicheren Händen die Wohnungstür. Es war nichts dagegen zu machen. Sie warf einen Blick in den Spiegel und erschrak, als sie ihre Augen sah. Weit geöffnet wie ein Doppelportal. Come in, Sir. Er würde es sofort sehen. Ihr Blick fiel nach Wochen zum ersten Mal wieder bewusst auf Papas Foto. »Josef, ich kann leider für nichts garantieren«, flüsterte sie. »Ist das immer so? Was soll ich machen, Papa? Sag was!«
Aber Josef lächelte sie ruhig an. Sie hängte ihr Kleid in den Schrank und stellte die Einkaufstasche genau vor Josefs Foto, ohne es zu merken.
Es klingelte. Henry trug einen kleinen Kuchenkarton und lehnte im Türrahmen.
»Komm herein!« Das klang abweisend. »Kaffee oder Tee?« Das kam fast feindlich.
Er nahm nicht Platz in dem Sessel, in dem zwei Stunden zuvor seine Frau gesessen hatte, sondern folgte ihr in die Diele, in der sich die Miniküche befand. Sie füllte Wasser in eine Kanne und wiederholte ihre Frage. Er antwortete nicht, sondern betrachtete sie stumm und aufmerksam.
Sie löffelte mit unsicherer Hand Kaffeepulver in den Filter. Er schwieg immer noch. Ihr Ton wurde grob. »Also Kaffee. Dann trink gefälligst das, was ich auch trinke.«
Sein Zeigefinger streichelte ihren Hals, als sie sich über den Kaffeefilter beugte. Jeannettes Atem stockte. So also fing es an.

Es war zu spät. Die Tür aufreißen, ihn hinauswerfen, zu spät. Seine Lippen krochen über ihren Nacken. Der Teil des Gehirns, der »Nein!« sagen konnte, funktionierte nicht mehr. Sie konnte kaum noch stehen. Eine Sekunde lang versuchte sie, sich das Gespräch mit Albertine ins Gedächtnis zu rufen, aber vergeblich. Sie drückte auf den Knopf, um die Kaffeemaschine in Gang zu setzen. Der Knopf verursachte ein lautes Schmatzgeräusch, als er in seiner Höhle verschwand. Henrys Mund wanderte immer noch an ihrem Hals entlang.

Der Tassenschrank befand sich nicht mehr an seiner gewohnten Stelle. Die sonst geraden Wände wölbten sich. Der Kaffeebecher fühlte sich rund und fest an, die Milchtüte feucht und kühl. Ihre Haare wurden zu elektrisch geladenen Fühlern.

»Lass den Kaffee!« Er zog sie in ihr Zimmer.

Jeannette schloss die Augen. Sie kannte diese Empfindungen aus den Träumen der vergangenen Wochen, aber hier, in der Wirklichkeit, waren sie größer, drängender. Wirklichkeit? Welche Wirklichkeit? Was war das für ein neues Universum? Henrys Hände waren überall. So, als wolle er sie wie ein Stück Ton formen. Jeannette ließ geschehen, ließ ihn Knöpfe und Reißverschluss öffnen und tauchte schließlich unter in diesem aufregenden Strom, in dem nicht mehr ihr Verstand, sondern ihr Körper alles steuerte. Als sie mit nacktem Oberkörper auf ihrem Bett lag und er begann, dieses Neuland mit seinem Mund zu erobern, sah sie sich selbst dort liegen und schaute sich zu, erschrocken, hingerissen. Er versuchte, ihre Jeans abzustreifen. Es klingelte.

Sie hielten ungläubig inne. »Lass es klingeln!«, sagte er leise und fuhr mit den Fingern an ihrem Oberschenkel entlang.

Aber Jeannette war aufgewacht. Die blauen Flammen waren dem grauen Licht des Oktobertages gewichen. Die gewölbten

Wände waren wieder gerade, die Kaffeemaschine fauchte ihre letzten Tropfen durch die verkalkte Düse, dann schwieg sie wie ein mürrischer kleiner Drachen.

Wunderland war weg.

Sie setzte sich auf die Bettkante, schüttelte benommen den Kopf, zog ihre Jeans hoch, warf sich einen Pullover über, ordnete die Haare und ging mit noch zitternden Beinen in die Diele. Henry, der sich halb aufgerichtet hatte, ließ sich resigniert mit ausgebreiteten Armen wieder auf das Bett fallen. Jeannette schloss die Verbindungstür zu ihrem Zimmer und drückte auf den Öffner. Aber unten sprang keine Haustür auf. In derselben Sekunde wurde ihr schockartig bewusst, dass Martha direkt vor der Tür stehen konnte. Es klopfte.

Es war die Vermieterin. Sie trug einen gewagten Herbstkimono, darunter ein gut sichtbares Angorahemd. Sie lugte neugierig über Jeannettes Schulter in den Flur. »Kann et sein, Schanett, dat die Frau, die dich heute besucht hat, dat hier verloren hat? Wie du nämlich eben weg warst, hab ich dat hier im Treppenhaus jefunden, direkt vor deiner Tür!« Sie öffnete ihre Hand.

Jeannette erkannte die schwarze Jettbrosche sofort. Sie hatte sie zusammen mit Martha in Whitby in Nordyorkshire gekauft, in einer Werkstatt, die ausschließlich diesen altmodischen Schmuck herstellte. Jeannette schluckte. Sie hatten sich lange beraten, und schließlich griff Martha zu diesem Motiv, einer Art Sonnenblume. »Das erinnert mich an deinen offenen Blick!«, hatte Martha gesagt. Martha.

Ihre ehemalige Freundin Martha.

»Ja, Frau Rademacher!«, sagte Jeannette. Sie räusperte sich. Ihre Stimme wurde etwas fester. »Die gehört in der Tat meiner Bekannten. Vielen Dank. Ihr Mann ist nämlich gerade gekommen, um zu fragen, ob sie die Brosche zufällig hier verloren hat.«

Es war Annegret Rademacher natürlich längst klar, dass Jeannette Herrenbesuch hatte, und zwar seit dreiunddreißig Minuten.

»Henry!«, rief Jeannette laut. »Marthas Brosche ist aufgetaucht!«

Die Verbindungstür wurde geöffnet. Henry stand da mit Mantel und Schal und begrüßte Frau Rademacher strahlend. »Oh, das ist schön!«, rief er. »Wir haben schon überall danach gesucht. Altes Erbstück! Vielen Dank, das ist außerordentlich freundlich von Ihnen!«

Frau Rademacher prüfte den Sitz ihrer Frisur. »Jern jeschehen!« Sie fasste Henry näher ins Auge. Irjendwie … der hat wat, dachte sie und zog ihren Kimono stramm.

Henry räusperte sich. »Ja, Janet, dann kann ich mich ja auf den Weg machen. Halt! Du wolltest mit mir doch noch mal meine Partitur durchgehen! Du hattest doch so eine gute Idee für den zweiten Satz!« Da Frau Rademacher durchaus keine Anstalten machte, sich von der Stelle zu bewegen, erklärte er ihr höflich: »Ich bin Alphornbläser, wissen Sie!«

In seinen Augenwinkeln saß das Angelhakenlächeln. Jeannette sah es zum ersten Mal bewusst und lernte in dieser Sekunde mehr über Henry als in den ganzen letzten Monaten. Sie drehte sich blitzartig um und nahm den durchgelaufenen Kaffee von der Maschine. »Dann komm«, sagte sie. »Wir gehen dein Problem Stück für Stück durch.«

Frau Rademacher verabschiedete sich widerwillig. »Wo kann man Sie denn mal hören?«

»Nur in ganz großen Konzertsälen«, entgegnete Henry. »Wir passen sonst nirgends rein.«

Sie nickte verständnisvoll und verschwand endlich. Henry schloss die Tür. Jeannette konnte endlich laut lachen. »Oh Henry, du bist doch nicht mehr ganz dicht!«
Henry zog den Mantel wieder aus. Sein Oberkörper war noch nackt. »Du wolltest doch meine Partitur Stück für Stück mit mir durchgehen?«
Aber Jeannette schob ihn von sich, nahm seine Hand von ihrer Brust und drückte ihm einen Kaffeebecher zwischen die Finger. »Setz dich!«, befahl sie.
Er seufzte, zog sein Hemd an und setzte sich auf Marthas Platz. Jeannette hockte auf dem Boden. Zwischen ihnen, auf dem niedrigen Tisch, lag Marthas schwarz glänzende Jettbrosche. Mit einer schnellen Bewegung klappte Jeannette das Probenmanuskript mit dem Kugelschreiberherz zu. »Du bist doch nicht zu mir gekommen, weil dir etwas an mir liegt!« Sie beobachtete ihn über ihre Tasse hinweg. »Wir haben uns zufällig getroffen, und da dachtest du …«
»Ich habe überhaupt nichts gedacht!«, unterbrach Henry. »Ich habe dich nur gesehen, und auf einmal hatte ich Lust, mit dir zu schlafen.«
»Gut, du bist ehrlich. Danke. Du wolltest dein Vergnügen, und das war's.«
Er wollte protestieren, aber sie ließ ihn nicht zu Wort kommen. »Ich hatte doch gar nichts dagegen. Zunächst einmal.«
Plötzlich wurde ihm bewusst, dass ihre klaren Augen ihn ohne jeden Vorwurf anblickten. »Henry, ich möchte von dieser seltsamen Besessenheit frei werden.«
»Was meinst du?«
Irgendeine andere Jeannette, eine erwachsenere, mutigere, antwortete: »Ich habe Hunderte Male davon geträumt, mit dir zu schlafen. Und ich fürchte, ich fände es ziemlich gewaltig.«

Er nahm einen Schluck Kaffee. »Und warum wandeln wir den Konjunktiv nicht in die Gegenwart um?«
Sie stand auf und warf einen Blick durch das Fenster. Die Blätter des Ahorns im Hof waren schon zur Hälfte abgefallen. Frau Rademacher stand unten, auf einen Besen gestützt, und blickte nachdenklich zu ihrem Balkon hoch. Jeannette winkte. Frau Rademacher winkte beruhigt zurück und fuhr fort, den Hof zu kehren.
»Weil ich Martha nicht hintergehen will. Ich hätte es fast getan. Es ist wie eine Droge.« Sie wandte sich um und fragte wie ein Kind: »Ist das immer so?«
Henry lächelte. »Nein. Sicher nicht. Mir dir allerdings …«
Jeannette spürte die blauen Flammen zurückkehren und drehte sich schnell wieder um. »Es wäre nicht richtig, Henry. Wegen Martha. Ich bedauere sehr, dass …«
»Du solltest nichts bedauern!«, unterbrach er.
»Ich bedaure, dass es keine zwei Henrys gibt.«
Eine kleine Pause entstand. Henry räusperte sich. »Das ist ein sehr nettes Kompliment. Kann ich den Satz riskieren: Lass uns Freunde bleiben?«
Jeannette lachte. Die alte Herzlichkeit, die sie mit Martha und Henry für kurze Zeit verbunden hatte, glomm für einen Moment wieder auf. »Das kannst du.«
Er stand auf, knöpfte sein Hemd zu und zog den Mantel an. Einen Moment lang blieb er neben Jeannette stehen und beobachtete die kehrende Vermieterin. Frau Rademacher führte ihren Besen einmal rechts, einmal links an sich vorbei, als stake sie in einer Gondel über den Hof. Er wandte sich zum Gehen, bückte sich noch einmal und steckte die Jettbrosche ein.
»Lass sie besser hier, Henry. Überleg mal die Schlussfolgerungen!«

Er biss sich auf die Lippen. In der Diele nahm Jeannette den Kuchenkarton, hielt ihn an seiner Goldschnur hoch. »Aber das hier, das solltest du für Martha mitnehmen. Zucker stärkt die Nerven, und das kann sie brauchen bei dir. Glaub ich jedenfalls.«

»Teufelsbraten!« Bevor sie noch zurückweichen konnte, hatte er sie geküsst. Die Tür fiel ins Schloss.

Jeannette presste ihre Stirn gegen das Fenster und schloss die Augen. Das Glas war sehr kalt. Frau Rademacher jagte in eleganten Wendungen den letzten gelben Blättern nach, die vor ihr flüchteten.

Annegret Rademacher, dachte Jeannette. Ich hätte dich verfluchen können. Aber ich bin dir dankbar. Sie wandte sich um, vermied es, das Bett und die zerdrückten Kissen anzuschauen, und nahm die warme Jacke vom Schreibtisch. Erst dann bemerkte sie, dass sie Josef durch die Einkaufstasche die Sicht versperrt hatte. »Es war nichts, Josef. Nichts. Nichts ist passiert.«

Sie schnappte das Textbuch, zog ihre Jacke an und machte sich auf den Weg ins Theater. Es war ein weiter Weg, und normalerweise nahm sie die Straßenbahn, aber heute rannte sie die ganze Strecke zu Fuß. Kaum dass sie angekommen war, flog ihre Jacke in eine Bühnenecke. Sie setzte sich ans Klavier, prügelte falsche Akkorde aus den Tasten und schrie mehr, als dass sie sang: »Es kommt einmal der Tag, an dem du ohne Angst – die Blätter in die Sonne reckst und nicht mehr bangst …«

In dem blanken Lack des Instrumentes spiegelte sich ihr Gesicht. Sie sah ihren Mund. Er gefiel ihr. Er hatte eben Henry geküsst, zum letzten Mal, jawohl. Sie lachte, lärmte weiter auf dem Klavier, sang laut und unmelodisch und wischte zwischendurch die Tränen von den Tasten.

Hinter der Bühne hämmerte jemand. Jeannette registrierte nichts. Das Hämmern verstummte, jemand ging am Flügel vorbei und berührte mit dem Handrücken ihr Gesicht. »Kleine!«, sagte er. Mit weichem Prager »L«. Sonst nichts. Jeannettes Finger flogen weiter über die falschen Tasten, dann glitt die hysterische Molly-Melodie über in eine rhythmisch gleichmäßige Fingeretüde für Anfänger.

Beton

Nach einem anstrengenden Sechzehnstundentag im Hotel warf sich Dario auf sein Bett und versuchte, sich zu entspannen. Es ging nicht.

Seine Nerven waren überreizt, er war todmüde und wach. Die Haut fühlte sich an, als habe er in Glaswolle gelegen. Schließlich stand er auf, nahm eine Dusche, frottierte sich, bis es fast wehtat, zog seinen Bademantel an und goss sich im Halbdunkel irgendeinen Alkohol ein.

Susanna schlief jetzt fast. Er dachte an ihr kleines Zimmer, das schmale Bett und ihre erste, verheulte Nacht neben ihm. Nach dem ersten Liebesmorgen hatte er sich vorgestellt, sie liefe barfuß über seine Terrasse und genieße den Anblick seiner schönen Stadt.

Er ging, ebenfalls barfuß, bis zum Geländer und betrachtete das nächtliche Perugia, in dem immer noch erstaunlich viele Lichter brannten. Die Luft war frisch und klar, jetzt, da kaum Autos fuhren und der Nachtwind die Gerüche der Felder in die Stadt brachte. Ein Hauch von Herbst war in der Luft. Sicher würde es Winter werden, bis er zurückfahren konnte. Susanna war so weit weg. Sie telefonierten täglich miteinander, aber was war das gemessen am Beisammensein, an den Momenten, in denen der Rest der Welt aufhörte zu existieren. Zum ersten Mal in seinem Leben sehnte er sich so nach einem Menschen, dass es wehtat. Er dachte an seinen Vater und wurde sofort wütend.

Ihn daran zu hindern, seine Liebe zu leben, das war gestohlene,

verlorene Zeit. Gut, vielleicht brauchte er ihn wirklich, obwohl Dario sich nicht daran erinnern konnte, dass sein Vater ihm jemals das Gefühl der Unentbehrlichkeit vermittelt hatte.
Jetzt war er seit fast sieben Wochen hier, Vaters Knöchelbruch verheilte nur langsam, es gab Komplikationen. Es war sicherlich nicht überflüssig, dass Dario im Hotel nach dem Rechten sah, aber im gut organisierten Hotelalltag war seine Anwesenheit nicht zwingend notwendig. Vermutlich hatte Vater ihn herzitiert, um zu sehen, ob der Sohn noch gehorchte. An der Rezeption saßen jetzt brauchbare Aushilfen, und der Köchin Bruna musste man nicht auf die Finger schauen. Sollte sie ruhig ihre Pasta mit der ewigen Zigarette im Mundwinkel ausrollen, dafür war Bruna unersetzlich. Auf das Personal war Verlass.
Ettore Mazzini regierte das Hotel mit hochgelagertem Bein von seinem Sofa aus. Er hatte allerdings wegen der eingesparten Fußwege, die sein Sohn für ihn erledigte, jede Menge Zeit. Zeit, seinen kreativen Ideen freien Lauf zu lassen. Und hier lag das eigentliche Problem, das Darios Anwesenheit unterm Strich eben doch dringend erforderlich machte.

Ettore Mazzini verlor langsam die Übersicht. Er brauchte eine Lesebrille und hörte nicht mehr so gut. Das brachte ihn nicht etwa auf die Idee, zum Optiker oder Ohrenarzt zu gehen, sondern es machte ihn ärgerlich. Alle möglichen Sinne ließen bei ihm nach, nur der Altersstarrsinn nahm zu. Ettore haderte mit dem Alter, ängstigte sich vor Gesichtsverlust, suchte immer stärkere Beweise seiner ungebrochenen Autorität. Es war die Autorität, über die er sich ausschließlich definierte, er hatte nie etwas anderes gelernt. Auch nicht, dass er genau deshalb seine Frau verloren hatte.

Er saß also mit lädiertem Bewegungsapparat mitten in einer seelischen Krise.
Aber seelische Krisen gehörten für ihn entweder unter einen weiblichen Haarschopf oder zwischen Romandeckel. Nichts erschien ihm alberner, als sich mit psychischen Problemen auseinanderzusetzen oder sie sich überhaupt erst einzugestehen. Deshalb war er jetzt fast so orientierungslos wie zu Zeiten seines Stimmbruchs.
Er beging unverzeihliche Fehler im Umgang mit alten Geschäftspartnern, vergriff sich im Ton gegenüber empfindlichen Tourismusmanagern aus Tokio und begann, das Personal anzuschnauzen. Dario verbrachte Stunden damit, aufgebrachte französische Reiseunternehmer zu beruhigen oder starr lächelnden Japanern Drinks auf Kosten des Hauses zu servieren.
Mazzini senior war nie betont warmherzig gewesen. Aber man hatte ihn als Chef akzeptiert, weil er sich an die Regeln hielt. Jetzt allerdings strich Ettore Mazzini im Umgang mit dem Personal die Wörter »bitte« und »danke« aus seinem Wortschatz, überging kleine, persönliche Anliegen, weil er befürchtete, ein weichherziger Imperator würde sofort ausgenutzt. Das Personal murrte, aber sie liebten Dario, der für jeden ein freundliches Wort hatte. Sie sahen seine Probleme, auch seine geschäftlichen.
Das *Stella* war nicht nur bei Touristen beliebt, die das Besondere suchten. Auch die alteingesessenen Familien liebten das fürstlich vergilbte Ambiente und feierten hier gerne Hochzeiten oder runde Geburtstage. Jetzt aber wurden große Familienfeste oder Geschäftsessen immer öfter in einem der Konkurrenzhotels gebucht, weil der junge Besitzer und seine englische Frau ihr Hotel stilvoll in ein englisches Landhaus

verwandelt hatten, was vor allem bei der einheimischen Kundschaft gut ankam. »Campagna inglese« war groß in Mode.
Das war doch einmal etwas anderes als das gute alte *Stella*, das ehemalige Adelspalais, durch dessen Räume ein Hauch Noblesse des achtzehnten Jahrhunderts wehte. Man hätte sich nicht gewundert, im Teesalon auf einen perückentragenden Cembalospieler zu treffen oder auf eine silberhaarige Contessa, die wehmütig die blassroten Rosen zerkrümelte, die sie vor dreißig Jahren von ihrem letzten Liebhaber zum Abschied bekommen hatte.
Diese einzigartige Stimmung, die unvergleichliche Küche und der Umstand, dass das *Stella* einen bekannten Weinkeller besaß, sicherten ihm zwar immer noch ein ganz besonderes Stammpublikum. Aber die Einnahmen der letzten drei Jahre wiesen trotz gewohnter Schwankungen eine bedrohliche Entwicklung nach unten auf. Der Grat zwischen angenehmer Nostalgie und melancholischem Verfall war eben schmal. Und es war geradezu fahrlässig, die Finanzierung der notwendigen Renovierungsarbeiten zu gefährden, indem man zuverlässige Einnahmequellen zuschüttete und sich mit alten Vertragspartnern zankte.

Dario seufzte, beobachtete die späten Touristen auf dem Corso Vanucci und nahm einen letzten Schluck Cognac. Sie musste ein Ende haben, diese Vaterallmacht. Wenn er schon nicht bei Susanna sein konnte, sollte die Zeit gut, sehr gut genutzt werden.
Die Vorstellung, für Susanna und sich neue Wege zu spuren, erfüllte ihn mit Energie. Ein alter Freund war Architekt. Mit ihm würde er in den nächsten Tagen über sinnvolle Neuerungen und Renovierungen sprechen. Keines der Badezim-

mer entsprach dem Standard, den die Touristen mittlerweile erwarteten. Die beiden teuren Suiten mit den Deckenfresken mussten von Grund auf renoviert werden, und bei dem Anblick der bejahrten elektrischen Leitungen in der Küche rissen auch sehr großzügige Handwerker die Augen auf.

Und er musste mit Vater über die Zeit nach Mechenbach reden. Er wollte nie wieder als gehobener Liftboy unter der Fuchtel seines Vaters arbeiten. Früher, in der Zeit vor Susanna, waren Darios Prioritäten anders gewesen. Hauptsache, er hatte seine Wohnung, seine Mädchen und seine Ruhe, dafür konnte man den Preis der Abhängigkeit zahlen. Aber jetzt war nichts mehr wie vorher.

Was er jetzt ändern wollte, sollte für Susanna und ihn sein. Er hatte das Wort »Liebe« fast so oft gebraucht wie seine Zahnbürste. Aber nun hatte es einen ganz anderen Inhalt, sein Sinn begann sich ihm zu entschlüsseln. Auch das Wort »Treue«, vormals benutzt und weggeworfen wie ein Papiertaschentuch, definierte sich neu. Susanna und er hatten nicht über Treue gesprochen, aber Treue war als Thema ebenso gegenstandslos wie Untreue. Es gab einfach nur den Wunsch, miteinander zu leben. Und füreinander.

Er fröstelte. Die Steinplatten der Terrasse waren empfindlich kühl. Im Schlafzimmer angelte er nach seinen Schuhen, die er unter das Bett gekickt hatte. Dabei fasste er inmitten der Staubflocken einen kleinen, harten Gegenstand. Er pustete den Staub beiseite. Es war ein modischer Ohrring. Dunkel erinnerte er sich daran, dass er ihn vor Monaten zusammen mit Marcella – oder war es Lidia? – gesucht hatte. Er lächelte. Nein, er war kein Heiliger geworden. Er pfiff mit seinen Freunden auch weiterhin schönen Mädchen nach. Aber auf dem Sockel, auf dem er bislang allein gethront hatte, saß unübersehbar eine schmale Blondine, und es sah ganz so aus, als habe sie nicht vor, den Platz zu räumen. Er ging in die Küche, summte eine unbestimmte Melodie und warf den Ohrring in den Mülleimer.

Er setzte sich in einen Sessel und schloss die Augen. Zum ersten Mal spürte er, dass er an die Grenzen seiner Leistungsfähigkeit geriet. Der Umgang mit seinem Vater strengte ihn mittlerweile mehr an als alle Arbeit, die im Hotel anfiel.

Gestern Mittag hatte der tägliche Kleinkrieg mit seinem Vater seinen vorläufigen Höhepunkt erreicht.

Man rief ihn an die Rezeption.

»Was ist los?« Dario starrte die beiden Möbelpacker an, als kämen sie vom Mars.

»Hier unterschreiben!«, forderte der ältere der beiden tätowierten Herren.

»Nein, ich will nicht unterschreiben, ich will wissen, was das ist!« Dario zeigte auf zwei große Plastikhügel.

»Das sind zwei Sessel!«, erklärte der Herr mit den größeren Tattoos geduldig. Dario beäugte die beiden spinatgrünen Ungetüme, die wie Saurier unter ihren durchsichtigen Hüllen lauerten, um sich in ein paar Sekunden in ihrer ganzen Schrecklichkeit zu offenbaren. Er griff nach dem Telefon und rief seinen Vater an, der in der Dachgeschosswohnung auf seinem Sofa saß und den Fuß hochgelagert hatte. »Na endlich!«, rief Ettore in den Hörer, als Dario ihm berichtete, man wolle aufgrund eines Irrtums zwei Sessel im Foyer abliefern.

»Kein Irrtum, lieber Sohn. Die hat mir ein alter Freund preiswert von der Mailänder Möbelmesse besorgt. Wunderbar! Lass sie gleich im Foyer stehen!«

Weder Mailand noch Möbelmesse konnten Dario beeindrucken. In beherrschtem Ton fragte er seinen Vater: »Ist dir entfallen, dass unser Foyer mit venezianischen Spiegeln, blaugrundigen Teppichen und Mahagonitäfelung ausgestattet ist? Dass wir ferner vor zwei Jahren auf *gemeinsamen* Entschluss hin sehr brauchbare graue Sessel mit Mohairbezügen angeschafft haben, die sich gut mit dem alten Gemäuer und den restlichen Farben vertragen?« Seine Stimme steigert sich langsam. Das hier konnte nicht wahr sein.

Der Oberpacker räusperte sich. »Chef, wir haben noch vier ganz dicke Fuhren …«

Dario winkte ungeduldig einem jungen Kellner: »Frag die Jungs, was sie trinken wollen!« Dann drehte er ihnen den Rücken zu und versuchte, Kraft zu sammeln. »Sie sehen unmöglich aus, Vater, vollkommen unmöglich.«

»Ich habe festgestellt, dass manchmal zu wenig Sitzplatz vorhanden ist. Willst du die Gäste die Morgenzeitung im Stehen lesen lassen?«

»Ist dir bekannt, welche Farbe diese Sitzmöbel haben?«

»Grün. Meine Lieblingsfarbe.«

»Grün nennst du das? Es ist irgendetwas zwischen Durchfall und Spinat, wenn du mich fragst.«

»Ich frage dich aber nicht.«

»Das habe ich begriffen. Ich darf hier nur arbeiten. Aber fragen musst du mich nicht.«

»Ich bin hier immer noch der Chef!«

Dario war mit drei Schritten beim Aufzug.

»Die Bestätigung, Chef!« Der Oberpacker schwenkte den hellblauen Zettel. In diesem Moment zeigte das Lämpchen an, dass der Lift im Parterre angekommen war.

»Ich bin hier nicht der Chef. Der sitzt oben, und meinetwegen könnt ihr ihm damit den …«

Die Aufzugtür verschluckte den konkretesten Teil der Anweisung. Die beiden Tätowierten verschwanden achselzuckend durch die gläserne Tür mit den goldblitzenden Buchstaben *Stella di Perugia* und kletterten in ihren Lastwagen.
Im Aufzug versuchte Dario, sich zu beruhigen und seinem Vater nicht dessen Lieblingsrolle zuzuschustern: Weiser Patriarch vor jugendlichem Brausekopf. In Wirklichkeit war Mazzini senior ein halbgreiser Brausekopf und Dario in seinen Entschlüssen mittlerweile wesentlich reflektierter als sein Vater.

Er klopfte nicht an, sondern betrat das Wohnzimmer seines Vaters ohne jegliche Formalität.
Mazzini senior hatte den Fuß hochgelagert und trank in aller Seelenruhe Kaffee. Das heißt, er tat so, als kräusele auch nicht die kleinste Zorneswelle sein Gemüt. Den Gegner immer schön vor die Wand laufen lassen. Dario kannte das Spiel sehr gut. Die gespielte Ruhe seines Vaters würde nicht lange vorhalten, eben weil sie gespielt war. Er war so emotional und angreifbar wie immer, nur gefiel er sich gut in der Pose des überlegenen, ruhigen Geistesmenschen.
Dario setzte sich ihm gegenüber und kam sofort zur Sache.
»Kannst du dich daran erinnern, dass wir vor zwei Jahren ein Abkommen getroffen haben? Damals zumindest warst du der Ansicht, ich solle bei Neuanschaffungen mitreden, weil ich hier eines Tages angeblich das Sagen haben würde.«
»Nun sei doch nicht so kleinlich! Ich habe gedacht, du freust dich. Ja, genau, diese schönen Sessel sollten eine Überraschung für dich sein!«
»Ach, wie nett«, erwiderte Dario kalt. »Ich habe erst in acht Monaten Geburtstag.«

»Ja und?«
Dario lehnte sich zurück und lächelte. »Na gut, wenn du mir die Möbel schenkst, kann ich damit machen, was ich will, ja? In Ordnung. Wir stellen sie in Zimmer zwei.«
Zimmer zwei war eine Putzmittelkammer, in der Graziella, Alessia und die anderen Stubenmädchen ab und zu mal eine kurze Pause von ihrer anstrengenden Arbeit einlegten. Außer drei Plastikhockern gab es dort keine Sitzmöbel.
»Von wegen!«, schrie Ettore Mazzini. Dario war versucht, auf die Uhr zu sehen. Vater hatte seine kühle Imperatorenrolle keine zwei Minuten durchgehalten. »Weißt du überhaupt, was sie gekostet haben?«
Er nannte den Preis, und Dario blieb die Spucke weg. Das waren fast drei seiner früheren Monatsgehälter. »Und du willst mir erzählen, du hättest kein Geld für einen richtigen, vertretenden Geschäftsführer?«
»Ach, wenn der alte Vater krank ist, dann will der Sohn fremde Leute einstellen, anstatt selber zu helfen, wie es seine Pflicht ist?«
»Wie du siehst, bin ich sofort gekommen. Obwohl ich mit Enzo einen Vertrag habe, obwohl auch in der Eifel noch Hochbetrieb ist. Jeder nimmt also Rücksicht auf dich.«
»Im Oktober Hochbetrieb?«, warf sein Vater spöttisch ein.
»Jawohl! Zumindest in dieser Gegend. Die Deutschen müssen doch immer durch den gelben Blätterwald wandern.«
»Warum?«
Dario zuckte mit den Schultern. Dann kam er auf das Thema zurück. »Jedenfalls sehe ich nicht ein, dass du das Geld zum Fenster hinauswirfst, während ich dafür arbeite. Und dann auch noch für so einen Scheißdreck, bei dessen Anblick mir schlecht wird.«

»Wie redest du denn mit mir? Scheißdreck, ja? Scheißdreck, sagst du? Wagst du zu sagen?«

»Ja, wage ich.«

Zu seinem Erstaunen bemerkte Dario, dass die Furcht vor seinem Vater abgenommen hatte. Er wusste nicht so genau, warum. »Du wirst immer schlimmer, weißt du das? Weißt du, dass das Personal schon über dich lacht?«

Das war ein Fehler. Dario merkte es, als er es sagte. Aber zu spät, es war gesagt. Diktatoren vertragen vielleicht die Verbannung. Oder auch die Aussicht auf den einsamen Heldentod. Aber eines vertragen sie nicht: Lächerlichkeit.

»Wer lacht über mich? Bruna? Alessia? Ich kann jeden sofort entlassen, wenn ich will, auch diese dicken Weiber, die nur herumstehen und sich das Maul zerfetzen, anstatt zu arbeiten.«

»Wenn du Bruna entlassen willst, kannst du das *Stella* gleich dichtmachen. So eine Köchin bekommst du nie wieder. Außerdem habe ich keinen Ton über Bruna gesagt.«

»Alessia lacht also über mich? Dieses krummbeinige Waschweib aus Palermo!«

»Sie wäre erfreut zu hören, was du von ihr hältst. Alessia und Graziella arbeiten hier seit fast dreißig Jahren, fleißig und mit ungebrochener Loyalität. Solche Zimmermädchen findet man nicht mehr.«

»Bis jetzt hat sich noch jeder darum gerissen, bei Ettore Mazzini arbeiten zu dürfen!«

»Vor vierzig Jahren, ja, vielleicht. Da waren aber noch zwei Dinge ganz anders, nämlich der Arbeitsmarkt und dein Umgang mit den Leuten. Es sind deine Angestellten, Vater, nicht deine Leibsklaven.«

»Raus mit dir, geh sofort!«

Dario erhob sich. »Es gibt nichts, was ich lieber täte!«

Dario ließ die Sessel in den hintersten Winkel der Hotelbar verfrachten, wo sie zwar störten, aber zumindest keinen ästhetischen Schock hervorriefen.

Am späten Abend, als der Vater unter irgendeinem Vorwand nach ihm rief, war scheinbar alles vergessen. »Söhnchen, komm, setz dich. Unsere täglichen drei Schachzüge!«

Der eine Schachzug heute Mittag war mir genug, dachte Dario.

Aber er setzte sich auf eine halbe Stunde zu seinem Vater, obwohl er kaum noch die Augen offen halten konnte.

Dario trank seinen Cognac aus, betrachtete die Matissedrucke an den Wänden seines heiteren Wohnzimmers und spürte die Wirkung des Alkohols. War dieser Streit wirklich erst gestern gewesen? Es kam ihm so vor, als hätten sie sich schon seit Wochen permanent gestritten. Ach, verdammt, er liebte das Hotel. Er liebte die Menschen, die zum Teil schon dort gearbeitet hatten, als es ihn noch gar nicht gab. Da war zum Beispiel Bruna, die Köchin, seine Vertrauensperson. Sie kannte alle Macken seines Vaters wie ein altgedienter Lotse seine Riffe. Sie hatte Dario vor Wochen, bei seiner Ankunft, begrüßt wie ihren eigenen Sohn.

»Endlich!« Sie drückte ihn an ihren umfangreichen Busen und gab ihm Küsse auf beide Wangen. Dann hielt sie ihn von sich und legte den Kopf schief. »Gut siehst du aus, mein Liebling. Geben sie dir auch genug zu essen da oben in Grönland?«

»Deutschland, Bruna, Deutschland.«

Bruna verzog das Gesicht. »Sauerkraut und Schwein, ja? Und immer Bier, stimmt das?«

Dario grinste. »Enzo und Gianna müssen sogar ständig Sep-

pelhosen tragen«, sagte er. »Die Kundschaft will das so. Und auf der Pizza liegt Bratwurst.«
Bruna lachte, als hätte sie mit Schmirgelpapier gegurgelt und sog an ihrer Zigarette. »Und was macht die Liebe?«
Jetzt lächelte Dario so, dass Bruna ganz warm ums Herz wurde. Dieses Lächeln war neu. »Na sag mal! Diesmal ganz ernst, l'amore?«
Dario nickte. Bruna tätschelte ihm die Wange. Dann änderte sich ihr Gesichtsausdruck plötzlich, sie legte die Stirn in Falten. »Hör mal, es passieren ein paar komische Dinge hier. Dein Vater ist …«
In diesem Moment wurde sie laut gerufen. Widerwillig öffnete sie die Küchentür. »Ja, doch, ich komme. Pina, verdammt, legst du wohl ein Tuch unter die frische Pasta, eh?« Ihre rauhe Stimme übertönte die lauten Geräusche der großen Küche, in der es zwei Stunden vor dem Andrang der Gäste summte und brodelte.
Bruna drehte sich noch einmal um. »Wir müssen unbedingt heute Nachmittag reden, was, mein Liebling? Nicht nur über dein Mädchen, ich muss dir ein paar Sachen erzählen. Es ist gut, dass du da bist.« Sie segelte davon, verpasste im Vorbeigehen einem Kochlehrling einen Klaps auf den Hinterkopf, tunkte einen Probierlöffel in eine Kupferkasserolle, kostete, nickte zufrieden und wurde vom Getriebe der großen Küche verschluckt.
Sie redeten fast jeden Nachmittag. Dario ertrug es kaum, wenn er einmal nicht über Susanna sprechen konnte. Er erzählte Bruna fast immer dasselbe, in vielen Variationen, und sie hörte geduldig zu. »Er hat ein zärtliches Herz bekommen«, dachte sie und beugte sich tiefer über ihre Tasse, damit er ihr Lächeln nicht sah. Es waren gute, vertraute Gespräche, für die sich bei-

de immer Zeit nahmen, auch wenn andere Dinge dafür liegenblieben.
Bruna beklagte sich über die immer chaotischeren Entscheidungen von Mazzini senior, und beide schmiedeten Pläne für die Zeit, wenn Dario endlich, endlich der Chef sein würde.

Dario seufzte tief und erhob sich. Wie lange sollte dieser Zustand noch dauern?
Susanna.
Er legte sich auf sein Bett. Der Raum war dunkel, aber die Lichter der Stadt sandten einen hellen Schimmer. Ein Motorrad fuhr vorbei, entfernte sich. Der Klang, der immer leiser wurde und schließlich verstummte, weckte Darios Sehnsucht erneut. Er beschloss, Susanna am nächsten Morgen ein Flugticket zu schicken. Wenigstens an einem der nächsten Wochenenden musste er sie sehen. Dann würde sie endlich mit nackten Füßen zwischen den Oleandertöpfen herumlaufen, und er konnte im Wohnzimmer über ihre Schuhe stolpern. Er sehnte sich geradezu danach. Und sie würde hier neben ihm liegen. Er streichelte das Kissen und schlief augenblicklich ein.
Am nächsten Morgen um elf war Dario strahlender Laune. Er hatte mit Susanna, der Fluggesellschaft und wieder mit Susanna telefoniert und wusste nun, dass er seine Geliebte in einer Woche in Rom abholen konnte. Susanna wollte es möglich machen, eine ganze Woche bei ihm zu bleiben. Jetzt musste er nur noch mit Bruna konferieren, wie die Präsentationsstrategie bezüglich des Seniors aussehen sollte. Dario wollte Susanna seinem Vater vorstellen, als seine richtige, feste Freundin. Es würde das erste Mal sein. Die Idee gefiel ihm. Er musste noch heute Abend mit Susanna darüber sprechen. Ob er sie einfach in Vaters Wohnzimmer schicken sollte? Allein, kommentarlos,

wie einen anonymen Brief, dessen zauberhafter Inhalt sich ihm aber sofort erschließen würde?
Dann rief auch noch eine deutsche Agentur an und buchte für den flauen Monat November einen Kongress. Dario schickte so viel Charme durch das Telefon, dass die Dame in Hamburg haufenweise rosa Blümchen vom Schreibtisch fegen musste. Wenn jetzt noch Vater die Treppe heruntergekrückt käme und seinen Rückzug auf das Weingut am Lago Trasimeno ankündigen würde, dann wäre das Leben so schön wie … wie …
»Dario, hast *du* das mit den Papierservietten angeordnet?«
Die grauhaarige Graziella stand auf einmal mit ihrem Putzwagen vor ihm und sah aus, als sei sie einem Nachtmahr begegnet. Dario stürzte in den Speisesaal. In der Tat, ein Mädchen war dabei, gelbe Papierservietten in enge Falten zu legen und sie dann so zwischen die Zinken der würdigen Silbergabeln zu streifen, dass sie aussahen wie alberne Schmetterlinge. Er traute seinen Augen nicht. Wenn das *Stella di Perugia* jenseits von Bleirohren oder Rissen in der Wand irgendetwas konserviert hatte, dann einen gewissen Stil. Und dazu gehörten gestärkte, gebügelte weiße Leinenservietten.
»Wer hat dir das denn aufgetragen, Pina?«, fragte er freundlich.
Pina blickte ihn aus runden Augen an. »Der Chef!«
»Lass dir von Graziella lieber unsere Stoffservietten geben. Die faltest du dann wie üblich, ja, bella?« Er drehte sich um und eilte ins Foyer, zum Aufzug. Pina nickte und sah ihm hingebungsvoll nach.

»Vater, was soll das?«
Dario warf einen zerdrückten Serviettenschmetterling auf den Tisch, neben ein Magazin über Weinanbau. Mazzini senior blickte seinen Sohn so mitleidig und überlegen an, als stecke

dieser in einer Zwangsjacke. »Das ist eine gelbe Papierserviette«, sagte er sanft.

Dario wartete auf weitere Erklärungen, aber sie kamen nicht. Ein Gefühl, Mordlust sehr ähnlich, stieg in Dario hoch. Trotzdem zwang er sich zu einem moderaten Ton. »Du treibst das *Stella* in den Ruin, ist dir das bewusst?«

Ettore legte das Journal auf seine Knie und lächelte. »Weißt du, was das Waschen und Bügeln von täglich etwa zweihundert Stoffservietten kostet? Nein, das weißt du nicht. Aber hier«, er klopfte auf einen Taschenrechner, der auf dem Couchtisch lag, »ich weiß es. Ich habe es ausgerechnet. Das sind Geschäftsideen, auf so etwas kommt ein junger Mensch gar nicht. Mittags sitzen hier sowieso nur die Amerikaner mit Baseballkappe, fleckigen T-Shirts und achtzig Kreditkarten, die in der Hintertasche ihrer Bermudas stecken. Und was die Japaner anbelangt: Sogar die Türfüllungen sind in Japan aus Papier. Was also sollten sie gegen Papierservietten haben? Abends, wenn unsere Stammgäste oder die Kulturreisegruppen kommen, gibt es dann wieder Stoffservietten.«

Dario schloss die Augen. »Was überlegst du dir als nächsten Schritt? Pizza und Hamburger auf die Speisekarte zu setzen?«

Mazzini senior klappte sein Magazin zu. »Du wirst lachen, das habe ich mir schon einmal überlegt. Man könnte das Mittagsgeschäft damit beleben, denn da haben wir immer Kapazitäten frei. Abends, wenn die alte Kundschaft kommt, gibt es dann eben keine Pizza.«

»Ich sehe, du hast deinen Humor nicht verloren.«

»Hör mal, Söhnchen, hier liegt der seltene Fall vor, dass der Alte fortschrittlicher denkt als der Junge. Wir haben Rückgänge. Da müssen wir einerseits sparen, andererseits neue Ideen entwickeln.«

Dario hasste es, wenn sein Vater ihn »Hör mal, Söhnchen« nannte.
»Ich gebe dir recht mit den Rückgängen. Aber erstens haben im Moment alle Hotels in Perugia Rückgänge zu verzeichnen, weil der gesamte Italientourismus mal wieder einen Einbruch erlebt, zweitens hast du es dir mit einigen Reiseunternehmen verdorben, weil mit dir nicht mehr zu verhandeln ist. Ich habe fast zwei Stunden mit Paris telefoniert, um deine gröbsten Fehler auszubügeln. Du begreifst immer noch nicht, dass man in Zeiten wirtschaftlicher Flauten Konzessionen machen muss.«
»Ich verkaufe keine Betten zum Jugendherbergspreis!« Ettore warf sein Weinmagazin erregt auf den Boden.
»Das tue ich auch nicht. Aber ich verhandele auch nicht mit der Axt. Und mit grünen Sesseln, Papierservietten und Hamburgern machst du das *Stella* nicht zum beliebtesten Hotel Italiens.«
»Ach ja«, Ettore klopfte mit dem Handrücken auf den Tisch. »Ich habe unsere Nachtaushilfe an der Rezeption gefragt, wie sie die grünen Sessel findet. Gar nicht, hat sie gesagt. Du hast sie in die Bar stellen lassen. Wie kommst du dazu?«
Dario stöhnte auf. Schon jetzt, zur Mittagszeit, war er so müde, als hätte er bereits seit sechzehn Stunden gearbeitet. In Zehntelsekunden konnte der starrsinnige, alternde Mann ihm so viel Kraft rauben wie sonst ein langer, konzentrierter Arbeitstag. Nein, verdammt noch mal, das musste ein Ende haben. So oder so. Er schlug mit der flachen Hand auf den Tisch. »Immer wieder vor die Betonwand, immer wieder! Weißt du, dass du mich mehr Energie kostest als dieses ganze verdammte Hotel? Du sitzt den ganzen Tag hier herum, hast zu viel Zeit und überlegst dir einen Blödsinn nach dem anderen. Pizza und

Papierservietten! Vater, besinn dich! Wir haben einen bestimmten Stil!« Er steigerte seine Lautstärke, konnte nicht mehr sitzen, sprang auf und rannte hin und her. »Fastfood zwischen unseren Marmorfiguren! Willst du noch ein Plumpsklo im Innenhof bauen, damit wir Wasser sparen?«
Mazzini senior lief rot an. In diesem Moment läutete das Telefon. *»Pronto!«,* schrie er. »Was? Ich verstehe Sie nicht. Was? Blumenladen in Deutschland? Ich brauche keine Blumen aus Deutschland!« Und er warf den Hörer wieder auf.
Dario blieb wie elektrisiert stehen. »Wer war das?«
Ettore war bei seinem letzten, gebrüllten Satz automatisch aufgesprungen und sank mit einem Schmerzensschrei auf das Sofa zurück. »Da! Zum Krüppel machst du deinen Vater!«
»Wer war das?«, wiederholte Dario. Sein Vater massierte mit verzerrtem Gesicht den noch nicht ganz verheilten Fuß. Das Telefon klingelte wieder. Diesmal war Dario schneller. »Hallo?«
Er erkannte die Stimme nach drei Worten.
Es war Adelheid Siegel. Sie weinte. »Oh Dario, mein Junge, Gott sei Dank, dass ich dich erreiche. Du kannst Susanna zwar nicht helfen, aber ich finde, du solltest es wissen. Vielleicht kannst du doch kommen, vielleicht kannst du etwas machen.«
Dario wurde schneeweiß. »Was ist mit Susanna?«
Er setzte sich. Sein Vater begann dazwischenzupoltern. Aber Darios Geste, mit der er ihn zum Schweigen brachte, war so verzweifelt böse, dass Ettore für einen Augenblick vergaß, dass er die Weltachse war. Mit entsetztem Gesicht lauschte Dario der Botschaft, die ihm Adelheid Siegel durch das Telefon stammelte.
»Gut«, sagte Dario. »Ich komme sofort. Ich werde sehen, ob ich heute noch einen Flug bekomme. Sonst sitze ich in einer halben Stunde im Auto und kann morgen früh da sein.«

Er warf den Hörer auf den Tisch und stürzte zur Tür. Die Klinke in der Hand drehte er sich noch einmal um. »Ich fahre sofort nach Deutschland. Meine Freundin …«
»Bist du verrückt? Willst du das Hotel allein lassen?«
»Ja!«, schrie Dario. »Setz dich mit deinem verdammten Fuß an die Rezeption. Du bist nicht todkrank!«
Ettore fuchtelte mit beiden Armen herum. »Du fährst nicht nach Deutschland! Schon gar nicht wegen irgendeiner albernen Frau! Eine Deutsche, was?«
Dario atmete heftig, konnte kaum noch reden, versuchte es trotzdem. »Hör mir zu, Vater. Etwas Furchtbares ist passiert. Ich fahre sofort nach Mechenbach. Ich rufe dich an, sobald ich kann.« Er zögerte einen Moment, sprach dann ruhiger: »Bitte, versteh mich. Ich liebe sie.«
»Wenn du jetzt fährst, kannst du gleich dableiben.«
Dario musste nicht nachdenken. Kurz bevor er die Tür schloss, steckte er noch einmal den Kopf in den Raum, sah seinen Vater eindringlich an und sagte: »Gut.« Dann raste er die Treppe hinunter, weil ihm der Aufzug zu langsam war.

Drama

Dario konnte nicht wissen, dass sein Dauerauftrag noch eine fatale Rolle spielen sollte. Vor ein paar Wochen, kurz nach seiner Ankunft in Perugia, hatte er Adelheid Siegel in ihrem Blumenladen angerufen und ihr aufgetragen, Susanna jeden Tag zwei Rosen auf den Schreibtisch zu legen.

»Wieso denn zwei?«, fragte Adelheid. »Eine könnte ich ja verstehen, oder drei, aber zwei?«

»In Italien gibt es dafür nur zwei Worte!«, hatte Dario gesagt. »Susanna wird es schon verstehen.«

Adelheid kam mit ihren Rosen mal morgens, mal mittags, ganz wie sie Lust hatte. Heute kam sie um drei Minuten nach halb eins. Normalerweise war um diese Zeit die Tür der Sparkasse schon abgeschlossen, aber wenn man an die Scheibe klopfte und winkte, lief Susanna herbei und schloss die Tür für Tante Adelheid auf, um ihre Blumen in Empfang zu nehmen. Jetzt war die Tür noch offen. Ach so, da wurde noch ein Kunde bedient. Sonst schien niemand mehr in der Kasse zu sein. Adelheid wunderte sich darüber, dass der Mann, der an Susannas Schalter stand, bei der warmen Oktobersonne eine so dicke Wollmütze trug. Sie wunderte sich auch, dass Susanna sie nicht ansah, nicht begrüßte.

Da Adelheid ihre Brille liegengelassen hatte, musste sie noch einen Schritt näher treten. Jetzt sah sie, dass Susanna mit zitternden Händen gebündelte Geldscheine in einen Beutel stopfte. Der Mann trug unter seiner blauen Wollmütze eine helle Stoffmaske, die nur noch seine Augen frei ließ. Dann

erkannte sie den abgeschabten Lodenmantel. Sie öffnete den Mund und wollte »Herr Ahlebracht, Karneval ist doch schon vorbei!« sagen, da drehte der Mann sich um und schoss.
Die Kugel durchschlug den Kalender mit dem Foto der herbstlichen Plöner Seen sowie die Holztäfelung dahinter und blieb in der Wand stecken. Adelheid ließ die Rosen fallen und rannte hinaus.
Susannas Kopf war vollkommen leer, aber ihre rechte Hand nutzte die Sekunde, in der der alte Lehrer noch mit dem Rücken zum Schalter stand, um den stummen Alarm auszulösen. Der Mann betrachtete die Waffe, hob den Kopf, sah das Loch im Kalender und riss die Augen auf. Dann nickte er. Einige Passanten blieben neugierig stehen, erkannten die Situation und machten sich aus dem Staub. Über den Platz kam Enzo gelaufen, fing Adelheid auf, überließ sie der ebenfalls herbeieilenden Gianna, winkte und schrie. Eine Zehntelsekunde lang verspürte der Räuber den Drang, hinauszustürzen, sich hinter das Steuer seines Wagens zu werfen und davonzurasen. Dann war es zu spät. An der Treppe hielt ein Taxi. Enzo informierte den Fahrer, beide verschanzten sich hinter dem Fahrzeug, und dem Taxifahrer gelang es über Funk, die Polizei zu alarmieren, die aber ohnehin schon unterwegs war.
»Tür sofort abschließen!«, befahl der Mützenmann. Susanna gehorchte mit zitternden Knien. Mein Gott, war Adelheid denn wahnsinnig? Einfach wegzulaufen! War Enzo verrückt? Sich einfach vor die Kasse zu stellen? Der Bankräuber hätte doch noch ein zweites und drittes Mal schießen können.
Sie hatte ihn schon in dem Moment erkannt, als er den Stoffbeutel mit der Aufschrift »Der Umwelt zuliebe« über den Tresen geschoben hatte und mit seiner seltsam meckernden Stimme befahl: »Packen Sie da das Geld rein, alles.« Zunächst

hatte Susanna das Ganze für einen üblen Scherz gehalten, sie konnte sich gerade noch verbeißen, »Aber Herr Ahlebracht!« zu sagen, denn es war vielleicht nicht klug, ihn zu erkennen. Dann hatte sie die Angstkälte in ihrem Gesicht gespürt, als sie merkte, dass die Waffe echt aussah. Jetzt wusste sie, dass sie echt war.

»Was war das denn für ein Lärm?« Rita kam aus dem hinteren Raum der Sparkasse und biss krachend in ein Leberwurstbrötchen. Susanna stöhnte.

Herr Ahlebracht zuckte zusammen und richtete die Waffe auf Rita. Rita schrie auf und kreuzte ihre Arme vor der Brust. Das Leberwurstbrötchen fiel auf den Boden, kollerte bis zu einer Pappdame, die verkündete: »Sparen – so aktuell wie nie!«, und blieb vor ihren schlanken Fotobeinen liegen. Die Erinnerung an tausend Fernsehkrimis kroch in Rita hoch. Sie hob zitternd die Hände.

»Hinlegen!«, befahl der dürre Mann. Rita gehorchte, vor Angst fast ohnmächtig. »Sie auch!« Er schwenkte die Waffe gegen Susanna. Draußen schoss das Taxi mit aufheulendem Motor und quietschenden Reifen davon, in Sicherheit.

Jetzt lag Susanna flach auf dem Bauch, das Gesicht an den schmutzigen Teppichboden gepresst, und wagte kaum zu atmen. Sie hielt die Augen geschlossen. Ihr Kopf war vollkommen leer, weißes Flimmern. Eine Art Lähmung schien ihren Körper befallen zu haben. Es war totenstill in der Mechenbacher Sparkasse. Dann begann Rita zu wimmern. Sie hatte Herzbeschwerden. Der Mann richtete seine Waffe auf sie und sagte mit flackernder Stimme: »Sie müssen ruhig sein. Sonst muss ich schießen.«

»Mein Herz tut weh!«

Ritas Jammergeräusche lösten Susannas Starre. »Darf ich bitte mal auf die Toilette?«, fragte sie. Irgendetwas an ihrem Tonfall oder auch an dem Inhalt ihres Wunsches schien den Geiselnehmer an seinen früheren Beruf zu erinnern. Er überlegte einen Moment.

»Gehen Sie. Aber wenn Sie nicht zurückkommen, schieße ich.«

Susanna rannte zur Toilette. Sie überlegte fieberhaft, was sie tun konnte, aber die Angst vor seiner Waffe machte sie fast denkunfähig. Der kleine Raum hatte kein Fenster. Der andere Nebenraum war nur durch die Schalterhalle zu betreten. Außerdem waren die Fenster vergittert. Warum kam die Polizei nicht? Warum kam niemand? Sie hatte doch Alarm ausgelöst. Tante Adelheid und Enzo mussten der Polizei doch längst Nachricht gegeben haben. Wahrscheinlich waren die Beamten schon irgendwo da draußen und überlegten, wie sie vorgehen sollten. Warum versuchten sie nicht, mit diesem kranken, furchtbaren Mann in Kontakt zu treten? Sie kühlte ihr Gesicht unter dem Wasserhahn.

Dann ging sie langsam zurück und versuchte, durch die große Glastür einen Blick auf die Außenwelt zu erhaschen. Der Bahnhofsvorplatz war für eine Kleinstadt vergleichsweise riesengroß. Susanna konnte jetzt sehen, dass unmittelbar vor dem Gebäude ein Streifenwagen stand, dass es draußen auf einmal hektisch wurde. Sie verspürte Erleichterung, dass hinter der großen Glasscheibe so viele Helfer waren, gleichzeitig kam es ihr so vor, als sei sie bei lebendigem Leib eingemauert.

»Sofort hinlegen!«

Susanna ging langsam in die Knie und legte sich umständlich wieder auf den Boden. Diesmal aber mit dem Gesicht zur Tür und so, dass sie sich eventuell mit einem großen Satz hinter ihren Schreibtisch retten konnte. Sie rollte Rita die kleine

Flasche mit Herztropfen zu, die sie von deren Schreibtisch mitgenommen hatte.

Gerhard Ahlebracht war seltsam unaufgeregt, aber sein Körper war angespannt und fremd und schien ihm nicht zu gehören. Es war in der Tat lästig, dass das passiert war. Eine Geiselnahme war wesentlich komplizierter als der schöne, glatte Bankraub, den er geplant hatte. Aber es nutzte nichts, es musste sein. Er brauchte das Geld. Was war jetzt zu tun? Er kannte Geiselnahmen nur aus dem Fernsehen.
Es wäre gut, wenn jetzt ein Zeichen von ihnen käme. Aber sie meldeten sich im Moment nicht so häufig, wahrscheinlich gab es noch andere Aufgaben für sie, die gerade wichtiger waren. Er musste also völlig eigenverantwortlich handeln. Er würde ihnen beweisen, dass er dazu fähig war. Er würde sie niemals enttäuschen. Er würde sein Leben für sie geben, aber sie ließen ihn ja ohnehin nicht richtig sterben. Trotzdem war der Gedanke, bei dieser Sache vielleicht von der Polizei erschossen zu werden, nicht angenehm, auch wenn für seine Auferstehung garantiert wurde. Vielleicht musste er die beiden Frauen opfern.
Dieses blonde Mädchen da kannte er, aber er wusste nicht mehr so genau, woher. Sie begannen alle gleich auszusehen. Wahrscheinlich ist sie so verdorben wie alle anderen auch, dachte er. Sie kommen auf die Welt und sind schon verdorben. Sie werden sich niemals retten können aus eigener Kraft, niemals. Aber ich stehe Seite an Seite mit den Erlösern, um meine Brüder und Schwestern aus dem sündhaften Bann zu befreien. Die Herrschaft der reinen Gedanken und der kosmischen Kräfte muss anbrechen, die Macht des Geldes zerstört werden.

Absurd, dass er dazu zunächst einmal viel Geld brauchte. Aber so war es nun einmal. Er atmete tief und versuchte, der Spannung in seinem Körper entgegenzuwirken. Niemand wusste, dass er allein auserwählt war. Er hatte den Schlüssel. Er hatte versucht, es dem Arzt zu erklären, aber er spürte, dass er ihn nicht ernst nahm. Das hieß, der Arzt nahm ihn zu ernst, gespielt ernst. Das merkte er. Sein Sohn dagegen hatte ihn offen ausgelacht und gesagt: »Ach, spinn doch nicht, Väterchen!«
Doch der Tag des Erwachens war nah. Jetzt musste er nachdenken, wie es weitergehen sollte. Niemand hier konnte wissen, wer er war. Er war gut verkleidet. Die Polizei durfte ihn nicht erwischen.
Er musste ihnen ein durchdachtes Ultimatum stellen. Gerhard Ahlebracht setzte sich gerade und betrachtete konzentriert die Eingangstür.
Niemand würde sich dort postieren dürfen, wenn er in das Fluchtauto stieg. Sie sollten ihm einen schnellen Wagen zur Verfügung stellen. Einen schweren, schnellen Wagen. Und eine der Frauen würde ihn lenken. Wohin? Unwichtig. Irgendwo würde er die Geiseln absetzen und dann am besten im Gewimmel einer Großstadt abtauchen. Köln, Ruhrgebiet, egal. Irgendwann würde er dann vor den Augen seiner Nachbarn von einer angeblichen Wanderwoche wiederkehren, nur mit viel Geld in der Reisetasche. Er lächelte.
Das Telefon auf Susannas Schreibtisch klingelte. Susanna schossen die Tränen in die Augen. Das war Dario. Seine Anrufe waren der Grund, weshalb Susanna ihre Pause jetzt immer in der stillen Bank verbrachte. Er rief täglich um diese Zeit an. An der Rezeption des *Stella* war es dann meist ruhiger als abends. Herr Ahlebracht ließ die beiden Frauen nicht aus den Augen, hob ab und lauschte.

»Sie werden von mir Meldung bekommen. Wenn Sie eingreifen, gibt es zwei Tote. Nein, drei.« Herrn Ahlebrachts Stimme zitterte jetzt stärker als sonst.

Also war es nicht Dario. Seltsamerweise war Susanna erleichtert, dass ihr Geliebter nicht mit diesem Verrückten gesprochen hatte. Er sollte nicht in Berührung kommen mit dieser tödlichen Gefahr, auch nicht telefonisch. Sie hatte im Moment selbst das Gefühl, nicht mehr ganz normal zu sein. Die Zeit verrann rasend schnell und blieb gleichzeitig stehen.

Die Angst saß in den kleinsten Verästelungen ihrer Adern. Seltsam, mit der Aussicht auf den Tod musste sie daran denken, dass zu Hause, in der Waschmaschine, noch ein paar feuchte Blusen lagen, die sie vergessen hatte aufzuhängen. Und der Kaffee war alle. Sie hatte Mama heute früh versprochen, neuen zu besorgen. Mama! Sie war heute Morgen in einem Floristengroßhandel gewesen, um trockene Blütenkapseln und Getreidegarben zu kaufen. Nächsten Sonntag fand wieder das große Herbstkranzbinden im Saal der evangelischen Pfarrgemeinde Mechenbach statt. Veranstaltet vom Blumengeschäft Siegel, geleitet von Leni Schmitz. Mit maximal zwanzig Teilnehmern und Warteliste. Vor einer Stunde hatten sich Leni und Susanna noch quer über den Mechenbacher Bahnhofsvorplatz zugewinkt, als Leni blau gefärbte Haferbündel aus dem Kombi lud.

Morgen Abend war wieder der Italienischkurs in der Mechenbacher Volkshochschule. Ob sie den noch erleben würde? Sie sah die Kursleiterin vor sich. Es war eine dünne, kleine Frau, eine Deutsche, die mit einem Italiener verheiratet war. Letzte Woche hatte sie ein Kleid getragen, von dessen Saum ein Faden herunterhing. Ein roter Faden von einem schwarzen Kleid. Wie bei Mama. Mama konnte mit Nadel und Faden

zaubern, aber wenn sie gerade keine Lust hatte, wurden Säume mit Leukoplast geklebt oder abgerissene Träger mit Sicherheitsnadeln geflickt. Mama. Wenn ich hier herauskomme, schenke ich ihr eine Reise oder einen Riesenkoffer mit Ölfarben und eine richtige, stabile Staffelei. Vielleicht sage ich ihr auch, dass ich sie liebe. Ich werde es auf einen Zettel schreiben und unter ihre Kaffeetasse legen.
Sie schloss die Augen und dachte darüber nach, ob man während der hundertstel oder tausendstel Sekunde, die es dauerte, bis die Kugel im Kopf landete, noch denken konnte, bevor sich das Gehirn ausschaltete. Und was dachte man?
Was wohl Jeannette jetzt gerade machte? Stand sie auf der Bühne? Susanna hatte Jeannette nicht gefragt, was sie gerade machte. Sie erfuhr es immer nur von Mama.
Hatte sie morgen nicht Premiere? Plötzlich bedauerte sie, dass sie so wenig über diese kleine Schwester wusste, die offensichtlich dabei war, viele Dinge in ihrem Leben zu ändern. Wenn sie in einer der nächsten Stunden sterben musste, bliebe die neue Jeannette für immer ein weißer Fleck, eine Unbekannte.
Susanna versuchte sich daran zu erinnern, wie Jeannette ausgesehen hatte, als sie sich das letzte Mal sahen. Das musste fast einen Monat her sein. Sie hatten kaum miteinander gesprochen, aber sie waren freundlicher zueinander gewesen als sonst. Jeannette hatte gesprüht vor Energie, und mit ihren neuen Kontaktlinsen, ohne ihre Eulenbrille, sah sie viel besser aus. Sie war so stabil wie Josef und auf einmal fast so hübsch wie Leni. Ein Zupackmensch auf gutem Kurs. Es hatte Susanna einen Stich versetzt, dass Jeannette sichtbar attraktiver wurde. Sie fand ihren Impuls peinlich und dumm, aber er war da, war nicht zu unterdrücken. Eigentlich hatten sie sich fast zwanzig

Jahre lang nur gestritten. Beide hatten keine Gelegenheit verstreichen lassen, der anderen einen Hieb zu versetzen. Warum? Es gab doch Geschwister, die sich liebten. Die stolz aufeinander waren. Oder war das nur eine Illusion? Einmal Rivalen, immer Rivalen?

Wenn ich das hier überlebe, werde ich versuchen, einen Weg zu ihr zu finden. Jeannette kann doch nichts dafür, dass sie Papas Liebling war. Ich muss bei mir selbst anfangen, wenn ich etwas ändern will – wie oft habe ich diesen Spruch schon gehört. Aber auch die hundertfache Wiederholung verflacht ihn nicht. Mama. Bitte hilf mir. Hol mich hier raus, bitte. Dario, Liebling, hilf mir. Bitte, lieber Gott, hilf mir. Entschuldige, dass ich so selten bete und auch jetzt nur, weil ich in Lebensgefahr bin. Aber du wirst das schon verstehen. Bitte lass nicht zu, dass dieser Verrückte unser Leben zerstört. Hoffentlich hält Ritas Herz durch.

Ich schließe jetzt die Augen, und wenn ich sie wieder aufmache, habe ich alles nur geträumt.

Lass es zu Ende gehen, bitte.

Lass es einen bösen Traum sein, bitte. Unsinn.

Ich weiß ja, dass es Wirklichkeit ist.

Bitte, lieber Gott. Mach mich ruhig und leer. Bitte.

Wie geht noch mal die Konjugation von »dovere« im Konditional, dritte Person Singular?

Draußen begann man, den Bahnhofsvorplatz mit Sperrgittern zu halbieren.

Gerhard Ahlebracht war mit Präzision und ungewohnter krimineller Energie vorgegangen. Er hatte die Sparkasse ziemlich lange observiert. Gianna wunderte sich über den seltsamen Mann, der jetzt zu allen möglichen Zeiten in der Pizzeria erschien, um im Mechenbacher Heimatblättchen zu lesen und dabei eine kleine Portion Vanilleeis ohne Sahne zu löffeln. Herr Ahlebracht stellte fest, dass von den sechs Mitarbeitern der Kasse nur vier das Gebäude verließen, wenn es in die Mittagspause ging. Die blonde, junge Frau blieb meist mit der dicklichen Brünetten zurück. Die anderen, zwei unauffällige Damen und zwei ältere Herren, schwärmten in unterschiedliche Richtungen aus. Der Filialleiter kam meist ins *Bellavista* und bestellte sich das Tagesmenü. Manchmal holte sich die Brünette eine Doppelportion Pommes frites mit Mayonnaise vom Bahnhofsimbiss. Oder sie kam mit einem aluverpackten Tagesgericht aus der Metzgerei. Um zwölf Uhr dreißig war die junge Blonde also fast immer für einige Minuten ganz allein in der Kasse.

Seinen Nachbarn hatte Herr Ahlebracht erzählt, er führe auf ein paar Tage in die Rhön zum Wandern. Sie sahen ihn nachmittags mit gepackter Reisetasche, wie er sein Auto bestieg und abfuhr. Jemand winkte ihm freundlich hinterher.

Das Auto stellte er irgendwo in einem Kölner Vorort ab, fuhr mit der Straßenbahn in die Innenstadt und mietete sich einen Wagen. Als es dunkel wurde, fuhr er zum Flughafen, suchte lange auf dem Dauerparkplatz, bis er ein Auto mit ausländischen Kennzeichen fand, montierte sie ab und schraubte sie an sein Mietauto. Die Ermittlungen würden so vielleicht etwas erschwert werden.

In einem einsamen Waldstück, zwanzig Kilometer von Mechenbach entfernt, übernachtete er in seinem Wagen. Er schlief nicht, sondern beobachtete zärtlich die Sterne. Er hatte in den letzten drei Wochen nicht mehr so viele Zeichen bekommen wie in der Klinik. Dort hatten sie sich jede Nacht gemeldet, mal durch Lichtzeichen, mal durch Klopfsignale in der Heizung. Dann hatte er direkt vor seiner Haustür wieder diese gelben, besonders gefalteten Zettel gefunden. Sie würden bald unterwegs sein.

Den Vormittag vertrieb er sich im Wald, prüfte seine selbstgenähte Maske, einen gut sitzenden Schlauch aus einem alten Rippenunterhemd, mit umsäumten Augenlöchern, stellte Berechnungen an und war zufrieden. Berechnungen waren seine Lieblingsbeschäftigung. Er wusste, dass es nicht mehr lange dauern würde. Die Landebahn musste fertiggestellt werden. Sie hatten ihm übermittelt, dass sie nur auf seinem Grundstück landen konnten, auf dem Grundstück eines reinen Menschen. Kurz vor der Ankunft würde er die Bahn durch spezielle Reinigungsriten einweihen und vorbereiten müssen. Welche, das würde er noch erfahren. Man hatte ihm die Nachricht zukommen lassen, dass er noch ein knappes Jahr dafür Zeit hatte. Das würde reichen. Sie hatten ihm auch übermittelt, dass er Lenis Grundstück nicht zu annektieren brauchte, das würde vieles erleichtern.

Da sein Haus, genau wie Lenis, am Hang lag, mussten zunächst einmal enorme Bewegungen des Erdreiches vorgenommen werden. Ein Landeplatz für ihre Flugobjekte konnte schließlich nicht schräg sein. Die Obstwiese hinter seinem Haus würde durch Ausschachtungen und Abstützmauern in die benötigte ebene Landebahn umgewandelt werden, vermutlich musste man ganze Lastwagen mit Kies oder Schotter herbeischaffen, bevor man die Wiese asphaltieren konnte. Das war allein natürlich nicht zu schaffen, und vor allen Dingen war es teuer. Er telefonierte mit einer Mechenbacher Hoch- und Tiefbaugesellschaft.

Unter allen sozialen Organismen kann eine Kleinstadt der aufreibendste und zugleich langweiligste sein. Einen Vorteil hat sie allerdings: Informationen werden hier schnell und preiswert gehandelt. Schon nach zwei Telefonaten wusste der Bauunternehmer, dass Gerhard Ahlebracht endgültig einen »Riss im Karton« hatte, wie sich sein Sohn ausdrückte. Mit diesem hatte sich der skeptische Unternehmer nämlich in Verbindung gesetzt, weil es ihm einigermaßen bizarr erschien, eine idyllische Obstwiese in Hanglage in einen riesigen, planen Asphaltplatz zu transformieren, ganz zu schweigen von den behördlichen Genehmigungen, die so ein Projekt erforderte. Gerhard Ahlebracht hatte von »Landebahn« gesprochen, nur wofür, das verriet er nicht.

Ahlebracht junior riet dem Unternehmer, wohlwollend und ohne irgendwelche konkreten Vereinbarungen auf die Spintisiererei seines Vaters einzugehen, und notierte: »Anstaltsarzt noch mal anrufen. Dosis erhöhen?«

Aber dann verschob er den Anruf, weil er gerade ein paar hochinteressante karibische Zierfische erstanden hatte, und die waren allemal spannender als der ewige Quatsch mit den geheimen Botschaften seines Vaters. Sollte er doch spinnen. Andere Leute übten ihren Beischlaf in quietschroten Lackstiefel aus, und sein Vater bekam eben Klopfzeichen aus dem All. Und wenn schon!

Der pensionierte Oberstudienrat überschlug seine Vermögensverhältnisse. Der Bauunternehmer hatte ihm eine ungefähre Summe genannt. Sie war sehr hoch. So viel hatte Gerhard Ahlebracht nicht, denn er hatte seinem Sohn ein Haus finanziert sowie bereits zwei in den Sand gesetzte Kleinbetriebe. Auf dem Haus des alten Lehrers lastete eine Hypothek, und die Gläubiger seines Sohnes freuten sich über die gute Pension und über die Bürgschaft, mit der Gerhard Ahlebracht

für die Tüchtigkeit seines Sohnes haftete. Die Mechenbacher Sparkasse hatte Herrn Ahlebracht mit allergrößtem Bedauern einen Kredit verweigert, denn man kannte die Verhältnisse.
So blieb denn nur der einfachste und zugleich gefährlichste Weg: Er würde die Mechenbacher Sparkasse überfallen. Es musste leider die Mechenbacher Kasse sein, das ging aus Berechnungen hervor, die Herr Ahlebracht anhand eines komplizierten Koordinatensystems angestellt hatte. In der Stadt hatten eines Morgens überall gelbe Zettel gelegen, die Herr Ahlebracht sorgfältig in einen Lageplan eintrug. Dass die gelben Zettel auf der Vorderseite zum Besuch eines neuen Sonnenstudios einluden, war natürlich Tarnung.
Moralische Bedenken wegen des Überfalles hatte er nicht, denn das Ziel war schließlich das höchste, das ein menschliches Wesen haben konnte: die Erlösung der Welt, die Reinigung der Seelen. Dafür war kein Opfer groß genug. Gerhard Ahlebracht zauderte einen Moment, als er den Colt, den er aus dem Waffenschrank seines Sohnes entwendet hatte, in seiner Hand wog. Einen schwarz glänzenden Colt Python, Kaliber 357, geladen mit sechs Patronen. Für alle Fälle, falls er sich den Weg freischießen musste. Gab es Tote, war auch das keine endgültige Katastrophe. Er wusste, dass sie alle Lebewesen in eine höhere Daseinsform überführten, auch die bereits Verstorbenen. Das wussten nur er und seine Frau, der er es bei jedem Besuch auf dem Friedhof erzählte. Schließlich würde er seine Ilse wiedersehen, wenn sie erst gelandet waren. Sie würden dafür sorgen. Auch das hatten sie ihm übermittelt.

Der halbe Bahnhofsvorplatz war nun gesperrt. Der Publikumsverkehr des Mechenbacher Bahnhofes wurde jetzt ausschließlich durch den Hintereingang jenseits der Unterführung abgewickelt. Die Anwohner des hinteren Bahnhofsvorplatzes wurden gebeten, in ihren Häusern zu bleiben. Eine neugierige Menschenmenge hatte sich hinter den äußeren Absperrungen außerhalb des Gefahrenbereiches angesammelt. Ständig wurden die Mechenbacher von der Polizei aufgefordert, sich zu verkrümeln. Aber außer dem englischen Partnerstadtbesuch aus Foggyground upon Thames und einem Kioskbrand war in diesem Jahr in Mechenbach ziemlich wenig passiert. Das hier war doch mal was!

Die Bewohner der direkten Nachbarhäuser waren evakuiert worden. Im Obergeschoss eines Wohnhauses jenseits der inneren Absperrung legte ein älteres Ehepaar zwei Kissen ins Fenster und stellte eine Thermoskanne auf die Fensterbank. Zu seinem Bedauern forderte die Polizei es auf, sich nicht als Zielscheibe im offenen Fenster zu postieren. Das Rentnerpaar protestierte, zog sich aber zurück. Nach ein paar Minuten konnte man einen Spalt zwischen den Gardinen entdecken. Das neugierige Objektiv eines Fotoapparates tauchte wie das Periskop eines U-Bootes zwischen den Häkelspitzen auf. An so einen spannenden Tag musste man doch eine Erinnerung haben.

Auf dem weitläufigen Platz lag der Blumenladen zwar in reichlicher Distanz, aber dennoch genau gegenüber der Sparkasse, und war zum Headquarter des Krisenstabes ernannt worden. Im Laden hockten die Beamten wie die Gartenzwerge zwischen Astern, Chrysanthemen und Gerbera. Kriminalhauptkommissar Becker hatte, von den Kollegen unbemerkt, sein Gesicht in einen Riesenstrauß gelber Freesien getaucht und atmete den Duft ein. Für wenige Sekunden stand er in seinem Schrebergarten und bündelte liebevoll leuchtende Dahlien.

Kollege Erdmann war allergisch gegen Schleierkraut und musste ständig niesen. Nur Kriminaldirektor Bredenbach, der Polizeiführer vor Ort, ließ weder Allergien noch Blumengerüche an sich heran, sondern erfüllte den Laden mit dem fruchtigen Duft eines Pfeifentabaks. Eine besondere Telefonleitung war installiert worden, so dass die Verhandlungen zwischen Geiselnehmer und Polizei ungestört ablaufen konnten. Man hatte in Windeseile die Baupläne des Sparkassengebäudes organisiert, alle anderen erforderlichen Maßnahmen getroffen und stand in ständigem Kontakt mit der Einsatzleitung im Bonner Präsidium. Jetzt galt es, die Spannung, die den Raum fast sichtbar durchwob, auszuhalten.
Kriminaldirektor Bredenbach wunderte sich. Die alte Dame, der dieser Laden gehörte, setzte ihn in Erstaunen. Man hatte Adelheid ärztlich versorgen wollen, denn normalerweise stand ein Mensch unter Schock, wenn man versucht hatte, auf ihn zu schießen. Erst recht eine alte Frau. Aber Adelheid verlangte einen doppelten Cognac und wedelte den Arzt beiseite. Man hatte den Verdacht, dass sie sich ohne weiteres, vielleicht mit einer gusseisernen Bratpfanne bewaffnet, noch einmal freiwillig in die Sparkasse begeben hätte, um die Tochter ihrer besten Freundin zu befreien. Und Adelheid konnte ein paar wichtige Angaben zum Täter machen.
Seine Kollegen grinsten, als Adelheid ihn mit »Herr Kriminaloberhauptdirektor« ansprach. Bredenbach nahm seine bildschöne dänische Freehandpfeife aus dem Mund: »Sagen Sie einfach Exzellenz zu mir!«
Aber Adelheid war, trotz aller Nervenstärke, dann doch nicht zu Witzchen aufgelegt. Ja, der Täter war eindeutig zu erkennen gewesen. Adelheid hatte ihn allerdings nicht, wie Susanna, an der Stimme erkannt, sondern an seinem Lodenmantel. Die

braunen Wildlederflicken hatte ihm nämlich Leni auf die Ellenbogen der abgeschabten Ärmel genäht, und Adelheid hatte Herrn Ahlebracht noch vor einer Woche nahegelegt, sich doch mal eine neue Jacke zu kaufen. Und es war wirklich der Oberstudienrat?

Adelheid lauschte der Aufnahme des ersten Gespräches zwischen Ahlebracht und dem Kontaktbeamten. Sie nickte. »Diese Stimme – wie ein Eichelhäher. Das ist er!«

Einwandfrei? Ja. Ganz sicher. Ein kranker Mann? Oh ja, leider ziemlich krank. Reger Kontakt zu Außerirdischen. Kannte er Susanna persönlich? War sein Sohn zu erreichen? Der Arzt? Aber sicher. Und wieso blieb Susanna in der Mittagspause immer in der Kasse? Gab es noch einen anderen Grund dafür als die täglichen Anrufe ihres Latin Lover?

Adelheid erzählte alles über Ahlebracht, was sie wusste. Bredenbach nickte zufrieden und meinte nach einer kleinen Weile: »So, Frau Siegel, vielen Dank. Zu Ihrer eigenen Sicherheit bringen wir Sie jetzt nach Hause.«

Adelheid schnaubte durch die Nase. »Das ist immer noch mein Laden, und ich kann hierbleiben, solange ich will.«

»Das können Sie leider nicht. Bitte!«, sagte Bredenbach so sanft wie möglich. Diese alte Dame war in militanter Stimmung. Da waren Geduld und Güte angesagt, solange er sie noch aufbringen konnte.

»Na gut. Dann will ich nach nebenan zur Familie Mazzini, in die Pizzeria. Dort bleibe ich. Sie können sich auf den Kopf stellen, ich denke nicht im Traum daran, jetzt nach Hause zu fahren und die Tochter meiner Freundin ihrem Schicksal zu überlassen. Ich werde mich ruhig verhalten, aber ich verlasse den Tatort auf keinen Fall.«

Die Beamten sahen sich an, dann nickte Bredenbach. Noch in der Tür drehte sich Adelheid um und wies mit dem Finger auf die Dienstwaffe von Kollege Becker. »Wenn ich allerdings so ein Gerät hätte«, ihre zartviolette Stirnlocke wippte, denn sie warf entschlossen den Kopf zurück, »dann könnte ich für nichts garantieren. Das sag ich Ihnen!« Seltsamerweise musste niemand lächeln. Man glaubte einfach, was sie sagte. Dann trat sie unter Polizeischutz aus dem Laden und in die Pizzeria, in der Leni schon längst auf sie wartete. Das *Bellavista* lag außerhalb der inneren Absperrung.

Enzo und Gianna standen bewegungslos hinter dem Tresen des Restaurants und starrten entsetzt auf die Sparkasse. »Vielleicht sollten wir Dario anrufen?«, fragte Gianna leise.

»Blödsinn. Was kann er schon machen?«, entgegnete Enzo. Das wusste Gianna auch nicht. Aber sie dachte, dass allein die Anwesenheit der Liebe vielleicht irgendein Wunder vollbringen konnte.

Leni und Gianna hatten sich immer mit freundlichem Kopfnicken begrüßt, auch schon einmal ein paar Worte gewechselt, aber selten mehr. Als Leni die Pizzeria betreten hatte, breitete Gianna die Arme aus und hielt Leni einfach fest. Leni brachte kein Wort heraus. Gianna erzählte Leni Tröstliches auf Italienisch, weil sie viel zu aufgeregt war, um sich auf ihre Deutschkenntnisse zu besinnen. Leni begann zu weinen. Gianna streichelte unaufhörlich über ihr Haar, bugsierte sie mit sanftem Druck zu einem bequemen Lehnstuhl und stellte ihr zuallererst eine *panna cotta* vor die Nase. In uralter italienischer Tradition war Gianna der festen Überzeugung, dass ein großes Problem durch Essen zwar nicht gelöst, aber erträglicher wurde. Enzo war derselben Überzeugung, nur stand bei ihm am Ausgangspunkt aller Überlegungen der Grappa. Also goss er

Leni erst einmal einen doppelten Grappa ein, den besten, den er hatte.
Dann kam Adelheid. Sie setzte sich neben Leni, nahm ihre Hand und sprach kein Wort. Nur als Gianna ihr auch einen Grappa vor die Nase stellte, sagte sie »Danke!« und kippte ihn mit einem Zug hinunter. Nach einer Weile stand sie auf und zog Gianna beiseite. »Rufen wir Dario an?«
Gianna nickte. Die Idee hatte sie doch auch schon längst gehabt. Jetzt suchte Gianna die lange Nummer des *Stella* heraus, und Adelheid wählte mit zitternden Fingern.

Für Bredenbach war es von Vorteil, dass die Identität des Geiselnehmers so schnell feststand. Die Verhandlungsgruppe der Polizei konnte jetzt mit bekannten Faktoren arbeiten. Ein Faktor war Gerhard Ahlebrachts Krankheit. Eskortiert von zwei Polizeibeamten traf der Anstaltsarzt ein. Möglicherweise konnte der Arzt Hinweise geben, wie mit Gerhard Ahlebracht zu verhandeln sei.
Der Arzt trug einen Leinenanzug, musterte den blattübersäten Fußboden und die alten Küchenstühle der hinteren Ladenstube. Er hatte die Krankenakte mitgebracht, referierte über das Krankheitsbild des Herrn Ahlebracht und versicherte, dass der alte Lehrer bei seiner Entlassung vor einigen Wochen in akzeptablem Zustand gewesen sei.
Herr Bredenbach blies den Pfeifenrauch in die Luft und zog die linke Augenbraue hoch. »Was heißt das?«
Der Arzt knöpfte sein Sakko sorgsam auf. »Er hatte sich stabilisiert!«
»Was heißt das?«, wiederholte Bredenbach ungehalten. »Was verstehen Sie unter ›stabil‹? Hat er täglich immer dieselbe Anzahl Ufos gesehen, oder was meinen Sie?«

Der psychologisch geschulte Kontaktbeamte, der für die Verhandlung mit dem Täter zuständig war, saß stumm dabei. Er verdrehte die Augen.
Bredenbach konnte wirklich besser Billard spielen als leicht aufgeblasene Fachmenschen verhören.
Der Anstaltsarzt wurde ärgerlich. »Er wirkte so normal wie ich oder Sie.«
»Um Gottes willen«, murmelte der Kriminaldirektor. Dann räusperte er sich.
»Halten Sie ihn für einen Gewalttäter?«
»Ausgeschlossen«, sagte der Arzt.
»Aber er hat auf die alte Dame geschossen!«
Der Arzt lächelte Bredenbach freundlich an. »Hat er sie getroffen? Nein! Sehen Sie, er wollte sie gar nicht treffen!«
»Brillant, Herr Doktor!«, wollte Bredenbach sagen, aber er schluckte es hinunter. Dann vertiefte er sich in die Krankenakte.

Die Maschine flog in die Dämmerung. Zwei Hochgeschwindigkeitsstunden hatte Dario bis Rom gebraucht, zwei grausame Stunden hatte er auf dem Flughafen warten müssen. Jetzt glitzerte unten der Comer See.
Einmal während ihrer wunderbaren Urlaubswoche war er nachts wach geworden. Sie war nicht in ihrem Bett. Zuerst erschrak er, aber dann sah er ihre zarte Gestalt auf dem Balkon, wie sie die wenigen Lichter über dem nächtlichen Lago di Como beobachtete, hörte, wie sie die Nachtluft tief einatmete. Ohne ein Wort zu sagen, trat er hinter sie, umfasste sie mit beiden Armen. Sie schwiegen lange. Später im Bett redete er über Dinge, von denen er gedacht hatte, sie niemals einem Menschen mitteilen zu können. Über seine verschwundene

Mutter, über seine Verlassenheitsängste, über die Furcht vor seinem Vater.

Er sprach auch über die Frauen, mit denen er zusammen gewesen war. Zum ersten Mal in seinem Leben formulierte er, dass er seine vielen Freundinnen verlassen hatte, bevor er verlassen wurde.

Dass er sie aus Angst vor Verlust verlassen hatte und sich auch deshalb niemals die Mühe gemacht hatte, sie wirklich kennenzulernen, geschweige denn, sie wirklich an sich heranzulassen. Niemals wirklich lieben, um niemals wirklich zu leiden. Das eine Mal hatte gereicht. Auch wenn er damals zu klein gewesen war, um zu begreifen, was geschehen war, seine Seele hatte nichts vergessen. Und jetzt …

Susanna hörte zu, sprach wenig, streichelte sein Haar. Als er schließlich schwieg, sagte sie nur: »Dario und Susanna. Basta.«

Dann hatten sie miteinander geschlafen, und das war so überwältigend gewesen, dass er selbst jetzt, in all den Ängsten, ein Prickeln auf seiner Haut verspürte. Die Stewardess wollte Essen servieren, aber Dario lehnte dankend ab. Wer konnte jetzt essen? Er schloss die Augen. Im Flugzeug knisterte und raschelte es monoton. Fast hundert Klarsichtpackungen wurden gleichzeitig geöffnet, hundert Aluminiumdeckel abgezogen, hundert Gabeln aus Zellophantüten gerissen. Es war ein seltsames Konzert.

Nun gut, Vater hatte ihm den Stuhl vor die Tür gesetzt. Aber was in der Welt war wichtig ohne Susanna? Nichts, überhaupt nichts.

Sie würden es auch so schaffen. Er konnte Enzos Teilhaber werden, nur eine Zeit lang, denn in Deutschland wollte er nicht leben. Es war einfach nicht sein Land. Er konnte in Italien irgendwo neu anfangen, egal. Er konnte die Wohnung verkaufen, sie gehörte ihm offiziell. Später würde er seinem Vater das Geld zurückgeben, nichts wollte er mehr von ihm, nichts.

Er hatte diesen Freund in Bergamo. Lucio hatte ihn schon einmal fragt, ob er nicht bei ihm einsteigen wolle. Oder er würde einen Posten in einem größeren Hotel bekommen. Er war qualifiziert, hatte Erfahrung und einen guten Namen. Das *Stella* kannte man unter Kollegen. Er würde anfangs nicht so viel verdienen, aber genug, um zu zweit davon zu leben. Wenn Susanna Lust hatte, konnte sie mit ihrer Sprachbegabung auch in die Tourismusbranche einsteigen. Sie würde nicht zu Hause herumsitzen und sich die Nägel lackieren, sie war ungeheuer tüchtig. Und sie war eine talentierte Geschäftsfrau, das hatte er schon längst festgestellt. Sie hatte Ideen, sie konnte rechnen. Sie würden sich zusammen etwas aufbauen, sie waren jung, sie hatten Kraft.

Und sie hatte gesagt, sie könne sich ein Leben in Italien vorstellen. Er lächelte mit geschlossenen Augen. Dann flutete heiß die Angst zurück. Ein Verrückter, hatte Adelheid gesagt. Das war schlimm. War es schlimmer als nur ein Krimineller? Oder war es eher eine Chance?

Drama zweiter Teil

Jeannette beobachtete das steppende Radieschenballett und konzentrierte sich auf ihren Einsatz.

Dann hüpfte sie wie ein riesiger gelber Ball auf die Bühne und sang ihren revolutionären Aufruhrsong, den letzten Song vor der Pause. Zum Schluss musste sie sich fallen lassen und wurde von juchzendem und grölendem Gemüse von der Bühne gerollt.

Hinter der Bühne half Jiri ihr aufzustehen, denn das war mit diesem Kostüm allein fast unmöglich. Er reichte ihr das gelbe Melonenhütchen und strahlte. »Du bist phantastisch. Wenn es morgen so läuft ...!«

Jeannette lächelte dankbar zurück, war aber zu erschöpft, um etwas zu sagen. In der Garderobe tupfte sie sich vorsichtig die Schweißtropfen von der Stirn, denn sie wollte die grüne Schminkschicht auf ihrem Gesicht nicht zerstören. Benjamin steckte den Kopf zur Tür herein. »Gut, Jeannette. Wir machen genau zehn Minuten Pause, dann geht's weiter. Die endgültige Nachbesprechung findet nach dem zweiten Teil der Generalprobe statt.«

Jeannette nickte. Es klappte alles. Greta Gurke hatte einen größeren Patzer gehabt und ihr einen Dialog kaputtgemacht. Aber Marie-Agnes als Bunny Banana hatte geistesgegenwärtig einen überleitenden Satz improvisiert und konnte so Jeannette ihr Stichwort zuwerfen.

Die Tür wurde aufgerissen, und Albertine polterte herein. »Oh Kind, ich bin ja so stolz auf dich, so stolz! Du singst ...«, sie

senkte die Stimme, schaute sich um und sagte halblaut: »Du singst sie an die Wand. Alle.«
Hinter ihr kam Felix. »Neben dieser Frau kann man nicht im Theater sitzen«, erklärte er und deutete auf Albertine. »Sie benimmt sich, als säße sie in der Südkurve des Müngersdorfer Stadions, mitten zwischen brettharten Kölner Fans beim Spiel gegen Bayern München. Ich bin nur froh, dass sie mir nicht auch noch Dosenbier in den Kragen geschüttet hat.«
Albertine lachte. »Morgen bei der Premiere werde ich grabesstill sein und nur klatschen, versprochen. Wenn allerdings zum Schluss, nach dem zehnten Vorhang, jemand weinend auf die Bühne wankt und dich gerührt abschlotzt, dann bin ich das.«
Felix winkte einen jungen Mann mit Bürstenhaarschnitt und schwarzer Brille herein. »Komm, Carlo, mach doch hier noch ein Foto!«
Carlo war ein guter Freund und wollte zur bevorstehenden Premiere einen kleinen Artikel in die Kölner Tageszeitung *Kölle Hück* setzen. Es war nämlich noch eine Reihe Karten zur Premiere zu haben. Der Vorverkauf ließ sich zwar ganz gut an, aber so richtig erfreulich war er nicht. Das Kulturangebot war in diesem Oktober auf messerscharfe Konkurrenz eingestellt, dazu gab es noch attraktive Kinopremieren.
»Stell dich mal richtig hin!«, sagte er zu Jeannette. Jeannette posierte brav als Molly Melone. Ihr riesenhaftes, kugeliges Schaumstoffkostüm war entsetzlich warm, sah aber phantastisch aus.
Sein leuchtendes Gelb ging stufenlos in Orange über. Auf dem Kopf trug Jeannette eine ebenfalls runde, ausladende Melonenkappe in denselben Farben. Ihr Gesicht war grün geschminkt, von der Kappe bis über die Schultern ringelten sich saftig grüne Ranken. Ein dekoratives Blatt aus Samt, plastisch

gefüttert und gesteppt, lag elegisch auf ihrer Melonenschulter. Jeannettes Beine waren ebenfalls samtgrün, die Schuhe in Blattform auch.

Es dauerte jedes Mal eine knappe Stunde, bis sie angezogen und geschminkt war. Deshalb musste sie auch in der Pause in ihrer Saunawäsche bleiben, ob sie wollte oder nicht. Felix und Albertine alberten gut gelaunt herum. Jeannette schwieg erschöpft und wünschte, dass die beiden jetzt irgendwo im Foyer an der kleinen Bar ihre Witzchen machten, sie war nicht dazu aufgelegt.

Jiri stand plötzlich in der Tür: »Jeannette, da ist ein Telefonat für dich. Soll ich sagen, sie möge später anrufen?«

»Wer ist es denn?«

»Ich glaube, deine Mutter.«

»Seltsam. Nein, lass, ich komme.« Sie zwängte sich durch die Tür und in den Gang, an dessen rechter Wand ein altmodisches Telefon hing.

»Mama, wir sind mitten in der Generalprobe. Was sagst du? Was?« Sie erstarrte plötzlich, hörte nur noch zu und sagte schließlich: »In einer Stunde. Sofort. Irgendjemand muss mich fahren, oder ich nehme ein Taxi. Die hundert Euro sind mir scheißegal.«

Sie legte auf. So schnell es ging, kugelte sie zurück in die Garderobe.

»Albertine, fahr mich bitte, bitte sofort nach Mechenbach. Es ist etwas Furchtbares passiert.«

Albertine nahm Jeannette besorgt bei der Hand und drückte sie auf einen Hocker, was gar nicht so einfach war. »Erzähl!«

»Mein ehemaliger Erdkundelehrer hat die Sparkasse überfallen, in der Susanna arbeitet – meine Schwester. Jetzt hält er sie und eine Kollegin seit Stunden fest. Dazu muss man wissen, dass er verrückt ist, er ist krank, aber richtig. Und er hat eine scharfe Waffe.«

»Oh mein Gott!« Albertine war blass geworden, und Felix setzte sich stumm.

»Mama hat mich gefragt, ob ich nicht mit ihm reden könne. Ich hatte ein sehr gutes Verhältnis zu ihm, er mochte mich irgendwie besonders gut leiden. Ich will sofort fahren. Bitte, komm, Albertine.«

»Jeannette, die Polizei wird niemals zulassen, dass irgendeine Privatperson die Verhandlungen übernimmt. Wir haben es hier ja nicht mit Terroristen zu tun, denen ein Kardinal oder ein Friedensnobelpreisträger gut zureden kann. Der Mann ist durchgeknallt. Kein verantwortungsbewusster Polizist wird dich an ihn heranlassen.«

»Weiß ich nicht«, sagte Felix langsam. »Ich kann mir denken, dass sie alle Chancen nutzen. Und wenn es nur ein Täter ist, werden sie vielleicht versuchen, ihn hinzuhalten und mürbe zu machen. Da kann so ein Kontakt, der einen privaten Nerv trifft, ganz hilfreich sein.«

»Wie auch immer, ich will sofort zu meiner Schwester. Und meine Mutter braucht mich. Du glaubst doch nicht im Ernst, dass ich mich heute noch einmal auf die Bühne stelle und alberne Gemüselieder singe, wenn meine Schwester vielleicht erschossen wird?«

»Das verstehe ich«, sagte Jiri. »Ich würde auch fahren.«

Die restlichen Schauspieler drängten sich jetzt in der Garderobe stumm in die Ecken. »Soll die Generalprobe etwa deshalb abgeblasen werden?«, fragte Toby Tomate. »Kannst du nicht ein bisschen Profidisziplin entwickeln?«

Jeannette würdigte ihn keines Blickes, sondern wandte sich gleich an den Regisseur. »Benjamin, ich fahre sofort. Ich muss fahren. Bitte. Ich fahre auch, wenn du es nicht zulässt, aber mir wäre lieber, du bist damit einverstanden.«

Benjamin fuhr sich durch die Haare. Er sah zur Decke, blickte dann Jeannette an und sagte: »Du weißt, dass sich deine Doppelbesetzung heute Morgen krankgemeldet hat?«

»Ja«, erwiderte Jeannette bedrückt. Benjamin schloss die Augen und massierte sich mit beiden Händen die Stirn. »Gut. Fahr. Geht schon in Ordnung.« Er schwieg einen Moment. »Jeannette, ich mache mir wegen dir keine Sorgen. Du machst das morgen schon, auch ohne den zweiten Teil der Generalprobe. Aber wenn du nicht zur Premiere kommst, kann das Theater zumachen. Wir sind ein Off-Theater, wir leben von der Hand in den Mund.«

»Dann kannst du erst mal ganz gut was zahlen wegen Vertragsbruch!«, sagte Greta Gurke bissig. Benjamin drehte sich zu Greta um. Er sah sie ausdruckslos an und sagte langsam und deutlich: »Halt die Klappe.«

Das war in der langen Probenzeit das erste Mal, dass Benjamin unfreundlich wurde. Dann wandte er sich wieder an Jeannette. »Also dann. Ich denke an euch. Los, los.« Er klatschte in die Hände. »Wir proben ohne Jeannette, soweit es möglich ist. Jiri, du übernimmst nur ihre Gänge, ihre Songs laufen instrumental, es wird schon irgendwie gehen. Avanti!«

»Benny, ich würde gerne mit ihr fahren.« Jiri sah unglücklich aus. »Sie braucht doch Hilfe!«

»Die hat sie!« Felix grapschte nach seinem Schlüssel. »Ich fahre. Wir nehmen den Range Rover. In Albertines Auto passt Jeannette nicht rein. Los, los, lass uns keine Zeit verlieren. Du kannst dich unterwegs umziehen.«

So schnell es ging, lief Jeannette durch die langen Gänge, durch das Foyer, gefolgt von Felix, der sein Auto wie immer im sat-

testen Halteverbot geparkt hatte, das dieses Kölner Viertel zu bieten hatte. Die Rovertüren fielen mit hektischem Geknalle zu, und Felix startete filmreif durch. Erst nach fünfhundert Metern fiel Jeannette und Felix auf, dass sich auch Carlo vom *Kölle Hück* samt Kamera ins Auto gequetscht hatte.
»Kannst du nicht schneller fahren?«, fragte Jeannette.
»Doch!« Felix wechselte auf die Überholspur und zog an einem Tiefkühl-Lkw aus Holland vorbei. »Aber dann sind wir noch vor deiner Schwester im Himmel.«
Er biss sich auf die Lippen, verfluchte seinen vorlauten Mund und den geschmacklosen Scherz. Manchmal bahnte sich seine Angst einen solchen Weg. Aber Jeannette schien nichts zu registrieren. Sie stierte auf die Fahrbahn und hatte sich mit beiden Händen im Sitz verkrallt.
Susanna.
Vor einem Monat hatten sie sich das letzte Mal gesehen. Jeannette war aufgefallen, dass Susanna anders wirkte. Sie hatte den ganzen Nachmittag mit ihrem Italienischbuch vor der Nase in der Küche gesessen. Sie selbst hatte mit Mama über das Theater, Mamas Malerei und die bevorstehende Ausstellung in Bonn gesprochen. Früher war Susannas abwesende Art feindselig gewesen, jetzt war sie eher freundlich.
»Sie ist in Gedanken nur noch in Italien!«, sagte Leni, und Susanna widersprach nicht. Aber sie blickte auf, lächelte und korrigierte: »In Perugia!« In diesem Lächeln lag so viel Sehnsucht, dass Jeannette die Anwandlung von Neid und Schmerz sowie das blassgraue Henrybild sofort mit einem reichlichen Schoppen Chianti ersäufte.
»Ich kann Dario jedenfalls besser leiden als das Matratzengereppel«, erwiderte Jeannette ungewohnt selbstlos und erkundigte sich bei Susanna nach den Gründen für Darios Ab-

wesenheit. Sie sprachen zwar nicht lange miteinander, aber das Klima zwischen ihnen begann sich zu verändern.
Mein Leben ist reicher als vorher, dachte Jeannette. Oder ob sie sich einfach nur geändert hat und deshalb netter ist? Ich kann mich nicht daran erinnern, dass ich in den letzten Jahren auch nur ein freundliches Wort mit ihr gewechselt habe. Entweder waren wir kühl und sachlich oder bissig und gemein. Eigentlich habe ich ihr immer nur Dinge übel genommen. Dass sie hübscher und dünner ist, dass sie Männer findet.
Ihre Gedanken streiften Henry. Sein Bild wurde langsam schwächer, aber manchmal loderten die blauen Flammen noch einmal auf, und es schmerzte. Sehnsucht nach Berührung und dieser einen Erfahrung waren von ihm geblieben.
Felix fuhr einem langsamen Luxusauto, das auf der linken Spur schlich, fast auf die Stoßstange und blinkte.
»Genau die Sorte Fahrstil, die ich hasse!« Carlo tastete nach dem Sicherheitsgurt über seiner Brust.
»Ich auch.« Felix wechselte die Spur und überholte rechts.
»Ich sprach von deinem Fahrstil!«
»Steig doch aus!« Felix' böser Ton erlaubte keine Antwort. Jeannettes Augen brannten. Wenn ihr etwas passiert, wird sie mir fehlen. Ich kann sie zwar nicht leiden, aber ich glaube, ich liebe sie. Mein Gott, nein! Bitte, lieber Gott, lass alles gut gehen. Entschuldige, dass ich mich die ganze Zeit nicht mehr bei dir gemeldet habe, aber du wirst das verstehen. So sind die Menschen, sie rufen dich erst an, wenn sie dich wirklich brauchen. Nein, nicht ganz. Letzte Woche habe ich mich bei dir bedankt, weißt du noch? Auf dem Balkon, abends, als ich für Felix und Albertine die letzte Flasche Bier holte. Da kam mir auf einmal die Erkenntnis, wie gut du es mit mir meinst. Entschuldige, lieber Gott. Susanna ist in Lebensgefahr, und ich

denke an Bierkästen auf dem Balkon. Ich bin so durcheinander, weißt du. Du hast mir so viel geschenkt. Bitte, bitte hilf Susanna! Wenn Susanna gerettet wird, bin ich bereit, auf eine Bühnenkarriere zu verzichten. Oh, lieber Gott, stimmt das wirklich? Nein, hier denke ich nicht weiter, das sind blöde Spielchen. Vor solche Entscheidungen wird man in alten Märchen gestellt. Trotzdem … wäre ich dazu bereit? Lieber Gott, mein Gebet verknotet sich, ich hör jetzt mal auf damit. Bitte hilf Susanna. Bitte.

Jeannette starrte auf die roten Schlusslichter, die entweder links oder rechts an ihnen vorbeisausten. Wie sehr sie damals, als ihr Susanna gegen die ganze Klasse beigestanden hatte, gewünscht hatte, dass sie sie einmal in den Arm nehmen würde! Nur als kleine Mädchen hatten sie sich wie selbstverständlich berührt. Jeannette dachte daran, wie Susanna bei Gewitter in ihr Bett gekrochen kam, ohne etwas zu sagen, und sich dicht an sie drängte. Ihre Haare waren ganz weich und rochen so gut wie diese roten Bonbons, die es nur im Mechenbacher Kino gab. Sie hatten sich Jeannettes Decke auf die Köpfe gelegt, um den Donner nicht so laut hören zu müssen, hatten sich wie die Igel im Herbst immer tiefer unter Schutzschichten vergraben.

»Du bist ein Schneeball und wirst immer dicker, wenn ich dich den Hang herunterrolle!«, kreischte Susanna und kollerte die kleine Jeannette immer schneller die Wiese hinunter, wo sie schließlich beide keuchend auf dem Bauch lagen und lachten.

»Es ist ziemlich ekelhaft, dir beim Essen zuzuschauen, weißt du das?« Susanna blickte angewidert auf das fettverschmierte Kinn ihrer vierzehnjährigen Schwester, die schon längst nicht mehr niedlich rund, sondern massig wirkte und eine Ölsardinenbüchse mit Brot auswischte.

»Blöder Sparkassenschiefzahn, langweiliger.«
Susanna stand vor der Wäscheleine und blickte spöttisch auf Jeannettes weite Bluejeans, die sich im Wind aufbliesen wie ein gigantischer japanischer Glücksfisch. »Gibt's noch eine Nummer für diese Größe?«
Leni gratulierte Jeannette zum Abitur. »Ich bin ja so stolz auf dich, mein Kind, so stolz!«
»Tja, das schafft nicht jeder!« Jeannette wedelte über Susannas Kopf mit dem weißen Zertifikat herum. »Was dem einen seine Matratzen, ist dem anderen seine Bildung!«
Der alte Hass auf Susanna war noch nicht verblasst. Wie sollte er auch. Nein, verdammt, wir sind uns nichts schuldig geblieben. Ich glaube, ich habe ihr am allermeisten übel genommen, dass sie sich nicht lieben ließ. Und sie sollte mich einfach genauso lieben, wie Mama und Josef mich liebten. Sie sollte es mir zeigen. Aber das hat sie nie getan.
Warum konnte sie das nicht? Trotzdem – sie hat mich doch irgendwie gern, sonst hätte sie mich nicht öfter aus der Scheiße gezogen. Aber so war es immer gewesen: Susanna konnte ihre Gefühle nicht zeigen, sie konnte sie, wenn überhaupt, nur durch Handlungen ausdrücken.
Bekannte Ortsnamen flogen an Jeannettes Augen vorbei. Es war nicht mehr weit. Sie wandte sich an Carlo.
»Kannst du mich mal aus meiner Gummikugel befreien?«
Carlo nickte. Jeannette versuchte, auf die Vorderkante des Sitzes zu rutschen, und drehte sich halb herum, damit Carlo an den komplizierten Rückenverschluss gelangen konnte. Carlo mühte sich ab, aber er kam durch die große Schaumstoffkugel kaum an Jeannettes Nacken heran, wo die vielen Haken, Klettverschlüsse und Bänder saßen. Die grünen Samtranken kringelten sich um seine Finger.

»Kann man diesen verdammten Ringelkragen nicht abnehmen?«
Jeannette schüttelte den Kopf. Carlo mühte sich ab, zerrte und zerrte. Auf einmal gab es ein hässliches Geräusch, und Carlo hielt ein faustgroßes Stück gelben Schaumstoffs in der Hand.
»Ach, du Scheiße!«, sagte Jeannette. »Lass es, Carlo. Das ist jetzt auch egal. Ich ziehe es nachher aus.«
»Mechenbach« stand auf dem Ortsschild. »Pass auf, Felix, wir werden nicht an den Bahnhofsplatz herankommen. Meine Mutter sagte, da sei alles gesperrt. Aber wir fahren in die Parallelstraße, hinter das Ristorante *Bellavista*. Da gibt es nämlich einen zweiten Eingang, eine graue Metalltür zum Innenhof, für die Lieferanten. Meine Mutter macht uns dort die Toreinfahrt auf.«
Felix schaltete wie in einem Krimi kurz vor dem Bahnhofsplatz das Licht aus und bog vorsichtig um die Ecke der hinteren Gasse.
Leni stand schon in der Einfahrt, ließ ihre Tochter und die Begleitung hinein. Als sie Jeannettes Kostüm wahrnahm, musste sie trotz ihrer Angst lächeln. Im Ristorante brannte kein Licht, alle saßen in der Küche, deren Fenster zum Hinterhof wiesen. Enzo Mazzini erhob sich, als die Neuankömmlinge eintraten, und besorgte aus dem dunklen Lokal noch drei Stühle.
»Ich bin mitten aus der Generalprobe abgehauen«, erklärte Jeannette ihren seltsamen Aufzug. Aber so richtig zollte ihr niemand Aufmerksamkeit. Leni war grau vor Angst, Adelheid saß stocksteif auf einem Plastikstuhl und drehte ein Papiertaschentuch zu langen weißen Schnüren. Enzo nickte den Neuankömmlingen nur kummervoll zu und stellte Gläser und Tassen auf den weißen Kunststofftisch, auf dem sonst das Gemüse

geputzt und die fertigen Salatteller vor dem Servieren deponiert wurden.
Gianna brühte noch mehr Kaffee. Enzo holte noch mehr Chianti. Er öffnete die Durchgangstür zum Restaurant. Das Lokal war dunkel, aber von draußen fiel helles Scheinwerferlicht durch die großen Fenster.
»Wie sieht es denn aus?«, fragte Felix besorgt und gab Leni die Hand. »Ich bin Felix.«
Leni lächelte dünn. »Es rührt sich seit Stunden nichts. Sie teilen uns nicht alles mit. Sie verhandeln wohl mit ihm, aber wir erfahren nichts über den Inhalt der Gespräche. Einmal hat Herr Bredenbach hier angerufen und gesagt, Susanna und ihre Kollegin säßen jetzt auf Stühlen. Vorher haben sie drei Stunden lang auf dem Boden gelegen. Von hier aus kann man nichts erkennen, weil diese dämlichen Lamellenjalousien heruntergelassen sind, aber vom Blumenladen aus kann man durch die Eingangstür sehen. Sie haben da drüben nur eine kleine Schreibtischlampe an. Aber der ganze Bahnhofsplatz ist in Flutlicht getaucht.«
Jeannette öffnete die Verbindungstür der Küche zum Restaurant und sah durch den kleinen Spalt, dass zwei Bereitschaftswagen direkt vor der Tür des *Bellavista* parkten. Mindestens drei Polizisten standen zwischen den grünen Autos herum, genau vor dem Ristorante *Bellavista*. »Hat sich Ahlebracht denn nicht bei der Polizei gemeldet?«
»Doch, mehrfach«, sagte Adelheid. »Er will freien Abzug mit den Geiseln und ein vollgetanktes Fluchtauto. Und Geld. Sie halten ihn hin. Die Polizei hat sein Auto weggebracht, um freies Schussfeld zu haben. Es stand noch vor der Kasse. Er hatte ja offensichtlich keine Geiselnahme geplant. Und da bin ich Idiotin mit den Rosen ...«

»Adelheid, bitte!«, unterbrach Leni.
Adelheid wischte sich über die Augen. »Susanna soll ans Steuer. Verlangt Ahlebracht. Er hat der Polizei ein Ultimatum gestellt, es läuft in einer Dreiviertelstunde ab. Wenn sie ihn dann nicht gehen lassen, will er Rita erschießen.«
Leni weinte. Jeannette legte den Arm um sie. »Es wird schon gut gehen, Mama. Komm, hab doch ein bisschen Mut!« Aber als sie hörte, dass Ahlebracht sofort auf Adelheid geschossen hatte, wurde ihr übel. Mein Gott, was war mit diesem sanften Mann geschehen?
»Er ist kein eiskalter Killer«, sagte sie nach einer Pause. »Ich kann mir das nur so erklären, dass irgendeine fixe Idee ihn so in den Klauen hat, dass er bereit ist, alles dafür zu tun. Irgendein Wahn, der ihn alles andere vergessen lässt. Du hast mir doch einmal von seiner komischen Attacke auf deinen Holunderbusch erzählt, Mama, was hat er denn für eine Krankheit?«
Adelheid antwortete an Lenis Stelle. »Ich habe mit seinem Sohn telefoniert«, sagte sie. »Sein Sohn sagt, er rede immer von Außerirdischen oder Erlösern. Sein Vater würde immer ganz aufgeregt, wenn er irgendetwas sähe, was so richtig gelb ist. Zum Beispiel Briefkästen. Es gibt bestimmte Briefkästen in Mechenbach, die seiner Ansicht nach von *ihnen* – er redet nur von ›ihnen‹ – aufgestellt wurden. Je nachdem, wie der Schattenwurf der Briefkästen oder ihre Position an der Hauswand ist, in welchem Winkel sie zueinander aufgestellt sind, dienen sie ihm als Grundlage zur Berechnung unglaublicher Zahlenspiele, für die er dann geheime Schlüsselalphabete anwendet. Und so lassen sie ihm immer Botschaften zukommen. Auch gelbe Zettel schicken sie ihm angeblich. Er nennt sie ›Zeichen in der himmlischen Farbe der Erlöser‹. Aber worum es wirklich geht, das weiß niemand. Er soll einen örtlichen Bauunter-

nehmer beauftragt haben, einen großen Asphaltplatz anzulegen. Sein Sohn vermutet, dass er an eine Ufo-Landebahn denkt.«
»Ach, du dickes Ei!« Carlo goss sich erschüttert ein Glas Chianti ein.
»Dann muss es wohl noch Klopfzeichen in den Heizungsrohren geben. Und Kondensstreifen am Himmel.«
»Ach ja!«, erinnerte sich Leni. »Stimmt. Er sprach damals auch von Erlösung.«
»Und einmal mussten wir auf eine Kranzschleife für seine Frau schreiben: Sie kommen bald!«, ergänzte Adelheid.
Alle schwiegen. Plötzlich klingelte das Telefon. Gianna sprang auf und rannte an den Apparat. Dann hielt sie Leni den Hörer hin. Leni presste ihn an ihr Ohr und starrte mit angsterfülltem Gesicht auf die Freunde, die am Tisch saßen und sich automatisch gerade setzten. Enzo drückte geistesgegenwärtig die Mithörtaste. Es war Bredenbach aus dem Blumenladen. »Wir wollten uns nur noch einmal melden, Frau Schmitz. Es ist alles unverändert. Bleiben Sie bitte, wo Sie sind.«
»Natürlich«, antwortete Leni.
»Bewahren Sie die Ruhe!« Dann legte Bredenbach auf.
»Soll ich dir mal aus dem Kostüm helfen?«, fragte Felix.
»Ja, bitte.« Jeannette zögerte. »Oder nein, lass es. Das ist jetzt nicht so wichtig.« Eine Idee, noch ohne richtige Gestalt, war aufgetaucht.
Jeannette ging in das dunkle Restaurant, schloss die Tür zur Küche hinter sich und betrachtete den Mechenbacher Bahnhofsplatz, der unter dem gleißenden Flutlicht aussah wie ein Filmset ohne Schauspieler. Die beiden Bereitschaftswagen vor der Tür des Restaurants nahmen ihr zwar die freie Sicht auf den Platz, aber zwischen den Wagen konnte sie erkennen, dass

die Zufahrtsstraßen von weiteren Bereitschaftswagen gesäumt waren, irgendwo ganz hinten standen zwei Ambulanzautos. Sie meinte, zwischen den Polizeifahrzeugen, die unmittelbar neben dem Sparkassengebäude standen, eine Bewegung wahrzunehmen.

In der Sparkasse war nur schwaches Licht zu sehen. Dort saßen jetzt Susanna und ihre Kollegin auf Drehstühlen und litten Todesängste. Jeannettes Kehle wurde trocken vor Verzweiflung. Plötzlich bekam ihre Idee ein Gesicht. Der Gedanke zog sie fast vom Boden wie eine Erleuchtung.

Natürlich. Das war es! Es gab eine Chance, Ahlebracht aus der Kasse zu locken. Sie befürchtete nur, die Polizei könne ihr mit einer Befreiungsaktion zuvorkommen. Warum dieser banale Anruf von Kriminaldirektor Bredenbach, warum die Mitteilung, alle sollten an ihrem Platz bleiben, an dem sie ja ohnehin schon seit Stunden ausharrten? Und diese Männlein, die da hinten im Schatten huschten?

Jeannette konnte sich nicht vorstellen, dass eine Verhandlungsgruppe von Polizeifachleuten das Ultimatum eines geisteskranken Entführers abwarten oder gar die Bedingungen akzeptieren würde. Vermutlich hatten sie im Blumenladen jetzt lange genug über die psychische Struktur des Oberstudienrates sinniert und ihre taktischen Schritte überdacht. Ob sie wirklich ein Fluchtauto bereitstellen würden? Wenn Susanna und ihre Kollegin erst im Fluchtauto saßen, war die Situation noch unkontrollierbarer. Das Ultimatum lief in einer halben Stunde ab. Es war klar, die Polizei würde bald eingreifen. Sehr bald. Es lag in der Luft. Es war zu spüren. Oder bildete sie sich das alles ein? Jeannette verspürte einen Stich im Magen. Sie musste handeln, jetzt sofort. Aber man würde sie an der Tür abfangen, das war klar.

Ihr Blick fiel auf ein Strohkörbchen, das rechts in einer Ecke auf dem Tresen stand. Der Glückwunsch »Auguri gemelli!« war auf eine ganze Ladung Luftballons gedruckt. Natürlich, Giannas Zwillinge hatten ganz groß Geburtstag gefeiert, Leni hatte davon erzählt. Jetzt wurden die übrig gebliebenen Luftballons an kleine Gäste verteilt. Jeannette blies zwei Luftballons auf, bis sie prall und groß waren, presste ihre Tüllen mit Daumen und Zeigefinger zu und schlich zur Restauranttür. Oh gut, Enzo hatte sie noch nicht abgeschlossen.

Es ging alles sehr schnell. Jeannette entließ die Luftballons in die Freiheit. Die Polizisten zwischen den Bereitschaftswagen gerieten in Aufruhr, als ein quiekendes Geschoss über ihre Köpfe hinwegtrudelte, dann noch eins, und reagierten mit verärgerter Erleichterung, als sie sahen, dass sich jemand einen blöden Scherz erlaubt hatte. Die verwirrten Polizisten verfolgten die unkoordinierten Flugbahnen der Ballons und suchten mit den Blicken das Obergeschoss des *Bellavista* nach dem Übeltäter ab. Sie achteten nicht auf die Eingangstür, die ohnehin im Schatten eines Bereitschaftswagens lag. Auch der blaukariert gepolsterte Restaurantstuhl, der auf einmal wie eine Trittleiter direkt am Absperrgitter stand, fiel erst nach sechs Sekunden auf. Aber wenn man sie nutzte, waren sechs Sekunden lang genug.

Kriminaldirektor Bredenbach wusste auf einmal nicht mehr, ob man ihm etwas in den Kaffee getan hatte. Kriminalhauptkommissar Erdmann fiel die Teetasse aus der Hand, mitten in einen sorgsam arrangierten Korb mit kleinen Kürbissen, die aussahen, als seien sie winzige Ableger von Jeannette.

Auf dem Vorplatz des Mechenbacher Bahnhofs stand im gleißenden Flutlicht eine leuchtend gelbe Kugelgestalt mit gelbem Helm und grünen Blättern.

»Woher kommt diese Karnevalsfigur?«, keuchte Bredenbach und hielt sich den Kopf. Seine intensive Beobachtung hatte bislang der Sparkasse gegolten, deshalb tauchte dieser wandelnde Kürbis für ihn aus dem Nichts auf. Irgendwie gab es bei dieser Geiselnahme zu viele Verrückte. Durchgeknallte Studienräte und Kürbisse auf Beinchen. Es reichte. Bredenbach riss die Tür des Blumenladens auf. »Verlassen Sie sofort den Platz!«, brüllte er, aufgelöst und wütend.
Jeannette drehte sich noch nicht einmal um und ging weiter.
»Bleiben Sie stehen!« Jeannette reagierte nicht. Die anderen Polizisten trauten ihren Augen nicht. Sogar der Psychiater staunte. Sie stand jetzt wenige Meter von der großen gläsernen Eingangstür entfernt und breitete die Arme aus. Hinter dem Sparkassenportal bewegte sich etwas.
»Gerhard Ahlebracht!«, schrie sie. »Wir sind da! Wir sind da! Kommen Sie heraus zu uns. Aber lassen Sie die Waffe liegen!«
Bredenbach beriet sich hektisch mit Erdmann, wie man in ein paar Sekunden diesen Karnevalsjeck entfernen könne, ohne ihn oder jemand anders zu gefährden, als sie plötzlich sahen, dass Ahlebracht ohne die Geiseln und unbewaffnet vor die Glastür trat.
Herr Ahlebracht hatte seit sechsunddreißig Stunden kaum geschlafen, fast nichts gegessen und nur ab und zu einen Schluck Wasser getrunken. Er war bleiern müde, aber die Spannung hielt ihn dennoch wach. Die dicke Brünette zerrte mit ihrem Gewimmer an seinen Nerven. Wenn sie nicht aufhörte, würde er ihr eins mit dem Colt über den Kopf ziehen. Manchmal sah er doppelte Konturen. Sein Magen war so leer, dass ihm übel war. Selbst im Sitzen befiel ihn ein Schwindelgefühl. Es musste bald zu Ende gehen. In einer Viertelstunde lief sein Ultimatum ab. Der Fluchtwagen stand nicht vor der Tür. Man ver-

suchte, ihn zur Aufgabe zu überreden. Der Polizeibeamte am Telefon war ein angenehmer Mensch. Er hatte ihm angeboten, wieder in eine Klinik zu gehen. Als ob das einen Sinn machte! Sie kamen doch bald, es war kein Aufschub möglich! Er würde vielleicht die Dicke erschießen müssen. Plötzlich wurden seine Hände feucht. Er sprach leise zu seiner verstorbenen Frau. »Was soll ich denn machen, Ilse? Es ist für das Ziel, weißt du? Versteh mich doch.«

Seltsame Kratzgeräusche drangen aus dem hinteren Raum. Wollte die Polizei durch die vergitterten Hoffenster in die Sparkasse eindringen? Oder gab es hier Mäuse? Gerhard Ahlebracht setzte sich gerade.

Da, auf einmal, sah er die Lichtgestalt auf dem Platz. Eine leuchtende Gestalt, vom Flutlicht angestrahlt, gelb, rund.

»Herr Ahlebracht, hören Sie mich? Wir sind da!«, rief die gelbe Erscheinung. »Kommen Sie heraus zu uns, aber lassen Sie die Waffe liegen!«

Ein Ruck ging durch Gerhard Ahlebracht, so etwas wie ein Stromstoß. Er sah die gelbe Kugel und wusste sich plötzlich am Ziel seiner Sehnsucht.

Sie waren gekommen. Sie waren gekommen, um ihn zu holen, um ihm endlich das zukommen zu lassen, was er nach all den Jahren der Arbeit, des Beobachtens, des Wartens, der Mühsal, des Spottes verdient hatte. Sie waren da, die Erlöser. Sie hatten Wort gehalten. Sie hatten ihn nicht vergessen, weil er ihnen unermüdlich die Treue gehalten hatte. Sie wussten, dass er in Not war, sie kamen, um zu helfen. Sie nannten ihn beim Namen. Es hatte sich gelohnt, er konnte endlich loslassen. Er hatte sich die Außerirdischen zwar größer und dünner vorgestellt, aber die Gestalt ging mit ausgebreiteten Armen auf die Glastür zu und rief ihn an. Sie hatte eine zartgrüne Haut und einen

leuchtenden Helm. Gerhard Ahlebracht verließ mit unsicherem Schritt, die Beine schwer vor Müdigkeit, die Mechenbacher Sparkasse. Die Polizisten waren sprungbereit.
Jeannette blieb stehen. »Gerhard Ahlebracht, nichts wird Ihnen geschehen. Alles wird gut.«
Das traf ihn wie eine magische Formel.
»Alles wird gut«, wiederholte die Stimme jetzt fest.
Es war eine gute Stimme, eine volle Stimme, gewohnt, für viele Wesen und in großem Raum zu sprechen. Sie würden nicht lügen, nicht, da sie jetzt gekommen waren, ihn zu holen, in ein anderes Leben, ein besseres, neues. Sein Herz war frei und leicht. Tiefste Dankbarkeit erfüllte ihn, der Wunsch, sich demütig zu zeigen, wurde überstark. Es war gut, sich in ihre Hände zu begeben.
Er kam die Stufen herunter, sank in die Knie.
Eine seltsame Lähmung befiel alle Zuschauer. Das hier war so surreal, dass es weit über alles hinausging, was man je erlebt hatte.
Auch die Profis auf dem Spielfeld, die Polizisten, konnten sich nicht dem merkwürdigen Zauber entziehen, der von dieser Szene ausging. Sogar Bredenbachs ausgeprägtes Gefühl für Realität geriet einen Moment ins Wanken. Jeannette ging langsam weiter auf den alten Mann zu, der sie kniend, mit aufgerissenen Augen, die Hände ausgebreitet, empfing.
Vorsichtig und konzentriert setzte sie einen Fuß vor den anderen, sprach unaufhörlich, leise, aber mit fester Stimme. »Alles wird gut, Herr Ahlebracht, alles wird gut. Wir sind da.«
Sie näherte sich vorsichtig. »Alles wird gut, alles wird gut.« Herrn Ahlebrachts Oberkörper sank in vollkommener Demut bis auf den Boden. Sein Kopf berührte die Erde, seine Hände hatte er flach auf den Boden gelegt. Jeannette beugte sich über

ihn. »Herr Ahlebracht«, sagte sie sanft. »Man wird sich um Sie kümmern, Sie brauchen keine Angst zu haben.«
In einem plötzlichen Impuls streckte Jeannette ihre Hand aus und streichelte die zerzausten Haare des alten Lehrers, der ihr einmal vor langer Zeit erklärt hatte, wie ein Vulkan entsteht. Gerhard Ahlebracht rührte sich nicht. Dann nickte Bredenbach. Innerhalb weniger Sekunden war der nun vollkommen verwirrte Mann mit Handschellen gefesselt und wurde im Bereitschaftswagen abtransportiert.
Der seltsame Bann, der über allen Zuschauern gelegen hatte, brach. Bredenbach wischte sich den Schweiß von der Stirn und fauchte Jeannette an: »Wer sind Sie? Sind Sie komplett wahnsinnig?«
»Herr Ahlebracht hat auf Außerirdische gewartet, und ich habe ihm den Gefallen getan. Ich bin die Schwester von Susanna Schmitz.«
»Laufen Sie immer so herum?«, fragte Kollege Erdmann und rang genauso wie Bredenbach um Fassung.
»Nur im Oktober, wenn die Nächte kälter werden!«, antwortete Jeannette liebenswürdig und fing ihre Schwester auf, die am Arm eines Polizisten aus der Kasse gewankt kam.
»Jeannette!«
Susanna lachte und weinte gleichzeitig und warf sich ihrer kleinen Schwester an den Hals.
Das war gar nicht so einfach, denn das Melonenkostüm war ziemlich voluminös. Die Kunststoffranken verhakten sich in Susannas Locken, die grüne Schminke färbte Susannas Wangen, und so standen die beiden Schwestern seltsam verrenkt, von Melonenblättern und quirligen Ranken umkringelt mitten auf dem Bahnhofsplatz und hielten sich fest.
Mit zitternden Fingern drückten die Fotografen der *Mechen-*

bachpost und des *Bonner Generalkuriers* auf den Auslöser. Die Kameraleute verschiedener Sender konnten ihr Glück nicht fassen. Zweibeinige Melone umarmt schöne Blondine. So eine perfekte Synthese zwischen Karneval und Krimi war ihnen noch nie vor die Linse geraten. Carlo hatte sich in die vorderste Reihe gekämpft und schoss eine Reihe wunderbarer Fotos. Dann griff er nach seinem Handy und gab die Geschichte in die Redaktion des *Kölle Hück* durch. »Weise sie unbedingt auf die Premiere hin!«, rief Felix ihm zu. Anschließend gab Felix einem Fernsehreporter ein Interview, in dem die Wörter »Premiere, *Plackfissel* und Heldin des Tages« etwa dreißigmal vorkamen.

Leni und Adelheid halfen weinen.

»Liebe, liebe Jeannette!«, sagte Susanna, lachte und weinte immer noch durcheinander und wollte sie nicht mehr aus den Armen lassen. Da begann auch Jeannette zu heulen. Die Spannung fiel nicht sofort von ihr ab. Noch begriff sie nicht, dass der Albtraum überstanden war.

Ritas Mann Hans-Peter hatte sich einen Weg durch die Menschenmenge gebahnt und klopfte Rita unaufhörlich auf den Rücken: »Jetzt kriegst du deine Kreuzfahrt, jetzt kriegst du deine Kreuzfahrt.« Rita schluchzte zum Gotterbarmen, und Bredenbach flüchtete in Adelheids Blumenladen. »Bevor sie den ganzen Bahnhofsplatz fluten!«

Susanna lehnte ab, als ein Arzt sie untersuchen wollte. »Ich bin in Ordnung!«, sagte sie. »Aber auf dem Boden in der Eingangshalle liegen noch meine zwei Rosen.« Sie blickte sich um. »Kann sie jemand für mich holen? Ich habe weiche Knie.«

»Junge Frau«, entgegnete der Arzt. »Wenn Sie in einer Stunde mit Ihren Rosen dahinsinken, weil Sie eben doch unter Schock stehen, steigt man mir wegen unterlassener Hilfeleistung aufs Dach. Marsch, in den Notarztwagen. Ihre Melonenschwester darf mitkommen. Wenn Sie wirklich in Ordnung sind, dürfen Sie wieder nach Hause.«

*

Im ersten Stock des Hauses Kirchstraße neun in Untermechenbach brannte Susannas Nachttischlampe. Neben der Lampe lag das Lehrwerk für Italienisch, auf ihm standen zwei leer getrunkene Kakaobecher. Den blauen Becher zierte der gelbe Buchstabe »S«, den gelben der blaue Buchstabe »J«. Es waren Werke aus Lenis Töpferphase.

Jeannette und Susanna trugen ihre ältesten Flanellpyjamas, darüber weite bunte Lenipullover und Wollsocken. Sie saßen, die Beine hochgezogen, ein paar Kissen im Rücken, unter Susannas Steppdecke. Nachts wurde es jetzt schon kalt, und in Susannas Zimmer funktionierte die Heizung nicht gut.

»Wir waren ziemlich weit voneinander entfernt, was?« Susanna schaute Jeannette nicht an, während sie sprach, aber dann drehte sie sich zu ihr hin und betrachtete diese Schwester, die ihr so seltsam unbekannt und gleichzeitig wiedergeschenkt erschien. Jeannette nickte und starrte geradeaus, auf Susannas spinnenbeinige Halogenlampe. Dann schluckte sie. Der Moment, in dem sie sich auf der Mitte der Brücke getroffen hatten, war da. Jetzt mussten sie miteinander reden.

Jeannette machte den Anfang. »Ich habe dich immer so beneidet.«

»Was? Du mich?«

»Ja! Du warst immer so … so besonders. Jeder wollte mit dir befreundet sein, aber du hast nur ganz wenige Auserwählte an dich herangelassen. Mich jedenfalls nicht. Und später war ich immer neidisch darauf, dass du so gut aussiehst und so dünn bist, dass du einen Freund hattest. Auch wenn ich Arnoldchen bescheuert fand, er hat dich vergöttert. Das merkte man einfach, trotz seiner wenig ekstatischen Natur. Und davon träumt schließlich fast jedes Mädchen.«

»Du auch?«

Jeannette blickte starr an die Decke. »Natürlich. Immer nur Mutterliebe ist auf Dauer eintönig.«

Sie bewegte den Kopf nicht, aber Susanna merkte, dass sie noch etwas sagen wollte, dass sie Anlauf nahm. »Wie ist es eigentlich … wie ist es so … beim ersten Mal?«

Susanna beobachtete ihre Schwester. Jeannette hielt ihre Nase immer noch zur Zimmerdecke erhoben. Es musste sie Mühe kosten, diese Frage zu stellen. Diese Frage ausgerechnet einem Menschen zu stellen, dem sie immer nur mit Misstrauen oder Ablehnung begegnet war. Es war das erste Mal, dass Susanna von Jeannette in einer geradezu klassischen Disziplin gefordert wurde: schwesterlicher Rat, getragen von Altersvorsprung und Erfahrung. Jetzt nur nichts Falsches sagen. Susanna räusperte sich.

Nie würde sie Arnolds ängstliches Gesicht vergessen, als er ihr vor fünf Jahren eröffnete, seine Mutter sei für zwei Tage verreist und er habe eine Flasche Sekt kalt gestellt. Sie wusste nicht, dass es für ihn auch das erste Mal war. Arnold musste in einem guten Buch über Ehehygiene oder »die reife Beziehung« gelesen haben. Susanna hörte förmlich, wie er bei jedem seiner taktischen Schritte die nächste Seite umblätterte – so artig stellte er die gelernten Lektionen nach. Pantoffeltierchen unter dem Mikroskop zu betrachten wäre bestimmt spannender gewesen, als mit Arnold rücksichtsvoll-verkrampft in ein gemeinsames Sexualleben einzusteigen.

Und sie war zu befangen und zu schüchtern gewesen, um ihm zu sagen: »Weißt du was? Ich hab auch keine Ahnung. Lass es uns doch einfach gemeinsam entdecken!« Nein, dieser Art war ihre Beziehung nicht gewesen. Spontaneität war Arnold so fremd wie Dario Regeln.

Sie holte Luft. »Beim ersten Mal mit Arnold waren wir, glaube ich, beide ziemlich verlegen. Es war eher so wie etwas, das man tut, weil es alle tun. Also etwa so, wie man Preiselbeermarmelade zu Hirschbraten isst. Dabei mag das fast niemand.«

»Ich auch nicht.« Jeannette lächelte.

»Das erste richtige Mal war mit Dario. Und das war überwältigend. Ich wusste gar nicht, wie es sein kann. Wie ... nein, mir fällt kein Vergleich ein.«

»... Fliegen?«, schlug Jeannette vor. »Das ist die einzige Ekstase, die ich kenne. Ich meine, wenn ich singe, glaube ich immer abzuheben.«

»Du hast noch gar keine Erfahrung mit einem Mann, oder?«

Aus der oberen rechten Zimmerecke flüsterte Henry: »Selbst schuld!«

»Nein. Nicht viel jedenfalls. Aber genug, um jede Menge Sehnsucht mit mir herumzuschleppen. Und Neugierde.«

War das nicht seltsam? Mit diesem Menschen hatte Jeannette nie mehr als nur das Nötigste gesprochen, und jetzt fiel ihnen der Austausch intimster Gedanken nicht besonders schwer. Sie schwiegen beide. Jeannette war Susanna dankbar, dass sie jetzt nicht mit Platituden wie »Auch du wirst eines Tages ...« aufwartete.

Dafür fiel ihr bei Susannas nun folgendem Geständnis die Kinnlade herunter. »Ich hatte dir gegenüber immer unglaubliche Minderwertigkeitskomplexe!«

Beide sahen sich jetzt an. Jeannette grinste hilflos und fuhr sich mit allen zehn Fingern durch die Haare. »Sag das noch mal!«

Susanna lächelte. »Ich weiß, dass sich das komisch anhört, weil ich so hoheitsvoll sein kann. Und dass ich nicht gerade hässlich bin, das kriege ich ja schließlich selbst mit. Das ist manchmal auch ganz praktisch. Aber ich bin fast geplatzt vor Neid, schon von klein auf. Wenn du lachtest, lachten alle. Wenn du zur Tür hereinkamst, ging die Sonne auf. Und du hast wirklich eine phantastische Stimme, die kann man sich nicht antrainieren, die hat man. Ich war keine kleine Sonne, und ich singe wie eine Nebelkrähe. Da kann man zehnmal eine blonde Elfe sein! Du hast alle Leute bezaubert. Du hast Papas Liebe zur Musik geerbt. Damit warst du für ihn viel kostbarer. Ich habe oft heimlich Klavier geübt oder versucht, Noten zu lesen. Aber ich konnte mich selten konzentrieren, und eure Musik erschien mir so langweilig. Als ich klein war, habe ich gedacht, du hättest mir Papa weggenommen. Im hintersten Winkel meiner Kinderseele denke ich das heute noch.«

»Mein Gott, Susanna, wieso denn nur?« Jeannette war ehrlich erschüttert.

»Ich war doch zuerst da. Ich war Papas einziges Kind. Dann kamst du. Du warst immer seine Leuchteblume, bis Papa starb.« Susanna schluckte und zog die Decke höher. »Einmal, und das werde ich nie, nie vergessen, lag Papa auf der Terrasse im Liegestuhl. Ich glaube, ich war damals acht oder neun. Ich ging von hinten an seinen Stuhl und legte ihm die Hände auf die Augen und sagte nichts. ›Jeannette?‹, fragte er. Dann drehte er den Kopf und sah mich. Er lächelte, aber dem Lächeln fehlte etwas. Weißt du, das vergisst man nicht. Dieser Blick von Papa – ach so, du bist es.« Sie schwieg. Ihre Stimme wurde rauh. »Ich wurde einfach nicht so geliebt wie du.«

Jeannette wollte widersprechen, aber Susanna redete weiter. »Oder ich fühlte mich nicht so geliebt wie du, das läuft aber auf dasselbe hinaus, zumindest für ein Kind, das noch nicht so differenziert denken kann.« Susanna tastete nach einem Taschentuch und putzte sich die Nase. »Es war die Art, wie Mama und Papa dich ansahen, wenn du trällernd deinen Puppenwagen mit all den Hamstern und Karnickeln vor dir hergeschoben hast. Ich war ein hübsches Kind, klar, aber du warst der Typ Kind, der zu Mama und Papa passte. Putzig, kreativ, knubbelig. Wie soll ich mich ausdrücken? Ich fühlte mich fremd. Dagegen war ich machtlos. Vielleicht gibt es entthronte Erstgeborene, die vor lauter Frust die Wohnung angezündet oder Reifen aufgeschlitzt hätten. Ich habe mich an den Eltern gerächt, indem ich mir meine amerikanischen Ersatzeltern zulegte, weißt du noch? Ich habe mich einfach nicht mehr lieben lassen!«

Jeannette nickte. Allerdings!

»Und ich bin dahin gegangen, wo mich erst recht niemand mehr erreichen konnte. Nach innen. Diese Tür konnte keiner knacken. Das war der einzige Weg, sie zu strafen. Papa merkte es noch nicht einmal. Aber Mama. Je mehr sich Mama um mich bemühte, desto mehr konnte ich sie abfahren lassen.«

Jeannette sagte mühsam: »Meinst du nicht, du hast dir das alles eingebildet?«

»Nein! Ich habe Papas Gesicht studiert, wenn du mit ihm gesungen hast, wenn ihr zusammen am Klavier gesessen habt. Es war so etwas … Erfülltes darin. Ich habe mich bemüht, diese Musik zu mögen, aber es gelang mir nicht.«

Jeannette dachte daran, wie Susanna immer einschlief, wenn sie zu dritt Mozart oder Chopin gehört hatten. Eigentlich blöd von Papa, dachte sie zum ersten Mal. Das interessiert doch nur eins von hundert Kindern. Uns hat es Spaß gemacht, aber Susanna nicht.

»Am allerschlimmsten war aber«, fuhr Susanna fort, »am allerschlimmsten war, dass ich auch glaubte, Mama verloren zu haben. Mama hat Papa angebetet, das weißt du ja. Und somit auch alles, was er besonders mochte. Als er starb, warst du diejenige, die sie am meisten an ihn erinnerte. Du hast Papas Augen und sein energisches Kinn. Und seine wilden Haare. Wie oft hat sie dich betrachtet, wenn du am Klavier saßest. Du hast es nicht bemerkt. Aber es war so viel Liebe in ihrem Blick, so viel Wehmut. Ich kam mir komplett überflüssig vor. Gleichzeitig habe ich um Mamas Liebe gebuhlt wie verrückt. War sie aber nett zu mir, stellte ich sofort alle Stacheln auf. Und ich wünschte mir so sehr, dass sie sich gerade dann nicht von mir abwenden würde.«

Sie senkte den Kopf. »Das hat sie aber stets getan. Nicht im Zorn! Wahrscheinlich wollte sie dieses schwierige kleine Mädchen nur in Ruhe lassen. Ich wollte aber, genau wie Dornröschen, durch alle Stacheln hindurch erobert werden. Aber das war Mama zu anstrengend, oder sie hat einfach nicht begriffen, was mit mir los war. Ich begreife es ja selbst erst heute. Was musste sie auch alles durchstehen! Ihre große Liebe verlieren, ihre Kinder durchbringen ... da war vermutlich nicht mehr so viel Energie übrig, um pausenlos bei einem verschlossenen kleinen Mädchen anzuklopfen. Wie sie ausgesehen hat, als ich heute Abend durch die Tür dieser dämlichen Sparkasse kam ...« Sie weitete die Augen und schwieg einen Moment. »Ich glaubte niemandem, dass er mich um meiner selbst willen gern hatte. Bis Dario kam.« Ihre Stimme wurde weich. »Dario hat mich von Anfang an so geliebt, wie ich bin, mich eiskalten Kotzbrocken.«

»Das bist du doch gar nicht!«, sagte Jeannette hilflos. So hatte sie die Geschichte ihrer gemeinsamen Kindheit noch nie gesehen. Aber es stimmte. Sie selbst war immer eingebettet gewesen in einen Kokon aus Liebe und Wärme, hatte immer im Mittelpunkt des elterlichen Interesses gestanden, ohne sich dessen bewusst zu sein. Susannas Leid ging auf das Konto der Eltern. Ihr eigenes Leid ging auf das Konto des Schicksals, das war etwas ganz anderes.

Susanna zog die Nase hoch. »Meine amerikanischen Eltern liebten mich wie verrückt und hatten nur mich, sonst kein anderes Kind. Und sie suchten mich überall.« Sie lachte. »Nachdem sie mich aus Versehen im Gasthof *Zum kalten Bügeleisen* vergessen hatten!«

Jeannette erinnerte sich nur zu gut daran, wie oft sie in der Schule auf diese Phantomeltern angesprochen wurde und wie sie sich empört hatte über diesen Verrat an Leni und Josef. Wie verletzt Mama ausgesehen hatte, als eine Freundin Susannas einmal danach fragte. Aber die schöne, kluge Susanna als Kind der zweiten Reihe?

Susanna umschlang ihre Knie und wandte sich Jeannette zu. »Und dann hast du das Abitur gemacht, und ich kam mir vor wie ein Depp!«

»Das hättest du doch auch locker geschafft!«

»Schon, aber nach Papas Tod wollte ich mir selbst beweisen, dass ich Geld verdienen kann, dass ich tüchtig bin. Mama sollte von mir Geld bekommen, nicht umgekehrt.«

»Damit sie dich endlich richtig liebt und deinen wahren Wert begreift!« Jeannette schüttelte den Kopf.

»So ist es. Mir war dieser Schwachsinn aber nicht bewusst. Sonst würde ich heute auch studieren.«

»Aber dann hättest du Dario vielleicht nicht kennengelernt!«

Jeannette nahm ihre Hand und drückte sie. Susanna zog ihre Hand nicht weg, sondern sprach weiter. »Und als du so aus dem Leim gingst, konnte ich mich endlich an dir rächen. Ich aß selber immer weniger, um nur ja ganz anders auszusehen. Endlich war ich im Vorteil. Ich habe dich so gerne geärgert! Ich habe zwar begriffen, dass du mit Papas Tod den Boden unter den Füßen verloren hast, aber schließlich hatte ich ihn schon lange verloren.«

Sie zögerte einen Moment. »Weißt du was? Ich muss etwas Furchtbares loswerden.«

»Sag es.« Aber Jeannettes Blick war ängstlich.

»Ich war traurig, als Papa starb. Aber in meine Trauer mischte sich auch Erleichterung. Endlich wurde die Liebe, die du bekamst, reduziert. Um genau die Hälfte. Schlimm, nicht?«

Jeannette hob den Kopf und sah Susanna lange an.

Susannas Blick war ganz klar. Ohne Angst. Sie hatte eine Last abgeworfen. »Die Stunden als Geisel in der Sparkasse waren gleichzeitig kurz und lang. Ich habe über alles nachgedacht, weil ich damit rechnen musste zu sterben. Ich wollte die schmerzhaften Stellen meiner Seele nicht in diesem Unfrieden lassen, ich wollte ein klares Gefühl zu dem, was hinter mir liegt. Ich habe mir zum ersten Mal eingestanden, dass mich Papas Tod erleichterte und dass ich ihm Verrat vorwarf. Gleichzeitig hatte ich genau deshalb immer drückende Schuldgefühle, die sich wie grauer Filz über mein ganzes Leben legten.«

Jeannette schwieg immer noch. Papa! Ihr Halbgott! Aber selbst wenn nicht stimmte, was Susanna glaubte, selbst wenn Papa seine beiden Töchter in gleichem Maß geliebt hatte, so hatte Papa immerhin diesen Irrtum nicht von Susanna genommen, hatte die Wandlung und den Rückzug seiner ältesten Tochter nicht genügend beachtet.

»Du warst einsam, nicht wahr?«, fragte Jeannette. Susanna nickte. Jeannette schluckte. Einsam in einer gemeinsamen Kindheit, die ihr selbst immer nur in leuchtenden Bildern erschien.
»Warum hast du nie etwas gesagt?«, fragte sie hilflos.
»Ein Kind weiß so etwas doch nicht. Kinder sind der schwächste Teil einer Familie, sie sind allem ausgeliefert. Und man machte doch nichts Furchtbares mit mir. Mama und Papa waren gut zu mir, Papa liebte mich auch – nur eben in B-Qualität. Es war nicht greifbar, was da vor sich ging. Aber es fand trotzdem statt. Und es hat mich verletzt und geprägt.«
Jetzt schwiegen beide. Aus der Küche drang dumpfes Gemurmel. Adelheid und Leni kochten ihren siebten oder achten Kakao. Sie wurden einfach nicht müde. Felix und Carlo hatten sich schon längst diskret verabschiedet, hatten das private Finale des Geiseldramas nicht stören wollen.
Susanna setzte sich gerade hin und drehte sich zu Jeannette, so dass sie sich fast frontal gegenübersaßen. »Du hast heute dein Leben für mich riskiert!«
»Ach, Quatsch. Ich kenne doch Ahlebracht. Der kann keiner Fliege was zuleide tun.«
»Adelheid hätte fast dran glauben müssen.«
»Schon, aber er hat mehr instinktiv losgeballert, so von Angesicht zu Angesicht würde er niemals jemanden erschießen können.«
»Instinktiv erschossen werden ist auch tot sein!«
»Komisch, ich habe noch gar nicht daran gedacht, dass Ahlebracht auf mich hätte schießen können. Jessas!« Sie stützte ihr Gesicht in beide Hände und starrte auf den bunten Flicken ihrer Pyjamahose.
Susanna streichelte Jeannette mit beiden Händen. Das hatte sie noch nie in ihrem Leben getan. Dann schluchzte sie plötzlich

und verbarg ihr Gesicht an Jeannettes Schulter. Jeannette ließ sie noch ein bisschen weinen und klopfte ihr auf den Rücken.
»Weißt du was, Schiefzahn?«, fragte sie plötzlich.
»Nein, was?« Susanna hob ihr verheultes Gesicht und putzte sich die Nase.
»Ich bin froh, dass es dich gibt. Kommst du morgen – nein, heute – zur Premiere?«
Susanna wischte sich die Augen. »Klar, Wurstfresser. Aber du siehst leider nicht mehr aus wie ein Fettmops, es macht keinen Spaß mehr, dich zu ärgern.«
Jeannette wickelte sich ächzend aus der Decke. »Scheiße, was? Soll ich mir stattdessen ein Holzbein zulegen?«
Sie mussten beide lachen. Jeannette gähnte und angelte unter Susannas Liege nach ihren alten Hüttenschuhen. »Ich glaube, wir sollten schlafen. Ich muss fit sein, ich habe in ein paar Stunden etwas Schwieriges vor: Tomaten verführen und eine Gurkenrevolution anzetteln.«
Dann sagte Susanna doch noch etwas zu dem Thema, das Jeannette mehr beschäftigte, als sie offensichtlich zugeben wollte. »Weißt du, es gibt so ein komisches Geheimgesetz: Die Liebe kommt eigentlich immer nur dann, wenn du nicht damit rechnest.«
Jeannette schwieg. Dann atmete sie tief durch, klopfte Susanna behutsam aufs Bein, ohne sie dabei anzusehen, und stand auf. Sie gähnte und trat ans Fenster. Draußen hielt ein Wagen. Es war ein Taxi. Jeannette machte runde Augen. Sie schaute auf ihre Armbanduhr. Mitternacht war gerade vorbei. Dann wandte sie sich wieder ihrer Schwester zu. »Du hast vollkommen recht. Sieh mal, wer da draußen steht!«
Susanna sprang auf und sah durch das Fenster. In einer Zehntelsekunde war sie unten an der Tür.

Zerbrochener Teller

Gute Güte, Mrs. Stewart, da werden Sie heute Abend aber lange Ihre Fingernägel schrubben müssen. Wie um alles in der Welt willst du diesen Dreck jemals von den Nägeln bekommen?«

Henry betrachtete Marthas kohlschwarze Hände und griff wieder nach der Heckenschere.

»Gar nicht«, erwiderte Martha ungerührt. »Ich werde mir die Nägel lackieren. Wie immer, wenn ich umgetopft habe. Du kommst also auf gar keinen Fall zu Jeannettes Premiere?«

»Nein. Jeannette ist zwar ein reizendes Kind, aber *Gibson & Sons* kann ich wegen ihr nicht versetzen.«

Martha richtete sich auf, hielt sich stöhnend den Rücken und griff nach einem frischen Kräuterbündel. Die Ernte wurde immer spärlicher, es war hoher Oktober. Henry schnitt an einem abgeblühten Sommerflieder herum. »Machst du uns irgendetwas Winziges zu essen?« Er drehte sich nicht herum, sondern bog einen langen Ast nach unten, um die alten Rispen zu entfernen.

Martha gab keine Antwort. Sie sah ihn an mit dieser Distanz, die sie in der letzten Zeit entwickelt hatte, eine schmerzhafte, aber auch schützende Entfernung. Sie betrachtete seinen Hinterkopf, die grauen Haare, die für einen Geschäftsmann eigentlich viel zu lang waren. Menschen, die ihn nicht kannten, schätzten ihn deshalb meist anders ein, sie sahen in ihm den Wissenschaftler, den Literaten oder den gestrandeten Philosophen. Er mochte das. Er war eitel, kein Zweifel.

Mit der linken Hand griff er eine Rispe nach der anderen und knipste sie ab. Auf dem Rasen häuften sich die braunen Spitzen. Es war befriedigend, die vertrockneten Blüten auf den Boden fallen zu sehen. Er mochte einfache Arbeiten.
Martha verschwand in der Küche, hörte ihn draußen reden, bis er bemerkte, dass sie fort war. Es war kühler geworden zwischen ihnen. Sie zog sich zurück. Er fragte nicht. Er fragte nie. Er wartete, bis sie von allein mit ihrem Kummer zu ihm kam. So war es immer gewesen, und so würde es bleiben.
Martha schnitt die Kräuter in kleine Stücke und verquirlte ein paar Eier in einer Steingutschüssel. Sie deckte den Tisch in der Küche, zwei blauweiße Teller, zwei Gläser. Die Teller stammten aus Exeter. Sie war damals vor dem Schaufenster stehen geblieben wie ein Kind vor einem Waschkorb voller kleiner Hasen.
»Das glaube ich nicht, Martha, dass du noch sechs Teller kaufen willst. Weißt du, wie viel Porzellan wir haben?«
»Klar weiß ich das. Aber sieh doch nur, Henry, hast du schon einmal so ein wunderschönes Rankenmuster gesehen?«
Gegen Marthas Willen anzukommen war schwierig. Gegen ihre Freude an schönen Dingen unmöglich, also kauften sie die sechs Teller. Sie waren nicht teuer, aber so hübsch, dass Martha sie im Hotel laufend auspackte und betrachtete. Sie erinnerte sich, dass sie nachts aufgewacht war, an die Teller dachte und mit einem zufriedenen Lächeln wieder einschlief. Zu Hause kamen die Teller wochenlang Tag für Tag auf den Tisch, und immer noch, nach zehn Jahren, sprach Martha ab und zu davon, wie sehr sie sich über dieses Porzellan, das gleichzeitig an China, Italien und altenglische Tanten erinnerte, gefreut hatte.
Henry betrat die Küche und schnupperte. »Ah! Kräuteromelett! Einen Weißen dazu oder einen Rosé?«

Martha sah verwundert auf. In Gedanken versunken, hatte sie ihn nicht gehört. »Am liebsten ein Bier. Garten macht Durst.«
Er nickte und nahm zwei Flaschen Kölsch aus dem Kühlschrank. Müde ließ er sich auf einen Stuhl fallen, goss zwei Gläser voll und prostete Martha zu. Sie reichte ihm den Brotkorb, in dem ein Stück aufgebackenes Baguette duftete. Er setzte den Korb, ohne hinzusehen, vor sich auf den Tisch und schob dabei, ohne es zu merken, seinen Teller so weit über die Tischkante, dass er zu Boden fiel und laut klirrend auf den Fliesen zerschellte. Henry sprang entsetzt auf und fluchte. Ausgerechnet dieser Teller! Er hatte ihre Freude darüber nicht vergessen, nicht ihr fast kindliches Entzücken über die blauweißen Weinranken. Aber Martha zuckte mit den Schultern, holte Kehrblech und Handfeger und fegte die Scherben gleichgültig beiseite. Sie hockte auf dem Boden und versuchte, ein paar Porzellantrümmer unter einem Regal zu erwischen. Plötzlich war Henry neben ihr, packte sie am Handgelenk, zog sie nach oben und sagte leise: »Martha! Was hast du?«
Sie blickte ihn erstaunt an, denn sein Griff schmerzte. Diese Frage hatte er noch nie gestellt. Als er bemerkte, dass sie sich das Handgelenk rieb, entschuldigte er sich. Sie setzten sich an den Tisch, Martha nippte an ihrem Glas. Eigentlich gab es nichts zu erzählen.
»Nun?« Er trank einen Schluck Bier und ließ sie nicht aus den Augen.
»Eigentlich gibt es nichts zu erzählen.«
»Das glaube ich dir nicht.«
Sie schwieg eine Weile und suchte nach Worten. »Henry … ein alter Schmerz ist wieder aufgerissen worden, aber das wird vergehen.« Sie blickte ihn ruhig an. »Ich habe dir vor fünf Jahren gesagt, dass ich nie wieder von dieser Geschichte mit

deiner damaligen Sekretärin reden wollte, und ich möchte mich daran halten.«

»Jetzt gerade hast du davon gesprochen. Weshalb?«

»Wegen Jeannette.«

Martha hatte ihn ebenfalls nicht aus den Augen gelassen. Niemand anders außer ihr hätte die winzige Regung in seinem Gesicht festgestellt.

»Was ist mit Jeannette?« Er nahm sein Glas und drehte es zwischen den Fingern.

»Sie hat sich in dich verliebt, sie hat dich geküsst und sonst nichts.«

»So ist es!« Er stellte sein Glas wieder auf den Tisch.

»Ich habe sie besucht.« Immer noch blickte Martha ihn unverwandt an.

»Wann?«

Das kam sehr schnell.

»Weiß ich nicht mehr so genau, Henry.« Sie legte ihre von der Gartenarbeit rauhe Hand auf seine. »Henry, bitte sag mir: Was ist es, was dich zu jungen Mädchen zieht?«

Er sah auf. Er sah in ihre Augen, bemerkte die Müdigkeit ihrer Züge und wich ihrem Blick aus. Mit direkten Fragen dieser Art hatte er immer Probleme gehabt. Er stellte sie selbst äußerst selten und konnte ihnen nicht gut begegnen, wenn andere sie stellten. Aber es wäre unwürdig gewesen, albern, einen Aufstand zu machen, zu fragen: »Was meinst du überhaupt?« Sie wusste vielleicht nicht alles, aber sie wusste zu viel, um so dumm abgespeist zu werden. Und um glücklich zu sein.

Gute Frage. Was bedeuteten ihm die jungen Mädchen? Er stellte verwundert fest, dass er noch nie ernsthaft darüber nachgedacht hatte. Es war jedes Mal ein wundervoller Thrill, wenn er die Aufmerksamkeit junger Frauen auf sich zog. Ihre

Kritiklosigkeit und Anbetung waren so rührend und aufregend wie ihre jungen Körper. Etwas in ihm liebte das Gefühl absoluter Überlegenheit, aber er hatte sich mit diesem Etwas noch nie auseinandergesetzt.

Jedenfalls war es nicht derselbe Teil seiner Persönlichkeit, der Martha liebte. Martha, klug, klar und durchaus zu Widerstand fähig. Der Henry, der Martha liebte, war ab und zu froh, wie ein lahmes Küken unter einen schützenden Flügel kriechen zu können.

Gut, die Blitzaffäre mit Albertine konnte er sich auch nicht so recht erklären – vielleicht war es ihre Schnoddrigkeit, die Art, wie sie lachte und jedem Mann signalisierte: »Stell dich auf den Kopf und pinsle mit den Zehen ein Fresko an die Wand, du beeindruckst mich nicht!«

Albertine war provozierend unabhängig. Niemals hatte er geglaubt, von ihr wahrgenommen zu werden. In ihrer Knabenhaftigkeit war sie attraktiv, herb, wirkte uneinnehmbar. Und in so jemandes Augen Verliebtheit zu entdecken hatte ihn ungeheuer gereizt. Zwei Abenteurer hatten ihr gemeinsames Abenteuer gehabt, mehr nicht. Und Albertine war seine gute Freundin geblieben. Alle anderen hatten in seiner Seele keine Spuren hinterlassen.

Auch nicht die Affäre vor fünf Jahren, durch die Martha so aus dem Gleichgewicht geraten war. Es war eine dumme Geschichte gewesen, denn die junge Dame hatte es an Diskretion mangeln lassen, war weinend im Hause Stewart aufgetaucht, hatte ihn mit Briefen bombardiert und Martha die haarsträubendsten Dinge erzählt. Martha hatte während dieser Zeit und noch lange danach wie ein Schatten ausgesehen, war zur Trennung bereit gewesen.

Das aber war für Henry unvorstellbar. Undenkbar, ein Leben

ohne Martha. Seitdem war er vorsichtig geworden. Noch diskreter. Ohnehin begannen die Abenteuer ihn zu langweilen. Er wurde tatsächlich … älter? Nein, er doch nicht. Schneller müde, ja. Und mit Martha abends nach einem langen Tag auf dem abgewetzten Ledersofa zu sitzen, einen Wein zu trinken, zu lachen, zu erzählen, wurde immer wichtiger. Er liebte die kleinen Riten und Gewohnheiten. Wenn Martha ihn vom Flughafen abholen konnte, fuhren sie grundsätzlich nicht direkt nach Hause, sondern gingen in ihr Stamm-Brauhaus, tranken kühles Kölsch, lachten über die rotzfrechen Sprüche des Köbes, des traditionellen kölschen Kellners, aßen einen »halven Hahn«, ein halbes Brötchen mit einer ziegeldicken Scheibe mittelalten Goudas, gingen danach Hand in Hand über den weitläufigen Platz vor der Tür der volkstümlichen Bierschwemme und betrachteten den Kölner Dom. Jedes Mal standen beide andächtig, mit schief gelegtem Kopf vor diesem unglaublichen Gebäude, und einer von ihnen sagte: »Das ist eigentlich keine Kirche, das ist ein Stück umbaute Landschaft, was?« Worauf sie lachen mussten, denn es gelang ihnen auch schon mal, den Satz gemeinsam zu sprechen.

Sonntagmorgens kroch er immer als Erster aus dem Bett, ging leise die Treppe hinunter, kochte Tee und stellte das Tablett mit den zwei duftenden Bechern vorsichtig auf Marthas Nachttisch ab. Wenn sie die Augen aufschlug, streckte sie die Arme nach ihm aus und fragte: »Schönes englisches oder schönes deutsches Wetter heute?«

Er liebte ihren Sprachwitz, genoss es, mit ihr laut über einen Roman nachzudenken, den beide abwechselnd lasen – richtig lachen und richtig reden konnte er nur mit Martha.

Sie saß still vor ihm, ihre Hand noch immer auf seiner. Vor zwölf Jahren hatte sie Henry ihrer Tante Lydia vorgestellt.

Tante Lydia, immer noch rothaarig, ehemalige Operettensängerin, wohnhaft in Berlin. Tante Lydia hatte sie in einem passenden Moment am Ärmel gezupft und hinter die drei Meter hohe Flügeltür ihres Altbauwohnzimmers in der Fasanenstraße gezogen.

»Oh, oh, Martha. Wenn ich dir jetzt etwas sagen muss, werde ich dir hoffentlich nicht das Herz brechen, Kindchen, denn du bist nicht mehr siebzehn. Aber diesen Mann wirst du nicht immer für dich alleine haben.«

»Magst du ihn nicht?«

»Quatsch. Ich liebe ihn! Aber genau das ist das Problem. Er gehört zum Typus Fliegenstrippe. Und zwar zur gefährlichsten Sorte. Das solltest du wissen. Schließlich bist du ja auch an ihm kleben geblieben. Eine absolut unwiderstehliche Mischung aus Don Juan und schutzbedürftigem Sängerknaben. Dazu zerknittert und sexy.« Tante Lydia seufzte. »Das hatte ich auch mal. Er war Pianist, hieß Victor und kam aus Budapest. Er hatte genau dieselbe … aber das führt zu weit. Du musst nur wissen, ob du das aushalten kannst.«

Sie hatte geglaubt, sie könnte es. Sie hatte erfahren, dass sie es nicht besonders gut konnte. Und nun spürte sie, dass sie für eine neuerliche Turnübung ihrer Seele keine Kraft mehr hatte.

Sie wiederholte ihre Frage: »Was bedeuten sie dir?«

Henry konnte immer noch keine Antwort darauf geben. Er blickte auf, nahm ihre beiden Hände in seine und räusperte sich. »Du bist … du bist mein Zentrum.«

»Das habe ich zu meinem Entsetzen auch schon festgestellt.«

»Wieso Entsetzen?«

»Die Mitte eines Menschen sollte sich nicht außerhalb seiner selbst befinden. Du bist nie richtig erwachsen geworden, weißt du das eigentlich? Kannst du deshalb nicht richtig alt werden?

Mit jungen Mädchen zu schlafen hält jung, das kann ich rein abstrakt nachvollziehen. Bis zu einem gewissen Punkt, dann nützt auch das nichts mehr. Ich habe aber keine Lust, neben dir herzulaufen und abzuwarten, bis dieser Punkt erreicht ist und du das Gipfelkreuz pflanzen kannst, um dich nur noch der guten, alten Martha zu widmen.«

Er verstand nicht ganz. »Ich hatte keine Affäre mit Jeannette.«

»Wahrscheinlich hat sie dich rechtzeitig und mit schlechtem Gewissen hinausgeworfen, wie ich sie kenne.«

»Unsinn.« Dieses hilflose Wort, verräterisch in seiner Magerkeit, bestätigte ihre Vermutung.

Martha zog ihre Hände fort, stand auf, nahm das fast kalte Omelett vom Herd und lud es auf seinen Teller.

»Und du?«

»Ich bin heute nicht hungrig. Ich trinke noch ein Bier.«

Er aß schweigend. Sie beobachtete ihn. Er sah nicht aus wie jemand, der sein schlechtes Gewissen erleichtern wollte. Merkwürdigerweise war ihr das lieber. Sie wollte keine Beichten hören, keine Absolution erteilen, keine Abladestelle für Schuldgefühle sein. Damit hielt sie ihn auf Distanz, wies ihm völlige Eigenverantwortung zu und ersparte sich, ihn für einen Betrug zu trösten, den er vielleicht an ihr begangen hatte.

Vielleicht hatte sie doch nur Gespenster gesehen. Jeannette war ein junges, unerfahrenes Mädchen, zu jeder Schwärmerei bereit. War erst vor kurzem aus ihrem Kinderschlaf aufgewacht. War mit ihrem Liebesdefizit sofort auf Henry, die Fliegenstrippe, zugeschwirrt. Aber irgendetwas schmerzte mehr als sonst. Es war nicht nur die Verletzung durch einen möglichen Betrug. Sie hatte begonnen, in Jeannette eine Art Tochter zu sehen, hatte sich in bunten Farben ausgemalt, wie ihr eine erfolgreiche Jeannette nach dem ersten Konzert um den

Hals fiel, wie sie sich gemeinsam über jede Sprosse auf der Leiter freuten, wie sie durch ihren Einfluss aufblühte und im Leben ihren Platz fand.

Jeannette war im Begriff, sich aus ihrem Kokon zu befreien. Ein kluger, facettenreicher Mensch, kreativ und warmherzig, aber immer noch gefangen in einem Wald aus Selbstzweifeln und Zerrbildern. Es war ein so gutes Gefühl gewesen, von den eigenen Erfahrungen zu erzählen, Trost zu geben, zu sehen, wie wenige, aber richtige Worte in Jeannette Prozesse auslösten, die sie weitertrugen. So musste es sein, wenn Mutter und Tochter sich gut verstanden, so musste das Glück sein, etwas weitergeben zu können. In Yorkshire, auf den Wanderungen, war es ein bisschen so gewesen. Sie stellte ihr Glas hart auf dem Tisch ab. Henry blickte auf.

»Musste es gerade Jeannette sein?« Ihre Stimme war lauter als sonst.

Henry schob seinen halbleeren Teller beiseite. Er blieb geduldig. »Martha, noch einmal: Ich hatte keine Affäre mit ihr.« Wie gut es tat, die Wahrheit sagen zu können. Dass diesmal Frau Annegret Rademacher mit ihrer Vorliebe für alles, was im Haus geschah, für seine Unschuld aufkam, verdrängte er. Er sah Martha an. »Sie hat sich ein bisschen in mich verliebt, aber das war nicht meine Schuld.«

Er zündete seine Pfeife an. Behutsam sog er die Flamme in den Pfeifenkopf, stopfte den glimmenden Tabak nach, hüllte die Küchenlampe in bläuliche Rauchschwaden. Martha mochte den Geruch dieses Tabaks. Er erinnerte an getrocknetes Obst, frisches Heu, Apfelschalen. »Ich möchte bis zum Ende meiner Tage mit dir alten Sommerflieder abschneiden, Omelette essen und noch eine Million Teller kaufen. Das bedeutet mir mehr als alles auf der Welt.«

Martha spürte, wie ihre Abwehr zusammensackte, einmal mehr.

Bei dem Wort »bedeuten« fiel Henry Marthas Frage wieder ein, mit der sie wissen wollte, warum er sich zu jungen Frauen hingezogen fühlte. Er schwieg eine Weile. Was sollte er ihr sagen? Wie viel wusste sie überhaupt? Lohnte es sich, eine verblassende Neigung zum Thema zu machen? Sie hatten relativ spät geheiratet, waren beide vorher nicht verheiratet gewesen. Er hatte niemals in seinem Leben Rechenschaft über auswärts verbrachte Nächte oder Mehrfachbeziehungen abgeben müssen. Er hatte es nicht für möglich gehalten, dass sich Martha ernsthaft gekränkt fühlen könnte durch junge Frauen, die ihm wenig mehr bedeuteten als erfrischender Sex. Martha und die pfirsichhäutigen Neunzehnjährigen liefen bei ihm auf völlig getrennten Spuren. Merkwürdig, dass Frauen das nicht begreifen konnten.

Er unterdrückte ein Lächeln, als er an eine Hotelnacht in München dachte, an eine glatte, kleine Sportstudentin, die er nach einem Konzert in irgendeiner Bar aufgegabelt hatte.

»Was denn für ein Konzert?«, hatte sie sich erkundigt und vergaß, den Spaghettiträger ihres dünnen Kleidchens wieder hochzustreifen.

Er hatte interessiert festgestellt, dass sie keine Unterwäsche trug, und meinte: »Telemann.«

»Telemann … Telemann … Ach, den hab ich gestern in einer Talkshow im Fernsehen gesehen.« Dann strich sie ihre Haare hinters Ohr, lächelte ihn an und meinte: »Netter Mann. Ist aber älter als Sie, was?«

Auf seine Art war das unwiderstehlich, aber spätestens am Frühstückstisch hätte es ihn in den Wahnsinn getrieben. Er musste sich sogar bremsen, diese Episode Martha zu erzählen,

um gemeinsam mit ihr darüber zu lachen. Dabei verachtete er die unwissende junge Dame nicht etwa, er war kein Zyniker.
Martha blickte auf die Küchenuhr und erhob sich. »Ich muss mich langsam in Schale werfen. Soll ich Jeannette etwas von dir ausrichten?«
Er stand ebenfalls auf, schob den Stuhl langsam wieder zurück und legte seine Pfeife in den Aschenbecher. Martha lehnte sich an den Türrahmen. Sie wartete auf etwas. Auf was, wusste sie nicht. Er hatte sich so verhalten wie immer. Keine Aggressionen, keine Schuldgefühle, keine Eingeständnisse. Zum Teufel, es ging ja auch nicht nur um diese Sache mit Jeannette. Wenn es denn überhaupt eine Sache gegeben hatte. Es ging darum, dass sie ein Küken verloren hatte, es ging um alte Verletzungen, um ständig lauernde Ängste. Darum, dass er ihr, ohne es zu wollen, so oft das Gefühl ihrer Einzigartigkeit raubte. Darum, dass es immer wieder geschah. Wenn nicht mit Jeannette, dann mit einem anderen Mädchen. Immer und immer wieder. Sie war nun einmal unheilbar monogam. »Love it or leave it«, murmelte sie plötzlich.
»Pardon?«
Sie wiederholte es nicht. Aber er hatte sie ohnehin verstanden. Eine Weile standen sie stumm voreinander. Dann legte er seine Arme um ihren Hals und vergrub sein Gesicht in ihrem Haar.
»Don't leave it«, murmelte er.
»Ach, Henry. Es tut so weh.«
»Das will ich nicht.«
Sinnlos zu sagen: »Dann tu es nicht.«
Sie standen eine Minute lang still. Schließlich löste Henry seine Umarmung, sah ihr ins Gesicht und sagte: »Richte Jeannette einen Glückwunsch von mir aus. Dazu, dass sie von dem liebsten Menschen der Welt entdeckt wurde.«

Martha spürte, dass sie gleich einen kleinen Heulanfall bekommen würde, zog ihn an den Haaren, ging in den Flur, griff nach ihrem Abendkleid, das unter einer Plastikhülle an der Garderobe hing, und ging die Treppe hinauf. Auf der dritten Stufe wandte sie sich noch einmal um. Er stand immer noch am selben Fleck und sah ihr nach.

Einige Premieren

Susanna saß am Steuer. Auf dem Rücksitz unterhielten sich Adelheid und Dario über das Weingut am Lago Trasimeno.

»Es ist wirklich schön«, sagte Dario. »Auf der Terrasse sitzt man im Sommer praktisch direkt über dem Wasser.«

»Und es gehört auch noch zum Familienbesitz?«

»Klar«, erwiderte Dario vergnügt. »Und im Winter kann man am Kamin Kastanien rösten und den Sonnenuntergang …«

»Und wenn sie hängenbleibt?« Leni biss auf ihren Fingernägeln herum.

Susanna nahm den Blick nicht von der Fahrbahn, tätschelte aber Lenis Hand. »Dafür gibt's Souffleusen. Und außerdem bleibt sie nicht hängen. Wer schon als kleines Kind freiwillig ›Die Füße im Feuer‹ oder ›Herr von Ribbeck auf Ribbeck im Havelland‹ auswendig lernte, der kann sich auch ein ganzes Musical merken. Und außerdem hat sie lange genug geprobt.«

»Vielleicht wird jemand krank? Vielleicht diese nette Frau, die die Banane spielt. Deren zweite Besetzung soll so furchtbar schlecht sein, sagt Jeannette. Wenn sie mit der spielen muss, versiebt sie jeden Einsatz, sagt Jeannette. Ich meine, möglich ist es ja immerhin.« Leni putzte sich die Nase und spielte nervös mit ihren zahlreichen Armbändern.

Adelheid schob ihren Kopf wie ein Kasperle zwischen die beiden vorderen Genickstützen. »Vielleicht wird die zweite Besetzung ja auch krank, dann muss das Stück wegen akutem Bananenmangel auf nächste Woche verschoben werden. Aber das wird eh keine große Rolle spielen, denn das Theater brennt in dieser Minute vermutlich bis auf die Grundmauern ab.«

»Ich dachte, du wärest meine Freundin!« Leni drehte sich zu Adelheid um und jaulte in plötzlichem Schmerz auf. »Oh, Mist, jetzt habe ich mir den Nacken verzogen, ach, Adelheid, musste das sein?«

»Ich werde es nie wieder tun!«, versprach Adelheid und zog sich wieder zurück.

»Bleib doch ruhig, Leni, es wird ja alles gutgehen!« Dario klopfte ihr vom Rücksitz aus sanft auf die Schulter. Leni reagierte nicht, sondern stierte nervös auf die Fahrbahn. Plötzlich schrie sie auf und wies aufgeregt auf ein blauweißes Autobahnschild. Susanna zuckte zusammen und erschrak fürchterlich.

»Wir fahren in die falsche Richtung, wir fahren in die falsche Richtung!«, stieß Leni hervor und schlug die Hände vor den Mund.

Susanna war einen Moment lang verwirrt, dann erkannte sie die Beschilderung der Autobahnausfahrt und wusste, dass sie natürlich auf dem richtigen Weg war. »Mama, du bringst mich ganz durcheinander. Bitte, reiß dich zusammen, du hast mich so erschreckt.«

Sie verließ die Autobahn und bog in Richtung Innenstadt ab. Leni schwieg eine Minute lang, dann hielt sie es nicht mehr aus. »Susanna, da vorne musst du, glaube ich, nach links. Ach nein, da geht es ja auf die andere Rheinseite.«

Susanna schwieg. Wenn Leni in diesem Zustand war, konnte man sie nur ertragen, wenn man alkoholisiert war. Aber das lag momentan außerhalb des Möglichen. Dario versuchte, Leni in ein Gespräch zu verwickeln, vergebens. Leni stand kurz vor einem medizinisch noch nicht klassifizierten Delirium. »Es ist schon zehn vor sieben. Das schaffen wir nie!«

»Leni, das Stück beginnt um acht!«
»Fahr bitte langsamer, Susanna, ich sterbe vor Angst, wenn du dich mit siebzig in diese Kurve legst. Was hätten wir denn davon, wenn wir jetzt einen Unfall bauten, dann kämen wir nicht mehr rechtzeitig ... Wie spät ist es? Himmel, was? Schon fünf vor sieben? Fahr doch etwas schneller, Susanna. Ihr spinnt wohl! Um acht Uhr geht es los, und wir haben noch keinen Parkplatz. Und in diesem Viertel findet man nie Parkplätze, nie.«
Susanna kannte sich in diesem Teil Kölns nicht besonders gut aus, aber sie hatte sich Jeannettes Wegbeschreibung gut eingeprägt und fuhr besonders aufmerksam.
»Da!«, schrie Leni. »Da ist ja das Theater!« Susanna machte fast eine Vollbremsung und blickte sich irritiert um. Hinter ihr hupten Autos. Ihrer Rechnung nach hatte sie noch mindestens fünf Kilometer auf dieser langen Zubringerstraße zu fahren, um dann erst im Gewimmel kleinerer Straßen das *Plackfissel* zu suchen. »Lichtspieltheater« stand in großen Neonbuchstaben über dem Kino. Sie atmete tief aus, dann fuhr sie betont langsam weiter.
»Lenileinchen!«, meldete sich Adelheid vom Rücksitz. »Beruhige dich, meine Gute! Wenn du jetzt nicht augenblicklich vollkommen still bist und das Kind in Ruhe fahren lässt, dann bin ich leider gezwungen, dir eine reinzuhauen.«
Susannas Gelächter nahm auch von Leni die größte Spannung. Sie versuchte, die immer wieder aufsteigende Nervosität zu bekämpfen.
»Sieh mal!« Dario zeigte auf einen erleuchteten Kiosk. »Ist das nicht Jeannette, da vorne auf dem Titelblatt?«
Diesmal bremste Susanna ohne Aufforderung. Leni sprang aus dem Auto, riss die Zeitung aus dem Ständer und zeigte sie der dicken Büdchenfrau aufgeregt. »Das ist meine Tochter!«

»Anjenehm, un ich bin die Könijin von England!« Die Dicke goss zwei Doppelkorn ein und schob Leni ein kleines Glas hin. Leni, die niemals Schnaps trank, kippte es in ihrer Verwirrung hinunter, hustete und protestierte: »Wirklich! Nun glauben Sie mir doch!«
Die Büdchenfrau blickte von Leni zum Foto, vom Foto zu Leni: »Wenn Sie et sagen. Glückwunsch.«
Leni wollte zahlen, aber die Büdchenfrau schob ihr die Münzen wieder hin und meinte: »Die Mutter von einer singenden Melone wollte ich immer schon mal zu einem Schnaps einladen!« Leni dankte und sprang wieder ins Auto. Alle Köpfe beugten sich über Carlos Artikel im *Kölle Hück*. In den Regionalnachrichten des Fernsehens hatten sie Jeannette schon am Vormittag bewundert, im *Bonner Generalkurier* war ein halbseitiger Artikel mit Foto, aber das hier schlug alles. Groß und in Farbe fiel der gelbe Riesenball auf Beinchen sofort ins Auge, dahinter Susanna, weinend, mit geschlossenen Augen.
Darüber fett die Schlagzeile: »Melone rettet Geisel«.
Leni knipste die Innenbeleuchtung an und las den Artikel mit zitternder Stimme vor. »... konnte man fast glauben, hier würde ein Film gedreht. Die Polizei traute ihren Augen nicht, als ... Heute Abend ist die mutige Jeannette in der Premiere des Musicals ...«
Susanna lenkte den Wagen ungestört bis in die Nähe des *Plackfissel*. Es war Viertel nach sieben. »Geschafft!«, verkündete sie. »Ihr könnt jetzt schon mal aussteigen, ich suche einen Parkplatz. Na, das ging ja doch noch stressfrei ab.«
Auf einmal klappte Adelheid ihre schwarze Handtasche auf, wurde blass, klappte sie wieder zu. »Nicht ganz!«, widersprach sie mit kleiner Stimme. »Ich habe die Karten bei euch auf dem Küchentisch liegenlassen.«

Leni schrie auf, und Susanna stöhnte. Dario lachte, zog sein Handy aus der Jackentasche, sprach etwa fünf Minuten lang Hochgeschwindigkeitsumbrisch und lehnte sich anschließend zufrieden in seinen Sitz zurück. »Wir Italiener haben zwar die fünfundfünfzigste Nachkriegsregierung, aber …«
»Die neunundfünfzigste!«, korrigierte Susanna.
»Wirklich? Ach, ich zähle nicht mehr mit. Macht kein Italiener. Jedenfalls übertrifft uns niemand an unkonventionellem Krisenmanagement. Onkel Enzo ist schon unterwegs zu eurer Nachbarin, holt dort den Hausschlüssel, nimmt die Karten vom Küchentisch, fährt zurück ins *Bellavista* und faxt sie von dort ans Theater. Zusammen mit Jeannettes Fürsprache dürfte nichts mehr schiefgehen.«
»Irgendwann …«, Susanna kniff die Augen zusammen und rangierte in dreieinhalb geschickten Zügen Adelheids alten Volvo in eine eben frei werdende Parklücke direkt vor dem *Plackfissel*, »… irgendwann, wenn ich mal Zeit habe, werde ich ein Drehbuch schreiben.«

Jeannette starrte auf das grüne Gesicht im Spiegel. Wer war das? Was wollte die hier? Draußen, im Saal, saß eine fast zweihundertköpfige Herausforderung. Und Mama. Und Susanna. Typisch, dieser Chaotenhaufen. Hatten die Karten zu Hause liegenlassen. Als ob man kurz vor der Vorstellung noch Nerven hatte, sich mit der Aushilfe an der Kasse herumzuzanken. Gottlob hatte Ernie das geregelt. Wie fing der erste Songtext noch mal an? Oh Gott, wie fing er an? Mit zitternden Fingern zerrte sie das zerfledderte Textheft aus der Schublade unter dem Schminktisch und schlug die erste Seite auf. Sie fehlte. Nein, bitte. Wo war die erste Seite? Sabotage. Jemand wollte ihr an den Kragen. Jeannette starrte das Textheft mit schreck-

geweiteten Augen an und schlug es wieder zu. Marie-Agnes hatte noch ein Textheft in ihrer Tasche. Wo war Marie-Agnes? Wo war die Tasche?
Warum fehlte die erste Seite? Sie schlug ihr Textbuch noch einmal auf. Die erste Seite war da, wo sie hingehörte, nämlich direkt vor der zweiten. Erleichtert, als sei damit der Erfolg des Abends gesichert, setzte sich Jeannette wieder hin und las begierig den Textbeginn.
Schon nach dem ersten Wort war alles wieder da. Sie legte das Buch beiseite und blickte auf die Uhr. Zehn Minuten vor acht. Sie hatten sich alle über die Schulter gespuckt. Sie hatten sich Glück gewünscht. Sie hatten ihre Premierengeschenke ausgeteilt. Jeder drückte sich jetzt in irgendeiner Ecke herum, hatte seine ureigene Technik, sich zu sammeln und zu konzentrieren. Ernie massierte seine Finger, ließ dann mit einem Schwung den Oberkörper nach unten baumeln. Seine Arme schlenkerten leblos wie die schlaffen Gliedmaßen eines erbeuteten Tieres. Dann richtete er sich Millimeter für Millimeter wieder auf und atmete tief durch. Marie Agnes wiederholte halblaut einen Monolog, Greta Gurke machte Atemübungen, die sich anhörten, als würde ein Heizkörper entlüftet. Toby Tomate, professioneller Schauspieler von demnächst Weltruhm, rauchte lässig eine Zigarette und blätterte in einem Magazin mit vielen nackten Frauen.
Jiri saß in einer Ecke auf dem Boden und beobachtete Jeannette. Ihr Profil mit der leichten Himmelfahrtsnase und die grüne Gesichtsfarbe gaben ihr das Aussehen eines Waldpucks. Sie hatte eine halbe Generalprobe und eine vollständige Lebensrettung hinter sich und eine schwierige Premiere vor sich. Trotz ihres voluminösen Kostüms wirkte sie plötzlich winzig und schutzlos. Jiri musste den Impuls unterdrücken, aufzu-

stehen, zu ihr zu gehen. Zu ihr gehen und dann? Er wusste es nicht.

Ihr großer, geheimer Kummer, über den sie nicht sprach, schien langsam zu verblassen. Er ahnte nur, dass es um einen Mann ging, den er nicht kannte, der nie im Theater aufgetaucht war. Einmal hatte er mit halbem Ohr ein Gespräch zwischen ihr und Albertine mitgehört. Er respektierte die Privatangelegenheiten anderer, aber diesmal hatte er das Schleifpapier beiseitegelegt und sich hinter der geöffneten Tür an einem verklebten Pinsel und einem Glas mit Terpentin zu schaffen gemacht.

»… hast du also doch …«

»Nein, eigentlich nicht. Nicht richtig.«

»Finger weg, Jeannette. Du wirst auf der Strecke bleiben.«

»Was wollt ihr denn? Ich will ihn doch überhaupt nicht mehr sehen.«

»Jeannette! Jetzt heul doch nicht! Dieser alte …«

»Er hat keine Schuld.«

»Natürlich nicht. Du ganz allein hast ihn nach Strich und Faden angemacht, was? Ach, Kind. Erzähl mir doch nichts … gewöhn dir nicht an, netten Männern zu viel zu verzeihen. Altes Frauenleiden. Man verliert sich selbst und sein eigenes Seelenheil schnell aus den Augen.«

Jiri legte leise den sauberen Pinsel auf den Arbeitstisch und trat einen Schritt beiseite.

Jetzt konnte er sie sehen. Jeannette spielte mit einem Taschentuch, hatte gerötete Augen. Er betrachtete sie lange, ohne dass sie ihn im Dunkel des Nebenraumes sehen konnte, dann drehte er sich um und verschwand.

Sie sah ihn auch jetzt nicht. Sie saß in ihrem voluminösen Kostüm auf einem kleinen Hocker und schloss die Augen. Sie faltete ihre grünsamtenen Hände und spürte ihre eigene Wärme, wie damals, in ihrem Zimmer, als sie den strahlenden Aufruf *Vado via!* vernommen hatte. Vado via! Heute war es so weit. Der lange Weg konnte beginnen.

»Es kommt einmal der Tag, an dem du ohne Angst – die Blätter in die Sonne streckst und nicht mehr bangst.« Ihr liebster Song, der schwierigste zugleich. Allein diesen Song hatte sie hundertfach geprobt.

Aber jetzt war die Zeit der Proben vorbei, jetzt wurde es ernst. Extrastühle waren aufgestellt worden, das Theater war bis zum allerletzten Platz ausverkauft, nicht nur für den heutigen Abend, sondern für sämtliche Vorstellungen. Seit den verschiedenen Leitartikeln in mehreren Boulevardblättern und seit der Reportage im Fernsehen klingelte das Telefon des *Plackfissel* ununterbrochen. Ab dem frühen Nachmittag hatte man eine neue Ansage auf den Anrufbeantworter gesprochen: »Leider sind sämtliche Vorstellungen ausverkauft. Bitte beachten Sie die Ankündigungen in der Tagespresse. Es sind Zusatzvorstellungen geplant!«

Ausverkauft. Zusatzvorstellungen. Sie musste gut sein, sonst würden diese vielen Auftritte eine einzige, lange Qual werden.

»Ohne diese Geiselnahme wäre das Stück sofort durchgefallen!«, hörte Jeannette einen Spötter.

»Wer weiß, vielleicht nur ein Werbegag?«

»Dieser Pummel da – völlig überschätzt! Wieso nimmt man für so komplizierte Sachen keine Vollprofis?«

Jetzt brach ihr der Schweiß aus. Wenn ihre Stimme versagte, ihr großer Bonus – Übelkeit stieg hoch.

Jemand hielt ihr ein Glas hin. »Trink einen Schluck, Kleine!«

Kleine. Da war wieder Jiris weiches Prager »L«. Er hatte ihr ein halbes, leicht temperiertes Glas Altbier gebracht und lächelte

sie beruhigend an. »Das ist das Beste für Stimme und Nerven!«
Sie wachte aus ihrem Spötter-Albtraum auf, sah Jiri dankbar an und nahm einen Schluck. Dann stand Benjamin in der Tür, glühende Augen, rote Wangen. »Noch drei Minuten. Ihr seid gut, ihr seid gut, ihr seid gut.«
Jeannette sah auf die große Uhr über dem Spiegel. Noch zwei Minuten. Warum tat sie sich das an? Sie hätte jetzt in Untermechenbach am Abendbrottisch sitzen und nachher mit Susanna und Mama Monopoly oder Scrabble spielen können. Sie sah den Küchentisch so plastisch vor sich, das Rotweinglas, spürte den häuslichen Frieden so intensiv, dass es ihr wie ein Schock in die Eingeweide fuhr, als Benjamin befahl: »Los, das Saallicht geht aus. Die Radieschen raus. Jeannette, mach dich startklar!«
Mit eiskalten Füßen, wackeligen Beinen und leerem Kopf stieg Jeannette hinter dem Vorhang in ihr Blätterversteck, vernahm das Gesumm des Publikums, wünschte sich ganz weit weg.
Jiri klappte die großen Kunststoffblätter über ihr zusammen. »Viel Glück, Kleine!«, flüsterte er durch das Plastikgrün. Im Zuschauerraum wurde es ganz dunkel. Die Menschen im Saal verstummten. Der Vorhang öffnete sich. Im Takt des schräg hüpfenden Saxophonstakkatos begannen die Radieschen zu tanzen und kullerten auf der Bühne herum wie rote Billardkugeln, die von einem Tisch fallen. Langsam wurde das Bühnenlicht voll aufgezogen, so dass Jiris Kostüme in ihrer ganzen Farbenpracht leuchteten.
Als Jeannette vorsichtig durch die Blätter auf die Bühne lugte, durchflutete sie ein merkwürdiges Gefühl. Im Theater roch es anders als sonst.

Sie schloss die Augen und atmete tief die verbrauchte Luft ein, als befände sie sich auf einem Hügel, auf dem sie eine gesunde, harzduftende Brise anwehte. Die Spannung, das Lampenfieber waren nicht gewichen, aber sie wandelten sich auf einmal in Energie. Sie hatte keine konkreten Gedanken, sie spürte nur den einen Impuls: zeigen, was sie konnte.
Bunny Banana steppte mit wippendem Hinterteil zwei grünen Spargeln entgegen, die in synchronen Tanzbewegungen mit ihren Sprossenköpfen wackelten, dazu mit gespitzten Mündern summten. Rechts quakten zwei kleine Silberzwiebeln mit zartgrünen Trieben auf dem Kopf rhythmisch dazwischen. Ein gleißender Spot richtete sich auf die Riesenblätter in der Bühnenmitte.
Zwei hellgrüne Samthände fingerten sich neugierig durch die Blätterdecke. Drei gigantische Blätter klappten gleichzeitig auf. Eine sattgelbe Melone mit orangefarbenen Streifen war aus tiefem Schlaf erwacht, reckte und streckte ihre grünen Samtärmchen, gähnte und hielt auf einmal fassungslos einen Stängel in der Hand, auf dessen Schnittfläche ein großer Blutstropfen glänzte. Dann kam Mollys schmerzlicher musikalischer Aufschrei:

So nicht, Mister Greenkiller, nein!
Wo ist meine Schwester, du Schwein?

So nicht, so nicht!, piepsten die Silberzwiebeln erschüttert.

Wenn sie noch lebt, müssen wir sie befrein!

Beeeefrein!, echoten die Spargelstangen.

Molly sang mit revolutionärer Emphase den leidenschaftlichen Appell an Mister Greenkiller, sie und ihresgleichen nicht mehr aufzufressen, sondern sich mit der mineralischen Paste vom Planeten Veganjoy zufriedenzugeben, so wie es die Tiere und die anderen Menschen doch längst taten.

Ein Biss und das Glück zweier Möhren
kann der Mensch in Sekunden zerstören …

Marie-Agnes breitete ihre gelben Bananenärmchen pathetisch aus:

Ganz zu schweigen vom Leid der Bananen,
was wir fühlen, kann niemand erahnen …

Dreistimmig und herzzerreißend:

Wer in uns nur die Delikatesse sieht,
sieht das Wichtigste nicht, denn wir haben Gemüt!
Wir Radieschen, wir sind nicht nur blöd und rot,
trotzdem beißt Mister Greenkiller uns einfach tot
als Salatgarnitur …

Drei grüne Blätterfächer auf den Köpfen klappten auf:

… kennt ihr Menschen uns nur, unsre Freuden und Sorgen
blieben euch stets verborgen …

Die Blätterfächer klappten wieder zu.
Toby Tomate und Greta Gurke tanzten Arm in Arm zwischen ihren Leidensgenossen.

Es ist klar, als was ich einmal ende,
falle ich diesem Mann in die Hände.
Sauer, grünlich und still
ruhe ich zwischen Dill …, klagte Greta.

… so wie ich mich im Kräuteröl wende!,
ergänzte Toby weinerlich.

Dröhnendes, böses Gelächter aus dem Off, zwei riesenhafte Schattenhände senkten sich von der Decke auf die tanzenden Figuren, entsetztes Gekreisch, und ein lebloser grüner Spargel wurde am Kragen von der Bühne gezogen. Dunkelheit, Stille, dann begann Molly Melone leise:

Ich will nur das eine,
und du weißt, was ich meine.
Ich will leben, leben, leben!
Als ich klein war, rund und grün,
sah ich Wattewolken ziehn,
und ich wusste, voller Wonne,
ich werd einmal wie die Sonne!

Doch es ist so, die Melonen
müssen auf der Erde wohnen,
müssen Tag und Nacht nur bangen,
sind nicht frei, sondern gefangen …

Sie bewegte sich langsam in Richtung Bühnenrand, bis sie im vollen Scheinwerferlicht als leuchtende Kugel in der Mitte stand. Das Tenorsaxophon fing die Melodie auf, variierte sie, dann kam das Vorspiel zu Mollys schönstem Lied. Das Thema

begann langsam, steigerte sich in laute Höhen, stürzte ab, war schräg, sanft, dann wieder aggressiv und pathetisch.
Es war Jeannettes Lieblingslied und zugleich ihre Kür. Sie breitete die grünen Arme aus und wartete auf den Einsatz, der sanft wie eine kleine Woge vom Piano zu ihr hinüberrollte.

Es kommt einmal der Tag, an dem du ohne Angst
die Blätter in die Sonne reckst und nicht mehr bangst …

In dieser Sekunde sprang ein Funken durch die Luft. Jeannette sang weiter, folgte Tönen, formulierte Worte, ohne zu wissen, was sie sang. Es war, als wüchse ihr eine unbekannte Kraft aus dieser belebten Schwärze entgegen.
Jetzt warf sie sich regelrecht in dieses Lied, wie in eine Welle. Ihre Stimme war stärker als ihr Körper, der Raum war ohne Grenzen. Sie sang nicht, ihr Lied sang sich selbst. Sie war vollkommen leicht. Vollkommen frei. Die Möwe flog weit über die Bucht.

*

Im Foyer summte es.
Jiri und die Bühnenarbeiter hatten in der Nähe des Bühneneingangs, am Ende des Foyers einen langen Tisch gedeckt, ein griechischer Gastwirt aus dem Viertel schleppte gerade Riesenplatten mit Appetithappen herein.
Jetzt wurden die Türen geöffnet, und das Publikum strömte aus dem Theaterraum.
»Das war mal was fürs Geld!« Ein untersetzter Mann nickte seiner Begleiterin zufrieden zu. Zwei ältere Damen strebten zielsicher zur Bar und bestellten zwei Piccolo. »Und noch zwei

Eierlikör!« Das musste heute sein. »Na, Finchen, schönes Geburtstagsgeschenk?«
»Sehr schönes! Und so ulkig! Weißt du, dass mir die Hände vom Klatschen wehtun?«, und das Geburtstagskind Finchen schleckte seinen Eierlikör.
Nach und nach versammelten sich die geladenen Gäste im hinteren Foyer. Sektgläser klirrten, Kerzen wurden angezündet. Der lange, verwinkelte Raum summte wie ein Bienenkorb. Die Spiegel der Seitenwände reflektierten die bunte Mischung der Gäste. Ein blonder Jüngling mit blauschwarz umrandeten Augen hing am Arm einer älteren Dame, die sich in ein rotgoldenes Brokatkleid gezwängt hatte und falsche Wimpern trug. Ein junger Mann in rosaglänzendem Anzug wippte unaufhörlich auf seinen Turnschuhen wie ein Stieglitz. Ein angejahrter Herr mit weißer Mähne und blauem Overall hielt schützend seinen rechten Arm um die Schulter einer jungen Inderin, die mit ihrem traditionellen Seidensari in dieser Umgebung weit weniger exotisch wirkte als Adelheid Siegel in ihrem kleinen Schwarzen.
Dario und Susanna fielen nicht etwa auf, weil sie unerhört gut aussahen, sondern weil sie strahlten wie die Glühwürmchen. Leni hatte rote Wangen. Sie steckte in ihrem besten afrikanischen Batikgewand, trug mehrere Pfund Folkloreschmuck und verrenkte sich fast den Hals, weil sie den Moment nicht verpassen wollte, da ihre jüngste Tochter aus der Garderobentür trat. Im Intervall von dreißig Sekunden fragte sie: »Wo steckt Jeannette?«
»Unglaublich«, sagte Susanna. »Jeannette singt unglaublich. Wenn das Leben es nicht so gut mit mir meinte, könnte ich glatt neidisch werden.«
»Cara mia, ich kann drei Tabletts auf einmal tragen und schnar-

che nicht. Außerdem lege ich dir Perugias charaktervollstes Hotel zu Füßen. Also sei zufrieden.« Dario biss ihr ins Ohr.
»Wieso Hotel? Heute Nacht hast du mir erzählt, du wärst enterbt. Ich denke, du hast dich mit deinem Vater überworfen?«, fragte Adelheid und nippte an ihrem Sektglas.
»Das war der Stand von gestern Abend«, sagte Susanna. »Heute Mittag bekam das Ristorante *Bellavista* in Mechenbach ein Fax.« Susanna musste sich ein Grinsen verkneifen. Sie hob die Stimme und zitierte: »Söhnchen, du weißt, dass ich nicht gerne viele Worte mache ...«
»Und an dieser Stelle konnte ich vor Lachen nicht mehr weiterlesen«, ergänzte Dario. »Wenn ein Mensch gerne viele Worte macht, dann mein Vater.«
»Und weiter?«, drängte Adelheid.
Dario legte seinen Arm um Susanna, richtete sich auf und erklärte feierlich: »Im Januar haut er ab, an den Lago Trasimeno auf sein Weingut. Dann können wir auf die Kommandobrücke des *Stella*.«
»Wir?«, fragte Leni aufgescheucht und sah aus, als würde sie gleich anfangen zu heulen. »Sag bloß, du folgst diesem losen Vogel nach Italien!«
Sie bekam tatsächlich feuchte Augen und wühlte in ihrem Indianerbeutel vergeblich nach einem Taschentuch. Dario wollte ihre Wange streicheln. »Du kommst natürlich mit, Mamma Leni!«
Leni schlug nach ihm. »Wenn du mich noch einmal Mamma nennst, hau ich dir einen Eckzahn aus. Nein, nein, ich bleibe hier. Ich sitze doch nicht als schwarzgekleidete Oma vor eurem Hotel in der Sonne und warte, bis ihr mein erstes Enkelkind produziert habt. Dazu bin ich noch zu jung. Und ich habe eigene Pläne, verdammt.«

Sie hängte sich bei Adelheid ein und zog tapfer die Nase hoch. Adelheid reichte Leni, ohne hinzusehen, ein Papiertaschentuch, das im Seitenfach ihres vorbildlich aufgeräumten Abendtäschchens steckte. Dann winkte Leni Dario beiseite und wisperte: »Ach bitte, Dario, mach sie nicht unglücklich. Sie ist viel sensibler, als du denkst.«

Dario dachte an die endlos langen Gespräche über Susannas Kindheit und konnte einen ärgerlichen Impuls gegenüber Lenis überflüssiger mütterlicher Bemerkung nicht unterdrücken. »Sie ist noch sensibler, als *du* denkst!«, fügte er hinzu. Sie maßen sich mit kämpferischen Blicken.

Adelheid zupfte ihn am Ärmel. »Und wie erklärst du dir den Sinneswandel deines Vaters?«

»Keine Ahnung. Vielleicht hat er seine Söhne mal durchgezählt und dabei festgestellt, dass nicht so viele übrig bleiben, wenn er mich vor die Tür setzt. Es hätte da im Alter ziemlich einsam um ihn werden können.«

Adelheid war über Darios Lebenspläne im Bilde. In der gestrigen Nacht, einer der längsten ihres Lebens, hatte sie mit Dario noch lange zusammengesessen. Dario wollte die Geschichte der Geiselnahme in allen Einzelheiten wissen und löcherte Leni und Susanna mit Fragen, wie man Jeannette, die schon längst schlief, die größte Freude ihres Lebens bereiten könne. Er floss über vor Dankbarkeit.

»Ich fürchte, *das* Geschenk kann man nicht kaufen«, meinte Susanna. Später, als Susanna an seiner Schulter und Leni im Ohrensessel eingeschlafen war, erzählte er Adelheid von seinem Vater. Auch von dessen ablehnender Haltung gegenüber Susanna, die weniger auf der Tatsache beruhte, dass sie eine Deutsche war, als darauf, dass Ettore Mazzini diese Beziehung genauso wenig ernst nahm wie all die vielen anderen, von denen Dario Adelheid freimütig erzählt hatte. Und es gefiel dem Vater nicht, dass sich Dario seine Frau so völlig selbstständig ausgesucht hatte.

»Deine Frau? Sag bloß, ihr wollt heiraten!«

Normalerweise hätte Dario jetzt die Arme ausgebreitet, um anschließend jedes Wort mit den Händen nachzusprechen. Aber das ging nicht. Das ersehnteste Gewicht der Welt lag schwer an seiner Schulter. Also wandte er nur den Kopf vorsichtig beiseite, um Susanna nicht aufzuwecken. Er betrachtete ihr schmales, friedliches Gesicht und nickte. »Ich wüsste nicht, auf wen ich noch warten sollte«, sagte er halblaut. »Ich habe ihr heute auf dem Flug von Rom nach Düsseldorf einen Antrag gemacht. Sie war zwar nicht dabei, aber sie ist es, ich weiß es einfach. Außerdem kann man sie nicht alleine lassen. Du siehst ja, was dann passiert.«

»Und wenn sie nicht will?«

»Dann werfe ich sie in die Fontana maggiore vor dem Dom!«

»Ich kann schwimmen, du Blödmann«, murmelte Susanna, ohne die Augen zu öffnen.

»Ich denke, du schläfst? Dreckstück, verlogenes!«, erwiderte Dario. Angesichts dieses Zärtlichkeitsausbruches erhob sich Adelheid diskret und verschwand im Wohnzimmer, um sich auf dem Sofa in eine von Lenis Häkeldecken einzumummeln und vielleicht doch noch eine Runde Schlaf zu finden.

Die Premierenfeier war jetzt fast in vollem Gange. Ein paar Schauspieler und alle Musiker waren schon erschienen, umgezogen, abgeschminkt und festlich gewandet.

Jeannette fehlte immer noch. Aber sie brauchte von allen auch die meiste Zeit, um ihr Äußeres wieder halbwegs kenntlich herzustellen.

Sie saß vor dem Spiegel in der Garderobe und sah mit ihrer dicken Cremeschicht aus, als wäre sie mit dem Gesicht in eine Sahnetorte gefallen. Neben ihr lag ein Berg grün verschmierter Papiertaschentücher.

So, das also war die Premiere. Sie starrte das weißgrüne Gesicht an. Sie hatte es geschafft, sie war gut gewesen. Sehr gut. Bei ihrem Soloapplaus hatte es Standing Ovations gegeben. Wo war das Glücksgefühl? Sie fühlte sich leer. Gleichzeitig war ihr, als stünde sie im stillen Auge eines Wirbelsturmes. Eine Bewegung, und sie würde fortgetragen werden. Sie schloss die Augen, hörte das »Bravo!« aus dem Publikum noch einmal. Wieder war es, als würde sie hochgehoben, wieder war da dieses Gefühl … Freude?

Nein. Es war anders.

Sie blickte in den Spiegel, sah im fleckigen Glas den schäbigen Raum, die durcheinandergeworfenen Kleider, die Puderdose, deren Inhalt halb verstreut war, und wusste plötzlich, dass ihr Hunger nach diesem absoluten Moment nie mehr aufhören würde. Sie war abhängig geworden von diesem Geruch nach Puder, Lackfarben und Tabak, von der Verheißung, die in der Luft lag, von den schäbigen Garderoben, den Pforten zu Glanz und Licht. Theatersüchtig. Plötzlich, wie eine Wärmewelle, stieg das Triumphgefühl in ihr hoch. Sie hielt ihr cremebeschmiertes Gesicht ganz dicht vor den Spiegel und sagte: »Das hast du gut gemacht.«

Es war seltsam, sich selbst tief in die Augen zu blicken. Sie griff nach einem Papiertuch, wischte sich eine Ladung grünweißer Abschminkcreme von der Stirn, blickte wieder in den Spiegel und hielt inne. Dann sah sie es.

In ihren Augen waren blaue Flammen. Nur aus ihr. Nur für sie.

Einen Moment lang wusste sie nicht mehr, auf welcher Seite des Spiegels sie sich befand.
Die Tür ging auf.
»Lächelnde Kiwitorte«, sagte Jiri. »Beeil dich mit deiner Restaurierung. Ach ja, eine schöne Blonde hat vor zwei Minuten ein Päckchen für dich abgegeben. Du solltest es unbedingt öffnen, während du dich umziehst, hat sie gesagt.«
Jeannette brauchte einen kleinen Moment, um wieder aufzutauchen. Sie drehte sich um, betrachtete erstaunt den mittelgroßen Karton und riss das Papier auseinander. Zuoberst lag eine messingfarbene Konservendose, die genauso aussah wie die Verpackung ihrer in Vergessenheit geratenen Lieblingswurst.
Jeannette runzelte die Stirn, hob die Wurstdose hoch, merkte, dass sie ganz leicht war und dass etwas darin klapperte. Jiri schaute ihr neugierig über die Schulter. »Ich hol mal einen Büchsenöffner!«
Er verließ die Garderobe. In Seidenpapier eingeschlagen lag noch etwas Weiches in dem Karton. Es war ein Kleid aus schillerndem Seidensamt, der in allen möglichen Blautönen changierte und je nach Lichteinfall die ganze Palette zwischen Violett und Türkis entfaltete. Ein schlicht geschnittenes, langes Kleid mit rundem Halsausschnitt, langen Ärmeln und tellerweitem Rock. Ein Feengewand.
Jeannette hielt es vor ihren Körper, der noch immer in Trikot und grünen Strumpfhosen steckte. Darüber leuchtete ihr Cremegesicht. In Windeseile setzte sie sich an den Garderobentisch und schminkte sich ab. Sie schlüpfte aus dem Untergewand ihres Bühnenkostüms und in das neue Kleid. Vor dem Spiegel, auf der Ablage, stand Marie-Agnes' Kosmetiketui. Jeannette zog einen Lippenstift heraus, malte sich den Mund

an und bürstete ihre Kringellocken, bis die Haare als kastaniенglänzende Wolke um ihr Gesicht standen. Jiri kam zurück.
»Du wirst staunen, was in der …«, weiter kam er nicht. Jeannette schillerte wie eine Märcheneidechse. Er pfiff durch die Zähne. Dann warf er einen Blick in den Spiegel, dem Jeannette den Rücken zugewandt hatte.
»Trotzdem«, sagte er. »Ich glaube, ich mache dir mal den Reißverschluss zu. Deine rote Unterhose und das geblümte Unterhemd passen nicht zur Gesamtoptik.«
Jeannette fuhr herum, als sei ihre Rückenansicht ein Bild, das der Spiegel auch für sie bereithielt, wenn sie sich umdrehte. Dann lachte sie. Jiri zog den langen Reißverschluss zu und legte für einige Sekunden seine warmen Hände auf ihre Schultern. Der rechte Handrücken trug ein Pflaster, an den Fingern waren kaum verheilte Spuren, die ein abgerutschter Schraubenzieher verursacht hatte.
»Das Leben fühlt sich gerade gut an, was?«
Es war seltsam, ihn im kühlen Spiegel zu sehen und gleichzeitig seine Wärme zu spüren. »Deine Hände auch«, entgegnete sie. »Was war in der Dose?«, fragte sie plötzlich, mit unsicherer Stimme, als hätte sie sich zu weit aus dem Fenster gelehnt. Er nahm die Hände von ihren Schultern und reichte ihr die geöffnete Konservendose. Eine kunstvoll gearbeitete Kette aus Lapislazuli, Silber und roten Korallenperlen lag auf einem Brief. Jeannette faltete den Zettel auseinander.

Liebe Jeannette,
ich kann nur wenige Worte finden für das, was ich Dir eigentlich sagen sollte. Na ja, Du kennst mich. Also: beste Stimme – beste Schwester – besten Dank. Wir dürfen uns nicht mehr verlieren.
Susanna

Jeannette schluckte. Darunter hatte Dario mit großzügigem Strich die Kontur eines Schlüssels gezeichnet.

Sorellina!
So ungefähr sieht der Schlüssel von Zimmer 25 aus. Das ist unser schönstes Zimmer mit Aussicht auf das schönste Land der Welt. Es ist übrigens kein Zimmer, sondern eine Suite. Wenn Du uns besuchen kommst, wird sie immer für Dich frei sein, selbst wenn ich den Papst dafür rausschmeißen müsste.
Grazie per sempre – Dario

Jeannette reichte Jiri den Brief.
»Den Papst! Dario ist katholischer Italiener!« Jiri überflog den kurzen Text. »Und du eine protestantische Melone! Das will was heißen!«, meinte er und nahm Jeannette an die Hand. »Komm nach draußen, ins Foyer. Du kannst deine Fans nicht länger warten lassen.«
Er blickte sie prüfend an, dann nahm er ein Papiertaschentuch, rieb ihr an den Schläfen einen Rest Farbe von der Haut, trat einen Schritt zurück, legte den Kopf schief und sagte: »Du siehst so schön aus.«
Jeannette wandte sich um, betrachtete sich im Spiegel. In ihren Augen hüpften immer noch die kleinen blauen Flammen. »Ja«, sagte jemand Neues in ihr. »Finde ich auch.« Danach blieb ihr fast die Luft weg, und sie blickte Jiri an, als müsse sie sich entschuldigen. Aber seine Augen blieben freundlich. Wunderbar, dachte Jeannette. Ein Mensch, bei dem man nichts Falsches sagen kann.
»Na dann, komm, kleine Wanze.« Er zog sie durch den Gang, der zum Foyer führte.
Etliche schwarz-gold gekleidete Damen und Herren ließen

die Metalltür, durch die die Künstler aus der Garderobe ins Foyer gelangten, nicht aus den Augen. Toby Tomate ließ sich bereits von einigen jungen Damen feiern, Greta Gurke saß, festlich gewandet und geschminkt, an der kleinen Sektbar, neben einem Reporter.

»Wo ist Jeannette?«, rief Benjamin quer durch das Foyer. »Ich möchte euch allen nämlich eine kleine Rede halten.«

Obwohl Greta genau wusste, dass Jeannette von allen die komplizierteste Abschmink- und Umzieharbeit zu leisten hatte, sagte sie spitz und gut hörbar: »Man kann sich halt besser in Szene setzen, wenn man etwas später auftaucht.«

Eine Blondine mit hochgestecktem Haar und attraktivem, südländisch wirkendem Begleiter stand zufällig neben Greta Gurke und erkannte sie als Jeannettes Kollegin. Sie sah an Greta vorbei und sagte mit sanfter Stimme: »Es gibt allerdings auch Frauen, bei denen selbst das nichts nützt!«

Die weiße Metalltür öffnete sich, und ein Ruck ging durch die schwarz-gold gewandeten Damen und Herren. Bevor Benjamin noch den Mund aufmachen konnte, ertönte mehrstimmig: »Wir gratulieren, wir gratuliiiiiiiieren, wir grahatuhuliehihihihehehren!« Der folgende Kanon war ebenso virtuos wie unterhaltsam, denn die drei Herren des Chores sorgten mit Vokal-Trompete, Vokal-Tuba und Vokal-Percussion für ungewöhnliche Begleitung, während drei Damen mit hohen Summtönen den Eindruck erweckten, als sirre ein hochmusikalisches Libellengeschwader im Hintergrund herum. Die anderen schwarz-goldenen Damen sangen den recht unkomplizierten Text. Benjamin betrachtete die Gruppe ungläubig, dann erinnerte er sich. Er hatte diese Leute schon einmal gehört, in einem Szenecafé namens *Kaffeelatte* oder so ähnlich. Ja, richtig! *Die Heulsusen!* Diese Sorte Gesang konnte einen glatt

auf Ideen bringen! War das nicht Jeannettes ehemaliger Chor?
Martha dirigierte.
Jeannette stand in schillerndem Kleid in der geöffneten Metalltür und hatte die Hände vor den Mund gelegt. Da waren sie alle, der finstere Toni, Hans-Wilhelm Doppelblick, Annette im perfekt sitzenden Röckchen, der dicke Norbert, die munteren Frauen – und Martha. Jeannettes Blick überflog blitzschnell die vielen Menschen im Foyer. Henry war nicht da. Sie atmete auf. Der Chor beendete sein Ständchen mit einer mehrstimmigen Harmonie und einem gesummten finalen Schnörkel. Die Gäste applaudierten begeistert, Martha und ihr Chor verbeugten sich und wandten sich nun ihrerseits applaudierend zu Jeannette. Mit zwei schnellen Schritten trat Jeannette zu Benjamin und den anderen Schauspielern. Sie wollte nicht noch mehr Sonderlob. Der Beifall verebbte, Benjamin hielt eine kurze Dankesrede, hob endlich Jiris unschätzbare Verdienste an den Kostümen, am Bühnenbild, an der guten Arbeitsatmosphäre hervor, und alles applaudierte heftig.
Die Unterhaltungen begannen wieder, Jeannette schüttelte Hände, nahm Wangenküsse und Schulterklopfen entgegen, sagte immer wieder »Danke« und verspürte nach dem ersten Glas Sekt einen angenehmen Schwindel. Dann stand Martha vor ihr.
Martha lächelte, aber Jeannette sah die Veränderung. Martha war sorgfältig frisiert, dezent geschminkt, elegant in ihrem schmalen schwarzen Kleid mit dem goldbestickten Stehkragen. Aber der Glanz fehlte. Der Glanz, den sie in Yorkshire gehabt hatte, ob sie in einem verwaschenen Hemd oder in Henrys alter Strickjacke steckte – das Licht war nicht mehr in ihren Augen.

Das ist mein Werk, dachte Jeannette. Sie schauten sich an und sprachen kein Wort. In Yorkshire waren sie manchmal stundenlang in einvernehmlichem Schweigen über das Hochmoor gewandert. Diesmal war es ein anderes Schweigen.

Jeannette senkte den Kopf. Sie war viel kleiner als Martha. Martha blickte auf die rotbraunen Haarkringel, sah dann die runden, dunklen Flecken, die sich auf Jeannettes Ärmel bildeten. Martha bewegte ihre Hände, als wolle sie etwas fortwedeln. »Nicht, Jeannette, nicht. Ich möchte dir zu deinem Erfolg gratulieren. Wir haben deine Heldentat gestern im Fernsehen bewundert. Mir blieb fast die Luft weg. Und es war eine tolle Vorstellung heute Abend. Ganz herzlichen Glückwunsch.«

Jeannette atmete tief durch. Wie viele widersprüchliche Gefühle, wie viele Bilder passten eigentlich in einen einzigen Menschen hinein? Da war der Nachklang der gestrigen Fast-Tragödie. Der noch nicht ganz fassbare Applaus, die Menschen, die eben reihenweise aufgestanden waren, um ihr zu zeigen, wie gut sie ihre Sache gemacht hatte. Die blauen Flammen. Susanna, ihre neue Schwester. Darios Gesicht, als er sich vor der Vorstellung in die Garderobe geschmuggelt hatte, um sich noch einmal zu bedanken. Papa, der nachlässige Vater. Mamas stolze Augen. Henrys Schatten und Jiris warme Hand. Ihre Freundin Martha, die Wolke über ihr.

Sie blickte Martha schließlich an, sagte mit kleiner Stimme: »Ich traue mich nicht, dir um den Hals zu fallen«, und schaute wieder zu Boden.

Wider Willen musste Martha lachen. Das hier war gerade wie auf dem Schulhof. Plötzlich keimte das Gefühl ihrer alten Stärke auf. Sie kannte sich doch so gut aus mit Seelenschmerz aller Größen, aller Arten, mit der Zeitspanne, nach der es angebracht war zu sagen: »Es ist wieder gut.«

Sie breitete die Arme aus. Jeannette durchweichte Marthas schwarzes Kleid. Wie sehr sie das Gewicht der zerbrochenen Freundschaft belastet hatte, spürte sie erst jetzt, als die Trümmer davonschwammen, um etwas Neuem Platz zu machen.

Auf einmal waren sie umringt von Susanna, Dario, Leni und Adelheid. Leni sah die aufgelöste Jeannette in den Armen dieser Nebenmutter und wurde eifersüchtig. Du liebe Güte, das sah ja nach überbordender Dankbarkeit aus. Man konnte es auch übertreiben. Aber es war ihr wohl bewusst, dass Jeannette diese Tür ohne Martha nicht gefunden hätte. Nicht so.

Loslassen, Leni, befahl sie sich. Susanna geht nach Perugia. Jeannette geht zur Bühne. In Mechenbach steht eine neue Staffelei, kommt ein neuer Sommer mit Licht, das gemalt werden will. Leni wandte ihr Gesicht ab, wischte sich heimlich über die Augen, straffte ihren Gang und war mit zwei Schritten bei Martha. »Oh Frau Stewart, ich kann Ihnen gar nicht sagen, wie dankbar ich Ihnen bin!«

Leni schüttelte Martha so kräftig die Hand, dass der Folkloreschmuck klirrte und klapperte wie ein Schmuckbazar unter einem heftigen Windstoß.

»Vielleicht klärst du Frau Stewart erst mal auf, wer du bist!«, sagte Adelheid tadelnd.

Aber Lenis Verfassung war noch nicht ganz so stabil, wie sie es sich gewünscht hätte. Sie hörte Adelheid nicht. »Ach, und ich wollte Ihnen etwas schenken! Wo ist es denn? Jessas, ich habe es ja an der Garderobe abgegeben! Dario, sei ein Schatz und hol mal das …«

Leni wühlte in ihrem Lederbeutel nach der Garderobenmarke, und Martha betrachtete verwirrt die roten Locken, denn Leni hielt ihre Nase tief in ihrer chaotischen Handtasche, aus der eben ein Päckchen Backpulver auf den Boden fiel.

Jeannette trompetete gerade in das dritte Taschentuch.
Susanna stellte ihr Kölschglas ab und reichte Martha die Hand.
»Ich bin die Schwester von Jeannette, und das ist unsere Mutter!«
Leni blickte auf und lachte verlegen. »Entschuldigen Sie bitte, ja, natürlich.«
Dario zeigte an der Garderobe statt einer Marke sein charmantestes Gesicht und brachte Leni ein weiß verpacktes, flaches Paket.
»Für Sie, mit vielem Dank für all das, was Sie für Jeannette getan haben.« Leni sah einen Moment lang ganz feierlich aus.
Martha löste neugierig die Knoten, schlug das weiße Tuch auseinander und blickte auf ein schlicht gerahmtes Ölgemälde.
In einer Mulde stand ein grün-weißes Fachwerkhaus mit rotem Dach, einem Türmchen und einem lang gestreckten, dunkelgrünen Anbau. Der blaue Himmel wölbte sich über dem friedlichen Motiv. Die Sonne flirrte auf dem großen Weidenbaum, der Teile des Daches überschattete. Ein sanfter Glanz lag auf den Farben, der Pinselstrich war locker und sicher, die aufgelösten Konturen ließen an den heiteren Impressionismus denken.
»Aber das ist ja mein Schulhaus in Upper Shellsands!«
»Mama, hast du das gemalt?« Jeannette und Susanna machten große Augen. Martha nahm das Bild in beide Hände, hielt es weit von sich und sah erst jetzt, wie sich die Konturen in der Distanz zusammenfügten, wie raffiniert das Bild komponiert war. Leni hatte nicht die Postkartenperspektive gewählt, sondern einen neuen Betrachterstandpunkt, der mit der Schachtelung der vielen Anbauten und kleinen Erker spielte.
»Mein liebes Schulhaus! Ach, das ist ja ganz unglaublich. Wie haben Sie das denn gemacht?« Martha strahlte.

»Jeannette hat mir doch ein paar Postkarten aus Yorkshire geschickt«, erklärte Leni. »Auf einer war das Schulhaus mit einem Kreuzchen: Hier wohne ich, das ist unser Ferienhaus. Und da sie auch schrieb, dass es in Ihrem Besitz ist, hatte ich die Idee, es zu malen. Ich habe mir nur eine andere Perspektive ausgedacht. Das war eigentlich das Schwierigste. Sie könnten das Bild ja bei Gelegenheit in Ihrem Ferienhaus aufhängen. Wenn Sie möchten.«

»Nein.« Martha legte ihre Hand auf Lenis Schulter. »Ich hänge es zu Hause in der Nähe des Flügels auf. Und zwar so, dass ich mich beim Spielen immer nach Upper Shellsands träumen kann.« Sie betrachtete das Geschenk noch einmal. »Sie sind eine großartige Koloristin, wissen Sie das?«

Leni erwiderte bescheiden: »Ich hab erst vor zwei, drei Monaten richtig angefangen zu malen. Heute in einer Woche wird in Bonn eine Ausstellung eröffnet, auf der auch Bilder von mir zu sehen sind. Ich würde mich freuen, wenn Sie vorbeikämen.«

»Das mache ich, darauf können Sie sich verlassen. Und es wird in meinem Haus nicht das einzige Schmitz-Original bleiben, denke ich.«

Martha betrachtete wieder ihr Bild. Ihre Freude über das Gemälde war unübersehbar echt.

»Sängerin und Malerin«, sagte sie bewundernd. »Ihre Familie scheint ja ein Nest von Genies zu sein.« Ihr Blick begegnete Susannas Augen. »Jetzt erzählen Sie mir noch, dass Sie Bildhauerin sind oder Gedichte schreiben.«

Susanna lächelte. »Nein. Ich bin ganz und gar irdisch und habe lediglich eine kleine, perverse Neigung zu Buchhaltung und Bilanzen. Es gibt keine schöne Kunst, in der ich zu Hause bin.«

»Oh doch!«, flüsterte Dario in ihr Ohr. Susanna nahm einen tiefen Schluck Kölsch und blickte hintergründig wie Madame Potiphar.
Flankiert von Felix und Ernie kam eine große Blondine auf Jeannette zugeeilt. Sie trug von Kopf bis Fuß verschiedene textile Fellmuster und schwarze Knöpfstiefel. Man suchte neben ihr unwillkürlich nach brennenden Reifen und Pantherpodestchen.
»Oh, Jesus, ich komme gerade aus Berlin, das heißt, die zweite Hälfte habe ich gesehen. Es ist zum Heulen, im Moment könnte ich einen Dreiundsiebzigstundentag gebrauchen. Eigentlich müsste ich jetzt im Flugzeug nach München sitzen, denn da ist morgen Mittag die Generalprobe von meinem neuen Musical – diese Sache mit meinem Liebhaber vom vorletzten Herbst. Komponieren kann er ja. Menschenskind, Jeannette, du bist ja unglaublich! Ich bin Meredith Jewskey, du hast meine Songtexte gesungen.«
»Und es war das Beste, was ich bislang gesungen habe. Hoffentlich kommt noch mehr davon.«
»Davon kannst du ausgehen. Ich werde dir irgendwann einmal etwas auf den Leib texten, das so sitzt wie deine eigene Haut! Dazu verführen mich nur wenige Künstler, aber du gehörst dazu.«
Jeannette gab der Texterin strahlend die Hand. In der Tat, da sie auch tagsüber die Songs summte oder sang, wurden die Worte zu Haustierchen und begleiteten sie überallhin. *Es kommt einmal der Tag, an dem du ohne Angst …*, war Jeannettes persönliche Alltagshymne geworden.
Meredith winkte einer Dame in blausilbernem Hosenanzug grüßend zu und sprach gleichzeitig mit Jeannette weiter, ohne ihre Aufmerksamkeit zu vermindern.

»Und um was ging es in Berlin?«, fragte Jeannette interessiert. Meredith lehnte den Sekt ab, den man ihr reichte, und nahm stattdessen einen Orangensaft. »Ein Kinderstück. Eine Neubearbeitung von ›Alice im Wunderland‹. Wir haben versucht, diese verkappte Erwachsenengeschichte so zu bearbeiten, dass sie kindgerechter wird. Und ein bisschen aktueller.« In ihrer wüstengelben Lacktasche klingelte es. Meredith zog das Handy aus der Tasche, meldete sich und begrüßte gleichzeitig stumm, aber mit Wangenkuss Marie-Agnes, ihre gute, alte Bekannte.
Meredith verabredete sich mit dem unsichtbaren Partner in München, gab ein paar Anweisungen, wann und von wem sie am Flughafen abgeholt werden wollte, steckte das Handy in die Tasche, begrüßte Marie-Agnes richtig und bat Ernie, in der nächsten Woche für sie einen Preis entgegenzunehmen, der ihr in Dortmund verliehen werden sollte.
»Liebe Güte, wann schläfst du eigentlich?«, erkundigte sich Jeannette.
Meredith lachte. »Ich beschäftige zwei Doubles«, erklärte sie und verabschiedete sich von Jeannette, denn sie musste mindestens achtzehn sehr gute und noch einmal zwanzig entfernte Bekannte begrüßen. Meredith widmete sich dem, was in dieser Branche so wichtig ist wie Getriebeöl fürs Auto: Kontaktpflege.
Felix und Albertine standen an der Bar und füllten eifrig eine Sektflasche in ihre Gläser um.
»Ob ich jemals in meinem Leben noch ein Stück Melone essen kann, ohne ein schlechtes Gewissen zu haben?« Albertine betrachtete melancholisch ihr Glas, aus dem Hunderte kleiner Perlen aufstiegen. »Und was meinst du, wie viele liebe, kleine Träubchen für diese Flasche Sekt sterben mussten?« Sie hob ihr Glas mit den hellen Kettenschnüren gegen das Licht und

kniff ein Auge zu. »Sag mal, Felix, wer ist das eigentlich, da hinten, die Dame in dem auffallenden Hosenanzug? Direkt neben Ernie und eurer dynamischen Texterin. Sie sieht so beängstigend tüchtig aus.«
Felix drehte sich nicht besonders interessiert um. Plötzlich setzte er sich gerade hin und betrachtete die Silberblaue wie eine Erscheinung. »Jessas«, murmelte er. »Das ist gut. Das ist sehr gut.«
Albertine wurde ungeduldig. »Kennst du sie? Dann sag doch was.«
Aber Felix sagte nichts mehr, sondern rutschte von seinem Barhocker und ging mit ausgebreiteten Armen auf die Dame zu, deren Alter ebenso schwer abzuschätzen war wie ihre ursprüngliche Haarfarbe. »Nein, so was. Madame herself, ganz inkognito und ohne Kometenschweif. Wie lange haben wir uns nicht mehr gesehen?«
»Etwa hundertfünfzig Jahre«, antwortete Ernie an ihrer Stelle.
Felix schüttelte den Kopf. »Kann nicht sein. Das hätte ich nicht ausgehalten.«
Die Dame lächelte. »Darf ich auch mal etwas sagen, oder wollt ihr die Unterhaltung an meiner Stelle fortsetzen?«
»Oh, bitte!«
Sie öffnete den Mund, um zu einer Frage anzusetzen, als Felix und Ernie in derselben Sekunde, wie auf Kommando, synchron fragten: »Wo habt ihr denn dieses Kind her?«
Gleich darauf brachen alle drei in geradezu infernalisches Gelächter aus. Albertine hatte es vor lauter Neugierde nicht mehr auf ihrem Hocker ausgehalten. Jetzt stand sie ratlos zwischen Ernie und Felix, blickte abwechselnd von den beiden Freunden zu der Unbekannten und verstand kein Wort.
»Würdet ihr mir bitte erklären, welches gut einstudierte Stück

hier gespielt wird?« Sie nickte der Blausilbernen zu und sagte höflich: »Ich bin Albertine Käfer, Felix' Bewährungshelferin.«
Felix legte den Arm um Albertine, deutete unfein mit dem Finger auf die fremde Dame und erklärte Albertine, um wen es sich handelte, ganz so, als befände er sich in einem Museum vor dem Gipsabguss einer antiken Figur. »Vor dir befindet sich Misia Rosenbaum von der Agentur *Starlight Visions*.«
Albertine schaute immer noch verständnislos. Sie konnte nicht wissen, dass bei Nennung dieses Namens jungen Künstlern die Knie weich wurden. Misia grinste Albertine über den Rand ihres Sektglases an. »Sie haben gerade einer Szene beigewohnt, die sich hier schon einige Male abgespielt hat. Ich komme alle paar Monate hierher, um mich ein bisschen zu amüsieren, und ab und zu stecke ich dabei einen neuen Claim ab. Sie sind nicht vom darstellenden Gewerbe, oder?«
»Gott behüte«, erwiderte Albertine. »Aber Publikum habe ich in meinem Beruf auch. Sogar ausbruchsicher verwahrt. Das empfiehlt sich bei meinen künstlerischen Fähigkeiten.«
»Praktisch!«, entgegnete Misia.
Felix hatte Jeannette ganz unauffällig zugewinkt. Jetzt standen sich das junge Mädchen und die Repräsentantin der großen Agentur gegenüber. Misia Rosenbaum streckte Jeannette ihre Hand entgegen. Einem kindlichen Impuls folgend, machte Jeannette einen Knicks, worauf alle lachten. Dann hob Misia den Kopf und erklärte der Runde königlich: »Lasst uns mal für ein paar Minuten allein, ja?«
Alle gehorchten und trollten sich zurück an die Bar.
»Los«, zischte Albertine. »Jetzt erklärt mir doch mal endlich, was das zu bedeuten hat!«
»Genaues kann ich dir jetzt noch nicht sagen.« Ernie zuckte mit den Schultern. »Aber wenn Dame Rosenbaum ihre Kral-

len nach jemand ausstreckt, geht das meist für beide Seiten vorteilhaft aus.«

»Es könnte sein, dass sie Jeannette zu einer soliden Karriere verhilft. Glücklicherweise gehört sie zu den wenigen Menschen, die so viel Gewissen haben, junge Talente nicht zu verheizen, sondern ihnen eine gescheite Ausbildung nahezulegen.« Felix öffnete eine neue Flasche Sekt. Zum Anstoßen gab es heute genügend Anlässe.

»So weit war Martha doch schon längst!« Albertine war nicht sonderlich beeindruckt.

Felix schenkte Albertine ein weiteres Glas ein. »Richtig, aber im Gegensatz zu Martha kann sie Jeannette attraktive Engagements verschaffen. Sie ist …«, er blinzelte einen Moment zu Jeannette hinüber, die nach überwundener Befangenheit nun lebhaft mit Misia sprach, »… sie ist diejenige, von der man als erfolgreiche Künstlerin später erzählen kann, man habe im richtigen Moment am richtigen Ort die richtige Person getroffen.«

»Oh! Na dann!«

Und Albertine war nun, zu Ernies Zufriedenheit, endlich genügend beeindruckt.

Es ging auf zwei Uhr zu. Die meisten Gäste waren schon längst gegangen, nach Hause oder in eine der viele Kneipen und Nachtcafés, mit denen das Viertel gespickt war. Das lange Foyer des *Plackfissel* war nur noch schwach erleuchtet.

Am Ende des Foyers erweiterte sich der mit blauem Teppich ausgelegte Raum und bot Platz für die Bar, über der eine Lichterkette mit kleinen Halbmonden schaukelte. Jetzt, in dem matten Schein der Wandlampen, im blinzelnden Licht der Plastikmöndchen über der Bar, im Schimmer einzelner Kerzen, die noch auf einigen Tischen brannten, wirkte dieser Teil des Foyers wie eine zweite, viel privatere Spielstätte.

Die Luft roch schwer nach Tabak, Parfüm und stark gewürztem Essen. Felix, mit leicht umschatteten Augen, aber offensichtlich wieder hungrig, lud sich einen Stapel gefüllter Weinblätter und dunkelbrauner Hackfleischbällchen auf einen Teller und blickte sich gleichzeitig vorsichtig nach Ernie um. Ernie hatte ihm jegliche Nahrungszufuhr nach achtzehn Uhr untersagt. Aber Ernie schlief glücklich auf einem Sessel zwischen Loretta und Benjamin, die irgendetwas austüftelten, denn auf Lorettas Knien lag ihr Schreibblock; sie machte sich zwischendurch Notizen. Vor Ernie stand eine halbleere Flasche Sekt, Loretta und Benjamin nippten an ihrem wohl dreißigsten Glas Mineralwasser. Meredith hockte auf dem Fußboden davor und warf Ideen wie Gummibälle durch die Luft.

In kleinen Gruppen saßen die Musiker und Schauspieler zusammen, dazwischen Freunde und Fremde, man lachte leise, unterhielt sich gedämpft.

Felix kletterte auf seinen Barhocker zwischen Albertine und Marie-Agnes. Wie auf Kommando ließen die beiden Frauen ihren Kopf wieder an seine Schultern sinken, denn so hatten sie schon vorher eine ganze Weile gesessen, bis Felix es vor Hunger nicht mehr auf dem Sitz gehalten hatte. »Futter?« Er wedelte Marie-Agnes mit einem Happen vor der Nase herum. Marie-Agnes schüttelte den Kopf. »Du?« Er wandte sich an Albertine. Albertine antwortete nicht. Stattdessen sperrte sie den Mund auf wie ein junger Rabe und ließ sich das Essen in den Rachen werfen. Seit geraumer Zeit wurde an der Bar nur noch gleichmäßig getrunken und wenig gesprochen, denn Schläfrigkeit hatte alle drei gepackt. Die Wärme, die starken, aber nicht unangenehmen Gerüche, das gleichmäßige Gebrabbel unterschiedlicher Stimmen waren einlullend, aber niemand brachte die Energie auf, seinen Mantel an der längst verwaisten Garderobe abzuholen und sich auf den Heimweg zu machen.

Jemand schien sich laut zu amüsieren. Die drei Eulen an der Bar drehten sich gleichzeitig zur Seite und sahen Jeannette und Jiri nebeneinander auf der einzigen, breiten Stufe vor dem Bühneneingang sitzen. Jiri hatte einen Zeichenblock vor sich, und beide blickten in derselben Sekunde auf, um Jiris Skizze mit den drei Modellen an der Bar zu vergleichen. Jeannette schaute abwechselnd auf Jiris Karikatur, auf die Freunde an der Bar und lachte. »Ich müsste jetzt hingehen und fragen, was es da zu lachen gibt«, murmelte Albertine. »Aber ich bin zu müde.« Dann schloss sie die Augen und schlief auf der Stelle ein.

Felix merkte es nicht. »Das siehst du doch. Unser Kostümbildner zeichnet mit seinen begnadeten tschechischen Fingerchen ein böses Bild von uns. Mich von der Seite, mit Doppelkinn, dich mit grauen Igelstoppeln und Senatorennase und Marie-Agnes in Bananenpumps und mit ihrem Schutzengel im Rücken. Und alle mit wenig nüchternem Ausdruck. Vermute ich.«

»Mein Schutzengel trinkt nicht.« Marie-Agnes gähnte. Dann setzte sie sich ruckartig gerade und schien plötzlich hellwach zu sein. »Siehst du eigentlich, was ich sehe?« Sie schaute unverwandt auf die Treppenstufe, auf die beiden, die da nebeneinandersaßen. Jeannette hatte die Knie eng an ihren Körper gezogen und mit den Armen umschlungen. Der schillernde Stoff ihres weiten Kleides floss über die Stufe, über Jiris Knie und zeigte bei jeder Bewegung die Farben eines Rosenkäfers, der vom Schatten in die Sonne krabbelt. Jiri saß aufrecht, aber entspannt im Schneidersitz und zeichnete jetzt Loretta. Jeannette verfolgte aufmerksam seine Hand. Als er mit der Karikatur fertig war, riss er das Blatt heraus und gab es Jeannette. Sie studierte Modell und Abbild. Jiri nutzte die Gelegenheit und begann, Jeannettes Profil zu zeichnen. Aber es schien länger zu dauern, und es schien keine Karikatur zu werden. Jiri betrachtete Jeannette mit dem prüfenden Blick des Zeichners, aber zwischendurch ließ er einfach den Stift sinken und sah sie nur an. Jeannette merkte, dass er sie porträtierte, und hielt still.

Felix kniff angestrengt die Augen zusammen. Marie-Agnes nahm ihre Brille aus der Handtasche und setzte sie auf die Nase. »Ich glaube, Jiri arbeitet gerade an der Besetzungsliste für sein neues Zweipersonenstück.« Sie wandte sich, während sie sprach, nicht um. »Und rate mal, wer die Hauptrolle bekommen soll!«

Felix' Stimme klang auf einmal besorgt: »Meinst du, sie kapiert es endlich? Meinst du, sie nimmt an?«

Marie-Agnes lächelte. »Hat sie schon längst. Weiß sie bloß noch nicht.«

Christine Vogeley

Sternschnuppensommer

Roman

Ein Landhaus in Frankreich! Eine Pause vom Beruf! Eine neue Liebe! So hatte sich Claire Sandmann diesen Sommer vorgestellt. Da kommt die Einladung ihrer alten Malerfreundin gerade recht, ein paar Wochen mit ihr in der Touraine zu verbringen. Dort warten herrliche Natur, liebenswerte Menschen – und dann noch jener rätselhafte Tierarzt, der nur Hunde an sich heranzulassen scheint. Ehe Claire es sich versieht, befindet sie sich in Gefühlswirren, gegen die ihr heimisches Alltagschaos ein Klacks ist …

Knaur Taschenbuch Verlag

Christine Vogeley

Dritte Sonnenblume links

Roman

Das Glück scheint Rosa verlassen zu haben: Aus der Traum vom eigenen Restaurant, vom Mann fürs Leben, und der hat auch noch ihren letzten Euro mitgenommen. Da trifft sie auf den Schlagersänger Edwin. Sympathisch sind sie sich erst mal nicht. Doch Edwin braucht eine Haushälterin – und Rosa braucht Geld. So beginnt eine wunderschöne Geschichte vom Verzeihen, vom lang entbehrten Glück und von der Liebe. Aber ganz anders, als Sie jetzt denken …

»Eine Sprache wie Champagner –
man hört einfach nicht mehr auf zu lesen!«

Diana Procop, RBB
(Rundfunk Berlin Brandenburg)

Knaur Taschenbuch Verlag